FOLIO SCIENCE-FICTION

Ken Liu

JARDINS DE POUSSIÈRE

Traduit de l'anglais (États-Unis)
par Pierre-Paul Durastanti

Gallimard

Ouvrage proposé par Ellen Herzfeld et Dominique Martel.

Ken Liu naît en Chine, à Lanzhou, en 1976. Il émigre aux États-Unis à l'âge de onze ans. Diplômé en droit, à Harvard, il commence une carrière de juriste et se lance dans l'écriture. Sa première nouvelle paraît en 2002 et il en a, depuis, publié plus de cent vingt autres. Ses deux premiers romans ont paru aux États-Unis en 2015 et 2016. Ce bilan quantitatif ne doit pas occulter les aspects qualitatifs de son œuvre qui a été récompensée par la totalité des plus grands prix dédiés à la science-fiction et à la *fantasy* : prix Hugo, prix Nebula, prix Locus, World Fantasy Award, prix Seiun (au Japon) et, en France, Grand Prix de l'Imaginaire en 2016 pour le recueil *La ménagerie de papier*. Ken Liu est également traducteur. Il vit dans la région de Boston.

AVANT-PROPOS

Voici mon deuxième recueil en français. J'ai encore un peu de mal à y croire.

Quand j'ai débuté comme écrivain il y a une vingtaine d'années, je rêvais de publier un ou deux textes dans des revues que je pourrais garder afin de les montrer à mes amis et ma famille. Si on m'avait dit qu'un jour je disposerais d'une quantité de nouvelles suffisante pour assembler un vrai livre en anglais, sans parler de deux, qui plus est dans la langue de Jules Verne et de Jean-Paul Sartre, j'aurais pris cette prédiction pour une très mauvaise blague. Et pourtant, nous y sommes.

J'ai connu une chance incroyable au long de ma carrière. Sans cesse, alors qu'on présentait mon travail à de nouveaux lecteurs dans divers pays, des fans et des collègues se sont faits mes champions. Je ne remercierai jamais assez les Éditions du Bélial', soit Erwann Perchoc et Olivier Girard ; mes directeurs d'ouvrage, Ellen Herzfeld et Dominique Martel ; et, surtout, mon traducteur, Pierre-Paul Durastanti. Sans eux, je ne saurais partager mes textes avec les lecteurs français. L'écriture peut se révéler un labeur solitaire, mais avec de tels amis et collègues, il me semble appartenir à une communauté qu'unit le même but : exprimer notre humanité par le biais d'histoires.

Quelques mots sur le sommaire s'imposent sans doute. Comme ce sont Ellen et Dominique qui ont effectué le choix et déterminé l'ordre des textes, j'ai été d'abord surpris, puis enchanté. L'auteur a son idée de la métanarration globale de ses récits, et constater que les responsables d'un recueil proposent une nouvelle manière d'organiser et de concevoir son travail peut procurer une expérience bizarre, comme quand on découvre un portrait de soi réalisé par un peintre. On voit révélés des détails oubliés, soulignées des tendances non détectées.

Ce recueil ne respecte aucune chronologie (ni externe, par date de composition, ni interne, selon le cadre des textes), mais les récits se répartissent en sections thématiques. Si je ne prétends en rien avoir déchiffré le principe d'organisation dont mes responsables éditoriaux ont usé, je me sens poussé comme conteur à suivre au fil des textes les méandres de ma carrière, de mes obsessions, de mes espoirs.

On commence par « Le Jardin de poussière », nouvelle très brève sur le sujet le plus grandiose de toute la SF : l'océan illimité du cosmos, où les étoiles ne sont que des points de lumière et où la vie peut paraître plus insignifiante qu'un grain de poussière. Mais comme je n'aime guère me laisser circonscrire par les étiquettes de genre, le recueil vire aussitôt pour proposer deux textes à peine classables dans la science-fiction : « La Fille cachée » et « Bonne chasse » se servent des tropes de la *fantasy* pour raconter des histoires qui traitent du changement et de l'adaptation.

Les trois suivants relèvent du drame familial, sans doute mon type de récit préféré (et un thème qui me tient à cœur depuis que ma femme et moi avons accueilli nos deux filles). « Rester » et « Ailleurs, très loin de là, de vastes troupeaux de rennes » se situent dans le même univers, offrant un regard sur l'avant/après de la transition apocalyptique de notre espèce vers une existence post-humaine, tandis que « Souvenirs de ma mère » est une expérience de pensée sur des parents capables d'observer l'existence entière de leurs enfants grâce à la magie de la technologie. Mais malgré des cadres très différents, le cœur de ces histoires reste identique – le lien entre parents et enfants, le chaînon fondamental entre les générations humaines.

Vient ensuite un groupe de nouvelles (de « Le Fardeau » à « Une brève histoire du tunnel transpacifique ») qui prend pour thème dominant le poids de l'histoire. On peut bien sûr concevoir celle-ci comme la version augmentée des drames familiaux qui apparaissent plus tôt dans le recueil. Que les personnages de ces récits déterrent (parfois au sens littéral) un passé imaginaire, existent dans une réalité uchronique ou combattent les injustices de notre histoire, ils partagent une même croyance : la connaissance de l'ancien temps donne la clé qui permet d'avancer en confiance vers l'avenir.

« Jours fantômes », situé au point médian exact du livre, sert de résumé thématique à sa première moitié. Composé sous la forme de trois contes liés, ce récit explore la relation entre l'individu et la famille, la nation, le genre humain – allant des injustices de l'histoire coloniale jusqu'à un futur ambivalent parmi les étoiles.

Après l'intermède comique de « Ce qu'on attend d'un organisateur de mariage », la seconde moitié comprend de la vraie science-fiction qui traite surtout de l'impact du progrès technologique en accélération constante. Changement climatique, cryptomonnaie, réalité virtuelle, génie génétique – l'amour, l'éducation, la politique, la guerre, l'individu vont tous se trouver modifiés en permanence. Je n'écris pas sur le mode du futurisme, car j'estime que prédire l'avenir est un jeu voué à l'échec ; à la place, j'offre des possibilités, des expériences de pensée pour explorer les limites de nos systèmes éthiques et moraux, et leur résilience face à des changements cataclysmiques.

« Imagier de cognition comparative pour lecteur avancé » entame la dernière partie du recueil, laquelle renoue avec le thème initial : l'espace infini. Il s'agit sans nul doute du trope science-fictif le plus ancien, le plus rebattu, mais il n'y a aucune limite au nombre d'histoires qu'on peut raconter en y recourant. Vers la fin du livre, les narrateurs ne sont plus humains – peut-être sont-ils même post-humains –, et pourtant j'espère que l'humanité de leurs actions poussera néanmoins les lecteurs à faire le rêve le plus magnifique de notre espèce : fusionner avec la création divine.

Le récit bref, contrairement au roman, ne saurait explorer en profondeur l'univers fictif qu'il évoque – une limite et une liberté. Bien que je sois désormais plutôt romancier, je continue d'apprécier les possibilités offertes par la forme courte, où l'imagination des lecteurs joue un très grand rôle. La place manquant pour une création d'univers détaillée, la nouvelle doit s'appuyer, plus encore que le roman, sur une « invocation d'univers » (une expression de Jo Walton) pour inviter les lecteurs à collaborer avec l'auteur sur la création, à combler les vides, à texturer l'ébauche. C'est un médium plus participatif et je remercie tous ceux qui acceptent de se tenir près de moi pour, ensemble, tirer du néant de nouveaux mondes.

Ken Liu,
19 février 2019

Le Jardin de poussière

À bord du *Sarira*, il y a six cents pionniers aux talents divers – aéroponie, astrobiologie, exogéologie, intelligence artificielle, dynamique de groupe, micro- et macro-ingénierie – tous nécessaires pour qu'une colonie prospère sur un monde nouveau.

Enfin, presque tous nécessaires, disons.

Je suis la première qu'on a réveillée.

Suspendue à des dizaines de mètres en l'air sur des pieds segmentés massifs, la salle d'hibernation m'évoque un œil sous dôme vitré au centre d'une araignée géante, voire une perle maintenue au sommet d'un diadème en filigrane.

Décrirait-on mes pensées comme décoratives et frivoles ?

Je lève les yeux vers le ciel derrière la vitre ; des cristaux de glace percutent le dôme, telles des particules ionisées dans une chambre à bulles, s'étalent, fondent, disparaissent.

« De l'azote, déclare l'ordinateur dont l'objectif suit mon regard. L'atterrissage a vaporisé un peu de glace qui regèle sous forme de neige. »

Tout en absorbant l'information, je m'efforce de

dénouer mes muscles engourdis par l'hibernation. « Aucune planète habitable ? » Il n'y a jamais la moindre garantie de trouver une écosphère autour d'une étoile.

« Nous sommes posés dessus. »

L'ordinateur parle d'une voix calme. Utile. Inutile.

Je lève le bras et désigne la neige de carbone. L'objectif pivote vers le haut, puis vers le bas.

« C'est l'hiver. »

Je passe en revue des écrans remplis de nombres et de graphiques. Avant le lancement, j'ai créé moi-même ces modèles. Il y a une beauté souvent inappréciée à présenter des données. L'information, c'est de l'entropie, comme Claude Shannon l'a découvert. C'est l'équilibre de l'ordre et du désordre qui suscite le plaisir esthétique. Un excès d'ordre, et les données sont ennuyeuses ; de désordre, et elles sont inintelligibles.

Le reste de l'équipage m'a considérée avec pitié tandis que je passais des heures sur ces modèles. *Regardez-la : elle essaie de passer pour efficace.*

Le flot de données bien tempérées m'apaise. Ce monde possède une orbite aussi longue qu'excentrique ; il met près de treize années terrestres pour l'accomplir. Il en passe douze hors de la zone habitable, trop froid pour accueillir la vie. Vient ensuite un bref été, période de soleil, de chaleur, d'océans liquides, d'air respirable.

Je crois comprendre notre situation.

« Je veux baptiser la planète.

— C'est votre droit de première personne réveillée », dit l'ordinateur. Je dois m'imaginer son haussement d'épaules virtuel.

« Cigale.

— Enregistré. » Il évite de discuter avec moi les visions de colons enfouis douze années sur treize. Il se garde de noter le symbolisme de la réincarnation. L'étiquette suffit. Toute autre association dans ma tête n'est qu'entropie. Frivolité.

« L'été ne commencera que dans une année terrestre ou presque. Pourquoi m'avoir réveillée si tôt ? »

Il affiche de nouveaux graphiques, de nouvelles données à l'écran. Je constate que je me suis méprise sur la situation.

L'atterrissage a été plus rude que prévu ; il a fallu larguer les réacteurs à fusion endommagés. Le vaisseau fonctionne sur des batteries chargées par cellules photovoltaïques : des ailes de verre qui captent la lueur ténue du soleil lointain et la convertissent en courant électrique.

« Les panneaux servent de système de secours, ajoute-t-il. Et les ingénieurs n'ont pas prévu les effets de la poussière. »

Une couche de régolithe pulvérisé recouvre la surface de Cigale. À mesure que la planète se rapproche du soleil, cette poussière se charge d'électricité et s'élève. Tapissant tout, y compris les cellules photovoltaïques, elle bloque la lumière qui alimente le vaisseau, qui nous maintient en vie.

« Tu m'as réveillée pour nettoyer les panneaux.

— C'est plus que de l'entretien. L'activité extravéhiculaire vous exposera aux radiations, aux impacts de météorites. Et je ne saurais prévoir ce que la poussière va vous faire.

— Voilà qui me rassure. Tu sais motiver tes troupes, toi. »

L'ordinateur affiche un surcroît de données présentées avec élégance afin de m'expliquer en quoi je conviens pour ce boulot.

Je m'épargne la peine d'étudier les graphiques. Pourquoi me choisir ? Parce qu'on peut se passer de moi.

Nettoyer les panneaux prend des heures. Et surtout, il n'y a pas plus ennuyeux.

Si le *Sarira* évoque un insecte métallique géant aux pattes longues, les panneaux solaires sont ses ailes singulières qui irradient de la salle d'hibernation – mais on pourrait aussi les comparer aux pétales d'une fleur de lotus, disposés en cercles concentriques afin de recueillir la lumière de l'astre sous tous les angles.

Le soleil lointain n'est pas encore un disque, à peine une étoile plus brillante que les autres dans le ciel de velours, telle la perle fabuleuse qui donne son nom au vaisseau, la quintessence scintillante qui subsiste dans les cendres d'une vie sublimée en nirvana.

Pardonnez mon style ampoulé. C'est épuisant de gravir ces panneaux massifs des heures durant, de les nettoyer avec soin pour révéler le verre lisse, et de savoir qu'on va devoir recommencer dès le lendemain. Ça laisse du temps pour réfléchir. Beaucoup de temps.

Le geste du dépoussiérage m'est familier. Chez moi, j'ai acquis une certaine notoriété comme glamouriste. Le fard à paupières et le rouge à lèvres des mannequins de mode dans les revues, que vous connaissez forcément ? Ces produits de maquillage poudreux sont mon invention.

Sur un panneau, la poudre renvoie un éclat arc-en-ciel qui varie selon l'éclairage et l'angle. Il paraît éthéré, surnaturel, mais, à la base, l'effet dépend de l'afflux de lumière, de la sculpture des voies d'information, des schémas d'entropie.

Les ailes du Morpho rhetenor paraissent bleues, mais, en zoomant, vous ne trouveriez aucun pigment de cette teinte dans les écailles du papillon revêtues de nanostructures de centaines de nanomètres dont les longueurs d'onde tutoient la lumière visible. Les photons dévient entre les couches que forment ces structures, affirmant leur nature ondulatoire, ce qui crée une interférence visuelle constructive et destructive, jusqu'à ce qu'un azur scintillant émerge de cet espace vide incolore.

Le papillon m'a offert mon modèle de travail. Extrudée d'une imprimante à la précision nanoscopique, la poudre de mon invention était de couleur neutre, mais une fois étalée sur la peau, ses couches piégeaient la lumière, suscitant des nuances chatoyantes indescriptibles. Les gens adoraient.

Le vice-président au marketing d'Ad Astra m'a contactée. « On a un poste disponible sur le *Sarira.* » Bien renseignés, ils avaient exhumé mes dissertations sur l'appel de l'espace, relevé mon appartenance au club de fuséologie, souligné ma dominante en ingénierie astronautique.

Avec délicatesse, ils omirent de relever que j'avais loupé mes examens et, bon gré mal gré, changé d'orientation faute de pouvoir suivre. La mort d'un rêve manque de beauté.

« Artiste de bord » est une position frivole, un hommage aux traditions (fictives) de l'ère de la marine à voile.

« L'exploration commerciale et l'implantation sur de nouveaux mondes exigent de l'argent public, dit-il. Voir un artiste dans une mission lui confère du... glamour.

— Comme une couche de gloss. »

Il accepta la comparaison.

En anglais, « glamour » vient de « grammaire », qui, au Moyen Âge, signifiait n'importe quel savoir, surtout dans le domaine de l'occultisme. Le glamour tient de la fascination, autrement dit du charme, le sort que toute femme est censée jeter à un homme.

Voilà comment j'ai fini par embarquer sur le *Sarira*. Je ne suis qu'un sort creux jeté par une corporation, un accessoire de propagande censé, aux yeux du public blasé, conférer un cachet romantique à ces voyages où on compte le moindre gramme de masse.

Mais je me rappelle ces nuits d'été, il y a longtemps, où, au fond de mon jardin, je regardais dans un télescope dont j'avais moi-même poli les lentilles, pour voir une lumière dont le trajet avait duré des milliers d'années se résoudre en têtes d'épingle qui se convertiraient en pulsations électriques au contact de ma rétine et me feraient battre le cœur plus vite.

Ça doit peu différer du sentiment qu'a éprouvé Filippo Brunelleschi quand il a regardé par le sténopé au dos de son tableau et vu reflété dans un miroir l'éventail lumineux lui dévoilant les règles de la perspective.

Inventer une nouvelle façon de voir a représenté l'apogée de l'art et de la science.

Quelle différence avec l'époque actuelle où on réduit l'art à une fanfreluche qui habille le commerce, aussi dénuée de poids qu'une promesse en l'air !

Mais vivre son rêve a du bon, hein ? Même comme figurante jetable.

L'ordinateur veille sur ma santé sans arrêt. Le sas a beau tout nettoyer avec grand soin, la poussière s'insinue dans le vaisseau. Et dans mes poumons, ces membranes délicates où l'air et le sang se mélangent. Ma poitrine et ma gorge ne cessent de me picoter.

Je dois poser la question. « Quel danger réel est-ce que je cours ? »

Il me montre encore des écrans entiers de données et de graphiques. Je n'y entends rien. Même le langage médical ne saurait être traduit par mes modèles de présentation des informations.

L'ordinateur augmente les doses des divers médicaments que je dois prendre. « Par surcroît de précaution. »

Autour du vaisseau, il n'y a que de la neige épaisse : des couches d'hydrogène, d'oxygène et de dioxyde de carbone gelés. Pour combattre l'ennui, j'évite d'épousseter la poudre au bout d'un des panneaux solaires. À la place, je sculpte le matériau accumulé là, sur cet espace d'un petit mètre carré, en un jardin de poussière, de rocaille microscopique – un Stonehenge presque invisible, un Machu Picchu à l'échelle du nanomètre.

Je vois mal l'énergie générée par une section aussi

réduite manquer au vaisseau. Or, j'ai besoin d'un tel exutoire non fonctionnel pour rester saine d'esprit.

Cette poudre ne ressemble à aucun matériau que j'aie pu utiliser. Engendrées par la pulvérisation de la roche sous les impacts météoritiques au lieu de l'érosion, ses particules, coupantes, cristallines, s'insinuent dans les joints de la tenue spatiale, traversent les filtres, rayent le verre.

Je passe des heures à les observer au microscope : leurs formes fractales rappellent des faisceaux de couteaux, des diamants taillés, des joyaux d'une rare beauté. La lumière qui se reflète sur leurs surfaces évoque le scintillement de la neige sur une montagne. À les imaginer tranchant les tissus de mes poumons, j'éprouve quelque difficulté à empêcher ma main de trembler.

En fin de journée, sans exception, j'entretiens mon jardin. Chaque fois, une nouvelle couche poudreuse s'est déposée sur la création de la veille. Avec l'aide de microwaldos et de lunettes grossissantes, je sculpte des labyrinthes tortueux, des forêts denses de pyramides, une ville de flèches rococo et de stèles gothiques – le tout à l'échelle des corpuscules de lumière.

Ensuite je rétracte les lunettes du casque et je me redresse sur mon séant afin d'admirer mon travail. Dans la chiche lueur des étoiles et l'éclat grandissant du soleil lointain, mon œuvre chatoie de toutes les couleurs de l'arc-en-ciel. Un peu de maquillage sur un monstre de verre et de métal, un début d'ordre imposé à la poussière.

*

La toux empire. La poudre me déchiquette les poumons ; on n'y pourra rien avant l'été, lorsque le reste de la colonie, dont le véritable médecin, sera réveillé. Si je ne tiens pas jusque-là, l'ordinateur devra ranimer quelqu'un d'autre, le second individu le moins indispensable à la mission. Je ne laisserai derrière moi qu'un jardin de poussière, la version corrompue des reliques qui donnent leur nom à ce vaisseau.

« Vous excellez à la tâche », déclare l'ordinateur.

Il ne doit connaître aucun autre moyen de me réconforter.

« Merci. J'apprécie qu'on vous ait programmé pour dire à tout le monde que son travail importe, même s'il ne s'agit que de balayer la poussière.

— Non, je parle sérieusement. Surtout à l'extrémité distale du panneau numéro 8. »

À nouveau, des nombres et des graphiques s'affichent sur l'écran : production et consommation d'énergie, rendement photovoltaïque, tendances de la génération d'électricité.

L'ordinateur a raison : il y a un pic au niveau du numéro 8, l'emplacement de mon jardin de poussière.

« Si vous parvenez à reproduire ce niveau d'efficacité sur tous les panneaux, vous doublerez la production d'énergie », annonce-t-il.

Ça n'a aucun sens. La poudre *obscurcit* la lumière.

Les yeux fermés, j'imagine les photons rebondissant entre les particules de poussière. J'imagine leurs chemins sinueux le long du dédale de surfaces vives, les pièges, les impasses, les culs-de-sac, les chausse-trappes. J'imagine Cigale qui accomplit sa rotation sous les étoiles, modifiant l'angle des rayons du soleil sur les panneaux. J'imagine les couleurs, changeantes, chatoyantes.

Une nouvelle façon de voir.

Au coucher du soleil, je parachève ma sculpture. La massive fleur de lotus scintille et luit sous le ciel hivernal de Cigale, vision majestueuse qui annonce le commencement d'un nouveau cycle cosmique.

Il y a une reproduction de la Joconde au bout de l'un des panneaux, et une copie du couvercle sculpté du sarcophage de K'inich Janaab' Pakal au bout d'un autre. Avec de la patience, inspecter les panneaux centimètre par centimètre permet de découvrir en miniature les marbres du Parthénon d'Athènes, le Mur aux neuf dragons du parc Beihai à Pékin et des manuscrits enluminés issus des archives d'Aachen, de Byzance et de Bagdad.

Ainsi que des originaux représentant la solitude d'un rêve mourant, l'effroi mêlé d'admiration qu'inspire le fait de se trouver seule sur une planète qui fonce dans les ténèbres tel un grain de poussière, la beauté cristalline d'une galaxie en rotation reflétée sur le verre noir, l'audace d'imaginer qu'on a de l'importance.

Les nanostructures de l'œuvre de poussière tiennent lieu de collecteurs à photons ; ils en éparpillent et en guident davantage dans les cellules photovoltaïques où ils excitent les électrons comme la lumière des étoiles excitait autrefois les rétines d'une jeune fille. L'effet se révèle plus prononcé lorsque le soleil approche de l'horizon, l'angle d'incidence par rapport aux panneaux devenant alors minime.

L'ordinateur et moi avons réalisé maintes simulations des motifs. L'excès d'imprévisibilité et de régularité donne le même résultat : disperser la lumière. C'est un quasi-hasard, une sorte d'entropie à peine maîtrisée, qui fait l'affaire.

Il y faut une touche artistique.

« L'énergie est emmagasinée en quantité suffisante, dit l'ordinateur. Retournez en hibernation avant de perdre vos poumons pour de bon.

— Qui va entretenir les motifs de poussière ?

— Le printemps sera bientôt là, accompagné par le dégel de l'atmosphère. La pluie lavera les panneaux. »

Mon œuvre ne durera pas, mais aucune ne dure. En fin de compte, l'art n'a rien d'indispensable, ni la vie. Tous, nous sommes des messages d'ordre, décoratifs, temporaires, transitoires dans la chute vers l'entropie universelle, comme ma chute actuelle dans la stupeur de l'hibernation. Tous, nous sommes des cigales entre deux hivers.

Cependant, n'est-il pas magnifique de savoir modeler la lumière, de luire, de briller, de stimuler, de voir le monde d'une façon nouvelle, même si cela ne doit durer qu'un été ?

La Fille cachée

À dater du VIIIe siècle, la cour impériale de la dynastie Tang, en Chine, s'appuya de plus en plus sur les jiedushi, gouverneurs militaires qui, chargés au départ de la défense des frontières, exerçaient désormais la collecte des impôts, l'administration civile et divers autres aspects du pouvoir politique. Ils devenaient, dans les faits, des seigneurs de la guerre indépendants dont la responsabilité envers le pouvoir central n'était que symbolique.

Souvent, les rivalités entre ces gouverneurs se révélaient violentes et sanglantes.

Le lendemain de mon dixième anniversaire, les rayons du soleil printanier traversant les branches en fleur de l'arbre aux pagodes mouchettent les dalles de la route qui passe devant notre maison. Je monte jusque sur l'épaisse branche pointée vers l'ouest tel le bras d'un immortel afin de cueillir un bouquet jaune dont il me semble déjà goûter la douceur que relève une pointe d'amertume.

« Une aumône, jeune maîtresse ? »

Baissant les yeux, je découvre une bhikkhuni. Je

ne saurais dire quel âge elle a – le visage lisse, mais un regard fier qui me rappelle ma grand-mère. Le duvet de son crâne rasé luit sous le chaud soleil tel un halo ; elle porte une kasaya grise toute propre, mais effrangée. Un bol en bois brandi dans sa main gauche, elle lève vers moi un regard rempli d'espoir.

« Voulez-vous quelques fleurs d'arbre aux pagodes ? » lui dis-je.

Elle sourit. « Je n'en ai plus dégusté depuis toute petite. Ce serait un plaisir.

— Placez-vous juste au-dessous de moi, afin que j'en fasse tomber dans votre bol. »

Elle secoue la tête. « Je ne saurais manger des fleurs qui ont connu le contact d'une autre main – trop infectées par les soucis ordinaires de ce monde poussiéreux.

— Dans ce cas, grimpez. » Aussitôt, mon irritation me fait honte.

« Si je les cueille, il ne s'agira plus d'une aumône, pas vrai ? » Une note enjouée perce dans sa voix.

« D'accord. » Père m'a appris à me montrer polie envers les moines et les moniales. Nous ne suivons peut-être pas la voie du Bouddha, mais contrarier les esprits, bouddhistes, taoïstes ou sauvages, et donc dépourvus de maîtres érudits, ne servirait à rien. « Dites-moi quelles fleurs vous voulez ; je tâche de vous les procurer sans les toucher. »

Elle en désigne au bout d'un mince rameau sous la grappe que je convoite. Plus pâles que les fleurs du reste de l'arbre, elles doivent donc être plus douces. Leur branche, toutefois, ne supportera jamais mon poids.

À califourchon sur mon fût épais, je noue mes

chevilles, puis je me penche jusqu'à pendre telle une chauve-souris. C'est amusant de voir le monde ainsi, et tant pis si l'ourlet de ma robe me retombe sur la figure. Si Père me crie dessus quand il me voit dans cette posture, il ne reste jamais fâché contre moi bien longtemps, vu qu'il a perdu ma mère quand j'étais bébé.

Les mains glissées dans mes manches amples, je tâche de saisir le butin, mais les fleurs blanches restent tout juste hors de portée.

« Si c'est trop dur, ne vous embêtez pas, lance la moniale. Je m'en voudrais que vous déchiriez votre robe. »

Décidée à l'ignorer, je me mords la lèvre inférieure. À force de crisper et de relâcher les muscles de mon ventre et de mes cuisses, je commence à me balancer. Quand j'atteins l'apogée d'un mouvement tournant que je juge assez haut, je desserre les genoux.

Tandis que je traverse le feuillage, les fleurs que désire la moniale me fouettent la figure : je referme mes mâchoires sur une tige. D'une main, j'empoigne la branche inférieure qui s'abaisse sous mon poids et ralentit mon mouvement alors que mon corps se redresse. L'espace d'un instant, il me paraît que le rameau va tenir, mais soudain j'entends un craquement et je me sens dépourvue de poids.

Repliant mes jambes sous moi, j'atterris indemne dans l'ombre de l'arbre. Aussitôt, j'effectue une roulade afin de m'écarter et la branche fleurie s'écrase à l'emplacement que je viens d'évacuer.

Nonchalante, je rejoins la moniale, puis je desserre les dents pour laisser choir les fleurs dans son bol à aumônes. « Pas de poussière. Et sans les mains, ce qui est tout ce que vous avez demandé. »

À l'ombre de l'arbre aux pagodes, on s'assoit en tailleur comme les Bouddhas du temple. Elle cueille les fleurs sur la tige : une pour elle, une pour moi. Le goût sucré est moins prononcé, moins écœurant que celui des figurines en pâte à sucre que Père m'achète parfois.

« Vous avez du talent, dit-elle. Vous feriez une excellente voleuse. »

Je la dévisage, indignée. « Je suis la fille d'un général.

— Ah ? Dans ce cas, vous êtes déjà une voleuse.

— Qu'est-ce que vous racontez ?

— J'ai parcouru un long chemin. » En regardant ses pieds nus, je constate qu'ils ont la plante calleuse, tannée. « J'ai vu des paysans mourir de faim dans les champs pendant que les grands seigneurs ourdissent des plans pour obtenir des armées plus grandes. J'ai vu des ministres et des généraux boire du vin dans des gobelets en ivoire et calligraphier des parchemins de soie avec leur pisse tandis que des veuves et des orphelins doivent faire durer cinq jours leur tasse de riz.

— Ne pas être pauvres ne prouve en rien que nous soyons des voleurs. Mon père sert honorablement son seigneur, le jiedushi de Weibo, et il accomplit ses devoirs avec loyauté.

— Nous sommes tous et toutes des voleurs dans un univers de douleur, réplique la moniale. L'honneur et la loyauté ne sont pas des vertus – simplement des prétextes pour voler davantage.

— Vous êtes aussi une voleuse, alors. » La colère chauffe mon visage. « Vous acceptez des aumônes sans prendre la peine de les obtenir par vous-même. »

Elle hoche la tête. « En effet. Le Bouddha nous enseigne que le monde est illusion et la souffrance inévitable tant que nous ne perçons pas le voile. Si nous sommes tous destinés à voler, mieux vaut le faire en suivant un code qui dépasse la banalité du quotidien.

— Et quel est votre code ?

— Dédaigner les assertions morales des hypocrites ; tenir parole ; faire toujours ce que je promets, ni plus ni moins. Aiguiser mon talent, le brandir tel un fanal dans un monde qui s'obscurcit. »

Je m'esclaffe. « Quel est ce talent, maîtresse voleuse ?

— Je vole des vies. »

Dans mon placard, il fait chaud, sombre ; l'air embaume le camphre. À la lueur ténue qui filtre par la fente de la double porte, je me fais un nid avec les couvertures.

Les pas des soldats surveillant le couloir devant ma chambre soulèvent des échos. Chaque fois que l'un d'eux tourne un coin, le fracas de son épée heurtant son armure sonne une nouvelle fraction d'heure qui me rapproche du matin.

La conversation entre la bhikkhuni et mon père s'impose à mon souvenir.

« Donnez-la-moi. Je l'instruirai.

— Aussi flatté que je sois de l'aimable attention du Bouddha, je dois décliner votre offre. La place de ma fille est chez nous, à mes côtés.

— Vous pouvez me la donner de votre plein gré, ou je peux la prendre sans votre permission.

— Vous me menacez d'un enlèvement ? Sachez que j'ai bâti ma vie à la pointe de mon épée et que les cinquante hommes d'armes qui gardent ma maison donneront leur vie pour leur jeune maîtresse.

— Je ne menace jamais : j'informe. Quand bien même vous la garderiez dans un coffre en fer bardé de chaînes en bronze au fond de l'océan, je la prendrai sans plus de mal que je n'en ai à vous tailler la barbe de ma dague. »

Un éclair froid, brillant, métallique. Père avait tiré son épée. Le crissement de la lame dans le fourreau me tordit le cœur, qui s'emballa.

Mais la bhikkhuni avait déjà disparu, laissant derrière elle quelques mèches de poils gris qui tombaient en feuille morte dans les rayons de soleil obliques. Abasourdi, mon père plaqua la main sur sa joue, là où la dague lui avait effleuré la peau.

Les poils atterrirent ; mon père retira sa main. Il y avait sur sa joue une plaque de peau dénudée, aussi pâle que les pavés de la route sous le soleil du matin. Pas de sang.

« N'aie pas peur, ma fille. Je vais tripler la garde ce soir. L'esprit de feu ta chère mère veillera sur toi. »

Mais j'ai peur. J'ai *très* peur. Je revois l'aura de soleil sur la tête de la moniale. J'aime mes longs cheveux qui, d'après les servantes, rappellent ceux de ma mère, elle qui se donnait cent coups de brosse chaque soir avant d'aller se coucher. Je ne veux pas qu'on me rase le crâne.

Je revois l'éclat du métal dans la main de la moniale, trop fugitif pour être distingué.

Je revois les mèches grises de la barbe de mon père qui tombent en feuille morte.

L'éclat de lampe à huile devant la porte de mon placard vacille. Je me rue dans l'angle du réduit et je ferme les yeux le plus fort possible.

Il n'y a aucun son, rien qu'un courant d'air qui m'effleure le visage. Tout doucement, comme les ailes d'un papillon.

J'ouvre les yeux. L'espace d'un instant, je ne comprends pas ce que je vois.

Un objet oblong de la taille de mon avant-bras, évoquant un cocon de ver à soie, se trouve en suspens à un mètre de ma figure. Brillant comme un croissant de lune, il émet une lumière sans chaleur ni ombre. Fascinée, je m'en approche à quatre pattes.

Non, il ne s'agit pas tout à fait d'un « objet ». La lumière froide en jaillit telle de la glace fondue, accompagnée de la bise qui fouette ma longue chevelure. On croirait plutôt une absence de substance, une faille dans l'intérieur sombre du placard, une forme négative qui absorbe l'obscurité et la change en lumière.

La gorge sèche, je déglutis avec peine. Je tends la main, les doigts tremblants, vers la lueur. Après que j'ai hésité une demi-seconde, le contact s'établit.

Non. Ni chaleur brûlante, ni froid glaçant. L'impression d'une présence négative se confirme : mes doigts ne touchent rien. Ils n'émergent pas non plus de l'autre côté – disparus dans la lumière, comme si je les passais par un trou dans l'espace.

Je les retire et je les agite. À ce que je peux constater lors de mon examen, ils n'ont subi aucun dommage.

Une main surgit de la brèche, m'empoigne par le bras et me tire vers la lueur. Avant que je ne puisse crier, un éclair m'aveugle. Je me sens tomber, tomber du haut d'un arbre aux pagodes vers un sol qui refuse de venir à ma rencontre.

La montagne flotte parmi les nuages, telle une île.

J'essaie de descendre par moi-même ; comme d'habitude, je me perds dans les bois embrumés. *Contente-toi de suivre la pente*, me dis-je, mais le brouillard s'épaissit, gagne en substance : j'ai beau pousser fort, le mur de nuages refuse de céder. Je n'ai d'autre choix que de m'asseoir par terre en frissonnant et de me tordre la chevelure pour en exprimer la condensation. Si l'humidité sur mon visage comprend aussi des larmes, il est hors de question que je l'admette.

Elle se matérialise devant la grisaille. Sans un mot, elle me fait signe de lui emboîter le pas vers le sommet. J'obéis.

« Tu n'es pas douée pour te dissimuler », déclare-t-elle.

Il n'y a rien à répondre à cela. Si elle a pu m'enlever dans un placard au milieu de la maison d'un général protégée par des murs et des soldats, je vois mal où je pourrais me cacher d'elle.

On émerge de la forêt dans le soleil qui baigne le pic. Une rafale de vent nous fouette avant d'aller baratter les feuilles mortes en un tourbillon rouille et or.

« Tu as faim ? » demande-t-elle, non sans gentillesse.

Je hoche la tête. La note dans le ton de sa voix

me prend au dépourvu. Mon père ne me demande jamais si j'ai faim ; parfois, je rêve de ma mère me préparant un petit déjeuner de pain cuit au four et de fèves fermentées. La bhikkhuni m'a amenée ici il y a trois jours : depuis, j'ai mangé en tout et pour tout des baies acides que j'ai trouvées dans les bois et des racines amères que j'ai déterrées.

« Viens », dit-elle.

Elle me fait gravir un sentier en zigzag creusé à flanc de falaise, si étroit que je n'ose pas regarder en bas ; j'avance en crabe, plaquée contre la paroi, en m'agrippant des deux mains aux plantes grimpantes, tel un gecko. La bhikkhuni, de son côté, arpente cette voie étroite aussi aisément qu'une grande avenue de Chang'an. À chaque épingle, elle attend avec patience que je la rattrape.

J'entends, au-dessus de moi, des chocs métalliques ténus. Une fois mes pieds calés dans des cavités le long du sentier, je m'assure que le végétal auquel je me cramponne demeure ancré à la montagne et, enfin, je lève la tête.

Deux jeunes femmes d'environ quatorze ans se battent à l'épée dans les airs. Non, « se battent » n'est pas le bon terme. Il serait plus juste de dire qu'elles dansent.

L'une d'elles, vêtue d'une robe blanche, se lance depuis la paroi en détendant ses jambes tandis qu'elle se tient d'une main à une plante grimpante. Elle décrit une longue courbe dans le vide, les pieds tendus devant elle ; sa pose gracieuse m'évoque les apsaras – les nymphes ailées vivant parmi les nuages – qui décorent les parchemins des temples. L'épée qu'elle brandit brille au soleil, tel un éclat du paradis.

Tandis que, sur la falaise, la pointe de sa lame approche de son opposante, cette dernière lâche la liane qui la porte pour bondir droit vers le haut. Sa robe noire ballonne autour d'elle comme les ailes d'un papillon de nuit géant ; quand son ascension s'interrompt, elle effectue un saut périlleux avant de retomber vers la femme en blanc, faucon en piqué auquel son bras armé tient lieu de bec.

Cling !

Les pointes s'entrechoquent et une étincelle jaillit, tel un feu d'artifice. L'épée dans la main de la femme en noir se plie en croissant, ralentissant sa descente jusqu'à ce qu'elle se tienne immobile, la tête en bas, uniquement soutenue par l'extrémité de l'épée de son adversaire.

Toutes deux frappent de leur main libre, paume ouverte.

Bam !

Le coup sec soulève des échos. La femme en noir atterrit contre le flanc de la falaise où elle s'assure en enroulant avec habileté une liane autour de sa cheville. La femme en blanc termine son arc qui la ramène vers la pierre et, comme la libellule trempant sa queue dans la mare étale, reprend son élan pour un nouvel assaut.

Captivée, je les observe qui donnent des coups de poing et de pied, frappent de taille et d'estoc, esquivent, feintent, planent, dégringolent et remontent sur le réseau de lianes à flanc de falaise plusieurs centaines de mètres au-dessus des nuages agités ; elles défient la gravité et la mortalité. Elles me semblent aussi gracieuses que des oiseaux survolant une forêt de bambous sous le vent, aussi rapides que des mantes religieuses franchissant d'un bond une toile d'araignée humide de rosée, aussi impossibles que les immortels dont les bardes à la voix rauque murmurent les légendes dans les maisons de thé.

Par ailleurs, je constate, soulagée, qu'elles possèdent une longue chevelure fournie. On n'est peut-être pas forcée de se raser le crâne pour étudier sous l'égide de la bhikkhuni.

« Viens », m'intime cette dernière. Obéissant, je rejoins la petite plateforme de pierre qui saille de l'épingle. « Je me doute que tu as vraiment faim », ajoute-t-elle, un soupçon d'enjouement dans la voix. Embarrassée, je serre les dents – j'étais restée bouche bée face au spectacle stupéfiant des deux duellistes.

Avec les nuées en contrebas et le vent qui nous fouette, le monde que j'ai toujours connu paraît avoir disparu.

« Ici. » Elle désigne, au bout de la plateforme, un tas de pêches rose vif grosses comme mon poing. « Les singes centenaires qui vivent dans les montagnes les cueillent au fond des nuages, là où les pêchers absorbent l'essence des cieux. En manger une t'évitera la faim durant dix jours. Si tu as soif, bois la rosée sur les plantes grimpantes et l'eau de la source dans la grotte qui nous sert de dortoir. »

Les deux jeunes adversaires sont descendues du flanc de la falaise sur la plateforme derrière nous. Chacune prend un fruit rose.

« Petite sœur, je te montre où tu vas dormir, dit la fille en blanc. Je m'appelle Jinger. Si les loups qui hurlent la nuit te font peur, glisse-toi dans mon lit.

— Je parie que tu n'as jamais rien mangé d'aussi doux que cette pêche, dit la fille en noir. Je m'appelle

Konger. C'est moi qui ai étudié le plus longtemps avec Maîtresse et qui connais tous les fruits de cette montagne.

— Tu as déjà mangé des fleurs d'arbre aux pagodes ?

— Non, me dit-elle. Peut-être que tu me montreras ça un jour. »

Je mords dans la pêche qui se révèle d'une indescriptible douceur et fond sur ma langue comme si elle était de neige. Pourtant, dès que j'avale ma bouchée, mon ventre se remplit de sa chaleur nourrissante. Je crois volontiers qu'elle me fera dix jours. Je croirai tout ce que me dira ma maîtresse.

« Pourquoi m'avez-vous prise ?

— Parce que tu possèdes un talent rare, Yinniang. »

C'est mon nom désormais, je suppose. La Fille cachée.

« Mais le talent, il faut le cultiver, poursuit-elle. Seras-tu une perle enfouie dans la vase de l'infinie mer d'Orient, ou brilleras-tu au point de réveiller ceux qui traversent la vie en somnambules et d'illuminer le monde ordinaire ?

— Apprenez-moi à planer et à combattre comme elles. » Je lèche le jus sucré sur mes doigts. *Je deviendrai une voleuse d'exception*, me dis-je. *Je vous reprendrai la vie que vous m'avez dérobée.*

Elle hoche la tête d'un air pensif, le regard perdu dans le lointain, où le soleil couchant transmue les nuages en un océan d'or et de sang.

Six ans plus tard :

Les roues de la charrette s'immobilisent dans un dernier grincement.

Sans avertissement, Maîtresse arrache le bandeau de mes yeux et extirpe de mes oreilles les bouchons de soie. Tout à coup le soleil m'aveugle, le bruit m'assourdit – les mulets braient, les chevaux hennissent ; une troupe d'opéra répète dans un tintamarre de cymbales et d'erhus ; on charge et on décharge biens et provisions à grand fracas ; les chants, les cris, les rires, les discours, les disputes et les marchandages composent la symphonie d'une métropole.

Tandis que je récupère du long voyage effectué dans une obscurité houleuse, Maîtresse a sauté à terre pour attacher notre âne à un poteau. Nous nous trouvons dans une capitale de province, je m'en rends bien compte – en fait, l'odeur de cent variétés de pâte frite, de pomme d'amour, de crottin de cheval et de parfum exotique me l'a déjà appris –, mais je ne saurais préciser laquelle. Bien que je tende l'oreille, les fragments de conversations que je capte dans la cohue ne me renseignent en rien sur le dialecte régional que les habitants utilisent.

Les piétons qui passent près de notre charrette s'inclinent devant Maîtresse. « *Amitabha* », disent-ils.

Une main brandie à hauteur de poitrine, elle leur rend la courbette. « *Amitabha* », renvoie-t-elle.

Je pourrais me trouver n'importe où dans l'empire.

« Nous allons déjeuner, puis tu te reposeras à l'auberge là-bas, annonce Maîtresse.

— Et ma tâche ? » La nervosité me gagne. C'est la toute première fois que je quitte la montagne depuis qu'elle m'y a emmenée.

Elle me regarde avec une expression complexe, mélange de pitié et d'amusement. « Impatiente ? »

Je me mords la lèvre inférieure sans répondre.

« Tu choisiras l'heure et la méthode, ajoute-t-elle d'un ton aussi placide que le ciel sans nuage. Je serai de retour le troisième soir. Bonne chasse. »

« Garde les yeux ouverts et les membres souples, dit-elle. Rappelle-toi ce que je t'ai appris. »

Maîtresse avait invoqué depuis les sommets voisins deux faucons des brumes, chacun de la taille d'un homme adulte. Des lames en fer forgé prolongeaient leurs serres ; de l'acier brillant soulignait la courbure de leur bec cruel. Ils décrivaient des cercles dans le ciel au-dessus de moi, tantôt émergeant de la nuée vaporeuse, tantôt y replongeant. Ils poussaient des cris fiers et tristes.

Jinger me tendit une petite dague d'une douzaine de centimètres de long qui paraissait impropre à la tâche. En la prenant par la poignée, je découvris que ma main tremblait.

« Ce qu'on voit n'est pas tout, dit-elle.

— Prends garde à ce qui est caché, ajouta Konger.

— Tu vas t'en sortir, reprit Jinger en me serrant l'épaule.

— Le monde regorge d'illusions suscitées par la Vérité invisible. » Konger se pencha alors pour murmurer à mon oreille, son souffle chaud sur ma joue. « J'ai toujours sur la nuque la cicatrice de ma rencontre avec les faucons. »

Elles reculèrent dans la brume où elles disparurent, me laissant seule avec les rapaces et la voix de Maîtresse qui tombait des plantes grimpantes au-dessus de moi.

« Pourquoi tuons-nous ? » demandai-je.

Les faucons piquèrent tour à tour pour mettre ma défense à l'épreuve. D'instinct, je m'écartai d'un bond, brandissant ma dague pour les éloigner.

« L'époque est au chaos, dit Maîtresse. Les seigneurs de la contrée débordent d'ambition. Ils prennent tout ce qu'ils peuvent au peuple qu'ils ont juré de protéger : les bergers sont devenus des loups qui attaquent leurs troupeaux. Ils augmentent les impôts jusqu'à ce que les murs de leurs palais scintillent d'or et d'argent ; ils arrachent les fils aux bras de leur mère afin que leurs armées enflent tels les flots du fleuve Jaune en crue ; ils complotent, intriguent, redessinent les cartes comme si le pays entier n'était qu'un plateau de sable sur lequel les paysans rampent à l'instar de fourmis terrifiées. »

Un des faucons vira puis plongea sur moi, une attaque en règle, sans plus rien d'une mise à l'épreuve. Je m'accroupis en posture de défense, ma dague brandie de la main droite afin de protéger mon visage, la main gauche au sol pour me stabiliser. Je ne quittai pas le rapace des yeux, laissant tout se fondre dans le décor sauf les reflets brillants sur le bec et les serres, constellation nouvelle du ciel nocturne.

Le faucon grandit dans mon champ de vision. La brise m'effleura la nuque. Le rapace tendit ses serres et battit des ailes pour tâcher de ralentir son plongeon au tout dernier instant.

« Qui dit qu'un gouverneur a raison ? Ou qu'un général a tort ? demanda-t-elle. Celui qui séduit l'épouse de son homme lige veut peut-être approcher

un tyran et exercer une vengeance. La femme qui réclame à son protecteur du riz pour les paysans agit peut-être par ambition personnelle. Nous vivons une époque chaotique et le seul choix moral consiste en l'amoralité. Les grands seigneurs nous engagent afin de frapper leurs ennemis. Nous menons nos missions avec dévouement et loyauté, aussi droites et mortelles qu'un carreau d'arbalète. »

Accroupie, je m'apprêtais à bondir pour porter un grand coup de dague au faucon quand les paroles de mes sœurs me revinrent.

« … Ce qu'on voit n'est pas tout… J'ai toujours sur la nuque la cicatrice… »

Je me jetai au sol avant de rouler sur la gauche ; les serres du faucon qui avait essayé de me prendre à revers me manquèrent d'à peine quelques centimètres. Il percuta son compagnon, plongeur rejoignant son reflet à la surface d'un bassin, à l'endroit où ma tête se trouvait deux secondes plus tôt – entrelacs d'ailes battantes, vacarme de cris coléreux.

Je me ruai. Une, deux, trois fois, rapide comme l'éclair, je tailladai la tornade de plumes. Les oiseaux churent, leurs ailes se froissant par terre. Le sang des coupures franches à leur gorge forma une flaque sur la plateforme.

Il en coulait aussi de mon épaule. Je m'étais râpée contre la pierre en roulant sur moi-même. Mais j'avais survécu, contrairement à mes ennemis.

« Pourquoi tuons-nous ? » répétai-je, haletante après l'effort. J'avais tué des singes sauvages, des panthères des forêts, des tigres de bambouseraie. Néanmoins, une paire de faucons des brumes constituait la

proie la plus redoutable, le summum de l'art de l'assassin. « Pourquoi servons-nous de serres aux puissants ?

— Nous sommes la tempête d'hiver qui assaille la maison percluse de termites, dit-elle. Il faut enterrer la pourriture de l'ancien pour engendrer la renaissance du nouveau. Nous sommes la vengeance d'un monde fatigué. »

Jinger et Konger surgirent de la brume pour répandre de la poudre à dissoudre les cadavres sur les faucons et panser mes plaies.

« Merci, chuchotai-je.

— Il faudra t'entraîner davantage, décréta Jinger non sans gentillesse.

— Je dois te garder en vie. » Le regard de Konger pétillait de malice. « Tu as promis de me cueillir des fleurs d'arbre aux pagodes, tu te souviens ? »

Le mince croissant lunaire pend au bout d'une branche de l'arbre aux pagodes chenu devant la demeure du gouverneur tandis que le veilleur de nuit sonne minuit. Les ombres de la rue sont d'une noirceur d'encre, la couleur de mon collant de soie, de ma tunique ajustée et du masque en tissu sur ma bouche et mon nez.

La tête en bas, les pieds ancrés en haut du mur, je me presse contre la surface verticale telle une plante grimpante. Deux soldats en patrouille passent au-dessous de moi. S'ils levaient les yeux, ils me prendraient pour une ombre parmi d'autres ou pour une chauve-souris endormie.

Sitôt qu'ils ont disparu, je me plie en deux afin de monter sur le mur. Je cours sur le sommet, sans plus de bruit qu'un chat, jusqu'à me retrouver face au toit du bâtiment central. D'une détente des jambes, je franchis l'intervalle d'un seul bond. J'atterris sur les ardoises formant une dépression peu accusée et je me fonds dans les ombres.

Il existe, bien sûr, des moyens plus discrets d'infiltrer une enceinte bien protégée, mais j'aime rester dans ce monde-ci, baignée par la brise nocturne et les cris lointains des hiboux.

Avec précaution, je détache une tuile vernissée ; je glisse un regard par le trou. À travers les poutrelles entrecroisées, j'aperçois une salle bien éclairée au sol en dalles de pierre. Un homme d'âge mûr trône sur l'estrade à l'extrémité est, les yeux rivés sur la liasse de papiers qu'il feuillette avec application. Il arbore une tache de naissance en forme de papillon sur la joue gauche et un collier en jade.

Il s'agit du jiedushi que je dois tuer.

« *Vole sa vie afin d'achever ton apprentissage, déclara Maîtresse. Ce sera ton examen final.*

— *Qu'a-t-il fait pour mériter la mort ? demandai-je.*

— *Quelle importance ? Un homme qui m'a sauvé la vie autrefois souhaite le voir mourir et ma grassement payée à cette fin, voilà tout. Nous amplifions les forces de l'ambition et de la dissension ; nous nous tenons à notre seul code.* »

Je rampe sur le toit, mes pieds et mes mains glissant sur les tuiles sans un bruit – Maîtresse nous entraînait en nous faisant traverser le lac de la vallée au mois de mars, sur une glace si mince qu'il arrive aux écureuils de la crever et de se noyer. Me voilà en accord avec la nuit, les sens aussi affûtés que la pointe de ma dague. Mon enthousiasme se nuance de chagrin, comme quand on s'apprête à poser le premier trait de pinceau sur la page blanche.

À présent que je me situe juste au-dessus du gouverneur, j'ôte une, puis deux tuiles, afin de me ménager un passage. Ensuite, je sors de ma sacoche le grappin – peint en noir pour éviter les reflets – et je le lance sur le faîte du toit, où les pointes accrochent solidement. Enfin, j'enroule la corde de soie autour de ma taille.

Je coule un regard par l'ouverture. Le jiedushi n'a pas bougé d'un pouce, inconscient du danger mortel au-dessus de sa tête.

L'espace d'un instant, j'ai l'illusion de me retrouver dans le grand arbre aux pagodes devant chez moi, à scruter mon père par un intervalle entre les branches feuillues que le vent agite.

La vision se dissipe. Je vais piquer comme un cormoran, l'égorger, le dévêtir et l'asperger de poudre à dissoudre les cadavres. Il se tordra encore au sol tandis que je remonterai au plafond et que je m'échapperai. Avant que les serviteurs ne découvrent sa dépouille, presque réduite à son squelette, j'aurai disparu depuis longtemps. Maîtresse déclarera la fin de mon apprentissage ; je deviendrai l'égale de mes sœurs.

Je me remplis les poumons, tous les muscles bandés. Il y a six ans que je m'entraîne à cette fin. Je suis prête.

« *Baba !* »

Je me fige.

Le petit garçon qui surgit de derrière le rideau doit avoir six ans, les cheveux réunis en une petite tresse soignée qui se dresse comme une queue de coq.

« Qu'est-ce que tu fais debout à cette heure ? demande l'homme. Sois gentil, retourne te coucher.

— Je n'arrive pas à dormir. J'ai entendu un bruit et j'ai vu une ombre sur le mur de la cour.

— Un chat, voilà tout », déclare l'homme, sans convaincre l'enfant. Il s'accorde un temps de réflexion, l'air pensif. « Bon, viens là. »

Il pose sa liasse sur le bureau bas près de lui. Le garçon se hisse sur ses genoux.

« Il n'y a rien à craindre des ombres. » Les mains devant sa lampe, l'homme en crée. Il apprend au garçon à dessiner un papillon, un chiot, une chauve-souris, un dragon sinueux. L'enfant rit de plaisir, avant de faire un chaton qui poursuit le papillon de son père sur les fenêtres en papier de la salle.

« Les ombres naissent de la lumière, et elles périssent par la lumière. » L'homme cesse d'agiter les doigts ; il laisse ses mains retomber à ses côtés. « Va te coucher. Le matin venu, tu pourras chasser de vrais papillons dans le jardin. »

Le garçonnet, les paupières lourdes, hoche la tête et s'en va sans un mot.

Sur le toit, j'hésite. Son rire refuse de quitter mon esprit. Une fille volée à sa famille peut-elle voler la famille d'un autre enfant ? Ou cette prétention à la moralité n'est-elle qu'hypocrisie ?

« Merci d'avoir attendu le départ de mon fils », dit-il.

Je reste pétrifiée. À part lui, il n'y a plus personne dans la salle ; et il s'exprime un ton trop haut pour parler tout seul.

« Je n'aime guère crier. » Il fixe son regard sur sa

liasse de papiers. « Je préférerais que vous descendiez. »

Mon cœur bat la chamade et m'assourdit. Je devrais fuir sur-le-champ. C'est sans doute un piège. Si je descends, cet homme me capturera à l'aide de soldats en embuscade ou d'un mécanisme sous le plancher de la salle. Pourtant, il y a dans sa voix une note qui me pousse à obéir.

Je me laisse choir par le trou dans le toit. Pour ralentir ma descente, j'ai noué autour de ma taille, en plusieurs boucles, la corde de soie reliée au grappin. Je me pose en douceur sur l'estrade, sans plus de bruit qu'un flocon de neige.

« Comment avez-vous su ? » Les briques sous mes pieds ne se sont pas ouvertes sur une fosse ; aucun soldat n'a surgi de derrière un écran de papier. Cependant, je serre la corde dans mes poings et je garde les genoux fléchis. S'il est bien sans défense, je peux toujours achever ma mission.

Il répond sans détour. « Les enfants ont l'oreille plus fine que leurs parents. Et il y a longtemps que je crée un théâtre d'ombres pour me distraire quand je lis le soir. Je sais dans quelle mesure les flambeaux vacillent faute de courant d'air issu d'une nouvelle ouverture au plafond. »

Je hoche la tête. Voilà une bonne leçon à retenir pour la prochaine fois. Je déplace ma main droite afin d'empoigner la dague dans l'étui au creux de mon dos.

« Le jiedushi Lu de Chenxu est quelqu'un d'ambitieux, dit l'homme. Il convoite mon territoire depuis belle lurette ; il compte incorporer dans son armée les jeunes paysans de nos champs fertiles. Si vous me fauchez, plus personne ne se dressera entre lui et le trône à Chang'an. Des millions de gens mourront tandis que sa rébellion balaiera l'empire. Des centaines de milliers d'enfants deviendront orphelins. Des multitudes de fantômes erreront, l'âme privée de repos, tandis que les animaux se repaîtront de leurs cadavres. »

Il évoque des nombres immenses, tels les grains de sable en suspens dans les eaux troubles du fleuve Jaune, mais j'ai du mal à les prendre en compte. « Il a jadis sauvé la vie de ma tutrice, dis-je.

— Vous allez donc faire ce qu'elle exige sans tenir compte d'aucun autre facteur ?

— Le monde est pourri à cœur. J'ai mon devoir à remplir.

— Je ne saurais prétendre avoir les mains sans tache. Peut-être cela résulte-t-il des compromis que j'ai consentis. » Il pousse un soupir. « Acceptez-vous au moins de m'accorder deux jours pour mettre mes affaires en ordre ? Ma femme a quitté ce monde à la naissance de mon fils, dont je dois organiser la garde. »

Incapable de traiter le rire de l'enfant comme une simple illusion, je le dévisage.

J'imagine le gouverneur entourant sa maison de milliers de soldats ; je l'imagine caché au fond de sa cave, tremblant comme une feuille en automne ; je l'imagine sur la route qui mène loin de cette ville, fouettant son cheval, avec un rictus de pantin désespéré.

Comme s'il lisait dans mon esprit, il ajoute : « Je serai là, seul, après-demain soir. Je vous en donne ma parole.

— Que vaut la parole d'un homme sur le point de mourir ?

— Autant que celle d'un assassin. »

Je hoche la tête et je saute. Escaladant la corde aussi vite que l'une des plantes grimpantes de la falaise chez moi, je m'escamote par le trou dans le toit.

Je ne redoute en rien de voir le jiedushi m'échapper. On m'a bien formée : je le rattraperai où qu'il aille. Je préfère lui laisser le temps de dire au revoir à son petit garçon ; ça me paraît juste.

Je parcours les marchés en me gorgeant des odeurs de la pâte frite et du sucre caramélisé. Au souvenir des mets dont je suis privée depuis six ans, mon estomac gronde. Manger des pêches et boire de la rosée m'a sans doute purifié l'âme, mais la chair réclame des douceurs terrestres.

Je m'adresse aux boutiquiers dans la langue de cour ; certains d'entre eux en possèdent des rudiments.

« Voilà qui est fait avec adresse. » Je regarde un général en pâte à sucre sur un bâtonnet. La figurine porte une cape rouge vif glacée au jus de jujube. J'en bave.

« Aimeriez-vous l'acheter ? demande le vendeur. Elle est toute fraîche, jeune maîtresse. Faite de ce matin. Fourrée à la pâte de lotus. »

J'avoue à contrecœur manquer d'argent. Maîtresse ne m'a donné que le strict nécessaire pour ma chambre et, en guise de nourriture, qu'une pêche séchée.

Il me toise, prend sa décision. « Si j'en juge par votre accent, vous n'êtes pas d'ici ? »

Je secoue la tête.

« Partie de chez soi pour trouver un îlot de calme dans ce monde chaotique ?

— En quelque sorte. »

Il opine du chef, comme si cela expliquait tout, puis il me tend le général en pâte à sucre. « D'un voyageur à l'autre, alors. C'est un bon endroit où s'établir. »

J'accepte le cadeau et je le remercie. « D'où venez-vous ?

— De Chenxu. J'avais déjà perdu mon père quand les hommes du jiedushi Lu sont venus dans mon village enrôler les hommes et les garçons dans l'armée. J'ai abandonné mes champs et j'ai fui ; je ne voyais pas l'intérêt de mourir pour ajouter de la couleur à sa cape de guerre. Cette figurine est à l'image du jiedushi Lu. Voir mes clients lui trancher la tête d'un coup de dents me remplit de joie. »

Je ris avant de lui donner satisfaction. Le pain de sucre fond sur ma langue et la pâte de lotus qui s'exsude est un délice.

Parcourant les rues et les ruelles de la ville, je savoure chaque bouchée de la figurine en pain de sucre tout en écoutant les bribes de conversations issues des calèches de passage et des salons de thé.

« Et pourquoi faut-il l'envoyer de l'autre côté de la ville pour apprendre à danser ?… »

« Le magistrat ne va guère apprécier la tromperie… »

« … jamais mangé d'aussi bon poisson ! Il battait encore des nageoires… »

« Comment le sais-tu ? Qu'est-ce qu'il a dit ? Raconte-moi tout, sœurette… »

Autour de moi s'écoule le fleuve de la vie qui me porte telle la mer de nuages sur la montagne quand je me balance d'une liane à l'autre. Je pèse les dires de l'homme que je dois tuer :

Des millions de gens mourront tandis que sa rébellion balaiera l'empire. Des centaines de milliers d'enfants deviendront orphelins. Des multitudes de fantômes erreront.

Je songe à son fils, au théâtre d'ombres sur les murs de la salle vide. Mon cœur épouse le rythme de ce monde à la fois banal et sacré. Les grains de sable tourbillonnant dans l'eau deviennent des visages distincts qui rient, qui pleurent, qui désirent, qui rêvent.

Le soir dit, le croissant de lune est un peu plus large, le vent un peu plus frais et la clameur des chouettes au loin un peu plus menaçante.

De nouveau, j'escalade le mur d'enceinte du gouverneur. Les soldats n'ont rien changé à leurs patrouilles. Le corps plus courbé, le pas plus léger, je me déplace avec davantage de discrétion encore sur le mur aussi étroit qu'une branche et le toit à la surface inégale. Retrouvant mon point d'accès, j'ôte la tuile que j'ai remise en place l'avant-veille au soir et plaque mon visage contre la brèche pour bloquer le courant d'air ; je m'attends à ce que des gardes masqués jaillissent des ténèbres pour me prendre au piège.

Je ne m'en fais pas – je suis prête.

Aucun cri d'alarme ; aucun coup de gong. Je plonge mon regard dans la salle bien éclairée. Il s'y trouve, installé au même endroit, une liasse de papiers posée sur son bureau.

Je tends l'oreille pour capter des pas d'enfant. Rien. On a éloigné le garçon.

J'examine le sol, sous l'homme, pour le découvrir jonché de paille. La scène me déroute, puis je comprends qu'il a agi par bonté. Il tient à éviter que son sang ne tache les briques ; ainsi, la personne qui nettoiera derrière moi aura moins de mal.

L'homme est assis en tailleur, les yeux fermés, un sourire béat sur la figure, comme une statue de Bouddha.

Sans bruit, je remets la tuile en place et je disparais dans la nuit telle une brise.

« Pourquoi as-tu omis d'effectuer ta mission ? » demande Maîtresse. Mes sœurs se tiennent dans son dos, deux arhats montant la garde.

« Il jouait avec son fils. » Je me tiens à mon explication comme à une plante grimpante au-dessus d'un abîme.

Elle soupire. « La prochaine fois, tu devrais tuer le garçon en premier, pour t'épargner la distraction. »

Je secoue la tête.

« Il te joue un tour, poursuit-elle. Il utilise ta compassion. Les puissants sont tous des acteurs de théâtre, le cœur aussi insondable qu'une ombre.

— Peut-être. Néanmoins, il a tenu parole : il était prêt à mourir de ma main. Je crois qu'il a dit vrai sur le reste.

— Comment sais-tu s'il a moins d'ambition que celui qu'il dénigre ? Ou si sa gentillesse actuelle ne dissimule pas une terrible cruauté à venir ?

— Nul ne connaît le futur. Même si la maison est percluse de termites, je refuse d'être la main qui la fera s'effondrer sur les fourmis qui y cherchent refuge. »

Elle me dévisage. « Et la loyauté ? Et l'obéissance due à ton enseignante ? Et la tenue de ta promesse ?

— Je ne suis pas faite pour être voleuse de vies.

— Un tel talent. » Elle marque une pause. « Gaspillé. »

Son ton me tire un frisson. Soudain, en regardant derrière elle, je constate que Jinger et Konger ont disparu.

« Si tu pars, dit-elle, tu ne seras plus mon élève. »

Je contemple son visage lisse et ses yeux aimables. Je me remémore les fois où elle me bandait les jambes après mes chutes de la falaise les premiers temps. Je me remémore son combat contre l'ours du bosquet de bambou lorsque la bête s'est révélée trop forte pour moi. Je me remémore les nuits où elle me serrait contre elle et m'apprenait à voir la vérité du monde derrière ses illusions.

Elle m'a enlevée à ma famille, mais a été le plus proche équivalent d'une mère que j'aie connu.

« Au revoir, maîtresse. »

Je m'accroupis, puis je bondis tel un tigre, tel un singe sauvage, tel un faucon qui s'envole. Fracassant la fenêtre de l'auberge, je plonge dans l'océan de la nuit.

« Je ne suis pas là pour vous tuer », dis-je.

Il hoche la tête, comme si cela allait de soi.

« On a envoyé mes sœurs, Jinger, le Cœur de la

Foudre, et Konger, Mains-vides, accomplir ma mission. »

Il se lève. « Je convoque mes gardes.

— Cela ne servira à rien. Jinger vous volerait votre âme même si vous vous dissimuliez sous une cloche au fond de l'océan, et Konger est encore plus douée. »

Il sourit. « Dans ce cas, je les affronterai seul… Merci de m'avertir ; cela évite à mes hommes de mourir pour rien. »

On entend des cris ténus, telle une troupe de singes au loin dans le noir. « Je n'ai pas le temps de vous expliquer, dis-je. Donnez-moi votre écharpe rouge. » Il s'exécute. Je la noue autour de ma taille. « Vous allez voir des choses qui vous dépassent. Quoi qu'il advienne, gardez l'œil sur cette écharpe et tenez-vous-en à l'écart. »

Les cris se rapprochent. Ils paraissent venir de partout et de nulle part. Jinger est arrivée.

Avant qu'il ait le temps de me poser d'autres questions, j'ouvre une brèche ; je m'y faufile, disparaissant à sa vue. Je laisse seulement pendiller le bout de l'écharpe rouge vif.

« Considère cet espace comme une feuille de papier, dit Maîtresse. La fourmi qui la parcourt en conçoit la largeur et la profondeur, mais n'a aucune idée de la hauteur. »

Dans l'expectative, j'observai la fourmi qu'elle venait de dessiner sur le papier.

« Cette fourmi redoute le danger, si bien qu'elle construit un mur tout autour d'elle, avec l'idée qu'une barrière aussi impénétrable la défendra. »

Maîtresse traça un cercle autour de la fourmi.

« Mais elle ignore qu'il y a un poignard au-dessus d'elle. Comme il ne fait pas partie de son monde, il lui demeure invisible. Son mur ne la protège pas d'une attaque venue d'une direction insoupçonnée. »

Elle jette sa dague sur la feuille, clouant au sol la fourmi dessinée.

« Tu crois sans doute que la largeur, la profondeur et la hauteur sont les seules dimensions du monde, Fille cachée, mais tu te trompes. Tu as passé ta vie telle une fourmi sur une feuille de papier ; la vérité est bien plus étrange. »

J'émerge dans l'espace au-dessus de l'espace, l'espace dans l'espace, l'espace caché.

Tout acquiert une dimension supplémentaire – les murs, les dalles du sol, les torches vacillantes, le visage stupéfait du gouverneur. Il semble qu'on l'a écorché vif pour révéler tout ce qui se situe sous la peau : je vois son cœur qui bat, ses os d'un blanc luisant, et même leur moelle veloutée qui évoque une pâte de lotus tachée de jujube. Je vois chaque grain de mica scintillant dans chaque brique ; je vois dix mille immortels qui dansent au sein de chaque flamme.

Non, c'est inexact. Les mots me manquent pour décrire ce que je distingue. Tout possède un million de milliards de couches à la fois ; la fourmi qui a toujours suivi une ligne se trouve soulevée de la feuille de papier afin de contempler la perfection d'un cercle. Telle est la perspective du Bouddha qui comprend l'incompréhensibilité du filet d'Indra, lequel relie la plus infime poussière sur le pied d'un pou au vaste fleuve d'étoiles innombrables enjambant le ciel nocturne.

C'est ainsi que Maîtresse, il y a des années, a pénétré les murs de la demeure de mon père, évité ses soldats et enlevé ma petite personne à l'intérieur du placard fermé.

Je vois approcher la robe blanche de Jinger, dansant telle une méduse scintillante dans les abysses. Elle ulule, sa voix seule produisant une cacophonie de hurlements qui terrifie ses victimes.

« Petite sœur, qu'est-ce que tu fais ici ? »

Je brandis ma dague. « Jinger, je t'en prie, repars.

— Tu as toujours été un peu trop têtue.

— Toi et moi, nous avons mangé de la même pêche, nagé dans la même source. Tu m'as appris à escalader les lianes, à choisir les lys des neiges pour parer ma coiffure. Je t'aime comme une sœur de sang. S'il te plaît, ne fais pas ça. »

Elle paraît attristée. « Je suis tenue par la promesse de Maîtresse.

— Nous devons tous respecter une promesse supérieure : faire ce que notre cœur estime juste. »

Elle lève son épée. « Puisque je t'aime comme une sœur, je te laisse frapper sans riposter. Si tu parviens à me toucher avant que je tue le gouverneur, je m'en vais. »

Je hoche la tête. « Merci. Je regrette qu'on en arrive là. »

L'espace caché possède sa propre structure faite de brins luisant d'une lumière intérieure. Pour s'y mouvoir, Jinger et moi, on bondit et on se balance d'un filament à l'autre ; on grimpe, on culbute, on pivote, on bringuebale, on danse sur le treillis tissé de lumière d'étoile et de glace brillante.

Je lui saute dessus ; elle m'évite sans mal. Elle a toujours été la meilleure au combat sur les lianes et à la danse sur les nuages. Elle glisse et se balance avec autant d'élégance que les immortels de la cour céleste. Comparés aux siens, mes mouvements sont lourds, brutaux, disgracieux.

Tout en voletant à l'écart de mes coups, elle les compte : « Un, deux, trois, quatre, cinq… très bien, Fille cachée, tu t'es entraînée. Six, sept, huit, neuf, dix… » Parfois, quand je m'approche trop, elle pare ma dague avec son épée sans plus d'effort qu'un homme assoupi n'en consacre à chasser une mouche d'un revers de main.

Avec pitié ou presque, elle se tourne vers le gouverneur. Comme la lame en suspens au-dessus de la feuille de papier, elle lui demeure invisible, jaillie d'une autre dimension.

Je m'ébranle dans son sillage, espérant être assez près pour que mon plan fonctionne.

Le gouverneur, voyant approcher l'écharpe rouge que je laisse pendre dans son monde, se jette au sol et roule sur lui-même. L'épée de Jinger crève le voile entre les dimensions et s'abat pour broyer le bureau auquel l'homme était assis.

« Quoi ? Comment peut-il me voir venir ? »

Sans lui laisser le loisir de comprendre ma supercherie, je lance un déluge de coups de dague. « Trente et un, trente-deux, trente-trois, quatre, cinq, six… Oui, tu t'améliores vraiment. »

Nous dansons dans l'espace « au-dessus » de la grande salle – il n'y a pas de terme exact pour cette direction – et, chaque fois que Jinger s'en prend au gouverneur, je tâche de me tenir auprès d'elle pour le prévenir du danger caché. J'ai beau me démener, je ne parviens jamais à effleurer ma sœur. Peu à peu, je me fatigue, je ralentis.

Je ploie, puis détends mes jambes pour lui sauter dessus à nouveau, mais, cette fois, je manque de prudence : je frôle de trop près le mur de la grande salle. Mon écharpe se prend dans un porte-flambeau et je tombe au sol.

Jinger me regarde en riant. « C'est donc comme ça que tu faisais ! Bien joué, Fille cachée. Mais la partie est finie, et je vais réclamer ma récompense. »

Si elle frappe le gouverneur, il ne verra rien venir. Je suis coincée ici.

L'écharpe prend feu, la flamme jaillissant dans l'espace caché. Je hurle de terreur tandis que ma robe s'embrase.

Trois sauts suffisent à Jinger pour regagner le brin auquel je me cramponne ; ôtant sa robe blanche, elle m'y drape afin d'aider à étouffer les flammes.

« Tu vas bien ? » demande-t-elle.

Le feu m'a roussi les cheveux et la peau par endroits, mais je m'en sortirai. « Merci », dis-je. Avant qu'elle puisse réagir, je dégaine ma dague pour couper un pan de l'ourlet de la robe. La pointe de la lame continue de trancher le voile entre les dimensions ; le ruban dérive dans le monde banal, tel un bois flotté remontant à la surface. Toutes deux, nous voyons l'air choqué du gouverneur qui détale à quatre pattes afin de s'éloigner du bout de soie blanche.

« Touché, dis-je.

— Ah. Ce n'est pas juste, si ?

— Cela reste un coup porté.

— Cette chute était donc prévue ?

— Je n'ai pas trouvé d'autre solution. Tu es bien meilleure épéiste que moi.

— Comment peux-tu te soucier davantage d'un étranger que de ta propre sœur ? » Elle secoue la tête. « Toutefois, je t'ai donné ma parole. »

Elle s'élève, flottant tel un esprit de l'eau en partance. Juste avant de se fondre dans la nuit, elle tourne la tête pour m'adresser un regard : « Adieu, Petite sœur. Voilà notre lien coupé aussi net que ma robe. Puisses-tu trouver ton but.

— Adieu. »

Elle disparaît, ululant toujours.

Je m'insinue en rampant dans l'espace banal ; l'homme se rue vers moi. « J'ai eu peur ! Quelle sorte de magie était-ce ? J'ai entendu des épées s'entrechoquer, sans rien voir. Votre écharpe dansait dans l'air comme un spectre, puis ce bout de tissu blanc a surgi du néant ! Attendez, vous êtes blessée ? »

Je grimace et me redresse sur mon séant. « Ce n'est rien. Jinger est partie, mais le tueur suivant sera mon autre sœur, Konger, beaucoup plus dangereuse. J'ignore si je pourrai vous protéger.

— Je n'ai pas peur de la mort.

— Si vous mourez, le jiedushi de Chenxu en tuera bien d'autres. Il faut m'écouter. »

Ouvrant ma sacoche, j'en sors le cadeau de Maîtresse à l'occasion de mes quinze ans. Je le lui tends.

« Un… âne en papier ? » Perplexe, il me dévisage.

« La projection dans notre monde d'un âne

mécanique. À titre de comparaison, une sphère passant par un plan prend l'aspect d'un cercle… Peu importe, le temps presse. Allons, il faut partir ! »

Je déchire l'espace et je pousse le jiedushi par la brèche. L'âne se dresse devant lui désormais – animal mécanique géant. En dépit de ses protestations, j'oblige l'homme à se jucher sur son dos.

Des tendons enroulés en meuvent les rouages, propulsant les jambes à l'aide de manivelles ; l'âne galopera en cercle dans l'espace caché durant une heure, sautant d'un filament à l'autre tel un funambule. Maîtresse me l'a offert afin de m'aider à prendre la fuite si jamais j'étais blessée au cours d'une mission.

« Comment allez-vous faire pour vous défendre contre elle ? » demande-t-il.

Je retire la clé ; l'âne s'élance, la question restant sans réponse.

Pas de hurlement, de chant, de vacarme terrifiant. Quand Konger fait son apparition, c'est sans bruit. Si vous ne la connaissiez pas, vous la croiriez désarmée. Voilà pourquoi on la surnomme Mains-vides.

La robe me tient chaud, le maquillage en pâte à pain pèse sur mon visage. J'ai enflammé la paille jonchant le sol ; sa fumée emplit la salle. Accroupie pour profiter de l'air plus pur, plus limpide, j'arbore un sourire béat, mais je garde les yeux entrouverts.

De légers remous dérangent les volutes, une perturbation qui réclame de l'attention pour se laisser déceler.

Je sais dans quelle mesure les flambeaux vacillent faute de courant d'air issu d'une nouvelle ouverture au plafond.

Un instant plus tôt, j'ai ménagé des entailles dans le voile entre les dimensions avec ma dague ; je les ai maintenues ouvertes grâce à des fils de soie arrachés au lambeau de la robe de Jinger. Ces intervalles suffisent à admettre, depuis l'espace caché, un courant d'air qui me permet de détecter un mouvement à l'intérieur.

Je me figure Konger, l'air implacable, glissant vers moi dans l'espace caché comme une démone en quête d'âmes. Dans son poing droit brille une aiguille, la seule arme dont elle ait besoin.

Elle préfère approcher sa proie par la dimension invisible, crever le voile depuis une direction indéfendue. Ainsi, elle aime à planter l'aiguille dans le cœur sans percer la peau ni le torse. Ou à l'insinuer dans le cerveau pour le touiller, de sorte que sa victime devient folle avant de mourir, mais ne présente aucune plaie au crâne.

La fumée s'agite de plus belle. Konger est toute proche.

J'imagine la scène de son point de vue : un homme vêtu d'une robe de jiedushi est assis dans la grande salle remplie de fumée, une tache de naissance en forme de papillon sur la joue. Terrifié, il semble indécis, le rictus d'un sourire idiot figeant ses traits tandis que sa maison brûle. Dans l'espace caché au-dessus de lui, l'air apparaît obscurci, comme si la fumée avait infiltré le voile entre les dimensions.

Elle plonge.

Je me penche sur la droite, me fiant à mon instinct plus qu'à mes sens. Il y a des années que je m'entraîne avec elle ; j'espère qu'elle effectue les mêmes mouvements qu'à son habitude.

Elle visait ma boîte crânienne, mais je me suis déportée, si bien que l'aiguille surgit dans le monde banal à l'endroit où ma tête se trouvait et, avec un bruit sec, frappe le collier de jade que je porte.

Je me relève, titubante ; la fumée me fait tousser. Je me débarrasse du maquillage en pâte. L'aiguille de Konger est fragile au point de se tordre dès l'impact initial, devenant inutilisable. Si sa première tentative échoue, jamais elle ne la réitère.

Un rire étonné.

« Joli coup, Fille cachée. J'aurais dû mieux regarder dans la fumée. Tu as toujours été l'élève préférée de Maîtresse. »

Les crevasses que j'avais sculptées entre les mondes ne servaient pas seulement à me prévenir. Enfumé, l'espace caché brouillait la vue que Konger avait du monde banal. En temps ordinaire, mon masque lui serait apparu transparent et la robe massive n'aurait en rien dissimulé mon corps frêle.

Peut-être, toutefois, avait-elle choisi de refuser de percer à jour mon déguisement médiocre, comme elle avait choisi de m'avertir de l'attaque en piqué du faucon dans mon dos.

Je m'incline en direction de la locutrice invisible. « Dis à Maîtresse qu'à mon grand regret, je ne regagnerai pas notre montagne.

— Qui aurait cru que tu deviendrais anti-assassin ? Nous nous reverrons, j'espère.

— Je t'inviterai à manger des fleurs d'arbre aux pagodes, Grande sœur. Nuancée d'un peu d'amertume, la douceur passe mieux. »

Son rire franc s'éloigne et je m'effondre, épuisée.

Je songe à rentrer chez moi, revoir mon père. Que

lui dire de mon absence ? Comment lui expliquer que j'ai changé ?

Je ne saurai grandir comme il le souhaite. Il y a trop de folie en moi. Je ne pourrai jamais revêtir une robe engoncée et glisser dans la maison en rougissant alors que la marieuse me désignera mon promis. Dire préférer coudre que grimper à l'arbre aux pagodes près du portail me sera impossible.

Je possède un talent.

Je veux escalader des murs comme Jinger, Konger et moi faisions en nous balançant de liane en liane contre la falaise. Je veux affronter à l'épée des adversaires valables. Je veux choisir le garçon que j'épouserai – quelqu'un de gentil, aux mains douces, qui gagnera sa vie, mettons, en polissant des miroirs et connaîtra donc l'existence d'une autre dimension derrière la surface lisse.

Je veux aiguiser mon talent jusqu'à ce qu'il brille comme le soleil, terrorisant les mécréants et éclairant la voie de qui se consacre à rendre le monde meilleur. Je veux protéger les innocents, veiller sur les timides. J'ignore si je ferai toujours ce qui est juste, mais je suis la Fille cachée, et ma loyauté va à la tranquillité que souhaite tout un chacun.

Après tout, je suis une voleuse. J'ai volé ma propre vie à mon profit, et je volerai la vie des autres pour la leur rendre.

Un bruit de sabots mécaniques grandit.

Bonne chasse

La nuit. Une demi-lune. Parfois un cri de chouette.

On avait éloigné le marchand, son épouse et tous leurs domestiques. Un calme étrange régnait dans la demeure.

Père et moi étions accroupis derrière le rocher de lettré dans la cour. Par les multiples orifices de la pierre, je voyais la fenêtre du fils de la maison.

« Oh ! Tsiao-jung, ma douce Tsiao-jung… »

Ses plaintes enfiévrées étaient pitoyables. Pris de délire, le jeune homme était ligoté sur son lit pour son bien, mais Père avait laissé une fenêtre ouverte afin que la brise porte ses cris jusqu'aux rizières dans le lointain.

« Tu crois qu'elle va venir ? » Je chuchotais. Ce jour-là marquait mon treizième anniversaire et ma première chasse.

« Sans aucun doute, répondit-il. Une *hulijing* ne peut pas résister aux pleurs de l'homme qu'elle a ensorcelé.

— Comme les amants papillons de *La Romance de Liang Shanbo et Zhu Yingtai* ? » Je revoyais la troupe d'opéra passée par notre village l'automne précédent.

« Non. » Père parut éprouver quelque difficulté à s'en expliquer. « Sache simplement que ce n'est pas pareil. »

Je hochai la tête, sans trop comprendre. Je me souvenais toutefois de la visite du marchand et de sa femme venus lui demander son aide.

« Quelle honte ! avait murmuré le marchand. Il n'a même pas dix-neuf ans. Comment a-t-il pu lire autant d'ouvrages savants et succomber pourtant à une telle créature ?

— Il n'y a pas de honte à tomber sous le charme d'une hulijing, *avait répondu Père. Même le grand érudit Wong Laï a passé trois nuits en compagnie de l'une d'elles, et il a obtenu la première place aux Examens impériaux. Votre fils n'a besoin que d'un peu d'aide.*

— Il faut le sauver, avait dit la femme du marchand en s'inclinant comme un poulet picorant du riz. Si cela se sait, les marieuses ne voudront jamais s'occuper de lui. »

Une *hujiling* était un démon voleur de cœurs. Je frémis, craignant de manquer du courage voulu pour l'affronter.

Père posa une main toute chaude sur mon épaule, ce qui me calma. Dans cette main, il tenait Queue d'hirondelle, une épée forgée par notre ancêtre, le général Lau Yip, treize générations plus tôt. Investie de bénédictions taoïstes par centaines, sa lame avait bu le sang d'innombrables démons.

Un nuage vagabond obscurcit la lune, plongeant tous les environs dans le noir.

Quand l'astre reparut, je faillis pousser un cri.

Au milieu du jardin intérieur se tenait la plus belle dame que j'aie jamais vue.

Vêtue d'une robe flottante de soie blanche aux manches amples et à la large ceinture argentée, elle avait un visage de neige et des cheveux de charbon qui lui tombaient jusqu'à la taille. Elle m'évoqua les portraits des beautés de la dynastie Tang que la troupe d'opéra accrochait sur scène.

Elle pivota lentement pour regarder alentour, ses yeux chatoyant au clair de lune telles deux mares miroitantes.

Son air chagrin me surprit. Je me sentis désolé pour elle et désireux par-dessus tout de lui rendre le sourire.

Légère comme une plume, la main de mon père sur ma nuque me tira de ma transe ; il m'avait parlé du pouvoir de fascination de la *hulijing.* Les joues brûlantes, le cœur battant la chamade, je détournai mon regard du visage de la créature et je me concentrai sur sa posture.

Pendant toute la semaine, la nuit venue, les serviteurs du marchand avaient patrouillé avec des chiens pour éloigner le démon de sa victime, mais, cette fois, le jardin était désert. Hésitant, soupçonnant un piège, elle restait immobile.

« Tsiao-jung ! Tu es venue me voir ? » La voix fiévreuse du fils s'éleva.

Se détournant, la belle dame marcha – non, glissa, tant ses mouvements étaient gracieux – droit vers la porte de la chambre.

Père surgit de derrière le rocher et lui courut sus, Queue d'hirondelle brandie.

Elle l'esquiva comme si elle avait des yeux derrière la tête. Incapable d'arrêter sa course, mon père planta son épée dans la porte en bois épais avec un bruit sourd. Malgré ses efforts, il ne parvint pas à la dégager tout de suite.

La belle dame lui jeta un coup d'œil, pivota sur ses talons et se dirigea vers le portail.

« Fais quelque chose, Liang ! lança Père. Elle s'enfuit ! »

Je lui courus après, trimballant mon pot en argile rempli de pisse de chien. Ma tâche consistait à l'en asperger pour l'empêcher de se transformer en renarde et de s'échapper.

Elle se tourna vers moi, souriante. « Tu es un garçon très courageux. » Un parfum de jasmin en fleur après la pluie m'engloba. Sa voix était aussi douce que de la pâte de lotus ; je l'aurais écoutée parler pendant toute l'éternité. Au bout de mon bras pendait le pot en argile, oublié.

« Vas-y ! » hurla Père. Il avait dégagé l'épée.

De frustration, je me mordis la lèvre. Comment pourrais-je devenir chasseur de démons si je me laissais séduire aussi facilement ? J'ôtai le couvercle pour en projeter le contenu vers la silhouette qui s'éloignait, mais l'idée absurde de ne devoir en aucun cas souiller sa robe blanche m'affligea d'un tremblement. Je la ratai, pour l'essentiel – seule une petite quantité de pisse l'éclaboussa.

Pourtant, ces quelques gouttes suffirent. Elle hurla ; le cri, qui évoquait un chien en beaucoup plus sauvage, me hérissa les poils sur la nuque. Elle fit volte-face et gronda, montrant deux rangées de crocs blancs pointus. Je reculai, titubant.

Je l'avais aspergée en pleine transformation : elle avait le visage moitié femme, moitié renarde, le museau imberbe et les oreilles triangulaires dressées, frémissantes de rage. Elle me menaça de ses mains changées en pattes aux griffes acérées.

Elle ne pouvait plus parler, mais ses yeux traduisaient le venin de ses pensées sans ambiguïté.

Père me dépassa en courant, l'épée brandie pour le coup fatal. La *hulijing* se retourna et se rua contre le portail pour le forcer avant de disparaître derrière un battant gauchi.

Il la poursuivit sans même un regard pour moi. Honteux, je m'élançai sur ses traces.

La *hulijing* avait le pied leste ; sa queue argentée semblait laisser une piste scintillante à travers champs. En revanche, son corps figé en pleine métamorphose conservait sa posture humaine, ce qui l'empêchait de courir aussi vite qu'à quatre pattes.

Nous la vîmes se faufiler dans le temple abandonné, à un *li* du village.

« Contourne le bâtiment. » Père tâchait de reprendre son souffle. « Je passe par-devant. Si elle essaie de s'enfuir par la porte de derrière, tu sais ce que tu as à faire. »

L'arrière était envahi d'herbes folles, et le mur à moitié effondré. J'aperçus un éclair blanc dans les décombres.

Décidé à me racheter aux yeux de mon père, je ravalai ma peur et je la pourchassai sans hésiter. Au bout de quelques virages, je l'avais coincée dans l'une des cellules.

J'allais lui verser dessus le reste de pisse de chien

quand je me rendis compte que cet animal-ci était beaucoup plus petit que la *hulijing* qu'on traquait : un renardeau blanc de la taille d'un chiot.

Je posai le pot par terre et je plongeai sur ma proie.

Avec une force surprenante pour un si petit animal, elle se débattit sous moi. J'eus du mal à la maîtriser. Au fil de notre lutte, la fourrure sous mes doigts me parut devenir aussi glissante que de la peau ; le corps gagna en longueur, en ampleur, en taille. Je dus peser de tout mon poids pour le maintenir au sol.

Soudain, je m'avisai que j'étreignais le corps nu d'une jeune fille de mon âge.

Poussant un cri, je me relevai d'un bond. Elle se redressa lentement, alla prendre une robe de soie derrière un tas de paille, l'enfila et me toisa avec dédain.

Un grondement retentit dans la grand-salle, suivi par le fracas d'une lourde épée qui s'abattait sur une table. Il y eut ensuite un nouveau grondement et les jurons de mon père.

On échangea un regard, la fille et moi. Elle était encore plus jolie que la chanteuse d'opéra qui n'avait pas quitté mes pensées de toute l'année dernière.

« Pourquoi s'en prendre à nous ? demanda-t-elle. On ne vous a rien fait.

— Ta mère a ensorcelé le fils du marchand. Nous devons le sauver.

— *Ensorcelé ?* C'est *lui* qui refuse de la laisser en paix. »

J'en restai interloqué. « Qu'est-ce que tu racontes ?

— Une nuit, il y a un mois de ça, il est tombé sur ma mère prise dans un piège posé par un éleveur de poulets. Elle a dû adopter sa forme humaine pour s'échapper ; dès qu'il l'a vue, il s'en est amouraché.

» Comme elle apprécie sa liberté, elle ne voulait rien avoir à faire avec lui, mais une fois qu'un homme s'est épris d'une *hulijing*, elle ne peut que l'entendre, quelle que soit la distance qui les sépare. Les plaintes et les pleurs du fils du marchand l'accaparaient, si bien qu'elle a dû passer le voir chaque nuit pour le calmer. »

Ce n'était pas ce que Père m'avait rapporté.

« Elle aime à séduire des lettrés innocents et à utiliser leur essence vitale pour alimenter sa magie diabolique ! Vois comme ce jeune homme est malade !

— Il est malade parce que ce charlatan de médecin lui a donné un poison censé lui faire oublier ma mère. C'est elle qui le maintient en vie grâce à ses visites nuit après nuit. Et ne parle pas de "séduire". Un homme peut tomber amoureux d'une *hulijing* comme il le fera d'une humaine. »

Faute de savoir quoi répondre, je lançai la première chose qui me passa par la tête. « Je sais que ce n'est pas pareil. »

Elle me considéra d'une mine mutine. « Pas pareil ? J'ai vu ton regard sur moi avant que je mette ma robe. »

Je rougis. « Démone sans pudeur ! » Je ramassai le pot de pisse. Elle resta à me regarder avec un air moqueur. Je finis par poser le récipient.

Dans la grand-salle, le combat gagnait en intensité ; tout d'un coup, un grand fracas retentit, que suivirent le hurlement de triomphe de Père et le long cri de douleur de la femme-renarde.

Le sourire narquois s'effaça, remplacé par une

colère qui se changea bientôt en chagrin. Les yeux de ma compagne avaient perdu leur lustre : ils semblaient éteints, morts.

Père grogna de nouveau. Le cri s'interrompit soudain.

« Liang ! Liang ! C'est fini. Où es-tu ? »

Des larmes roulaient sur les joues de la fille.

« Fouille le temple, reprit la voix de Père. Elle a peut-être des renardeaux dans le coin. Il faut qu'on les tue aussi. »

Elle se crispa.

« Liang, tu as trouvé quoi ? » La voix se rapprochait.

« Rien. » Je plantai mon regard dans celui de la fille. « Je n'ai rien trouvé du tout. »

Elle se détourna, avant de bondir hors de la cellule sans bruit.

Un instant plus tard, j'aperçus un petit renard blanc qui sautait le mur arrière effondré pour disparaître dans la nuit.

C'était *Qingming*, la Fête des morts. Père et moi, on alla balayer la tombe de Mère, nantis de nourriture et de boisson afin de la réconforter dans l'audelà.

« J'aimerais rester un peu », annonçai-je. Il hocha la tête et repartit à la maison.

Je murmurai une excuse à ma mère, emballai le poulet qu'on avait apporté et parcourus les trois *li* jusqu'à l'autre versant de la colline où se dressait le temple abandonné.

Je trouvai Yan à genoux dans la grand-salle, non loin de l'endroit où mon père avait tué sa mère cinq ans plus tôt. Elle portait désormais un chignon dans le style de la jeune fille qui a fait son *jijili*, la cérémonie marquant sa sortie de l'enfance. On se voyait pour *Qingming*, *Chongyang*, *Yulan* et le Nouvel An, les occasions censées réunir les familles.

« Tiens, pour toi, dis-je en lui tendant le poulet cuit à la vapeur.

— Merci. » Elle en détacha une patte qu'elle mordit avec délicatesse. Yan m'avait expliqué que les femmes-renardes choisissaient de vivre près des villages humains afin d'avoir de l'humanité dans leur existence : des conversations, de beaux habits, des poèmes, des histoires et, parfois, l'amour d'un homme digne et gentil.

Mais les *hulijing* restaient des chasseresses qui se sentaient plus libres sous leur forme animale. Vu le sort subi par sa mère, Yan évitait les poulaillers, mais le goût de la volaille lui manquait.

« Et la chasse, ça va ? demandai-je.

— Mal. Il n'y a plus beaucoup de salamandres centenaires ni de lièvres à six orteils. Je ne mange guère à ma faim. » Elle prit une nouvelle bouchée du poulet qu'elle mâcha et avala. « J'ai de la peine à me métamorphoser, aussi.

— À garder cette forme ?

— Non. » Elle posa le reste du poulet par terre et murmura une prière pour sa mère. « À retrouver ma vraie forme, pour chasser. Certaines nuits, je n'y arrive plus du tout. Et toi, la chasse ?

— Pareil. On croise moins d'esprits serpents ou de spectres vengeurs qu'il y a quelques années, semble-t-il. Même les hantises de suicidés avec des comptes à régler diminuent. Et on n'a eu aucun cadavre réanimé à proprement parler depuis des mois. Père se fait du souci pour l'argent. »

On n'avait pas eu à s'occuper d'une *hulijing* depuis des lustres non plus. Yan leur avait peut-être déconseillé le coin. À vrai dire, j'étais soulagé. Devoir expliquer son erreur à mon père ne m'enchantait guère. Il s'irritait déjà de perdre le respect des villageois à présent qu'ils paraissaient avoir moins besoin de son savoir et de son talent.

« Tu n'as jamais songé que les cadavres réanimés étaient peut-être des incompris, comme ma mère et moi ? » Voyant mon expression, elle éclata de rire. « Je plaisante ! »

On avait de drôles de rapports, Yan et moi. Ce n'était pas tout à fait une amie. Plutôt une relation vers laquelle j'étais attiré car on savait tous les deux que le monde fonctionnait d'une autre façon qu'on nous l'avait appris.

Elle regarda la part de poulet qu'elle avait laissée pour sa mère. « Je crois que la magie de la terre se tarit. »

Je me doutais que quelque chose clochait, mais je n'avais pas voulu exprimer ma crainte de peur de lui donner corps.

« Qu'est-ce qui l'assèche, à ton avis ? »

Au lieu de répondre, elle tendit l'oreille, concentrée. Puis elle se leva, m'empoigna la main et m'entraîna derrière le bouddha de la grand-salle.

« Qu'est-ce que… »

Elle posa un doigt sur mes lèvres. Serré contre elle, je remarquai enfin son odeur, qui rappelait celle de sa mère – fleurie, douce, mais âpre, comme celle de couvertures mises à sécher en plein soleil. Mon visage me cuisait.

Un instant plus tard, j'entendis des hommes entrer dans le temple. Peu à peu, je sortis la tête de derrière la statue pour pouvoir les regarder.

Il faisait chaud ; le groupe voulait s'abriter du soleil de midi. Deux hommes posèrent au sol une chaise à porteurs en osier. Le passager qui en descendit était étranger, la peau pâle, les cheveux jaunes bouclés. Les autres transportaient des tripodes, des niveaux, des tubes en bronze et des malles ouvertes remplies d'appareils bizarres.

« Très honoré Mister Thompson. » Un homme vêtu en mandarin s'approcha de l'étranger. Sa façon de s'incliner, de sourire, de hocher la tête m'évoquait un chien battu qui cherche à rentrer dans les bonnes grâces de son maître. « Reposez-vous et buvez un peu de thé glacé. C'est difficile pour les hommes de travailler en ce jour où ils sont censés visiter les tombes de leur famille, et ils doivent consacrer quelque temps à la prière, sous peine de fâcher les dieux et les esprits. Je vous promets toutefois qu'ils ne rechigneront pas à la tâche et qu'ils finiront le levé dans les temps.

— Le problème avec vous, les Chinois, ce sont toutes vos superstitions. » L'étranger avait un drôle d'accent, mais je le comprenais sans effort. « Rappelez-vous que le chemin de fer Hong Kong-Tientsin représente un enjeu majeur pour la Grande-Bretagne. Soit j'atteins le village de Botou d'ici ce soir, soit je vous colle à tous une retenue sur salaire. »

J'avais entendu dire que l'empereur mandchou avait subi une défaite et dû accepter toutes sortes de concessions, dont l'une consistait à payer pour aider les étrangers à construire une route en fer, mais cela m'avait semblé si fantaisiste que je n'y avais guère prêté attention.

Le mandarin acquiesça avec enthousiasme. « Très honoré Mister Thompson, vous avez bien raison. Néanmoins, puis-je soumettre une suggestion à votre esprit brillant ? »

L'Anglais fatigué agita la main avec impatience.

« Certains des villageois de la région s'inquiètent du tracé proposé, reprit l'autre. Voyez-vous, ils estiment que la voie déjà posée bloque les veines du *qi* dans la terre. Ce serait du mauvais *feng shui.*

— Qu'est-ce que vous racontez ?

— Pensez à la respiration. » Le mandarin souffla plusieurs fois pour s'assurer que l'étranger suivait. « La terre possède des canaux le long des fleuves, des collines, des routes, et ces canaux transportent l'énergie du *qi.* C'est ce qui donne aux villages leur prospérité, tout en alimentant les animaux rares, les esprits des lieux et les dieux du foyer. Pourriez-vous envisager de déplacer quelque peu les rails, en accord avec les conseils des maîtres du *feng shui* ? »

Thompson leva les yeux au ciel. « C'est le bouquet. Vous voulez que je dévie de l'itinéraire le plus efficace pour notre chemin de fer parce que vous croyez que vos idoles vont se fâcher ? »

Le mandarin parut peiné. « Là où on a posé la voie, des malheurs surviennent : les gens perdent de l'argent, les bêtes meurent, les dieux du foyer ignorent les prières. Bouddhistes et taoïstes, les moines jugent le chemin de fer responsable. »

Thompson s'approcha du bouddha pour l'examiner d'un œil appréciateur. Je me tapis aussitôt derrière la statue et pressai la main de Yan. On retint notre souffle en souhaitant ne pas être découverts.

« Celui-ci garde-t-il son pouvoir ? demanda l'Anglais.

— Le temple n'accueille plus de moines depuis des années faute de moyens, dit le mandarin, mais ce bouddha demeure respecté. J'ai ouï dire que les prières des villageois se voient souvent exaucées. »

Alors, un grand fracas retentit et les hommes poussèrent un soupir collectif.

« Je viens de briser les mains de votre dieu avec ma cane, dit Thompson. Comme vous pouvez le constater, je n'ai pas été frappé par la foudre ou autre calamité. Nous savons donc qu'il s'agit d'une simple idole en terre sèche garnie de paille et couverte de peinture à bas prix. Voilà pourquoi vous avez perdu la guerre contre la Grande-Bretagne. Vous adorez des statues de boue au lieu de construire des routes en fer et des armes en acier. »

Cela mit fin aux discussions sur le tracé de la voie.

Après leur départ, Yan et moi, on émergea de derrière le bouddha pour contempler ses mains tombées au sol.

« Le monde change, dit-elle. Hong Kong, la voie ferrée, les étrangers dont les fils transmettent les voix et dont les machines crachent de la fumée. De plus en plus, les conteurs des maisons de thé évoquent ces merveilles. Cela explique pourquoi l'ancienne magie s'en va, je crois. Une nouvelle magie plus puissante la remplace. »

Elle parlait d'une voix froide, impassible, telle une

mare paisible en automne, mais ses mots sonnaient juste. Je revis mon père affectant une mine joyeuse tandis que nos clients se raréfiaient. Ne perdais-je pas mon temps à apprendre les incantations et les danses de l'épée ?

« Qu'est-ce que tu vas faire ? » Je l'imaginais seule dans les collines, incapable de trouver la nourriture alimentant sa magie.

« Il y a une seule chose que je puisse faire. » Sa voix se brisa, virant au défi, caillou jeté dans la mare. Ensuite, elle me dévisagea ; son aplomb lui revint. « Une seule chose que *nous* puissions faire. Apprendre à survivre. »

Le chemin de fer devint bientôt un élément familier du paysage : la locomotive noire qui haletait dans les rizières verdoyantes, crachant sa fumée et tirant un long train, tel un dragon descendu des montagnes lointaines, floues et bleues. Dans un premier temps, la vue séduisit tout un chacun ; les enfants, ébaubis, couraient le long de la voie pour escorter la puissante machine.

Mais la suie de sa cheminée ne tarda guère à tuer le riz dans les champs voisins ; et deux enfants qui jouaient sur la voie un après-midi, trop effrayés pour s'écarter, se firent tuer. Le train ne fascinait plus.

Les gens du coin cessèrent de nous engager, Père et moi, préférant consulter le missionnaire chrétien ou le nouveau maître d'école qui disait avoir étudié à San Francisco. Les jeunes hommes du village partaient pour Canton ou Hong Kong qui promettaient lumières vives et travail abondant. Les champs restaient en jachère. Le village semblait réduit aux trop vieux et aux trop jeunes, d'humeur résignée. Des provinces lointaines, on venait acquérir des terres à vil prix.

Père passait son temps au salon, Queue d'hirondelle sur les genoux ; de l'aube au crépuscule, il regardait dehors par la porte, comme s'il était lui aussi devenu une statue.

Chaque soir, en rentrant des champs, je voyais une brève lueur d'espoir dans ses yeux.

« Quelqu'un a-t-il demandé notre aide ?

— Non, répondais-je en tâchant de garder un ton léger, mais je parie qu'on aura bientôt un cadavre réanimé, depuis le temps. »

J'évitais de le regarder en parlant ; je refusais de voir la lueur d'espoir s'éteindre.

Un jour, je le découvris pendu à la grande poutre de sa chambre. Pendant que je le décrochais et que je l'allongeais par terre, le cœur serré, la comparaison me frappa : comme les proies qu'il avait traquées toute sa vie, l'ancienne magie l'avait déserté pour toujours et il ne savait pas comment survivre en son absence.

Queue d'hirondelle me parut lourde et terne. Jamais je n'avais envisagé d'autre voie qu'une carrière de chasseur de démons, mais, faute de démons, faute d'esprits, comment la suivre ? Toutes les bénédictions taoïstes placées sur la lame avaient échoué à dissiper le chagrin paternel. Si je restais là, peut-être mon cœur deviendrait-il trop lourd, aussi, au point de ne plus vouloir battre.

Je n'avais pas revu Yan depuis le jour où, six ans plus tôt, on s'était dissimulés des hommes venus tracer la voie ferrée. Mais sa phrase me revenait.

Apprendre à survivre.

Je fis mon sac, achetai un billet de train pour Hong Kong.

Le garde sikh vérifia mes papiers et me fit signe de passer le portail de sécurité.

Je marquai une pause pour suivre du regard la voie qui escaladait la montagne. Elle évoquait davantage une échelle dressée à l'assaut des cieux. Il s'agissait d'un funiculaire, la ligne de tram qui desservait le sommet du pic Victoria, où les maîtres de Hong Kong vivaient et où les Chinois avaient interdiction de séjourner.

Des Chinois dont on acceptait toutefois qu'ils enfournent du charbon dans les chaudières et graissent les rouages.

Alors que je baissais la tête à l'entrée de la machinerie, la vapeur s'éleva tout autour de moi. Au bout de cinq ans, je connaissais le grondement régulier des pistons et le grincement saccadé des rouages aussi bien que les rythmes de mon souffle et de mon cœur. La musique de leur cacophonie ordonnée me touchait, comme les coups de cymbale et de gong au début d'un opéra. Je vérifiai la pression, appliquai du mastic sur les joints, resserrai les collerettes, remplaçai les rouages usés du câble de secours. Je m'oubliai au travail, une tâche difficile et satisfaisante.

À la fin de mon poste, la nuit tombait. Je ressortis de la machinerie pour découvrir la pleine lune ; un tram bondé escaladait le flanc de la montagne, hissé par le moteur dont j'avais la charge.

« Ne vous laissez pas prendre par les fantômes

chinois », dit une femme aux cheveux d'or, ses compagnons éclatant de rire.

On était la nuit de *Yulan*, la Fête des fantômes, m'avisai-je. *Il me faudrait offrir quelque chose à mon père, peut-être aller chercher des billets de banque funéraires à Mong Kok.*

« Comment ça, tu as fini ta journée ? On a encore envie de toi ! lança un homme non loin de là.

— Les filles dans ton genre ne devraient jamais aguicher », dit un autre avec un rire.

Regardant vers les voix, j'aperçus une Chinoise debout dans l'ombre de la station de tram. Son cheongsam ajusté à l'européenne et son maquillage bariolé m'indiquèrent sa profession. Deux Anglais lui bloquaient le passage. L'un d'eux essaya de l'enlacer ; elle s'écarta.

« S'il vous plaît, je suis très fatiguée, dit-elle dans leur langue. Une prochaine fois, peut-être.

— Allons, ne sois pas ridicule, riposta le premier d'une voix durcie. Il n'y a pas à discuter. Suis-nous et fais ce que tu dois faire. »

Je m'approchai d'eux. « Hé ! » Ils se retournèrent pour me regarder. « Je peux savoir quel est le problème ?

— Ça ne te regarde pas.

— Je crois bien que si, vu que vous parlez à ma sœur. »

Je doute qu'ils m'aient cru, mais cinq ans passés à manier de gros engins m'avaient musclé. Au vu de ma figure et de mes mains noires de graisse, ils estimèrent sans doute que se bagarrer en public avec un machiniste chinois n'en valait pas la peine.

Ils intégrèrent la file d'attente du tram en murmurant des jurons.

« Merci.

— Cela fait longtemps », dis-je en la regardant. Je ravalai mon *tu as bonne mine.* Elle n'avait pas bonne mine du tout ; elle paraissait lasse, émaciée, fragile. Le parfum capiteux qu'elle portait m'agressait les narines.

Mais je m'en serais voulu de la prendre de haut. Juger, c'était le luxe de ceux qui n'avaient pas à survivre.

« C'est la Fête des fantômes ce soir, dit-elle. Je n'avais plus envie de travailler. Je voulais penser à ma mère.

— Et si on allait chercher des offrandes ensemble ? »

On prit le ferry de Kowloon ; le vent marin la requinqua un peu. Humidifiant une serviette à la théière de bord, elle se démaquilla. Je captai une trace de son odeur naturelle, fraîche et délicieuse comme toujours.

« Tu as bonne mine. » Je le pensais.

Dans les rues de Kowloon, on acheta des gâteaux, des fruits, des raviolis chinois froids, un poulet à la vapeur, de l'encens, des billets de banque funéraires, et on se raconta nos vies.

« Et la chasse, ça va ? » lançai-je. On rit tous les deux.

« Être une renarde me manque. » Distraite, elle grignota une aile de poulet. « Un jour, peu après notre toute dernière discussion, j'ai senti l'ultime vestige de magie me quitter. Je ne pouvais plus me transformer.

— Tu m'en vois navré », dis-je, faute de mieux.

« Ma mère m'a appris à apprécier les choses humaines : la nourriture, les vêtements, l'opéra, les vieilles histoires. Mais elle n'en a jamais dépendu. Dès qu'elle le voulait, elle pouvait reprendre sa vraie forme et partir en chasse. Maintenant, dans ce corps, qu'est-ce que je peux faire ? Je n'ai pas de griffes. Je n'ai pas de dents acérées. Je ne cours même pas vite. Tout ce qu'il me reste, c'est ma beauté, la raison pour laquelle ton père et toi avez tué ma mère. Désormais, je vis donc grâce à l'acte dont tu accusais ma mère à tort : je *séduis* des hommes contre de l'argent.

— Mon père est mort, lui aussi. »

Ma déclaration parut la rendre moins amère. « Que s'est-il passé ?

— Il sentait la magie nous quitter, comme toi. Il ne l'a pas supporté.

— Tu m'en vois navrée. » Il me parut qu'elle aussi restait dans l'expectative.

« Tu m'as dit un jour que tout ce qu'on peut faire, c'est survivre. Je dois t'en remercier. Tu m'as sans doute sauvé la peau.

— Dans ce cas, on est quittes. » Elle sourit. « Ne parlons plus de nous. Cette nuit est dédiée aux fantômes. »

On descendit au port et on disposa notre nourriture près de l'eau pour inviter les fantômes de nos êtres aimés à venir dîner. Ensuite, on alluma les bâtonnets d'encens et on brûla les billets funéraires dans un seau.

Yan regardait les flocons de papier brûlé soulevés par la chaleur des flammes disparaître parmi les étoiles. « Tu crois que les portes du monde souterrain s'ouvrent toujours pour les fantômes ce soir, à présent que la magie a disparu ? »

J'hésitai. Dans ma jeunesse, on m'avait appris à entendre les grattements d'un fantôme sur une fenêtre en papier, à faire la différence entre la voix d'un esprit et le vent, mais je m'étais habitué à supporter le vacarme tonitruant des pistons et le chuintement assourdissant de la vapeur sous pression qui fusait par les valves. Je ne pouvais plus me prétendre en accord avec le monde disparu de mon enfance.

« Je l'ignore, répondis-je. Il en va sans doute de même avec les fantômes qu'avec les gens, je suppose. Certains se débrouilleront pour survivre dans un monde diminué par les routes en fer et les sifflets à vapeur, d'autres échoueront.

— Mais y en aura-t-il qui prospéreront ? »

Elle savait toujours me surprendre.

« Tu es heureux ? reprit-elle. Heureux de faire tourner un moteur toute la journée ? D'être un rouage parmi d'autres ? À quoi est-ce que tu rêves ? »

Je ne gardais aucun souvenir de mes rêves. Je m'étais laissé happer par les mouvements des rouages et des leviers au point que mon esprit remplissait les intervalles entre les bruits incessants du métal contre le métal. C'était un moyen d'éviter de songer à mon père, à un pays qui avait perdu tant de son caractère.

« Je rêve de chasser dans cette jungle de métal et d'asphalte, déclara-t-elle. Je rêve de ma vraie forme sautant d'une poutre à une corniche, d'une terrasse à un toit, jusqu'à ce que je me retrouve au sommet de cette île et que je puisse gronder contre tous les hommes qui croient me posséder. »

Ses yeux, enflammés l'espace d'un instant, se ternirent.

« En cette ère de la vapeur et de l'électricité, dans cette vaste métropole, à part les habitants du pic Victoria, y a-t-il encore quelqu'un sous sa vraie forme ? » demanda-t-elle.

Assis côte à côte sur le quai, on brûla toute la nuit des billets funéraires, dans l'attente d'un signe nous prouvant que les fantômes nous côtoyaient toujours.

La vie à Hong Kong pouvait être une drôle d'expérience : d'un jour sur l'autre, rien ne changeait guère, mais comparer sur quelques années permettait de constater qu'on habitait en fait un monde différent.

Vers mes trente ans, les nouveaux modèles de moteurs à vapeur consommaient moins de charbon et produisaient plus d'énergie. Ils perdaient en taille. Les rues s'emplissaient de rickshaws automatiques et de voitures sans chevaux, et ceux qui pouvaient se les offrir possédaient diverses machines assurant que l'air de la maison restait frais et les aliments au froid dans une armoire de la cuisine – le tout alimenté par la vapeur.

J'allais dans les magasins subir l'ire des employés afin d'étudier les nouveaux modèles exposés. Je dévorais tous les ouvrages publiés sur les principes et le fonctionnement de la machine à vapeur. Je tâchais d'appliquer ces principes pour améliorer les engins sous ma responsabilité : j'essayais des cycles de combustion, je testais des types de lubrifiants pour les pistons, j'ajustais les ratios des rouages. Saisir la magie des engins m'apportait une certaine satisfaction.

Un matin, alors que je réparais un timon brisé – travail délicat –, deux paires de souliers vernis s'immobilisèrent sur la plateforme au-dessus de moi.

Je levai les yeux. Deux hommes les baissaient vers moi.

« C'est lui », dit mon chef d'équipe.

L'autre, tiré à quatre épingles, parut sceptique. « C'est bien toi qui as pensé à utiliser un volant d'inertie plus large pour le vieux moteur ? »

Je hochai la tête. Tirer plus de puissance de mes machines que les ingénieurs n'en avaient rêvé m'emplissait de fierté.

« Tu n'as pas volé l'idée à un Anglais ? » Le ton était empreint de sévérité.

Je cillai. La perplexité laissa place à la colère. « Non. » Je m'efforçai de garder un ton posé. Ensuite, je me glissai de nouveau sous la machine pour continuer ma réparation.

« Il est futé, pour un Chinois, dit mon chef d'équipe. On pourra le former.

— Bon, autant essayer, ma foi, dit l'autre. Ça nous coûtera moins cher que d'engager un ingénieur anglais diplômé. »

M. Alexander Findlay Smith, propriétaire du Tram du pic Victoria et lui-même ingénieur passionné, avait discerné une opportunité, anticipant le fait que le progrès technologique mènerait à l'utilisation de la vapeur pour faire mouvoir des automates : des bras et des jambes mécaniques qui finiraient par remplacer les coolies et les serviteurs chinois.

On me choisit pour l'assister dans cette entreprise.

J'appris à réparer les mécanismes d'horloge, à concevoir des systèmes complexes de rouages et à trouver des usages ingénieux aux leviers. J'assimilai la technique de plaquer le métal avec du chrome, de donner des courbes harmonieuses à l'airain. J'inventai des manières de connecter l'univers des mouvements d'horloge, durci et renforcé, à celui des pistons et de la vapeur, miniaturisé et régulé. Une fois les automates achevés, nous les relions aux récentes machines analytiques envoyées de Grande-Bretagne et nous les alimentions avec des bandes perforées en code Babbage-Lovelace.

Il fallut dix ans de labeur, mais des bras mécaniques servaient désormais des boissons dans les bars de Central et des mains mécaniques façonnaient chaussures et vêtements dans les usines des Nouveaux territoires. Dans les demeures du pic Victoria, j'entendais – sans jamais les voir – des appareils de ma conception arpenter les couloirs en toute discrétion pour balayer et laver les sols, elfes mécaniques soufflant des petits nuages de vapeur blanche. Les expatriés pouvaient enfin vivre leur vie dans ce paradis tropical sans devoir supporter la présence des Chinois.

J'avais trente-cinq ans quand elle revint toquer chez moi, tel un souvenir des temps anciens.

Je l'attirai dans mon logis minuscule, jetai un regard à la ronde pour vérifier que nul ne la suivait et fermai la porte.

« Et la chasse, ça va ? » Une mauvaise plaisanterie dont elle eut la gentillesse de rire sans joie.

Sa photo hantait les journaux. Il s'agissait du

plus grand scandale de la colonie : non seulement le fils du gouverneur entretenait une maîtresse chinoise – on s'y attendait –, mais celle-ci avait réussi à lui dérober une énorme somme et à disparaître. Tout le monde gloussait pendant que la police retournait la ville à sa recherche.

« Je peux te cacher ce soir. » J'attendis, la seconde moitié de la phrase suspendue entre nous.

Elle s'assit sur la seule chaise de la pièce ; l'ampoule de faible puissance jetait des ombres noires sur sa figure. Elle me paraissait émaciée, épuisée. « Tu me juges, donc.

— J'ai un bon emploi que je voudrais garder. M. Findlay Smith me fait confiance. »

Elle se baissa et entreprit de soulever sa robe.

« Ne fais pas ça. » Je me détournai, refusant de la voir essayer de monnayer ses charmes auprès de moi.

« Regarde. » Il n'y avait aucune note de séduction dans sa voix. « Liang, regarde-moi. »

J'obéis, retenant mal un cri.

Je discernai des membres chromés. Je me baissai pour y regarder de plus près : les joints cylindriques des genoux tournés avec précision, les actuateurs pneumatiques des cuisses jouant dans un silence complet, les pieds aux formes exquises, toutes les surfaces lisses, scintillantes. Je n'avais jamais vu d'aussi belles jambes mécaniques.

« Il m'a fait droguer, expliqua-t-elle. À mon réveil, mes jambes d'origine avaient disparu, remplacées par celles-ci. La douleur était atroce. Il m'a confié son secret : il préférait les machines ; il n'arrivait pas à bander avec une femme de chair. »

J'avais entendu parler de ce genre d'individu.

Dans une ville remplie de chrome et d'airain, de fracas métalliques et de sifflements pneumatiques, les désirs se brouillaient.

Pour éviter de devoir la dévisager, je me concentrai sur la façon dont la lumière jouait le long des courbes luisantes de ses mollets.

« J'avais le choix : soit il continuait de me modifier à sa guise, soit je me retrouvais à la rue sans ces jambes. Qui croirait une pute chinoise cul-de-jatte ? Je voulais survivre. Il m'a donc fallu ravaler ma souffrance et le laisser faire. »

Elle se leva pour retirer sa robe et ses gants de soirée. J'assimilai son torse chromé avec sa taille à claire-voie pour permettre l'articulation et le mouvement ; ses bras sinueux, faits de plaques incurvées glissant les unes sur les autres telle une armure obscène ; ses mains façonnées de délicates mailles métalliques dont les doigts d'acier se terminaient par des joyaux au lieu d'ongles.

« Il n'a pas regardé à la dépense. Toutes mes pièces ont été bâties par les meilleurs artisans, puis fixées par les plus grands chirurgiens – il y en a beaucoup qui, dans la plus totale illégalité, veulent étudier comment on peut animer le corps à l'aide de l'électricité et remplacer les nerfs par des câbles. Ils ne s'adressaient qu'à lui, comme si je n'étais déjà plus qu'une machine.

» Un soir, il m'a fait mal et, au désespoir, je l'ai frappé. Il est tombé comme un pantin de paille. Je me suis alors avisée de la force dont disposaient mes bras de métal. Je l'avais laissé m'infliger tout ça, remplacer mes organes l'un après l'autre, en pleurant ce que je perdais sans me rendre compte de ce que j'avais gagné. Ce qui m'arrivait était *terrible* – mais je pouvais l'être, moi aussi.

» Je l'ai étranglé jusqu'à ce qu'il perde conscience, puis j'ai pris tout l'argent que j'ai trouvé et je suis partie.

» Me voici donc, Liang. Tu acceptes de m'aider ? »

Je m'avançai et l'enlaçai. « On trouvera bien à inverser le processus. Il doit y avoir des docteurs qui… »

Elle m'interrompit. « Non. Ce n'est pas ça que je veux. »

Il nous fallut près d'un an pour mener notre tâche à bien. L'argent de Yan y contribua, mais il y avait des choses qui ne s'achetaient pas, surtout le talent et le savoir.

Mon appartement devint un atelier. On passait les soirées et les dimanches à travailler – façonner le métal, polir les rouages, rattacher les câbles.

Le plus dur, c'était sa figure, restée de chair.

Je lus attentivement des manuels d'anatomie, puis je pris l'empreinte de ses traits avec du plâtre de Paris. Je me brisai les pommettes et je me tailladai les joues afin de pouvoir faire irruption, titubant, dans les cabinets des chirurgiens et apprendre d'eux comment réparer ces blessures. J'achetai fort cher des masques incrustés de pierres précieuses que je désassemblai pour maîtriser l'art délicat consistant à donner au métal la forme d'un visage.

L'heure sonna enfin.

Par la fenêtre, la lune jetait sur le sol un parallélogramme blanc pâle. Yan se tenait au milieu, tournant et levant la tête pour essayer son nouveau visage.

Des centaines d'actuateurs pneumatiques miniatures et indépendants dissimulés sous sa peau chromée l'autorisaient à adopter n'importe quelle expression. Ses yeux, toutefois, n'avaient pas changé ; ils brillaient d'excitation au clair de lune.

« Prête ? » demandai-je.

Elle hocha la tête.

Je lui tendis un bol plein de l'anthracite le plus pur, moulu fin. Le charbon sentait le bois brûlé, le cœur de la terre. Elle le versa dans sa bouche et avala. J'entendis le feu de la chaudière miniature dans son torse gagner en chaleur à mesure que la pression montait. Je reculai d'un pas.

Elle leva la tête vers la lune et hurla, un cri produit par le passage de la vapeur dans les tuyaux de cuivre, et pourtant il me rappelait le hurlement poussé par sa mère des années plus tôt, quand j'avais entendu pour la première fois l'appel d'une *hulijing*.

Ensuite, elle s'accroupit. Les crissements des rouages, les claquements des pistons, les glissements des plaques de métal les unes sur les autres – tous ces bruits se firent plus forts tandis qu'elle entamait sa transformation.

Elle avait ébauché son idée à l'encre sur du papier. Puis elle l'avait affinée, au fil de centaines d'esquisses, jusqu'à s'estimer satisfaite. Je voyais en elle des traces de sa mère, mais aussi des traits nouveaux, plus durs.

Sur cette base, j'avais conçu les plis délicats de la peau chromée et les jointures complexes du squelette métallique. J'avais monté les gonds, assemblé les rouages, soudé les câbles, huilé les actuateurs. Je l'avais démontée, remontée.

Pourtant, voir le tout fonctionner tenait du miracle. Sous mes yeux, elle se pliait et se dépliait tel un origami d'argent, jusqu'à ce qu'une renarde de chrome aussi belle et létale que les vieilles légendes se dresse devant moi.

Elle parcourut mon logis, éprouvant sa forme aux lignes pures, testant ses mouvements furtifs. Ses membres luisaient au clair de lune et sa queue, une dentelle de fils d'argent, laissait une traînée de lumière dans la pénombre.

Se retournant, elle marcha – non, glissa – vers moi, chasseresse glorieuse, vision d'antan incarnée. Je pris une profonde inspiration : du feu et de la fumée, de l'huile de moteur, du métal poli. L'odeur composite de la puissance.

« Merci. » Elle se pencha vers moi tandis que j'enlaçais sa vraie forme. Le moteur à vapeur qu'elle contenait avait chauffé son corps de métal froid qui me parut tiède, vivant.

« Tu sens ? »

Je frémis. J'avais compris la question. L'antique magie faisait son retour, changée : au lieu de la fourrure et de la chair, du métal et du feu.

« J'en trouverai d'autres dans mon genre, dit-elle, et je te les amènerai. Ensemble, on les libérera. »

Jadis, j'étais un chasseur de démons. Désormais, j'étais l'un d'eux.

J'ouvris la porte, Queue d'hirondelle en main. Ce n'était qu'une vieille épée rouillée, mais encore capable de faucher quiconque attendrait en embuscade.

Il n'y avait personne.

Yan bondit dehors tel l'éclair. Furtive, gracieuse, elle fusa dans les rues de Hong Kong, libre, sauvage, femme-renarde conçue pour l'ère moderne.

… une fois qu'un homme s'est épris d'une hulijing, *elle ne peut que l'entendre, quelle que soit la distance qui les sépare…*

« Bonne chasse », soufflai-je.

Elle hurla au loin et je vis un panache de vapeur s'élever tandis qu'elle disparaissait.

Je l'imaginai filant le long de la voie du funiculaire, engin infatigable courant sans relâche vers le sommet du pic de Victoria, et un futur aussi vibrant de magie que le passé.

Rester

Après la Singularité, la plupart des gens ont choisi de mourir.

Les morts nous plaignent ; ils nous appellent d'ailleurs les *abandonnés*, tels des malheureux incapables d'atteindre le radeau de sauvetage à temps. Que nous ayons pu *choisir* de rester leur échappe. Et donc, année après année, ils essaient de nous voler nos enfants.

Je naquis en l'Année zéro de la Singularité où le premier homme s'uploada. Le Pape dénonça « l'Adam numérique », les digettrés firent la fête et tous les autres galérèrent pour comprendre ce nouveau monde.

« On souhaite l'immortalité depuis toujours », dit Adam Éternel, le fondateur d'Éternité SA, et le premier à partir. Son message enregistré était partout sur le net. « La voici à notre portée. »

Pendant qu'Éternité construisait son gigantesque Centre de données en Svalbard, les pays du monde entier se ruaient pour statuer sur ce qui s'y passait : s'agissait-il de meurtre ? Tous les uploadés laissaient un cadavre au cerveau réduit en bouillie sanglante par un scan destructeur. Que devenaient-ils ? Que devenait leur essence ? Que devenait – faute d'un terme plus approprié – leur âme ?

Étaient-ils désormais des intelligences artificielles ? Ou relevaient-ils encore de l'humain, le silicium et le graphène jouant le rôle des neurones ? Y avait-il là une simple mise à jour matérielle de la conscience, ou bien un algorithme, une imitation mécanique du libre arbitre ?

Ça commença par les vieux et les malades incurables. Le procédé coûtait très cher. Puis, à mesure que le prix baissait, des centaines de personnes, des milliers, et enfin des millions se portèrent candidats.

« Faisons-le », suggéra Papa alors que j'étais au lycée. À cette époque, le monde s'abîmait dans le chaos. Le pays se dépeuplait. Les prix des marchandises plongeaient. Partout la guerre menaçait ou faisait rage : conquêtes, reconquêtes, massacres sans fin. Ceux qui pouvaient se l'offrir prenaient le premier vol disponible pour le Svalbard. Le genre humain abandonnait le monde et s'annihilait.

Maman lui prit la main.

« Non, dit-elle. Ils croient pouvoir tromper la mort, mais ils ont perdu la vie dès l'instant où ils ont décidé de quitter le monde véritable pour une simulation. Tant que le péché existera, la mort devra exister aussi. C'est à cette aune que la vie acquiert son sens. »

Catholique non pratiquante, elle aspirait néanmoins aux certitudes offertes par l'Église, et sa théologie personnelle me semblait tenir du bricolage, mais elle estimait qu'il y avait une bonne manière de vivre et une bonne manière de mourir.

Pendant que Lucy est à l'école, on fouille sa chambre, Carol et moi. Ma femme cherche dans le placard des livres, des pamphlets et autres preuves physiques d'un contact avec les morts. Je me connecte sur l'ordinateur.

Lucy est déterminée, mais dévouée, obéissante. Depuis qu'elle est toute petite, je lui répète qu'elle doit résister aux tentations des morts. Elle seule peut assurer la continuité de notre mode de vie sur ce monde délaissé. Elle m'écoute ; elle hoche la tête.

J'ai envie de lui faire confiance.

Mais les morts mènent leur propagande avec astuce. Au début, ils envoyaient parfois des drones gris métallique au-dessus de nos villes pour larguer des brochures remplies de messages censés provenir de nos êtres aimés. On brûlait les livrets, on dégommait les engins ; ils ont fini par cesser de venir nous importuner.

Ensuite, ils ont essayé de nous atteindre par le biais des liaisons sans fil entre les villes, le lien vital soutenant les délaissés et empêchant nos communautés qui dépérissaient de sombrer dans l'isolement total. Il nous fallait veiller avec soin sur les réseaux pour dépister leurs tentacules insidieux qui cherchaient toujours l'ouverture.

Depuis peu, leurs efforts portent sur les enfants. Les morts ont enfin renoncé à nous circonvenir, mais ils s'en prennent à la prochaine génération, à notre avenir. En tant que père, je me dois de protéger Lucy de ce qu'elle ne saisit pas encore.

L'ordinateur démarre très lentement. Que j'aie réussi à le garder en état aussi longtemps – des années au-delà de son obsolescence programmée – tient du miracle. J'ai remplacé toutes les pièces, certaines plusieurs fois.

J'en étudie les fichiers récemment créés ou modifiés, les mails reçus, les pages web consultées. La plupart concernent le travail scolaire ou des échanges innocents avec ses amis. Le réseau interlocalités, pour ce qu'il en reste, se réduit de jour en jour. On a du mal à maintenir en activité les tours radio qui relient les villes, vu le nombre de gens chaque année qui meurent et renoncent. Jadis, on parvenait encore à communiquer jusqu'à San Francisco, les paquets de données ricochant d'une ville à l'autre tels des galets sur un étang. À présent, on n'atteint qu'un petit millier d'ordinateurs situés au plus loin dans le Maine. Un jour, faute de récupérer les pièces nécessaires pour les entretenir, on régressera encore davantage.

Carol, qui a déjà terminé sa fouille, s'assoit sur le lit de Lucy pour m'observer.

« Tu as fait vite », dis-je.

Elle hausse les épaules. « On ne découvrira rien. Si elle nous fait confiance, elle nous parlera. Sinon, on ne trouvera pas ce qu'elle veut dissimuler. »

Ces temps-ci, je constate que Carol exprime toujours plus de fatalisme, comme si elle se lassait, moins investie dans la cause. Je dois sans cesse m'efforcer de raviver sa foi.

« Lucy est jeune, lui dis-je, trop jeune pour comprendre à quoi il faudrait renoncer en échange des duperies des morts. Tu détestes qu'on l'espionne, je le sais, mais on s'efforce de lui sauver la vie. »

Elle me dévisage, puis, enfin, soupire et acquiesce.

Je cherche des métadonnées dans les images, des fichiers effacés pouvant contenir des symboles secrets. Je parcours les pages web en quête de mots de code offrant de fausses promesses.

Je soupire à mon tour, soulagé. Rien à signaler.

Je n'aime guère quitter Lowell, de nos jours. Derrière notre clôture, le monde devient plus dur, plus dangereux. On revoit des ours dans l'est du Massachusetts. Chaque année, la forêt gagne en densité et se rapproche de la ville. Certains affirment y avoir aperçu des loups, aussi.

L'an dernier, Brad Lee et moi, on a dû aller à Boston trouver des pièces détachées pour le générateur municipal qu'abrite l'ancien moulin sur le Merrimac. On emportait des fusils de chasse en guise de protection contre les animaux, mais aussi contre les vandales qu'on voyait parfois détaler dans les décombres où ils survivaient grâce aux dernières conserves. La Massachusetts Avenue, désertée depuis trois décennies, regorgeait de crevasses d'où surgissaient touffes d'herbe et buissons. Jouant du gel et des infiltrations d'eau, les rudes hivers de la Nouvelle-Angleterre avaient érodé les grands bâtiments alentour dont les carcasses sans fenêtres s'effondraient et rouillaient faute de chaleur artificielle et de maintenance régulière.

En tournant un coin de rue au centre-ville, on en surprit deux autour d'un petit feu qu'ils nourrissaient de livres et de papiers pris dans une librairie voisine. Même les vandales avaient besoin de chaleur ; et puis, peut-être se plaisaient-ils à détruire le peu de civilisation qui subsistait.

Ils s'accroupirent et grondèrent dans notre direction, sans réagir autrement lorsque, Brad et moi, on pointa nos fusils sur eux. Je revois leurs jambes et leurs bras maigres, leur visage noir de crasse, leurs yeux injectés de sang au regard empreint de haine et de terreur. Surtout, je revois leurs rides et leurs cheveux blancs. *Même les vandales vieillissent*, me dis-je. *Et ils n'ont pas d'enfants.*

Brad et moi, on recula pas à pas, avec précaution. Je me réjouis qu'on n'ait pas dû tirer sur quelqu'un.

L'été de mes huit ans, et des onze de Laura, mes parents nous emmenèrent en voyage en Arizona, au Nouveau-Mexique et au Texas. On suivit les vieilles routes, grandes et petites, pour admirer la beauté monumentale des déserts de l'Ouest aux villes fantômes nostalgiques et désolées.

Lorsqu'on traversait les réserves indiennes – Navajos, Zunis, Acomas, Lagunas –, Maman tenait à s'arrêter dans chaque boutique en bord de route pour admirer les poteries traditionnelles. Laura et moi, on parcourait les allées à pas comptés en prenant bien soin de ne rien casser.

Une fois, de retour dans la voiture, ma mère me confia le petit pot qu'elle venait d'acheter. J'examinai sous tous les angles la surface blanche rugueuse, les motifs géométriques noirs et la silhouette trapue du joueur de flûte courbé sous sa coiffe de plumes.

« Étonnant, non ? Ça ne vient pas d'un tour de potier. La femme l'a façonné à la main en utilisant des techniques familiales transmises depuis des lustres. L'argile, elle l'a même extraite là où son arrière-grand-mère creusait. Elle entretient une tradition, un mode de vie. »

Le pot m'a soudain paru lourd, comme si je sentais le poids de générations entières de souvenirs.

« Ce n'est qu'un bobard pour appâter le chaland, déclara mon père en me regardant dans le rétroviseur. Si l'histoire était vraie, ce serait encore plus triste. Quand tu imites tes ancêtres, c'est que ton mode de vie est mort et que tu es devenu un fossile, un spectacle à l'intention des touristes.

— Elle ne se donne pas en spectacle, répondit Maman. Tu n'as aucune idée de ce qui compte, de ce qui importe. Être humain, ce n'est pas seulement *évoluer*. Tu ne vaux guère mieux que les fanatiques de la Singularité.

— Assez de disputes, dit Laura. Rentrons à l'hôtel. On ira s'asseoir autour de la piscine. »

Jack, le fils de Brad Lee, frappe à la porte. Il est timide, emprunté, alors qu'il vient chez nous depuis des mois. Je l'ai connu bébé, comme tous les enfants du village – il en reste si peu. Le collège installé dans la vieille maison Whistler ne compte que douze élèves.

« Bonjour, marmonne-t-il, les yeux rivés au sol. Lucy et moi, on doit bosser notre exposé. » Je m'écarte pour le laisser passer et monter chez ma fille.

Je n'ai nul besoin de lui rappeler les règles : la porte de la chambre ouverte, trois au moins de leurs quatre pieds sur la moquette à tout moment. J'entends leur bavardage indistinct et leurs rires occasionnels.

Leur cour possède une innocence absente de ma jeunesse. Sans le déluge de sexualité cynique issu de la télévision et du véritable internet, les enfants peuvent rester des enfants plus longtemps.

Sur la fin, les médecins se faisaient rares. Ceux d'entre nous qui voulaient rester, réunis en petites communautés, se serraient les coudes pour affronter les meutes de vandales en maraude bien décidés à se repaître des plaisirs de la chair tandis que les uploadés désertaient le monde physique. Je n'ai jamais terminé la fac.

Alitée, à moitié consciente, gavée d'antidouleurs, Maman traîna durant des mois. On se relayait à son chevet pour lui tenir la main. Les bons jours, la lucidité lui revenait parfois ; un seul sujet de conversation émergeait alors.

« Non, disait-elle en respirant difficilement. Il faut me le promettre. C'est important. J'ai vécu une belle vie et je veux mourir de ma belle mort. Je *refuse* qu'on m'enregistre. Il y a pire que la mort.

— Si tu t'uploades, répliquait Papa, tu auras toujours le choix. Ils peuvent suspendre ta conscience, voire l'effacer, si l'essai ne te plaît pas. Sinon, tu auras disparu à jamais. Ni remords, ni retour en arrière.

— Si je suis ton choix, je disparaîtrai de toute façon. Il n'y a aucun moyen de revenir au monde réel. Je ne me laisserai pas simuler par une bouillie d'électrons.

— Arrête, par pitié, plaidait Laura auprès de Papa. Tu lui fais du mal. Pourquoi tu ne peux pas lui ficher la paix ? »

Les moments de lucidité s'espaçaient.

Puis la fameuse nuit : la porte qui claque, les

regards par la fenêtre, la navette sur la pelouse, la course dans l'escalier.

Ils transportaient Maman sur un brancard. Papa se tenait près de la portière du véhicule gris, à peine plus gros qu'une camionnette, ÉTERNITÉ SA peint sur son flanc.

« Arrêtez ! » Je criais à pleins poumons pour couvrir le bruit des réacteurs.

« On n'a pas le temps. » Papa avait les yeux injectés de sang. Il dormait mal depuis des jours, comme nous tous. « Ils doivent agir avant qu'il soit trop tard. Je ne peux pas la perdre. »

Je lui sautai dessus. Il m'étreignit, me plaqua au sol. Je lui gueulai dans l'oreille : « C'est elle qui choisit, pas toi ! » Il se contenta de me serrer plus fort. Je me débattis afin de me libérer. « Laura, empêche-les ! »

Elle enfouit son visage dans ses mains. « Arrêtez de vous battre ! Elle voudrait que vous arrêtiez. »

Je la détestai de parler de Maman comme si elle n'était déjà plus.

La navette rabattit sa portière et décolla.

Papa partit pour le Svalbard le surlendemain. Jusqu'au bout, je refusai de lui parler.

« Je vais la rejoindre, annonça-t-il. Viens au plus vite.

— Tu l'as tuée », ripostai-je.

J'eus la satisfaction de le voir tressaillir.

*

Jack a invité Lucy au bal de fin d'année. Je suis ravi que les jeunes aient décidé d'en organiser un. Ça montre qu'ils tiennent aux souvenirs et aux traditions dont leurs parents leur ont parlé, ces légendes d'un monde qu'ils n'ont connu que par procuration, sur les anciennes photos et vidéos.

On tâche de garder le plus possible de la vie d'avant : on monte les vieilles pièces de théâtre, on lit les vieux livres, on célèbre les vieilles fêtes, on chante les vieilles chansons. Il faut adapter les vieilles recettes faute de disposer de tous les ingrédients, raboter les vieux espoirs et les rêves afin qu'ils tiennent au sein d'horizons limités. Mais chaque privation cimente notre communauté, nous renforce dans notre amour des traditions.

Lucy veut jouer les couturières. Carol lui suggère de jeter d'abord un coup d'œil sur sa garde-robe. « Il me reste des tenues de soirée, du temps où j'étais à peine plus âgée que toi. »

Notre fille regimbe. « Des vieilleries.

— Des classiques », réponds-je.

Lucy n'en démord pas. Découpant robes, rideaux, nappes, elle échange des bouts de tissu avec les autres filles : soie, mousseline, taffetas, dentelle, coton. En quête d'inspiration, elle feuillette les vieux magazines de Carol.

Elle est bonne couturière, bien meilleure que Carol. Tous les enfants excellent à des activités qu'on croyait obsolètes depuis longtemps dans le monde où j'ai grandi : le tricot, la menuiserie, la culture, la chasse. Sa mère et moi avions dû redécouvrir ces choses-là, nous former dans des livres alors que nous étions déjà des adultes forcés de s'adapter à un monde changé. Les enfants, eux, n'ont rien connu d'autre. Ce sont des autochtones, ici.

Tous les élèves du collège ont passé les derniers mois à mener des recherches au musée d'Histoire du textile, pour évaluer la possibilité de tisser nos propres étoffes et préparer le jour où les ruines des villes cesseront de nous fournir du matériau exploitable. Juste retour des choses : Lowell, bâtie grâce à l'industrie textile, doit désormais retrouver ses arts perdus – alors même que la technologie nous échappe petit à petit.

Une semaine après le départ de Papa, on a reçu un mail de Maman :

J'avais tort.

Parfois, la nostalgie et la tristesse me prennent. Vous me manquez, mes enfants, tout comme le monde qu'on a laissé derrière nous, mais, la plupart du temps, c'est la nostalgie qui domine, voire l'incrédulité.

Nous sommes des centaines de millions ici, mais on ne se bouscule pas. Dans cette maison, il y a d'innombrables demeures. Chaque esprit habite son propre monde ; chacun dispose d'un espace infini et d'un temps infini.

Comment vous l'expliquer ? Je dois user des mots dont tant d'autres ont usé. Dans ma vieille existence, je ressentais la vie de loin, atténuée, limitée, liée au corps. Maintenant, je suis libre, une âme mise à nu, exposée à la pleine force des marées de la Vie éternelle.

Comment comparer la parole à l'intimité du partage avec votre père de psyché à psyché ? Ses déclarations d'amour au ressenti de l'amour ? Comprendre vraiment quelqu'un, faire l'expérience de la texture de son esprit – c'est magnifique.

Il paraît que cette sensation s'appelle l'hyperréalité. Peu importe son nom. J'avais tort de me raccrocher au confort de ma vieille enveloppe de chair et de sang. En vérité, nous avons toujours été un motif d'électrons sur l'abîme, le néant entre les atomes. Que ces électrons occupent un cerveau ou une puce, qu'est-ce que cela change ?

La vie est sacrée, éternelle, mais notre ancien mode de vie était intenable. Nous exigions trop de sacrifices de notre planète et des autres êtres vivants. Je croyais qu'il s'agissait d'un aspect inévitable de l'existence ; ce n'est pas le cas. Avec les pétroliers échoués, les voitures et les camions à l'arrêt, les champs en jachère, les usines muettes, le monde vivant que nous avions pratiquement réduit à l'extinction va faire son retour.

L'humanité n'est pas le cancer de la Terre. Il nous fallait simplement transcender les exigences de nos corps inefficaces, ces machines qui ne convenaient plus à la tâche. Combien de consciences vont vivre désormais dans ce monde neuf en tant que créatures à l'esprit électrique, à la pensée désincarnée ? Il n'y a aucune limite.

Venez nous rejoindre. Nous attendons avec impatience de vous étreindre à nouveau.

— Maman

Laura a pleuré en lisant ces lignes. Je n'ai rien ressenti. Ce n'était pas Maman. La vraie le savait : l'important, dans la vie, c'était l'authenticité de cette existence désordonnée, le désir d'intimité malgré une compréhension mutuelle moins que parfaite, la douleur et la souffrance de la chair.

Elle m'a appris que c'est notre condition de mortels qui nous rend humains. Le temps limité imparti à chacun donne du sens à nos actes. Nous mourons pour céder la place à nos enfants. En eux survit une part de nous-mêmes, l'unique forme d'immortalité qui compte.

C'est ce monde-*ci*, celui dans lequel nous sommes censés vivre, qui nous fixe, qui exige notre présence, et non plus les paysages imaginaires d'une illusion informatique.

Ce qu'il y avait derrière ce message, c'était un simulacre de notre mère, un discours de propagande, une incitation au nihilisme.

Carol et moi, on s'est connus lors d'une de mes premières expéditions de récupération. Avec les siens, elle se cachait dans la cave de leur maison sur Beacon Hill. Une meute de vandales les avait découverts, tuant son père et son frère. Ça allait être son tour quand on a débarqué. J'ai abattu un animal à forme humaine ce jour-là ; je ne regrette rien.

On l'a ramenée à Lowell et, bien qu'elle ait dix-sept ans, elle s'est cramponnée à moi durant des jours. Elle voulait même que je lui tienne la main pendant son sommeil.

« Ma famille a peut-être fait une bêtise, a-t-elle dit un jour. On s'en serait mieux sortis si on s'était uploadés. Il ne reste plus que la mort comme perspective ici-bas. »

Je n'ai pas discuté. Je l'ai laissée me suivre dans

mes corvées. Je lui ai montré l'entretien du générateur, le respect qu'on se témoignait les uns aux autres, le sauvetage des vieux bouquins, la pratique des tâches quotidiennes. La civilisation subsistait dans le monde, veillée telle la flamme d'une bougie. Si des gens mouraient, d'autres naissaient. La vie continuait, douce, joyeuse, authentique.

Et puis, un jour, elle m'a embrassé.

« Il y a toi, aussi, dans ce monde. Ça suffit bien.

— Non, ça ne suffit pas. On y ajoutera des vies. »

C'est le grand soir.

Jack est à la porte. Il a belle mine dans ce smoking, celui que je portais à mon bal de fin d'année. Ils joueront aussi la même musique sur un vieux portable et des enceintes à bout de souffle.

Lucy est splendide dans sa robe blanche à motifs noirs, à la coupe simple et élégante. La jupe ample tombe en beaux plis jusqu'au sol. Carol l'a coiffée, des boucles rehaussées de quelques paillettes. Notre fille a l'air glamour, avec une note de gaieté enfantine.

Je prends des photos avec un appareil qui marche encore un peu.

Puis j'attends d'être sûr de maîtriser ma voix. « Tu n'as pas idée du plaisir que ça me fait de voir des jeunes danser comme nous autrefois. »

Elle pose un baiser sur ma joue. « Au revoir, Papa. » Il y a des larmes dans ses yeux. Du coup, tout redevient flou pour moi.

Elle étreint sa mère qui s'essuie les yeux.

« Tu as tout ce qu'il te faut.

— Merci, Maman. »

Lucy se tourne vers Jack. « Allons-y. »

La trahison la plus difficile, ç'a été Laura.

« Je croyais que tu allais m'aider avec Carol et le bébé.

— Tu crois que ce monde vaut la peine de faire un enfant ?

— Et toi, tu crois que tout ira mieux là où il n'y a ni enfants, ni vie nouvelle ?

— On fait comme ça depuis quinze ans, et chaque année je crois de moins en moins à cette supercherie.

— Il faut avoir perdu la foi pour y voir une supercherie.

— La foi en quoi ?

— En l'humanité, en notre mode de vie.

— Je refuse de continuer à me disputer avec nos parents. Tout ce que je veux, c'est qu'on redevienne une famille.

— Ces *trucs* ne sont pas nos parents, mais des algorithmes qui les imitent. Tu as toujours préféré éviter les conflits, Laura. Sache que certains sont inévitables. Nos parents sont morts quand Papa a perdu la foi, quand il n'a plus su résister aux fausses promesses faites par les machines. »

Dans les bois, au bout de la route, il y avait une clairière herbue pleine de fleurs sauvages. Une navette attendait au milieu. Laura a franchi la portière ouverte.

Une autre vie perdue.

Les enfants ont la permission de minuit. Lucy m'a prié de ne pas me proposer comme chaperon et j'ai accepté, afin de lui laisser un peu d'espace pour la soirée.

Carol ne tient guère en place. Elle tente de lire, mais elle reste bloquée sur la même page depuis une heure.

J'essaie de la réconforter. « Ne t'en fais pas. »

Elle s'efforce de me sourire, sans parvenir à masquer son inquiétude. Puis elle regarde l'horloge murale du salon, dans mon dos.

Je me tourne pour la consulter à mon tour. « Tu n'as pas l'impression qu'il est plus de onze heures ?

— Non. Du tout. Je ne vois pas ce que tu veux dire. »

Elle parle d'une voix trop enjouée, presque désespérée. Il y a une lueur de terreur dans ses yeux. Elle frôle la panique.

J'ouvre la porte d'entrée et je sors dans la rue sombre. Le ciel s'est éclairci au fil des ans ; on aperçoit bien davantage d'étoiles désormais. Mais je cherche la Lune. Qui n'est pas au bon endroit.

Rentré dans la maison, je passe dans la chambre. Ma vieille montre – celle que je ne porte plus faute d'occasions où il importe de n'être pas en retard – se trouve dans le tiroir de la table de nuit. Je l'en sors. Bientôt une heure du matin. On a trafiqué la pendule du salon.

Carol se tient sur le seuil de la chambre. Le contre-jour me dissimule son expression.

« Qu'est-ce que vous avez fait ? » Je ne suis pas fâché, seulement déçu.

« Elle n'arrive pas à te parler. Elle doute que tu écoutes. »

À présent, la colère monte en moi, comme un renvoi de bile brûlante.

« Où sont-ils ? »

Carol secoue la tête sans rien dire.

Je me rappelle la façon dont Lucy m'a dit au revoir. Je me rappelle la façon dont elle a rejoint d'un pas prudent le vélo de Jack, en soulevant sa jupe volumineuse, assez ample pour dissimuler des habits de rechange et des chaussures de marche pour les bois. Je me rappelle ma femme disant : *Tu as tout ce qu'il te faut.*

« C'est trop tard, dit Carol. Laura vient les prendre.

— Écarte-toi. Je dois la sauver.

— La sauver pour quoi ? » Soudain furieuse, elle ne bouge pas. « Ce qui se passe ce soir, c'est un jeu, une recréation de quelque chose qui n'a jamais existé. Tu es allé à ton bal de fin d'année à *vélo* ? Il n'y avait que les chansons que tes parents écoutaient dans leur jeunesse ? Tu as grandi certain que le seul métier, ce serait la récupération ? Notre mode de vie est mort, fini, disparu !

» Qu'est-ce que tu voudras qu'elle fasse lorsque cette maison tombera en ruine dans trente ans ? Quand le dernier flacon d'aspirine sera vide, la dernière casserole bouffée par la rouille ? Tu vas les condamner, elle et ses enfants, à une existence passée à fouiller nos décharges, à voir s'étioler la technologie année après année jusqu'à ce qu'on perde tout le progrès effectué par l'espèce humaine en cinq mille ans ? »

Je n'ai pas le temps d'en débattre avec elle. Sans violence, mais avec fermeté, je pose les mains sur ses épaules, prêt à la pousser hors de mon chemin.

« Je reste avec toi, dit-elle. Je resterai toujours avec toi, parce que je t'aime tant que je n'ai pas peur de la mort. Mais c'est une enfant. Elle devrait avoir la chance d'une nouvelle vie. »

Mes bras perdent tout leur tonus. « Tu prends le problème à l'envers. » Je la regarde dans les yeux, pour l'inciter à retrouver la foi. « C'est sa vie qui donne sens aux nôtres. »

Tout son corps se relâche ; elle s'affale par terre avec des sanglots muets.

« Laisse-la partir, souffle-t-elle. Laisse-la partir, enfin.

— Je ne peux pas renoncer. Je suis humain. »

Une fois passé le portail de la clôture, je pédale à fond. Le cône de lumière de la torche électrique darde au hasard alors que je m'efforce de la maintenir sur le guidon. Toutefois, je connais bien la route du bois. Elle mène à la petite clairière où Laura a embarqué dans la navette.

Une lumière vive dans le lointain, un bruit de moteurs qui s'emballent.

Je dégaine mon pistolet et je tire en l'air, plusieurs fois.

Le bruit de moteurs se tait.

Abordant une zone dégagée, sous un ciel rempli d'étoiles brillantes et froides telles des piqûres d'épingle, je descends du vélo que je laisse choir sur le bas-côté. La navette attend au milieu de la clairière. Lucy et Jack, en tenue décontractée maintenant, se tiennent dans l'encadrement de la portière.

« Lucy, ma douce, sors de là.

— Papa, je regrette. Je m'en vais.

— Non, pas question. »

Une simulation électronique de la voix de Laura

jaillit des haut-parleurs du véhicule. « Laisse-la partir, frérot. Elle mérite la chance de voir ce que tu refuses de voir. Mieux, viens avec nous. Tu nous manques. »

J'ignore ce *truc*. « Lucy, il n'y a pas d'avenir là-bas. Ce que te promettent les machines n'a aucune réalité. Il n'y a pas d'enfants, pas d'espoir, juste une existence intemporelle, immuable, simulée, comme fragments d'une machine.

— Nous avons des enfants, désormais, dit la copie de la voix de Laura. On a découvert comment créer des enfants de l'esprit, natifs de l'univers numérique. Tu devrais venir rencontrer tes neveux et nièces. C'est toi qui t'accroches à une existence immuable. Nous, nous vivons l'étape suivante de notre évolution.

— On ne peut rien vivre quand on n'est pas humain. » Je secoue la tête. Je devrais me retenir de mordre à l'hameçon et de discuter avec une machine.

« Si tu t'en vas, dis-je à Lucy, tu mourras d'une mort dépourvue de sens. Les morts auront gagné. Je ne peux pas le permettre. »

Brandissant mon arme, je la pointe sur ma fille. Jamais je ne la perdrai au profit des morts.

Jack essaie de se placer devant elle, mais elle le repousse, les yeux pleins de chagrin. La lumière issue de la navette lui fait comme un halo angélique.

Je repense à Maman, à qui on a retiré son choix, refusé sa mort d'être humain ; dévorée par les morts, elle est devenue un simple élément de leurs enregistrements en boucle, dénués de la moindre intelligence. Son visage, que j'extrais de ma mémoire, se superpose à celui de ma fille, si douce, si naïve.

Je resserre ma prise sur la crosse du pistolet.

« Papa, dit Lucy, les traits aussi paisibles que ceux de Maman il y a tant d'années. C'est mon choix. Pas le tien. »

Lorsque Carol pénètre dans la clairière, c'est le matin. Un soleil chaud filtre par le feuillage pour moucheter le cercle herbeux désormais désert. Des gouttes de rosée s'accrochent au bout des brins d'herbe, chacun figurant une miniature en suspens du monde. Les chants d'oiseaux comblent le silence de l'aube. Mon vélo gît toujours sur le bas-côté du sentier.

Carol s'assoit à côté de moi sans un mot. Je l'enlace et je l'attire à moi. J'ignore ce qu'elle pense, mais cela nous plaît de rester assis ensemble, pressés l'un contre l'autre, à nous tenir chaud. Les mots sont inutiles. On contemple ce monde immaculé, un jardin hérité des morts.

Nous avons tout notre temps.

Ailleurs, très loin de là,
de vastes troupeaux de rennes

Je m'appelle Renée Tae-O <étoile> <baleine> Fayette. Je suis en sixième.

Il n'y a pas école, mais ce n'est pas ce qui rend la journée d'aujourd'hui si spéciale. Je suis stressée, et je ne peux pas encore vous expliquer pourquoi. Ça risquerait de me porter la poisse.

Même si je suis trop jeune pour créer mon propre monde, j'aime beaucoup celui que mes parents m'ont offert. Ma chambre est une bouteille de Klein, donc je ne me sens jamais coincée. Une chaude lumière dorée baigne la pièce pour se fondre dans l'obscurité à l'infini. C'est démodé, comme si ça remontait à des années, quand les designs essayaient encore d'évoquer le monde physique. Pourtant, cette surface lisse infinie me rassure ; l'impression d'être à la fois dedans et dehors me fournit une prise à laquelle me raccrocher. C'est mieux que la chambre de Sarah, qui est une « courbe » de la fonction de Weierstrass : partout continue, nulle part différentiable. Des fractales déchiquetées où qu'on regarde. Très moderne, mais je me sens mal à l'aise chaque fois que je lui rends visite. C'est donc elle qui vient chez nous le plus souvent.

« Tout va bien ? Tu as besoin d'un truc quelconque ? » demande Papa.

Il « entre » et s'installe contre la surface de ma chambre. La projection de sa silhouette en vingt dimensions dans cet espace en quatre commence par un point bientôt devenu un contour qui pulse – brillant, doré, quoique un peu flou. Il est distrait ; je lui pardonne. Papa est concepteur d'intérieur, et les services de la société Hugo <flèche gauche> <flèche droite> Fayette et Z. E. <sinogramme CJC 4E2D> <sinogramme CJC 4E3D> Peï sont si demandés qu'il croule sous le travail : il aide les gens à concevoir leurs mondes de rêve. Malgré le peu de temps qu'il me consacre, c'est un bon parent. Par exemple, il a tellement l'habitude de bosser dans de multiples dimensions qu'il s'ennuie avec quatre. Il a quand même conçu ma chambre en bouteille de Klein – les experts conviennent que mieux vaut pour les enfants grandir dans un cadre quadridimensionnel.

« Prêtes », pensons-nous à l'unisson, Sarah et moi. Papa acquiesce ; il me semble qu'il aimerait penser avec moi de la raison de notre anxiété, mais il rechigne à aborder le sujet en présence de Sarah. Au bout d'un moment, il s'esquive.

Le projet sur lequel on travaille concerne la génétique et l'héritage. Hier, à l'école, le Pr Baï nous a montré comment décompiler notre conscience en ses algorithmes constitutifs, à leur tour décomposés en routines et sous-routines, jusqu'à atteindre les instructions individuelles, le code fondamental. Puis il nous a expliqué que chacun de nos parents nous a transmis certains de ces algorithmes, puis a recombiné et redéployé les routines au cours du processus de la naissance jusqu'à ce que nous soyons des personnes entières, autant de consciences novices dans l'univers.

« Dégueu, pense Sarah.

— Plutôt cool, en fait », pensé-je en retour. C'était sympa de songer que mes huit parents m'avaient donné huit parts d'eux-mêmes, mais changées et redistribuées pour produire un individu qui différait de chacun.

Le projet doit créer nos arbres généalogiques et retracer nos lignées en remontant jusqu'aux Anciens, si possible. Mon arbre est beaucoup plus simple, car je n'ai que huit parents qui en possèdent chacun un nombre inférieur. Sarah, elle, a seize parents, et ça se densifie ensuite.

Papa nous interrompt. « Renée, tu as une visiteuse. » Son contour n'a plus rien de flou. Le ton de ses pensées est très mesuré, volontairement.

Une femme tridimensionnelle surgit de derrière lui. Sa silhouette n'est pas une projection issue des dimensions supérieures – elle n'a jamais pris la peine de dépasser les trois. Au sein de mon monde quadridimensionnel, elle paraît plate, irréelle, comme une illustration des jours anciens dans mes manuels scolaires, mais son visage est plus joli que je ne me le rappelais. C'est avec ces traits que je m'endors, de ceux-ci que je rêve. La journée est devenue très spéciale.

Je pense : « Maman ! » Et tant pis si la tonalité me donne l'air d'une gamine de quatre ans.

Maman et Papa ont d'abord eu l'idée de moi, puis ils ont demandé à leurs amis de m'aider en me donnant tous un peu d'eux-mêmes. Je crois que je tiens ma bosse des maths de tante Hannah, mon impatience d'oncle Okoro. J'ai l'amitié difficile, comme tante Rita, et j'aime l'ordre, comme oncle Pang-Reï. Mais la plupart de mes traits viennent de Maman et Papa. Sur mon arbre généalogique, ce sont leurs branches que j'ai dessinées les plus épaisses.

« Tu restes longtemps ? pense Papa.

— Un bon moment, pense Maman. Il y a des choses que je tiens à lui dire.

— Tu lui as manqué.

— Je suis navrée. » Elle a du mal à garder le sourire, tout d'un coup. « Tu t'es très bien occupé d'elle. »

Il la regarde ; on jurerait qu'il a davantage à penser, mais il hoche la tête et se détourne ; sa silhouette se dissipe. « S'il te plaît… passe dire au revoir avant de partir, Sophia. Ne te contente pas de disparaître, cette fois. »

Maman est une Ancienne, d'avant la Singularité. Il y en a quelques centaines de millions à peine dans l'univers entier. Elle a vécu vingt-six ans incarnée avant de s'uploader. Ses parents – elle n'en avait que deux – ne l'ont jamais fait, eux.

Mes frères et sœurs fractionnels me taquinaient parfois sur le fait d'avoir un Ancien comme parent. Selon eux, les unions entre Anciens et normaux étaient vouées à l'échec ; le départ de Maman, lorsqu'il finit par se produire, ne les surprit donc pas.

Chaque fois que l'un d'eux pensait un truc pareil, je le lui reprochais avec tant de hargne qu'il finissait par arrêter.

Sarah est emballée de rencontrer une Ancienne. Maman lui sourit et lui demande si ses parents vont bien. Sarah met du temps à passer toute la liste en revue.

« Je devrais y aller », pense-t-elle, voyant enfin les signes urgents que je lui fais.

Après son départ, Maman s'approche ; je lui permets de m'étreindre. Nos algorithmes se mêlent ; nos horloges se synchronisent ; nos fils pingent les mêmes sémaphores. Je me laisse absorber par le rythme de ses pensées, absent de longue date, mais familier, tandis qu'elle me caresse avec douceur par le biais du mien.

« Ne pleure pas, Renée, pense-t-elle.

— Je ne pleure pas. » Et j'essaie de m'arrêter.

« Tu as moins changé que je ne l'aurais cru, pense-t-elle encore.

— C'est ton surfréquençage. » Maman ne vit pas au Centre de données, mais loin au sud, sous le Dôme antarctique de recherche où des scientifiques anciens qui ont la permission d'utiliser le surcroît d'énergie vivent l'année entière sur du matériel surfréquencé qui leur permet de penser des pensées plusieurs fois plus vite que le reste de l'humanité. Pour elle, les autres comme moi vivent au ralenti et il s'est passé une longue période alors qu'elle m'a vue l'an dernier, lorsque j'ai quitté l'école primaire.

Je lui montre mon prix de maths, les nouveaux modèles de vecteurs spatiaux que j'ai réalisés. « Je suis la meilleure en maths dans ma classe, sur deux mille six cent vingt et un élèves. Papa croit que j'ai le talent voulu pour devenir aussi bonne que lui en design. »

Mon excitation fait sourire Maman ; elle me pense de quand elle était petite. Elle raconte bien : je ressens presque les privations et les épreuves qu'elle a subies, prise au piège de la chair.

« Terrifiant, pensé-je.

— Ah bon ? » Un instant de silence. « Sans doute, pour toi. »

Elle me regarde avec cette mine que je n'ai aucune envie de lui voir. « Renée, j'ai quelque chose à te dire. »

La dernière fois qu'elle a pris cet air, elle m'a annoncé qu'elle devait nous quitter, la famille et moi.

« Mon projet de recherche est accepté, pense-t-elle, et j'ai enfin la permission de ravitailler la fusée en carburant. Ils lancent la sonde dans un mois. Elle atteindra Gliese 581, la plus proche étoile dotée d'une planète que nous croyons susceptible d'accueillir la vie, dans vingt-cinq ans. »

Maman m'explique que la sonde emportera un robot dans lequel peut résider une conscience humaine. Quand l'engin se posera, il installera une antenne parabolique réceptrice pointée vers la Terre et enverra un signal pour indiquer son arrivée à bon port. Après qu'on aura reçu le signal – vingt ans plus tard –, un puissant transmetteur enverra vers la sonde par radio, à la vitesse de la lumière, la conscience d'un astronaute. Là-bas, cet astronaute incorporera le robot pour explorer le nouveau monde.

« Et cette astronaute, ce sera moi », pense-t-elle.

Je m'efforce de comprendre.

« Il y aura donc un second toi qui vivra là-bas ? Incarné dans du métal ?

— Non, pense-t-elle doucement. On n'a jamais réussi à dupliquer les intrications quantiques d'une conscience sans détruire l'original. Ce ne sera pas une copie qui partira sur cet autre monde : ce sera *moi.*

— Quand est-ce que tu reviendras ?

— Jamais. Il nous manque la quantité d'antimatière voulue pour envoyer là-bas un transmetteur qui aurait la puissance de nous réexpédier une conscience. Il a fallu deux cents ans et une somme colossale d'énergie pour produire le carburant de cette petite sonde. J'essaierai de renvoyer le plus possible de données collectées au fil de mes explorations, mais, moi, je resterai là-bas pour toujours.

— Pour toujours ? »

Elle marque une pause et se corrige. « La sonde sera de bonne qualité et durera longtemps, mais finira par tomber en panne. »

Je songe à ma mère piégée dans un robot le restant de sa vie, un robot qui finira par se corroder, rouiller et tomber en morceaux sur une autre planète. Maman va mourir.

« Il ne nous reste donc que quarante-cinq ans ensemble. »

Elle hoche la tête.

Quarante-cinq ans, c'est un clin d'œil, comparé au cours naturel de la vie : l'éternité.

Une telle rage m'envahit que je n'arrive plus à penser. Ma mère essaie de se rapprocher, mais je recule.

Enfin, je parviens à demander : « Pourquoi ?

— L'humanité a pour destin d'explorer. En tant qu'espèce, on doit grandir, de même que tu grandis en tant qu'enfant. »

Ça ne rime à rien. On a une infinité de mondes à explorer ici, dans l'univers du Centre de données. Chacun peut créer son propre monde, son propre multivers, s'il le souhaite. À l'école, on découvre et on creuse les ensembles de Julia, qui sont si beaux, si étranges que je frissonne chaque fois qu'on les parcourt en volant. Papa a aidé des familles à concevoir des mondes nantis d'un si grand nombre de dimensions que j'ai du mal à les imaginer. Il y a davantage de romans, de musiques et d'œuvres d'art dans le Centre de données que je ne pourrai en absorber durant ma vie entière, même si elle tend à l'infini. Que vaut une seule planète tridimensionnelle de l'univers physique, en comparaison ?

Je ne prends pas la peine de garder mes pensées pour moi. Je veux que Maman perçoive ma colère.

« J'aimerais pouvoir encore soupirer, pense-t-elle. Renée, ça n'a rien à voir, du tout. Quoique superbes, la beauté des mathématiques et les paysages de l'imagination manquent de réalité. L'humanité a perdu au change avec sa maîtrise infinie d'une existence virtuelle. Tournés vers l'intérieur, on est devenus suffisants. On a oublié les étoiles et les mondes du dehors. »

J'évite de répondre. Je refuse de me remettre à pleurer.

Elle se détourne. « Je ne vois pas comment te l'expliquer.

— Tu t'en vas parce que tu veux t'en aller, pensé-je.

Tu te fiches bien de moi. Je te déteste. Je ne veux plus jamais te revoir. »

Maman ne pense rien. Elle se tasse un peu ; bien que je ne voie pas son visage, elle a les épaules qui tremblent de façon presque imperceptible.

Malgré ma colère, je tends la main et je lui caresse le dos. J'ai toujours eu du mal à lui en vouloir. Je dois tenir ça de Papa.

« Renée, pense-t-elle, tu veux faire un voyage avec moi ? Un voyage réel ? »

« Connecte-toi au flux du véhicule, Renée, dit Maman. On décolle. »

Je m'exécute ; l'espace d'un instant, me voilà débordée par les données qui affluent dans mon esprit. Je suis reliée à la caméra et au micro de la navette de maintenance, qui traduisent la lumière et le son en motifs dont j'ai l'habitude, mais aussi à l'altimètre, au gyroscope, à l'accéléromètre, et ces sensations inconnues ne ressemblent à rien de ce que j'ai jamais éprouvé.

L'image nous montre en train de décoller, le Centre de données en contrebas, tube noir au milieu de la banquise. C'est notre foyer, la fondation matérielle de tous les mondes de l'univers. Ses murs sont criblés de cavités comme une ruche de sorte que l'air glacial circule pour refroidir les couches de silicium brûlant et de graphène plein d'électrons agités dont les motifs forment ma conscience et celles des trois cents autres milliards d'êtres humains.

Alors qu'on continue de monter, les amas de petits cubes qui sont les usines automatisées de Longyearbyen surgissent – puis les eaux bleues profondes de l'Adventfjorden et leurs masses de glace flottantes. Le Centre de données est assez vaste pour réduire à des nains les icebergs, mais le fjord fait paraître le tube noir minuscule en comparaison.

Je m'avise que je n'ai jamais *fait l'expérience* du monde physique. Le choc de toutes ces nouvelles sensations « me coupe le souffle », comme penserait ma mère. J'aime ces expressions vieux jeu, même si je ne les comprends pas toujours pleinement.

L'impression de mouvement est vertigineuse. C'était ce qu'on éprouvait, comme Ancien incarné ? Cette lutte contre les liens invisibles de la pesanteur qui vous rattachent à la Terre ? Ça paraît très restrictif.

Et si *fun* à la fois !

Je demande à Maman comment elle parvient à effectuer de tête les calculs qui maintiennent le véhicule en équilibre. Les opérations de rétroaction dynamique nécessaires pour stabiliser la navette en vol stationnaire malgré la gravité sont si complexes que je n'arrive même pas à les suivre – et je suis bonne en maths.

« Oh ! j'y vais à l'instinct. » Ma mère éclate de rire. « Tu es une indigène du numérique. Tu n'as jamais essayé de te tenir debout, hein ? Prends ma place une minute. Essaie de piloter. »

C'est plus facile que je ne m'y attendais. Au fond de moi, un algorithme dont j'ignorais l'existence se manifeste, flou mais efficace : je *sens* la bonne façon de distribuer le poids et d'équilibrer la poussée.

« Tu vois, tu es bien ma fille, au bout du compte », pense Maman.

Voler dans l'espace physique, c'est bien mieux que

flotter dans un espace à *n* dimensions. Comme dirait ma mère, il n'y a pas photo.

Les pensées de Papa interrompent nos rires. Il n'est pas là. Elles arrivent par liaison. « Sophia, j'ai eu ton message. Qu'est-ce que tu fabriques ?

— Navré, Hugo. Tu me pardonnes ? Je ne la reverrai peut-être jamais. Je veux qu'elle comprenne, avec mon aide.

— Elle n'a jamais emprunté un véhicule. C'est casse-cou.

— J'ai vérifié qu'il possédait une batterie à pleine charge avant de partir. Et je te promets d'économiser l'énergie. » Maman me regarde. « Je ne vais pas mettre sa vie en danger.

— Ils vont te suivre quand ils verront qu'une navette de maintenance manque à l'appel. »

Ma mère sourit. « J'ai réclamé un congé sabbatique à bord que j'ai obtenu. Ils n'oseront pas dénier ses dernières volontés à une mourante. »

La liaison demeure muette avant que les pensées de Papa nous parviennent. « Pourquoi je n'arrive jamais à te penser ? Ça va prendre longtemps ? Elle va manquer l'école ?

— Peut-être, vu la durée du voyage. Mais je pense que ça vaut le coup. Tu l'auras pour toujours. J'en veux seulement ma petite part pour le temps qu'il me reste.

— Prends soin de toi, Sophia. Renée, je t'aime.

— Je t'aime, Papa. »

Rares sont ceux qui font l'expérience de l'incorporation dans un véhicule. Déjà, des véhicules, il en reste très peu. L'énergie nécessaire pour propulser une simple navette de maintenance pendant un jour suffit à alimenter l'intégralité du Centre de données pendant une heure. Et la conservation des ressources, c'est le devoir primordial de l'humanité.

Seuls les agents de maintenance s'en servent donc, et peu de gens, pour la plupart des natifs numériques, prennent ces emplois. Être incorporée ne m'a jamais paru très intéressant, mais, maintenant que j'y suis, je trouve ça grisant. J'ai dû hériter ce trait ancien de Maman.

On survole la mer, puis la forêt européenne à l'abandon, composée de grands arbres – chênes, pins, épicéas –, qui laisse ici et là place à des prairies que parcourent des hardes d'animaux sauvages. Maman me les désigne et me dit leurs noms : bisons, aurochs, tarpans, élans. « Il y a cinq cents ans à peine, pense-t-elle, ce n'était que champs cultivés, remplis des clones de quelques plantes symbiotiques dépendantes des humains. Toute cette infrastructure, qui requérait les ressources de la planète entière, nourrissait à peine quelques milliards de personnes. »

Je la dévisage, incrédule.

« Tu vois la butte au loin, avec les rennes ? Jadis, c'était une grande ville appelée Moscou, avant que son fleuve, la Moskva, l'inonde et qu'elle disparaisse enfouie sous la vase.

» Je me rappelle le poème d'un Ancien, Auden, mort bien avant la Singularité. Il s'intitule "La chute de Rome". »

Elle m'en transmet les images : des troupeaux de rennes, des champs dorés, des villes désertées, la pluie, toujours la pluie, caressant la coquille abandonnée d'un monde.

« Joli, pas vrai ? »

Je m'amuse bien, et je ne devrais peut-être pas. Maman va quand même partir, au bout du compte, et je dois rester en colère après elle. C'est l'amour du vol, de ces sensations dans le monde physique, qui la pousse à s'en aller ?

Je regarde le monde qui passe au-dessous de nous. Avec ses trois dimensions, je m'attendais à le trouver plat, terne. Mais non. Ses couleurs sont les plus vives que j'aie jamais vues et il possède une beauté hasardeuse que je n'aurais pas imaginée. Maintenant que je l'ai vraiment *vu*, néanmoins, peut-être que Papa et moi allons pouvoir tenter de le recréer mathématiquement dans son intégralité et que je ne verrai plus la différence. J'évoque l'idée auprès de Maman.

« Mais je saurai qu'il n'est pas réel, pense-t-elle. Là est toute la différence. »

Je tourne et je retourne ses mots dans mon esprit.

Le vol se poursuit ; parfois, on s'arrête pour observer des animaux intéressants, des sites historiques – des champs de tessons de verre : le béton a été emporté par les eaux de ruissellement et l'acier rouillé s'est pulvérisé – tandis que Maman me pense des anecdotes. Au-dessus du Pacifique, on perd de l'altitude pour chercher les baleines.

« J'ai inclus <baleine> dans ton nom parce qu'à ton âge, j'adorais ces créatures. À l'époque, elles étaient très rares. »

Je les regarde qui sautent et qui frappent l'eau avec leur nageoire caudale. Elles ne ressemblent en rien au <baleine> dans mon nom.

Au-dessus de l'Amérique, on s'attarde sur des familles d'ours qui lèvent les yeux vers nous sans peur (après tout, la navette ne fait guère que la taille d'une ourse). Enfin, on atteint, au large du littoral atlantique, une île d'estuaire couverte de bois denses ponctués par des marécages côtiers et des rivières entrecroisées.

Les ruines d'une ville dominent son extrémité sud. Les armatures noircies de hauts gratte-ciel aux fenêtres brisées depuis bien longtemps s'élèvent très au-dessus de la jungle avoisinante comme des piliers de pierre. On voit des coyotes et des daims jouer à cache-cache dans leurs ombres.

« Voici les vestiges de Manhattan, une des plus grandes villes du passé. C'est là que j'ai grandi. »

Maman me pense alors de la gloire de Manhattan, quand elle grouillait d'humains incarnés et engloutissait l'énergie tel un trou noir. Les gens vivaient à un ou deux dans une vaste pièce, disposaient de machines qui les transportaient, les rafraîchissaient, les réchauffaient, leur faisaient la cuisine et la lessive, et effectuaient d'autres miracles, le tout en crachant une quantité inimaginable de carbone et des poisons. Chaque personne gaspillait l'équivalent du support d'un million de consciences dénuées de besoins physiques.

Puis la Singularité a eu lieu et, tandis que les dernières générations d'humains incarnés partaient, emportées par la mort ou dans le Centre de données, la grande ville s'est tue. L'eau de pluie a infiltré les interstices des fondations et des murs, gelé, dégelé, élargi les failles, jusqu'à ce que les immeubles tombent comme les arbres soumis à l'horreur de l'abattage dans les temps anciens. Le goudron s'est craquelé pour cracher des pousses et des plantes rampantes, et la cité morte a fini par se rendre aux forces vives de la verdure.

« Les bâtiments restés debout ont été construits en un temps où on exagérait l'ingénierie. »

Personne ne parle d'ingénierie, de nos jours. Bâtir avec des atomes physiques, c'est inefficace, inflexible, limité, et ça consomme trop d'énergie. On m'a appris que l'ingénierie est une science occulte des âges sombres, avant que vienne l'illumination. Les bits et les qubits sont bien plus civilisés et laissent libre cours à l'imagination.

Maman sourit de mes pensées. « On jurerait ton père. »

Elle pose la navette dans un champ qui offre une vue sur les gratte-ciel fantômes.

« C'est le véritable début de notre voyage, pense-t-elle. Ce qui compte, ce n'est pas le temps dont on dispose, mais la manière dont on l'utilise. N'aie pas peur, Renée. Je vais te montrer quelque chose sur le temps. »

Je hoche la tête.

Elle active la routine qui sous-fréquence les processeurs de la navette afin d'économiser ses batteries et de ralentir notre conscience au maximum.

Autour de nous, le monde accélère. Le soleil se déplace de plus en plus vite à travers le ciel, jusqu'à dessiner un arc brillant au-dessus d'un monde plongé dans un crépuscule permanent. Des arbres jaillissent autour de nous tandis que les ombres tourbillonnent et tournoient. Des animaux filent de-ci de-là, trop rapides pour être vus. On voit un gratte-ciel surmonté de dômes en acier que couronne une fière lance se tordre et s'incliner au fil des saisons. Sa forme, qui évoque une main tendue vers le ciel qui fatigue, me touche au plus profond.

Maman ramène les processeurs à leur vitesse normale. On voit la moitié supérieure de l'immeuble s'effondrer dans une série de grands cracs, tel le vêlage d'un glacier, entraînant dans sa chute les bâtiments alentour.

« À l'époque, on a mal fait beaucoup de choses, et bien certaines. Je te présente la tour Chrysler. » Je perçois une infinie tristesse dans ses pensées. « C'était l'une des plus belles créations humaines. Rien d'humain ne dure toujours, Renée, et même le Centre de données se désintégrera un jour, avant la mort thermique de l'univers. Mais la beauté réelle persiste, bien que tout ce qui est réel doive mourir. »

Quarante-cinq ans ont passé depuis qu'on a entamé notre voyage, même si ça ne m'a semblé qu'une journée.

Papa a laissé ma chambre en l'état.

En quarante-cinq ans, il a changé de look. Il a ajouté des dimensions à sa silhouette et son doré est plus soutenu. Mais il me traite comme si j'étais partie la veille. J'apprécie cette marque de considération.

Pendant que je me prépare à aller au lit, il me raconte que Sarah a fini ses études et fondé une famille. Elle a une petite fille à elle, maintenant.

La nouvelle me chagrine un peu. Le sous-fréquençage est rare et la personne qui le subit peut avoir l'impression d'être laissée en arrière. Mais je vais travailler dur pour rattraper le retard ; et une véritable amitié survit au passage des ans.

Je n'échangerais la longue journée passée avec Maman contre rien au monde.

« Tu aimerais changer la conception de ta chambre ? me pense Papa. Un nouveau départ ? Tu as la bouteille de Klein depuis un moment, déjà. On pourrait regarder des designs plus contemporains basés sur des tores à huit dimensions, ou essayer une sphère pentadimensionnelle si tu optes pour le minimalisme.

— La bouteille de Klein me va. » Une pause. « Peut-être que j'essaierai de rendre ma chambre tridimensionnelle une fois que je serai reposée. »

Il me dévisage, voyant peut-être un truc nouveau auquel il ne s'attendait pas. « Bien sûr, pense-t-il. Tu es de taille à te charger toi-même du design. »

Papa me tient compagnie pendant que je m'endors.

« Tu me manques, pense-t-il, ignorant que je suis encore éveillée. Quand Renée est née, j'ai inclus <étoile> dans son nom parce que je savais que tu irais dans les étoiles un jour. J'excelle à réaliser les rêves des gens, mais ça, c'en est un que je ne peux pas créer pour toi. Bon voyage, Sophia. » Il s'efface de ma chambre.

J'imagine la conscience de Maman suspendue entre les étoiles, ruban électromagnétique qui scintille dans la poussière interstellaire. La coque vide du robot l'attend sur la planète lointaine, sous un ciel étranger, une coque qui, au fil du temps, va rouiller, se désagréger, se désintégrer.

Maman sera contente de recouvrer la vie.

Je m'endors en rêvant de la tour Chrysler.

Souvenirs de ma mère

Dix ans :

Papa, tendu, m'accueille à la porte. « Amy, regarde qui voilà… » Il s'écarte.

Elle a la même tête que sur les photos accrochées partout dans la maison : les cheveux bruns, les yeux noisette, la peau blanche. Elle a aussi l'air d'une inconnue.

Papa m'a dit que les docteurs ne pouvaient pas la soigner et qu'elle n'a que deux ans à vivre.

« Tu es si grande ! » Son souffle chaud me chatouille le cou. Soudain, je serre ma maman dans mes bras.

Elle m'a apporté des cadeaux : une robe trop petite, des livres trop vieux, un modèle réduit de sa fusée.

« C'était un très long voyage, dit-elle. Le vaisseau allait si vite que le temps a ralenti à l'intérieur. Pour nous, il ne s'est passé que trois mois. »

Papa me l'a expliqué : c'est comme ça qu'elle va tricher, étirer ses deux ans pour pouvoir me regarder grandir. Je ne dis rien. J'aime écouter sa voix.

« Je ne savais pas ce qui te plairait. » Elle est gênée par les cadeaux qui m'entourent, destinés à une autre enfant, la fille dont elle avait l'image en tête.

Ce que je voulais vraiment, c'est une guitare, mais Papa me trouve trop jeune.

Si j'étais plus âgée, je lui dirais peut-être que ce n'est pas grave, que j'adore ses cadeaux ; je ne sais pas encore bien mentir.

Je lui demande combien de temps elle va rester.

Au lieu de répondre, elle dit : « On fait une nuit blanche, avec tout ce que Papa t'interdit. »

On sort et elle m'achète une guitare. À sept heures du matin, je finis par m'endormir sur ses genoux. La nuit a été fabuleuse.

Quand je me réveille, elle est partie.

Dix-sept ans :

« Qu'est-ce que tu fous là, bordel ? » Je claque la porte à la figure de la visiteuse.

« Amy ! » Papa rouvre la porte. Le voir près de ma mère, qui a toujours vingt-cinq ans et qui ressemble toujours à ses photos, me permet de constater à quel point il a vieilli.

C'est lui qui m'a tenue quand je crevais de trouille après avoir découvert du sang au fond de mon slip. Lui qui, rouge d'embarras, a marmonné à l'employée du magasin de me trouver un soutien-gorge à ma taille. Lui qui m'a serrée dans ses bras pendant que je lui criais dessus.

Elle n'a pas le droit de revenir s'immiscer dans ma vie tous les sept ans comme une bonne fée.

Plus tard, elle frappe à la porte de ma chambre. Je

reste au lit sans dire un mot. Elle entre quand même. Elle a parcouru des années-lumière pour arriver ici ; ce n'est pas un battant de contreplaqué qui va l'arrêter. J'aime, et je déteste, qu'elle force le passage pour me voir. Déroutant.

« Très élégante », dit-elle. Ma robe du bal de fin d'année est accrochée au dos de la porte. Oui, elle est élégante ; par ailleurs, elle m'a coûté la moitié de mes économies et je l'ai déchirée au niveau de la taille.

Au bout d'un moment, je roule sur moi-même, puis je me redresse sur mon séant. Assise dans mon fauteuil, elle coud. Elle a découpé une pièce en forme de guitare sur sa propre robe lamée argent et elle l'a appliquée sur l'accroc. Parfait.

« Ma mère est morte quand j'étais toute petite, dit-elle. Je n'ai jamais pu la connaître. Quand j'ai… appris, j'ai décidé de faire autrement. »

C'est étrange de la serrer dans mes bras. Ce pourrait être ma grande sœur.

Trente-huit ans :

Maman et moi, on est au jardin public, assises côte à côte. Bébé Debbie dort dans sa poussette. Adam joue avec les autres garçons sur la cage à poules ; toute la meute hurle de joie.

« Je n'ai jamais pu rencontrer Scott, me dit-elle d'un air désolé. Vous ne sortiez pas ensemble à ma dernière visite, pendant tes études. »

C'était un type bien. La vie nous a éloignés. Ce serait très facile de répondre ainsi. Il y a longtemps que je mens à tout le monde, moi compris.

Non, j'en ai assez de mentir. « C'était un con. Il m'a fallu des années pour me l'avouer, voilà tout.

— L'amour nous pousse à des choses étranges. »

Maman n'a que vingt-six ans. Je regorgeais d'espoir, moi aussi, à son âge. A-t-elle vraiment la faculté de comprendre mon existence ?

Elle m'interroge sur Papa. Je lui réponds qu'il a eu une fin paisible, bien que ce soit faux. Mon visage affiche plus de rides que le sien et il me semble que je dois la protéger.

« Oublions les sujets tristes », décrète-t-elle. Je lui en veux de pouvoir sourire et je me réjouis qu'elle me tienne compagnie. Déroutant.

Alors on parle du bébé et on regarde Adam jouer jusqu'à la nuit tombée.

Quatre-vingts ans :

« Adam ? » J'ai du mal à faire pivoter le fauteuil roulant et tout me paraît sombre. Ça ne peut pas être Adam : son dernier bébé lui prend tout son temps. Debbie, alors ? Mais elle ne me rend jamais visite.

« C'est moi », annonce-t-elle en s'accroupissant devant moi. Je plisse les yeux : elle reste la même.

Pourtant elle a changé. L'odeur de médicaments est plus forte que jamais et je sens que ses mains tremblent.

Je lui demande : « Tu voyages depuis combien de temps, maintenant ?

— Deux ans et quelques. Je ne repars plus. »

L'apprendre m'attriste, mais me comble aussi. Déroutant.

« Ça valait le coup ?

— Je t'ai moins vue que la plupart des mères, et davantage, d'une certaine façon. »

Elle s'assoit sur la chaise qu'elle a approchée, je pose ma tête sur son épaule, puis je m'endors. Je me sens très jeune et je sais qu'elle sera là à mon réveil.

Le Fardeau

« Il s'agit de Lura ! dit Freddy. D'étudier sous l'égide du professeur Thaddeus Clovis ! Le directeur de thèse de *mon* directeur de thèse ! Il a *créé* la xénoarchéologie lurienne. Tu pourrais être là le jour où on fera une découverte qui change le monde. »

Il abordait le sujet comme une décision arrêtée, mais Jane n'était pas tout à fait convaincue.

« Allez ! ajouta-t-il avant qu'elle puisse discuter. Je *veux* que tu viennes. Tu vas adorer. »

Comme tout un chacun, Jane avait vu depuis son enfance maintes images de Lura, la mer de dunes, les ruines austères décapées par les vents. Ses grandes tours en spirale tendues vers le ciel comme les doigts d'un homme s'abîmant dans des sables mouvants évoquaient les chagrins et les regrets emblématiques d'un paradis perdu.

Mais elle n'était pas de ceux qui dévoraient les manuels sur la spiritualité des Luriens ou regardaient les nombreuses émissions sur leurs mystères (« Des astronautes luriens sont-ils venus sur Terre bâtir les pyramides mayas ? La réponse après la pause »). Nantie depuis peu de son diplôme de comptabilité, elle avait reçu une lettre qui lui offrait un stage convoité au siège new-yorkais d'une firme spécialisée où elle validerait une qualification d'expert-comptable. Leur soirée commençait par l'annonce de Freddy et voilà qu'il lui demandait de mettre sa vie en suspens pendant douze mois. Bénéficierait-elle d'une si belle opportunité à son retour ?

L'idée de passer un an loin de Freddy n'avait rien de très séduisant non plus. Elle avait vu trop de relations à distance se déliter pour s'imaginer que leur couple constituerait une exception. L'amour exigeait des sacrifices, pas vrai ? (Mais pourquoi était-ce toujours à la femme de les consentir ?)

Sur le chemin du retour, ils croisèrent un prédicateur de rue qui déclamait une citation de la Saga de Lura.

Aruson et Bylus parlèrent de concert : « De force et de valeur égales, nous jurons tous deux de vivre cette aventure ensemble. » Avec les ans, le Fardeau de la Vie pesait sur les hommes. Aruson, en sa qualité d'aîné, décida d'affronter le Pluripotent aux Portes de Platine. Bylus hésitait : « Ce n'est pas le moment. » Ignorant son ami, Aruson alla défier le Pluripotent. « Non, dit ce dernier. Bylus doit se tenir à tes côtés ou il ne saurait y avoir de duel. » Aruson se désolait quand Bylus surgit et tendit les membres. « Viens. S'il faut combattre le Pluripotent, nous Le combattrons ensemble. »

« Tu vois ? Un signe du destin », déclara Freddy. Jane leva les yeux au ciel, mais sourit.

Ses recherches lui apprirent qu'à Xeph, la plus grande des colonies humaines de Lura, une année d'expérience (moins que dans la plupart des autres juridictions) suffisait à obtenir un diplôme d'expert-comptable reconnu sur Terre. Marché conclu : elle prendrait de l'avance sur son plan de carrière *et* elle passerait un an sur une planète étrangère en compagnie de Freddy. Il ne lui restait qu'à trouver le bon poste à Xeph.

Quand la navette de l'hypernef approcha de Xeph, Jane colla son nez au hublot durant le survol des ruines à l'ouest de la ville ; les pierres recouvertes de sable y formaient des cercles concentriques, des croissants, des carrés.

La Grande Tour, dont la spirale s'élevait à mille mètres au-dessus du désert, dominant le tout petit véhicule, jetait deux ombres longues face aux soleils jumeaux. Elles évoquaient les aiguilles d'une gigantesque pendule qui aurait décompté la mort thermique de l'univers. D'autres tours spiralées plus petites reproduisaient la scène en miniature, noyaux de leurs propres horloges.

Des trous ovales perçaient les tours à différentes hauteurs et sous divers angles. Le vent soufflant au travers produisait des notes soutenues qui changeaient selon sa direction et sa force, musique éthérée qui évoquait le chant des baleines ou un orgue joué par Dieu. Jane sentait la structure même de la navette vibrer en accord avec la fameuse Chanson des vents de Lura – cette planète dont la gravité atténuée lui donnait l'impression de flotter sur les ondes de la mélodie étrangère.

Le camp de base de l'expédition se situait à l'est de Xeph, à quatre heures par glisseur. Une fois par semaine, Freddy disposait d'un jour de congé à passer avec Jane en ville.

Le climat diurne, à Xeph, était agréable, même si les humains le trouvaient un peu chaud. Ils visitèrent, surtout pour la clim, les temples voyants et les pièges à touristes aussi luriens que kitsch.

L'église Notre-Dame de Xeph comportait une réplique animatronique d'un Lurien vivant. L'artiste s'était inspiré des esquisses initiales de la Première Expédition ; le résultat évoquait une araignée de cristal géante dotée de dix pattes à triple articulation que surmontait un petit corps en forme de décagone d'où pendait un sac parcheminé, translucide, dans lequel des lueurs clignotantes dessinaient d'étranges motifs. Entourée d'un voile perpétuel par une machine à brouillard, elle soulevait ses pattes à intervalles réguliers. Les pèlerins qui s'agenouillaient devant l'effigie pour allumer chandelles votives et bâtonnets d'encens priaient les yeux fermés.

Les enceintes encastrées dans la statue citaient la Saga de Lura d'une voix mécanique dissonante :

Réjouissez-vous ! Le Fardeau des pauvres se voit diminué pour chaque enfant qui naît, mais tous ceux qui vivent dans l'abondance au point que leur richesse surpasse le mont Kij ne ressentiront pas cet allègement, car ils possèdent trop.

« Ces forains devraient suivre les articles scientifiques, lui murmura Freddy, partagé entre l'irritation, l'amusement et l'horreur. On sait depuis des années que les ossements luriens ne formaient pas un exosquelette, mais un squelette intérieur. Les gens se font avoir par n'importe quoi. »

Jane trouvait ce temple gnangnan, mais déplorait

qu'on tourne en dérision la foi des autres, même si, pour sa part, les religions la laissaient de marbre. Elle garda le silence par respect.

Aruson se prépara au combat. « Tu dois franchir la Porte de Platine, décréta l'Autorité. Si jamais tu y survis, tu feras alors face au Miroir d'Or. Et si tu survis à cela, c'est Moi que tu affronteras dans la Salle d'Argent. »

« L'attrait de la Saga de Lura m'échappe, avoua-t-elle par la suite à Freddy. J'ai été forcée d'en lire des extraits pour mon cours de littérature au lycée. Elle *devrait* t'inspirer, à ce qu'il semble, mais, au fond, elle n'exprime rien. Sinon des platitudes.

— C'est peut-être une constante culturelle : la littérature édifiante ne varie guère d'un bout à l'autre de la galaxie.

— Tu as idée de la manière dont on l'a découverte ?

— Ouais. L'une des plus grosses trouvailles du professeur Clovis au cours de la Première Expédition. Aucun matériau comparable au papier n'a survécu un million d'années, bien entendu, de sorte qu'ils sont tombés sur des inscriptions et des signes sculptés dans les bâtiments en pierre, des trucs courts, peu révélateurs. Puis, dans une autre excavation, il a trouvé une série de plaques de platine avec des écrits gravés, mais à l'envers.

— À l'envers ?

— Oui. Destinées à l'impression, sans doute. Il y en avait beaucoup d'abîmées, mais on a quand même pu récupérer la majorité du texte. Plus tard, le professeur Clovis a réussi à en traduire un peu. Il s'agissait d'un récit de longue haleine composée de strophes à la forme bien définie. L'œuvre avait connu de nombreuses variations, ou été révisée maintes fois. Sur les plaques, des versions différentes de chaque strophe figuraient en plus petits caractères après la principale.

— Une épopée orale couchée par écrit.

— C'était l'opinion du professeur Clovis. Il l'a baptisée la Saga de Lura et il a publié la traduction des fragments dès le retour de l'expédition sur Terre. Ils ont fasciné le public et lancé la xénoarchéologie lurienne, mais inspiré ces cultes et ces mabouls qui assignent de la spiritualité à ces textes. »

*

L'entretien de Jane avec M. Morris, conseiller principal de la Direction générale des finances de Xeph, dura en tout trente secondes. Elle n'eut même pas le loisir d'exposer ses compétences, alors qu'elle s'y était pourtant préparée.

« Ravi de vous voir. Quand pouvez-vous commencer ? »

Elle obtint son propre bureau et sa propre secrétaire. Dès qu'elle entreprit d'étudier les dossiers empilés sur sa table de travail, elle comprit pourquoi la DGFX avait tant besoin d'aide.

Pour un soi-disant trou perdu, Xeph avait des problèmes de taxation d'une complexité surprenante. Comme les autres colonies de la planète, elle tirait la plupart de ses ressources du flot de touristes et de pèlerins venus de tous les mondes connus pour bader et prier face aux ruines luriennes. Bien qu'un siècle d'exploration spatiale ait permis de découvrir la vie sur bien d'autres planètes, Lura restait la seule à avoir manifestement abrité une culture non humaine sophistiquée. Ses hautes tours de pierre en spirale avaient précédé les pyramides d'Égypte, les peintures rupestres de Lascaux et même l'existence des Néandertaliens. Mais les Luriens, avec l'ensemble des espèces autochtones, avaient disparu depuis un million d'années dans une catastrophe où l'hypothèse la plus récente voyait une émission de radiations mortelles par une supernova avoisinante.

Les explorateurs débarqués de la toute première hypernef terrienne avaient découvert des ruines muettes, les restes squelettiques des Luriens – délicate espèce à la symétrie radiale, d'une taille de deux mètres, dotée de dix membres et d'os en silicate – et des micro-organismes qui vivaient soit au fond de l'océan, soit dans les entrailles de la terre.

Dès l'origine, des cultes et des apôtres du développement personnel firent des ruines de Lura la base de leurs systèmes de croyance. Leur nombre se retrouva multiplié par cent à la suite de la Première Expédition de Clovis et de la parution de la Saga de Lura. Les religions acquirent des terrains dans Xeph et réclamèrent des exemptions fiscales douteuses pour leurs biens immobiliers : pensions, restaurants, banques, parcs d'attractions, bordels et autres. Les propriétaires des entreprises commerciales crièrent à la concurrence déloyale et se piquèrent d'évasion fiscale à leur façon, souvent par le biais de collaborations avec les cultes. Depuis des années, la DGFX s'efforçait de remédier aux failles, de remettre à jour sans répit ses règlements et de préserver le fisc des assauts en règle des comptables et des avocats spécialisés engagés par les églises aussi bien que les contribuables sur d'autres planètes. Il lui fallait toute l'aide possible.

Jane en redemandait.

Les yeux des personnes qu'elle fréquentait (dont Freddy) devenaient vitreux dès que le code des impôts intervenait dans la discussion, mais pour Jane, ce règlement représentait les compromis entre les désirs, les rêves, les idéaux et les instincts. Les taux, les crédits, les déductions et les pénalités encourageaient des activités, et en décourageaient d'autres ; il dépendait d'eux que les gens achètent une maison ou non, se marient ou non, rejoignent une église ou non, aient des enfants ou non – bref, la politique dans ce qu'elle avait de plus pur, de plus pragmatique. En tant que comptable, Jane estimait que comprendre le droit fiscal d'une culture donnée permettait d'en élucider le fonctionnement.

Lors de la visite suivante de Freddy, ils optèrent pour une marche parmi les tours en spirale. Il avait apporté une tenue réfrigérante supplémentaire pour Jane. S'en passer le temps d'une journée entière dans le désert sous les soleils jumeaux aurait équivalu à un suicide.

Touristes et pèlerins rejoignaient d'ordinaire les sites par bus ou taxi climatisé, mais il leur était défendu d'approcher davantage des tours afin d'éviter les dégâts aux bâtiments. Mais, en tant que membre de l'expédition, Freddy détenait un permis pour les zones interdites et les gardes autorisèrent Jane à l'accompagner lorsqu'il leur refila quelques billets. Elle se prit à espérer qu'ils déclareraient le pot-de-vin, puis elle étouffa un rire d'autodérision.

Habitant Xeph depuis un mois, elle s'était habituée peu à peu aux silhouettes de ces hautes spirales sur l'horizon. De près, toutefois, la Grande Tour offrait une perspective toute nouvelle. Depuis sa base de deux cents mètres de diamètre, ses énormes blocs de granit cimentés les uns sur les autres s'élevaient dans le ciel en une hélice gracieuse qui paraissait défier la pesanteur.

« Mais comment fait cette chose pour ne pas tomber ? » s'enquit-elle. Jane sentait le vertige la gagner à mesure que son regard s'élevait le long de la Tour que les trous et les tunnels creusés aux abords du sommet changeaient en une dentelle de pierre qui finissait par s'unir aux nuages.

« Un mélange d'ingénierie inspirée et d'illusionnisme, répondit Freddy en haussant le ton pour se faire entendre en dépit de la Chanson des vents. Ils ont utilisé des contrepoids et mis en scène les ombres de manière à ce qu'elle paraisse moins massive, moins substantielle qu'en réalité. Je peux t'assurer de sa stabilité. Elle tient debout depuis un million d'années. » Il tendit à Jane des bouchons d'oreilles qui leur serviraient aussi de système de communication sans fil.

Reliés par un câble, ils entreprirent l'ascension, chacun montant à son tour assurer le couple qu'ils formaient. Les tenues réfrigérantes fonctionnaient bien, de sorte que Jane apprécia l'effort qui les menait peu à peu loin au-dessus des ruines et du désert alentour. Munis des bouchons d'oreilles, ils n'entendaient plus la Chanson des vents, qui continuait cependant de vibrer dans leurs os.

« Comment ont-ils pu bâtir un truc pareil sans disposer d'une technologie avancée ? demanda encore Jane.

— Ils n'avaient rien de *primitifs.* À entendre les âneries mystiques et pseudoscientifiques dégoisées par les gens qui gèrent les temples et les parcs à thème là en bas, tu les vois sans doute comme la version extraterrestre des Égyptiens de l'Antiquité ou des Mayas précolombiens, mais de nombreux indices donnent à penser que les Luriens possédaient bien un haut niveau technologique. On discerne ainsi une forte empreinte de leur part sur le paysage planétaire : cultures à grande échelle, mines, routes, canaux, retenues et barrages, etc. Les dépôts métalliques mesurés dans le sol indiquent que leurs constructions ultérieures employaient l'acier et un matériau composite – une sorte de béton – qui se sont tout simplement érodés au fil des millénaires. Si on se base sur le taux de carbone dans l'atmosphère, il semble qu'ils n'aient guère recouru aux énergies fossiles, mais cette conclusion ne fait pas l'unanimité et l'industrialisation peut exister sans combustibles fossiles.

— Comment se fait-il que vous n'ayez pas découvert de machines ni d'objets plus "modernes" ?

— L'archéologie d'ici diffère de celle qu'on pratique sur Terre. Non seulement les Luriens n'étaient pas humains, mais l'échelle temporelle n'a rien à voir. L'intervalle d'un million d'années dépasse de loin les simples millénaires que les archéologues terriens qui étudient les cultures complexes affrontent.

La conservation des objets en souffre. Ceux que tu tiens pour “modernes” sont en fait les moins susceptibles de résister au passage du temps. L’acier rouille, le ciment s’érode, le plastique pourrit, ou il se désagrège sous l’action des rayons ultraviolets, mais les structures en pierre – et en céramique, un matériau aussi solide – dureront une éternité sous les bonnes conditions climatiques. Si tous les humains quittaient la Terre demain, un explorateur extraterrestre qui arriverait dans un million d’années n’y trouverait peut-être plus que les vestiges de la Grande Pyramide pour témoigner de nos réalisations.

— Donc ces ruines dateraient des premiers Luriens, et non pas de leurs descendants plus développés ? »

Freddy secoua la tête. « On n’en sait rien. L’ingénierie impliquée dans la construction de ces tours en spirale est très avancée. La pierre paraît également avoir subi une sorte de vitrification industrielle qui, en la renforçant contre les infiltrations, a ralenti l’érosion. Difficile d’imaginer que les Luriens plus arriérés disposaient de tels procédés. Et le fait que nous, les humains, avons plus ou moins cessé de bâtir avec de la pierre ne signifie en rien qu’une culture étrangère telle que celle-ci suivrait le même chemin. »

Jane s’efforça de se représenter une société industrialisée édifiant dans le désert de gigantesques monuments de pierre – des structures colossales, inhabitables, dont le seul usage semblait être de chanter sous l’action des vents. Elle avait du mal à l’envisager. *Il s’agit donc d’une culture étrangère.*

« Alors, pourquoi construire ces tours en spirale ? Et en quoi croyaient les Luriens ? »

Freddy sourit avec nostalgie. « On n'en sait rien non plus. Il subsiste trop peu de traces de leur civilisation. Les ères glaciaires, les tremblements de terre et une érosion massive ont réduit la plupart de leurs œuvres en poussière. Seules de rares structures en pierre ont survécu par hasard dans des zones stables sur le plan géologique, comme ces ruines.

» Quant à ce qu'ils pensaient et croyaient, on ne possède que les fragments de la Saga de Lura. Ils ont dû produire des yottaoctets de littérature, d'art et de musique en leur temps, mais il ne nous reste de leurs voix que quelques koans et la mélodie incessante des vents. »

Arrivés au sommet de la Grande Tour, ils passèrent un bon moment à contempler le panorama alentour – le calme immémorial des ruines à leurs pieds et la frénésie d'activité insouciante de Xeph au loin. À l'horizon, très au-delà de la colonie, se dressait le mont Kij, avec son sommet d'un blanc neigeux et son châle vert bois.

Freddy était d'humeur songeuse. « Je comprends plus ou moins ce que devaient ressentir les Luriens qui observaient leur monde depuis cet endroit, je crois. » Il cita la Saga de Lura :

Que vous labouriez les champs, sculptiez la pierre, serviez un supérieur, recherchiez le plaisir, expédiez des fruits sur de lointains marchés ou contiez des histoires, le Fardeau de la Vie pèsera toujours sur vous, sans relâche.

« Tu t'adonnes au romantisme », dit Jane.

Il hocha la tête. « On ignore combien de temps ces ruines vont encore résister. Le climat de Lura devient plus humide, plus tempéré. Il y a cent ans, les premiers colons ont apporté de la Terre des graines et des animaux qui se sont adaptés au sol en jachère. Chaque année, les déserts où on a découvert les dernières ruines luriennes reculent face à l'avancée de la végétation terrienne. Il ne pleuvait jamais, ici : l'an dernier, Xeph a même connu ses premières neiges. Le paysage finira par se changer en jungle. Ces tours ont un million d'années et elles ne survivront peut-être pas un millénaire aux assauts de la vie terrienne. »

Au tout début de leur relation, Freddy lui avait raconté une anecdote.

« À sept ans, j'ai joué à l'archéologue. J'ai emprunté l'un des vases bleu et blanc de ma mère et je l'ai cassé en mille morceaux que j'ai enterrés dans le jardin. Le lendemain, je suis allé les déterrer et j'ai essayé de le reconstituer. Comme je n'ai jamais réussi à ajuster toutes les pièces, j'ai fini par les coller sur un contreplaqué en une mosaïque qui formait l'image d'un vol d'oiseaux au-dessus de l'océan. »

Jane sourit. « J'espère que tes talents d'archéologue se sont améliorés entre-temps.

— C'est difficile de recréer le passé. Parfois, il me semble qu'on n'arrivera jamais à trouver un sens aux indices et j'en viens à penser que l'archéologie consiste à ajuster les pièces de telle sorte qu'elles racontent une histoire. Pour moi, la mosaïque racontait une histoire plus marrante que le vase, même si ma mère était d'un tout autre avis. »

L'hiver gagnait l'hémisphère nord de Lura. À Xeph, les températures dégringolaient. Il faisait désormais trop froid pour le travail de terrain. L'expédition regagna la colonie afin d'y passer la mauvaise saison, avec comme perspective de regagner le camp de fouilles au printemps.

Le professeur Clovis décida d'organiser un cocktail pour les membres de l'expédition, leurs familles et leurs amis. Jane se faisait une joie de rencontrer le savant légendaire.

Le grand professeur s'avéra un frêle vieillard de quatre-vingts ans, alerte et fringant malgré ses membres grêles et son dos voûté, à la voix d'une force surprenante, qui charma ses invités par son autodérision facile et son esprit suranné.

Freddy le présenta à Jane qui constata en le saluant que sa poignée de main restait ferme.

« Ne vous en faites pas, lui dit le professeur Clovis. J'ai tenu votre ami à l'écart des équipes de fouilles comportant de jolies étudiantes. Il se focalise sur son travail. »

Freddy rougit et Jane éclata de rire.

« Professeur Clovis, permettez-moi de vous interroger sur un sujet qui m'a toujours intriguée, dit-elle. Comment avez-vous pu entamer la traduction de la Saga de Lura il y a tant d'années ? Puisque Lura nous est complètement étrangère, il n'existait aucune pierre de Rosette. »

Il hocha la tête, l'air admiratif. « Vous avez les instincts qui conviennent à un archéologue. Freddy, elle devrait peut-être vous remplacer sur le chantier.

— Jane est plus intelligente que moi, sans conteste. Je ne sais même pas remplir ma propre déclaration d'impôts. »

Le professeur Clovis s'assit, indiquant du geste à

Jane et Freddy de l'imiter. « Au cours de la Première Expédition, on a trouvé peu de textes luriens. Ils écrivaient sans doute sur des matériaux organiques – les équivalents du papier, du papyrus, du parchemin, du rouleau de bambou –, qui n'ont pas survécu. Des inscriptions gravées, voilà ce dont on disposait. Comme les échantillons collectés aux quatre coins de Lura paraissaient tous utiliser les mêmes caractères, ces gens, selon toute vraisemblance, devaient être très avancés : pour qu'une langue universelle surgisse, il faut que l'espèce possède la technologie de la guerre globale et du voyage intercontinental.

» Comment la traduire ? On ignorait tout de sa structure, de sa phonologie, de sa syntaxe et de sa sémantique. Allez même savoir si leurs modèles mentaux s'approchaient assez des nôtres pour nous permettre de les comprendre ! Et s'ils appréhendaient le monde d'une tout autre façon que nous ?

» C'est une salle découverte par hasard qui nous a fourni la solution. Quand on en a eu fini avec le Site 201 – trente kilomètres à l'est d'ici –, on l'a inspecté une dernière fois par tomographie pour voir si on n'avait rien manqué. Il nous semblait avoir atteint la pierre partout, mais le scanner a révélé une pièce latérale qui nous avait échappé. Les éboulis et le sable déplacé par le vent l'avaient scellée : elle restait inviolée depuis un million d'années.

» Quand on a fini par la percer, je suis descendu – à l'âge de Freddy, j'étais plutôt agile – dans une obscurité totale, à part le cône lumineux de l'ouverture d'accès qu'on avait pratiquée. J'ai dardé le pinceau de ma torche dans tous les sens et constaté que je me trouvais dans un lieu grand comme une salle de cinéma, avec des murs lisses, aveugles, recouverts d'images légendées.

» Vous avez dû en voir des reproductions dans des livres, même sans en connaître la signification. Sculptées en bas relief, elles confirmaient que le système visuel des Luriens ressemblait suffisamment au nôtre pour qu'ils reproduisent le monde physique par des projections en deux dimensions. Elles brillaient par leur simplicité : chacune dépeignait un objet, voire un groupe d'objets, et surmontait une très brève inscription.

» On ne savait trop comment interpréter notre découverte. S'agissait-il d'une sorte de bande dessinée ? D'une fresque narrative ? D'une iconographie comparable aux vitraux des cathédrales chrétiennes ? D'un musée ? Le texte expliquait-il et commentait-il les dessins ? Ou se limitait-il à des titres et ne possédait-il qu'un lointain rapport avec les images ? »

Quoique captivée par le récit, Jane ne put s'empêcher d'interrompre le professeur Clovis. « Puisque la pièce était dépourvue de fenêtres, et donc d'éclairage, elle devait être dans les ténèbres la plupart du temps, même avant de se retrouver enfouie. Cela évoque un lieu de culte, de mystères sacrés, non ? »

Le regard de son interlocuteur pétillait. « Ha ! Même si vous fondez cette spéculation sur des hypothèses terriennes, votre théorie tient la route, étant donné les faits dont vous disposez. Vous êtes bien certaine que je ne pourrai pas vous convaincre de changer de métier ? »

Freddy, ravi de l'intérêt qu'elle montrait pour son travail, pressa la main de Jane.

« Ce que vous ignorez, poursuivit le professeur

Clovis, c'est que ces gens-là voyaient sans doute dans une gamme différente du spectre électromagnétique, dans l'infrarouge, et même dans ce que vous et moi considérerions comme de la chaleur. Les pièces sans fenêtres abondent dans les ruines d'ici – sans doute pour conserver la chaleur et s'isoler des aléas du climat. Pour s'éclairer, les Luriens utilisaient de la chaleur artificielle, venue d'ailleurs par des tuyaux. Disons que leurs radiateurs leur servaient aussi bien de lampes que de chauffages.

» Dans ladite salle, des conduits amenaient l'eau chaude derrière les images qui paraissaient donc rétroéclairées aux yeux des Luriens : très nettes, très vives.

» On y a également trouvé divers objets : des récipients en céramique et en verre, sans doute pour la nourriture et la boisson, et des meubles en matériaux organiques, analogues au bois et au cuir. L'air sec les avait préservés au fil des ans, mais ils sont tombés en poussière sitôt qu'on y a admis l'air extérieur. Par chance, la tomographie effectuée au préalable nous a permis d'en conserver les formes et les structures.

» Ils nous ont par ailleurs fourni un indice crucial sur la pièce et les images : ces récipients et ces meubles étaient de taille réduite, bien trop petits pour convenir à l'anatomie des Luriens telle qu'on la connaissait. Selon vous, sur quoi était-on tombé ? »

Jane prit une profonde inspiration. Elle se représenta le jour où ce monde avait péri tout à coup sous l'impact des radiations cosmiques. Elle imagina les grands êtres graciles, pris de court par la soudaineté de la catastrophe, songeant dans leurs derniers instants à ce que leur vie avait de plus précieux, et une phrase de la Saga de Lura s'imposa à elle : *Le Fardeau des pauvres se voit diminué pour chaque enfant qui naît.*

« C'était une école, dit-elle. Vous avez trouvé le lieu où on instruisait les enfants. »

Le professeur Clovis hocha la tête. « Ces images, c'était leurs premiers livres, leurs abécédaires. Elles apprenaient la lecture aux petits Luriens, et, toutes ces années plus tard, elles nous l'ont enseignée, à nous. »

Après la réception, ils regagnèrent le petit appartement qu'elle avait loué. Freddy allait y habiter avec elle durant les deux mois à venir. C'était la première fois qu'ils vivraient ensemble pour de bon, et cette perspective les inquiétait un peu tous les deux.

Assis côte à côte, ils buvaient du vin en regardant de gros flocons de neige heurter la vitre, y adhérer, puis fondre sous l'effet de la chaleur qui régnait dans la pièce de l'autre côté de la fenêtre.

« Alors, raconte : vous avez fait de grandes découvertes ces derniers mois ? »

Il l'attira contre lui. « En fait, oui, une, mais on doit la garder secrète. Motus, d'accord ? »

Du geste, Jane indiqua qu'elle resterait bouche cousue.

« On a trouvé une nouvelle série de plaques de la Saga de Lura.

— Où ça ?

— Près de là où on a trouvé la première série. Toutes les fouilles étaient finies là-bas normalement, mais c'est un lieu célèbre et important, voilà pourquoi j'y suis allé. Pour rire, j'ai prélevé un échantillon de sol qui s'est révélé contenir de fortes teneurs en platine. »

Il but une gorgée de vin et sourit de l'impatience que Jane ne parvenait pas à masquer.

« Ça m'a paru bizarre, car le platine est vraiment inerte, et j'ai procédé à un nouvel examen tomographique du site. Les machines qu'on utilise de nos jours ont une résolution beaucoup plus fine ; elles voient des détails qui échappaient aux engins de la Première Expédition. Et j'ai découvert des cavités peu profondes en dessous des fouilles les plus basses effectuées par le professeur Clovis. Des cavités qui avaient la forme des plaques.

— Comment est-ce possible ?

— Les Luriens devaient employer un procédé de gravure chimique pour fabriquer leurs plaques d'impression. Je parie sur un mélange d'acide nitrique et d'acide chlorhydrique, la seule substance capable de dissoudre le platine, en gros. Il y en avait sans doute une réserve dans le coin. Après la nova, une fois les plaques enfouies, les fuites d'acide ont dissous celles du bas, mais épargné celles du haut, que le professeur Clovis a retrouvées.

» Seulement, les plaques du bas n'avaient pas entièrement disparu. L'acide avait emporté le platine, mais les plaques elles-mêmes avaient laissé leur empreinte, ces cavités. On a mis au point un moyen d'y injecter une solution de plastique et de déclencher la polymérisation. Quand on a extrait le résultat, on a obtenu des répliques en plastique des plaques perdues, aussi nettes que les originaux en platine.

— C'est génial.

— Merci. Ton petit ami a parfois son utilité.

— Et ces plaques révèlent de nouvelles perles de sagesse ?

— Aucune, non. Des tableaux, des listes de nombres, des proverbes, des récits étranges, ce genre de choses.

— Des tableaux ? Des listes de nombres ?

— Il y en avait sur les vieilles, aussi. Sur Terre, il arrive fréquemment que les poèmes épiques et autres récits oraux incluent des répétitions de nombres en guise de catalogues. Que la Saga de Lura en comporte aussi n'a rien d'étonnant, mais on a exclu ces listes des traductions vulgarisées. Trop barbantes.

— Je peux voir les nouvelles strophes ? »

Freddy lui passa une liasse. « Les traductions sont de moi. Le professeur Clovis ne les a pas encore vérifiées. »

Elle feuilleta les papiers :

Le Fardeau est réduit pour ceux qui sacrifient beaucoup à cette tâche. Une grande [nom inconnu – une machine ; peut-être une arme ?] accélère la réussite. Le premier hiver, [l'individu A] acheta une [arme inconnue] conçue pour dix hivers à [l'individu B] et perdit dix mille. Ce premier hiver, [l'individu A] gagna deux mille et [un ajout ?]. Le deuxième hiver, [l'individu A] gagna mille six cents et [un ajout ?]. Le troisième hiver, [l'individu A] gagna neuf mille deux cents. Et ainsi en sera-t-il, jusqu'à la fin, selon l'Autorité.

« Je vois ce que tu voulais dire sur les nombres barbants. Je parie que ce passage n'apparaîtra pas dans l'édition grand public. Pourquoi tous ces termes entre crochets ?

— Ils se substituent aux personnages de la Saga et aux mots que je me demande comment traduire. Dans la version finale, l'individu A deviendra le héros Aruson et l'individu B son ami Bylus. C'est le professeur Clovis qui a trouvé ces noms pour rendre le texte plus lisible. Puisqu'on ne sait rien de la phonétique lurienne, il les a inventés et on les utilise par simple convention. Avant la publication, il choisira une hypothèse crédible pour "arme inconnue"... une épée, peut-être. Et il lissera le style.

— J'ignorais que la Saga de Lura incluait autant d'ajouts et d'enjolivements », admit Jane, déconcertée.

Freddy haussa les épaules. « Il n'y a pas moyen de faire autrement. Toute traduction est infidèle et on ne dispose que d'une ébauche de contexte. Tu te souviens des images dont le professeur Clovis t'a parlé ? Elles nous ont bien aidés, mais elles laissent place à toutes sortes d'ambiguïtés. Si tu vois un dessin d'animal au-dessus d'un mot, comment peux-tu savoir si ce mot est le nom de son espèce, celui de cet animal spécifique, "du poil blanc", "cours", "le chiffre un", "l'animalité", "l'immobilité" ou n'importe quoi d'autre ? Il faut deviner, et s'assurer ensuite que le contexte convient. »

Certains aspects de la traduction gênaient Jane, au point que les nombres lui tournaient dans le crâne. Elle les étudia de nouveau.

« Freddy, je comprends ces nombres ! Ton texte évoque une dévalorisation, la méthode de l'amortissement dégressif à taux double.

— La quoi ?

— Une méthode comptable d'amortissement accéléré. Une minute, laisse-moi vérifier. »

Elle prit l'exemplaire de la Saga de Lura qu'il avait rangé sur une étagère et le feuilleta.

Le Fardeau des pauvres se voit diminué pour chaque enfant qui naît…

« Cette phrase parle du crédit d'impôt par enfant, auquel s'applique un plafond de revenu… »

… le Fardeau vous incombe toujours.

« Et celle-ci établit que chaque revenu, indépendamment de son origine, est soumis à l'impôt. On retrouve ce principe dans tous les codes. »

… Bylus doit se tenir à tes côtés ou il ne saurait y avoir de duel…

« Et celle-là exige l'unanimité des partenaires dans la remise en cause de l'évaluation fiscale du partenariat. »

Aruson se prépara au combat…

« Je crois qu'il s'agit du résumé de la procédure d'appel pour un contribuable qui souhaite contester l'estimation. »

Les yeux écarquillés, Jane dévisagea son compagnon.

« La Saga de Lura n'a rien d'une épopée mythique en vers. C'est le code des impôts lurien. »

Freddy revint abattu de sa rencontre avec le professeur Clovis.

« D'après lui, tu as une théorie très intéressante, mais ton métier te donne des a priori. Un menuisier croit qu'on peut tout fabriquer avec du bois, et un avocat, que tous les gens veulent s'intenter des procès. C'est la nature humaine. Tu n'es pas archéologue de profession…

— Mais tu sais que j'ai raison. »

Il resta coi.

« Je vois le genre, dit Jane. Clovis refuse d'admettre son erreur et de ruiner sa réputation fondée sur cette idiotie que le code fiscal serait un poème épique.

— Tu es injuste ! » Freddy baissa le ton. « Il y a d'autres facteurs qui entrent en jeu. Le grand public suit de près les fouilles luriennes. Nos subventions dépendent de cet intérêt. Si on lit la Saga de Lura comme un code des impôts, elle perdra aussitôt de son attrait pour beaucoup. Sans parler de tout ce que les organisations religieuses vont penser de…

— Tu les considères comme des escrocs…

— On *ne sait pas* si tu as raison ! » Il criait presque. « Ce n'est qu'une *théorie*. Il y en a des farfelues de toutes sortes sur les Luriens. L'interprétation de Clovis est aussi logique que la tienne, et la sienne fait une meilleure histoire.

— Le code des impôts *est* une bonne histoire ! »

Freddy se contenta de la dévisager et Jane s'avisa qu'elle n'allait pas l'emporter.

M. Morris lui demanda de superviser les rénovations du bâtiment de la DGFX. L'immeuble, âgé de cinquante ans, se délitait, et sa façade se craquelait. Le Conseil de Xeph avait enfin accepté d'allouer un budget aux réparations.

Au lieu de citations inspirantes sur les bénéfices d'un fisc équitable, Jane décida de présenter des extraits de la Saga de Lura dans l'entrée de la

DGFX. Elle expliqua à M. Morris que leur administration apparaîtrait ainsi plus proche des habitants de Xeph, obsédés qu'ils étaient par la Saga.

« Lorsque les contribuables viendront ici, ces passages édifiants les mettront dans l'état d'esprit adéquat. »

Il hocha la tête.

Jane avait informé Freddy de son projet. « Un jour, quand ils fouilleront les ruines de la DGFX, les archéologues du futur auront enfin le bon contexte pour interpréter la Saga de Lura. »

Il soupira sans rien dire, mais, en gage de réconciliation, il l'aida à choisir quelques passages.

Tandis qu'elle regardait les peintres inscrire les citations sur les murs de l'entrée, elle songea aux employés du fisc lurien rédigeant un million d'années plus tôt les dispositions d'un volume qui concernerait le quotidien de tous leurs compatriotes. Imaginaient-ils alors que leur règlement serait lu plus tard par une espèce étrangère ? Que des esprits étrangers tâcheraient d'y trouver un sens profond ? Que penseraient-ils, ces fonctionnaires, des temples criards, des pèlerins venus sur Lura chercher la sagesse dans un code des impôts pesé avec soin ?

« *Moi*, je vous comprends », dit Jane à la cantonade.

Nul ne possède les cieux

« Poussez ! Poussez ! Bon sang, du nerf ! » La voix de Kino Ye se fêla sous l'effet de la panique ; les quatre soldats trempés de sueur bandaient leurs muscles sur les manivelles de l'enrouleur géant. « Poussez ! »

Quand l'une d'elles cassa net, l'homme qui appuyait dessus tomba la tête la première dans le sable ; le dévidoir rua et envoya bouler sur la plage ses camarades qui atterrirent les quatre fers en l'air. Épais comme le doigt, le câble se dévida tandis que le hurlement du tambour emballé grimpait dans les aigus. Le filin arriva au bout, puis se rompit, claquant tel un fouet.

Vingt pas plus loin, les servants du second enrouleur trébuchèrent, déséquilibrés par la disparition de la force de contrepoids. Ils levèrent les yeux, bouche bée.

« Par la barbe de Kiji ! » Kino enfouit son visage dans ses mains.

Libéré d'une de ses deux lignes, le cerf-volant géant – un mannequin suspendu dessous en guise de pilote d'essai – rebondit dans l'air à plusieurs reprises avant de tomber en vrille. Il accéléra, tournoyant de plus en plus vite, jusqu'à s'abîmer au loin en mer, projetant un geyser muet.

« J'ignorais que les officiers royaux étaient payés pour lancer des cerfs-volants et blasphémer. »

La personne qui venait de parler, une jeune fille campée sur une dune, portait, au lieu d'une robe, le pantalon blanc et le kimono beige du pèlerin. Elle avait les cheveux dénoués d'une célibataire et son visage évoquait une copie féminine de Kino, à qui elle adressa un sourire affectueux.

« Lowi ! Mais… qu'est-ce que tu fais ici ? Tu aurais dû écrire. » Troublé, il ordonna aux soldats de faire une pause et, s'approchant de la jeune fille, l'étreignit gauchement.

« Drôle d'accueil pour ta sœur unique ! Ta dernière lettre à la maison disait que tu avais été choisi pour la marine. La marine ! Moi qui croyais que mon frère se voyait ingénieur dans l'armée de terre… J'avais hâte de savoir ce que tu fabriquais, et plus rien pendant deux mois ! Comme Mère et Père se font un sang d'encre, j'ai proposé de te rendre une visite surprise.

— Je regrette de vous avoir laissés sans nouvelles. J'étais très… occupé. »

Lowi avisa les rouleaux de fil et les cerfs-volants géants à moitié montés jonchant la plage, puis haussa un sourcil.

« C'est compliqué, reprit-il. Allons manger, je vais tout te raconter. »

Kino regarda le garçon cabrioler, chanter et glousser sur le sol de pierre comme s'il se produisait dans une auberge de campagne aux clients rendus indulgents par l'ivresse, et non à la cour du roi Dézan, l'un des sept hommes les plus puissants du monde.

Sommes-nous si puissants ? Si zélés, si glorieux ?
Car les dieux nous déplacent tels les pions du Grand Jeu.

Plissant les yeux, Kino s'efforça de jauger la réaction du souverain qui écoutait l'air étrange du haut de son trône où les ombres projetées par les torches en contrebas voilaient son expression.

Le garçon tourbillonnait, le buste agité de spasmes dans les affres de l'extase religieuse.

Le palais du roi Dézan à Kiphri, la capitale de Xana, était petit pour les Sept États de Dara. Après tout, Xana n'incluait que les deux îles les plus modestes et les plus éloignées de l'archipel. Les poutres de la Grande Salle atteignaient juste la largeur des épaules d'un homme, les murs n'arboraient ni feuille d'or, ni riches draperies, et les dalles à peine taillées se passaient des motifs complexes ornant le sol des édifices de pouvoir somptueux de Boama la cosmopolite ou Çaruza la magnifique. Pourtant, alors que la voix flûtée du chanteur rebondissait sur cette pierre nue, le cadre austère ajoutait au sentiment d'effroi révérenciel qu'évoquaient les paroles.

Ministres et généraux bordaient en rang les deux côtés de la Grande Salle, les yeux fixés sur le danseur.

La volonté des dieux est sombre comme l'océan.
Lis les courants, ô roi, sans crainte du mouvement.

« Qu'est-ce que vous en pensez ? » Sora Ingda, ancien secrétaire de la marine tout juste rétrogradé, chuchotait à l'intention de Kino, son jeune aide de camp debout derrière lui. Désormais ministre de cinquième rang, il administrait les forces navales jusqu'à la nomination d'un remplaçant adéquat. Kino et lui se trouvaient au bout de la ligne de gauche, sur le seuil de la porte, soit le plus loin possible du souverain tout en restant dans la Grande Salle.

« On croirait l'artiste de rue que j'ai vu l'autre jour et qui prétendait entendre des voix divines », répondit l'ingénieur sur le même ton. Comme son commentaire pouvait passer pour sacrilège, il se hâta d'ajouter : « Mais, bien entendu, les voies du seigneur Kiji sont impénétrables. »

Il faut que j'apprenne à tourner sept fois ma langue dans ma bouche. N'appartenant au personnel d'Ingda que depuis une semaine, il ignorait le degré de piété de son maître.

Ce dernier gloussa. « Nous verrons bien. Les courants du hasard m'ont poussé à l'écart, mais peut-être la marée va-t-elle s'inverser. »

Pour la centième fois, Kino se demanda comment il avait bien pu, lui, de tous les candidats à l'examen de la fonction publique cette année-là, finir avec Sora Ingda. Il voulait intégrer la section d'ingénierie de l'armée de terre de Xana ; son essai libre évoquait un moyen d'améliorer sa logistique à l'aide d'un nouveau type de transport tout-terrain utilisant des jambes mécaniques à ressorts au lieu de roues. Pourquoi l'ancien secrétaire de la marine s'était-il intéressé à lui ?

L'invasion surprise de l'île du Croissant par la flotte de Xana, une idée d'Ingda, avait failli lui coûter sa tête en plus de son poste après la défaite de l'armada face aux marines combinées d'Amu et Haan. Se trouver à son service n'avait rien d'un début de carrière encourageant.

« La politique du palais est beaucoup moins impénétrable que le seigneur Kiji, continua de murmurer le disgracié. Que ce soit le duc Zyn qui ait amené cet “oracle” devant le roi me paraît très révélateur.

— J'ai entendu dire que le duc n'a que faire des bateaux », déclara Kino, incité par l'irrespect apparent du commentaire d'Ingda.

« Oui. Il y voit de simples transports de troupes. Sachez aussi que, selon certaines rumeurs, le jeune prince Ponahu d'Amu cherche une nouvelle seconde épouse, et la fille du duc Zyn tiendrait la corde, même si je soupçonne la fortune familiale de jouer un rôle crucial. »

Kino porta son regard vers le personnage en question qui se tenait à l'autre extrémité de la Grande Salle, presque au pied du trône. On discernait l'infime ébauche d'un sourire sous la mine pieuse du commandant en chef de l'armée de Xana.

Et les quatre éléments guident donc le destin
De tous nos sept États, puissants comme bénins.
Les habitants d'Amu ont l'âme liée à l'eau,
Quand Cocru et ses pierres s'effritent aussitôt.

Saisissant l'allusion d'Ingda, Kino hocha la tête. Le duc Zyn prônait de très longue date l'alliance de Xana avec le royaume maritime d'Amu pour contrebalancer l'écrasante supériorité de la cavalerie de Cocru sur la Grande Île. (Si sa fille devenait l'une des principales conjointes royales d'Amu, il qualifierait sans doute l'événement d'heureux hasard.)

Ingda s'était opposé à cette proposition : Amu et Cocru entretenaient des relations de bon voisinage, et le premier avait toujours témoigné davantage de mépris à Xana que les autres. Par ailleurs, s'allier à l'État le plus proche de Xana ne rimait à rien : si ce dernier voulait agrandir son territoire, il fallait s'allier avec des pays plus éloignés et attaquer ses voisins.

Le roi Dézan balançait entre les deux arguments, au point que Zyn avait décidé d'amener le « prophète » en renfort. Si sa politique prévalait, la marine perdrait la majeure partie de son financement au profit de l'armée. Déjà épouvantables, les perspectives de carrière de Kino empireraient encore.

Sora Ingda se tourna et le regarda dans les yeux. « Vous n'êtes pas croyant, que je sache, mais vous pourriez donner le change, non ?

— Je… je pense, oui, répondit son subordonné, perplexe.

— Bien. À moins que vous ne teniez à rester coincé dans un bureau minuscule toute votre vie, jouez le jeu. Parfois, il faut se jeter à l'eau et voir où le courant vous emporte. Je vous ai choisi parce que, dans vos dissertations, j'ai discerné une note de témérité et de créativité, ainsi qu'une absence de bigoterie. J'espère ne pas m'être trompé. »

Avant que Kino ait pu réclamer un éclaircissement, Ingda se rua vers le centre de la Grande Salle, titubant comme un ivrogne. Pris de spasmes, zigzaguant, il rejoignit le danseur devant le trône et se jeta sur lui, le plaquant au sol.

L'assemblée des ministres et généraux en resta muette de stupeur, à l'exception du duc Zyn qui bafouilla : « Mais… qu'est-ce que cela signifie ? »

Ingda roula à l'écart du garçon pour s'immobiliser à plat dos, battant des bras et des jambes, les yeux blancs, la bave aux lèvres. Il prit alors la parole d'une voix aux inflexions étranges – profonde, mystique.

« Silence ! Je suis Kiji, Maître des Vents, Seigneur du Ciel. Qui ose déformer ma pensée ? »

Le visage de Zyn s'assombrit. « Gardes, emparez-vous de lui ! »

Ingda se redressa sur son séant et poursuivit sa harangue. « Ceux qui aspirent à la grandeur doivent suivre le sens des vents. Observez les courants dans l'air, et non dans l'eau. » Il tourna la tête vers Kino.

Ce dernier étouffa un juron. Cet acte pouvait marquer la fin de son protecteur et l'entraîner lui aussi, mais un accès d'enthousiasme l'enfiévra. L'autre avait raison sur un point – il aimait bel et bien prendre des risques.

Imitant la démarche d'ivrogne de son supérieur, il rejoignit à son tour le milieu de la salle, puis roula des yeux et amassa de l'écume entre ses lèvres. « Je suis Tazu, Seigneur de la Mer. Kiji, quel plaisir de te voir ! J'ai envoyé ce garçon à titre de plaisanterie, mais je constate que tu m'as percé à jour. »

Moins soutenu comme langage que ce qu'on attend d'une divinité, se dit Kino, *et la voix grince un peu, mais bon, je n'ai disposé que de dix secondes pour préparer mon coup.*

Du cœur des ombres mouvantes sur le trône, le roi leva la main gauche. Les gardes qui s'apprêtaient à se précipiter sur Ingda s'immobilisèrent.

Le ministre de cinquième rang qui se tortillait toujours au sol entonna une mélopée :

Deux qui se battent sur terre, un qui règne par le feu,
Trois qui voguent sur l'eau. Nul ne possède les deux.

Le garçon s'était mis en retrait, laissant aux deux adultes le centre de la salle. Ingda répéta son incantation à plusieurs reprises.

« La sagesse du seigneur Kiji paraît trop obscure pour le commun des mortels, je le crains, déclara le roi. Le seigneur Tazu souhaite-t-il nous aider à l'interpréter ? »

Que manigançait Ingda ? Kino jugea qu'il avait pour seul choix de faire avec. De suivre le sens des vents.

Il se mit à chanter, en s'inspirant de son comparse.

Le pouvoir hait le vide, le besoin vaut besoin.
Et Cocru et Faça tirent du sol leur vigueur ;
Les mineurs de Rima ont le feu dans leurs mains.
D'Amu, Haan et Gan les nefs font le bonheur,
Mais le maître de l'air, ce grand désert des cieux,
Tient la barre du monde tel le premier des dieux.

« Votre Majesté, lança le duc Zyn d'une voix vibrante de colère, nous savons tous que le ministre Ingda n'est pas réputé pour sa piété. Je doute qu'il se soit rendu au temple du mont Kiji plus d'une fois dans sa vie. Pourquoi donc le seigneur Kiji parlerait-il par sa bouche ? De toute évidence, il essaie de saper la véritable prophétie divine qui suggère de renforcer notre armée et de nouer une alliance avec Amu. Nous avons toléré cette mascarade assez longtemps. J'exige qu'il soit sur-le-champ arrêté et jugé pour blasphème. »

Sora Ingda, poussant des plaintes incohérentes, frétillait au sol comme un poisson qu'on viendrait de pêcher. Kino se laissa choir et l'imita, au point de se retrouver bientôt à bout de souffle : la possession divine se révélait un dur labeur. Il se retenait à grand-peine de rire de l'absurdité du spectacle qu'ils donnaient.

« Mon cher duc Zyn, vous n'êtes pas en position d'exiger quoi que ce soit. » La voix du roi Dézan était aussi tremblotante que les flammes des torches, mais elle comportait une note d'autorité impossible à braver. « Il est vrai que le ministre Ingda, homme aussi téméraire qu'irrévérencieux, se montre avare de cadeaux au temple de Kiji dont vous êtes l'un des donateurs les plus généreux, mais j'ai peine à imaginer que son jeune assistant, à peine sorti de l'enfance, ait l'audace de prétendre parler pour les dieux en ma présence. »

Kino s'agita de plus belle sur les dalles, s'efforçant de tirer de ses muscles fatigués la pleine manifestation d'une possession surnaturelle. Son envie de rire s'était évaporée d'un seul coup.

« Enfin, Sire…

— Il suffit ! Quand le ministre Ingda sortira de sa transe, qu'on lui rapporte les propos des seigneurs

Kiji et Tazu. Et qu'on l'informe qu'il est désormais secrétaire aux Forces aériennes de Xana. »

« … ce qui fait que je suis censé trouver le moyen pour Xana de dominer les cieux. »

Il tendit les jambes et s'efforça d'apprécier le matelas que lui offrait le sable fin. Le frère et la sœur étaient assis sur la plage, sous un toit de chaume soutenu par quatre piquets. La brise marine était rafraîchissante, le déjeuner – thé d'algue salé, poisson à la plancha – nourrissant mais pas bourratif.

« On n'est jamais au bout de ses surprises ! Mère et Père redoutaient l'effet délétère de la capitale sur ton esprit ; moi, j'ai toujours espéré te voir renouer avec le seigneur Kiji. Qu'as-tu ressenti quand il a parlé par ta bouche ? »

Kino avait omis la vérité sur l'aspect « prophétique » de l'épisode dans son compte-rendu. Sa petite sœur croyait bien plus volontiers que lui en la puissance des divinités, et surtout en leur implication dans les affaires terrestres. Il se contenta donc de hausser les épaules, évasif.

« Je comprends, ce doit être indescriptible, bien entendu, reprit-elle. Mais comment t'est venue l'idée de fabriquer de plus grands cerfs-volants ? »

Qu'elle pose une question à laquelle il pouvait répondre le soulagea.

« Les cerfs-volants de combat ne servent guère qu'à la reconnaissance côtière, mais qu'est-ce que je pouvais tenter d'autre ? J'ai conçu un système à deux lignes pour améliorer la manœuvrabilité, et tu as vu le résultat. Les hommes ne sont pas des oiseaux. On ne sait pas voler.

— Puisque le seigneur Kiji l'a prophétisé, tu découvriras comment voler. À l'instar de toute prophétie, elle devient évidente une fois émise : Kiji est notre dieu tutélaire et, bien sûr, l'expansion de Xana doit dépendre de l'élément auquel il préside. Parfaitement logique. »

Kino rit, désespéré plutôt que joyeux ; il but une gorgée de thé amer et salé. « Tu me vois ravi que ça te paraisse si simple. Parfois, il me semble qu'on a projeté mon navire en pleine tempête et que j'ignore vers où mettre le cap. Ou que ce sont d'autres que moi qui ont accepté les paris que je dois maintenant régler.

— Je crois en toi. Tu es la personne la plus intelligente que je connaisse. Si le seigneur Kiji t'a choisi, c'est que tu es la bonne personne pour ce travail.

— Je ferais mieux de trouver quelque chose, et vite. Le roi n'attendra pas éternellement. Ingda et moi, nous sommes en sursis, tous les deux.

— À t'entendre, notre souverain est un tyran ! Il ne va pas te tuer sous prétexte que tu auras échoué à exaucer les vœux des dieux. »

Si tu savais ! se dit Kino. *Je doute fort que le roi se soit laissé abuser par cette « prophétie ».* Il tâcha de paraître plus enthousiaste. « J'imagine que je pourrai achever ma carrière à gérer de la paperasse dans un entrepôt souterrain. Une punition adéquate pour avoir échoué à voler.

— Oh ! Quel égoïsme ! Il ne s'agit ni de toi, ni du ministre Ingda, ni même du roi Dézan. Tu as oublié pourquoi Xana entre en guerre ? Le reste de Dara ne nous a jamais considérés comme des égaux, pour la seule raison que nous sommes pauvres et loin de tout. Amu et Haan nous ont pris l'île du Croissant, les autres États ont refusé de nous aider face aux pirates du Nord, et les ports de la Grande Île ne surtaxent que nos navires. »

S'enflammant, elle poursuivit sa diatribe en agitant les bras.

« Tu ne te rappelles pas que Père a perdu son affaire et toutes ses propriétés en Cocru, parce que les officiels ont jugé pouvoir maltraiter un homme de Xana sans courir de risque ? Tu ne te rappelles pas que les touristes d'Amu étaient choqués de découvrir que Mère savait lire, parce qu'ils croyaient que les femmes de Xana ne valaient guère mieux que des bêtes ? Tu as effacé de ta mémoire la fois où je suis allée en voyage à Ginpen et où les maisons de thé refusaient de m'accueillir sous prétexte que je puais, parce que j'étais une paysanne de Xana ? »

Kino se sentit rougir. Sa sœur avait raison. Ces derniers mois, absorbé par sa tâche et ses perspectives de carrière, il avait oublié pourquoi Xana se battait. En vérité, il n'avait jamais été aussi patriote que Lowi. Les causes des nations, des peuples et des dieux l'intéressaient moins que la simple curiosité, l'envie de résoudre les problèmes. Mais elle lui rappelait son devoir.

« Aucun fils de Xana ne négligera les injustices faites à son pays. Je te promets de faire de mon mieux, sœurette. »

Elle baissa le ton. « Parfois, on doit se fier à un pouvoir supérieur. Je comptais me rendre en pèlerinage au mont Kiji après cette visite. Pourquoi ne pas m'accompagner ? »

Pourquoi pas ? De toute façon, je n'arrive à rien, ici.

Il la dévisagea avec affection. *Et ce pourrait être ma dernière occasion d'effectuer un voyage d'agrément avec quelqu'un qui m'aime avant que le roi ne me jette en prison ou, pire, me fasse décapiter pour blasphème.*

« Si tu pries avec ferveur, ajouta-t-elle, le seigneur Kiji te donnera sans doute l'inspiration qu'il te faut. »

Le mont Kiji, un énorme stratovolcan, dominait l'île de Roui. Il possédait divers cratères, dont deux pleins d'eau : le lac Arisuso, plus haut et plus vaste, d'un bleu azuréen, et le lac Dako, plus bas et plus petit, d'un vert émeraude. La rive occidentale du lac Arisuso abritait le site du temple de Kiji ; le lac Dako accueillait l'auberge des pèlerins, jouxtant une abbaye. De là, il fallait une journée pour monter au temple.

Le temps que les moines de l'auberge installent le frère et la sœur dans leur chambre, il restait une petite heure de jour. Kino voulait se reposer en vue de l'ascension ardue ; Lowi, énergisée par la proximité du lieu sacré, ne l'entendit pas de cette oreille.

« Allons voir les faucons de Mingén. » Et elle traîna son frère dehors. Les moines leur indiquèrent un petit sentier à travers l'épaisse forêt de conifères entourant l'auberge. Peu après, les deux promeneurs atteignaient la rive du lac.

En ce début de belle saison, l'eau du lac et l'atmosphère alentour restaient pourtant glacées. Kino s'enveloppa dans son manteau d'été.

« Là ! » Lowi désigna le ciel.

Vus du sol, les faucons tournant en cercle évoquaient des cerfs-volants sans fil. D'une envergure de six mètres, ces rapaces majestueux et terrifiants dépassaient en taille tous les autres oiseaux de proie des îles de Dara. Cantonnés au sommet du mont Kiji, on les disait sacrés : ils servaient de messagers et de gardes aux dieux.

« Tu ne pourrais pas apprendre d'eux le secret du vol ? »

Il pouffa. « Tu te crois la première à avoir cette idée ? D'innombrables sages et philosophes posent cette question depuis le début des temps. Il y a des décennies, l'ingénieur de renom Mouji a étudié le sujet avec plus de persévérance que bien d'autres. Après examen d'oiseaux petits et grands, des colibris aux faucons, des oies sauvages aux hirondelles, il en a conclu que l'homme ne pouvait les imiter.

— Pourquoi donc ?

— Une question de mathématiques. Les oiseaux ont les os creux et sont plutôt légers, mais il leur faut quand même des ailes relativement grandes. En mesurant plusieurs espèces, Mouji a mis en évidence une relation entre la taille de l'aile, le poids du spécimen et sa vitesse en vol. Mais à mesure que les dimensions de l'oiseau augmentent, son volume s'accroît au cube tandis que sa surface ne s'accroît qu'au carré.

— Je ne te suis plus. »

Kino ramassa une branche pour dessiner des diagrammes explicatifs dans la boue du rivage. « À la base, on ne peut pas se contenter d'agrandir un petit oiseau pour en obtenir un plus gros. Il lui faudra des ailes beaucoup plus étendues, en proportion, pour pouvoir voler. L'autre possibilité serait d'aller plus vite. Seulement, vu combien pèse un humain, on ne sait pas battre de ces ailes plus petites à l'allure requise, ni en fabriquer de plus grandes qui possèdent la légèreté et la rigidité nécessaires.

— Quelle taille devraient faire ces ailes pour que je puisse égaler l'allure de ces faucons ? »

Plissant les paupières, il leva les yeux et tâcha de calculer de tête.

« Très, très grandes. Beaucoup plus que les leurs. D'une finesse et d'une résistance inenvisageables.

— Des chiffres, des impossibilités : on jurerait entendre un adorateur de Lutho ! »

Kino haussa les épaules. « Je n'ai rien d'un mystique qui psalmodie le nom de Lutho. Je me borne à élucider les lois de la nature.

— Ça n'a aucun sens. Regarde ces faucons. Leur torse est plus *large* que celui d'un être humain, il paraît plus *lourd,* et pourtant ils volent lentement, portés par des ailes selon toi trop petites.

— C'est… un mystère, concéda le jeune homme. Je ne me souviens pas d'avoir lu quoi que ce soit sur les faucons de Mingén dans les recueils de notes et d'articles de Mouji. Il s'agit d'oiseaux sacrés, comme tu le sais, de sorte qu'il n'a pas pu les capturer, les mesurer et les disséquer comme les autres. Il se peut que leur corps soit encore moins dense. »

Lowi éclata de rire. « Ou que leur proximité avec Kiji leur offre une meilleure portance. »

Kino secoua la tête. « Même si j'ai du mal à l'expliquer, ils obéissent aux mêmes règles que le reste de la gent ailée. On les connaît trop mal, voilà tout. Même les dieux doivent respecter les lois de la création et de la nature.

— Comment peux-tu manquer de foi après ce qu'il vient de t'arriver ? »

Il adressa un sourire ambigu à sa sœur, sans rien dire.

L'un des faucons de Mingén interrompit sa ronde, replia ses ailes et plongea, de plus en plus vite. Tel un météore, le volatile géant creva la surface du lac à moins de cent mètres de Lowi et Kino. L'impact évoqua un coup de tonnerre ; des vagues d'écume s'élevèrent et retombèrent en toron aqueux.

« Loué soit le seigneur Kiji ! lança la jeune femme, l'œil pétillant. Tu ne regrettes pas d'être venu, je suppose ? Qui pourrait douter de sa prophétie face à une telle puissance ? »

Quelques secondes plus tard, l'oiseau jaillit des flots ; des rideaux de pluie cascadaient de ses plumes au noir évoquant le fer forgé. Dérivant un arc gracieux, il alla se poser sur une branche qui surplombait le lac. L'une de ses énormes pattes serrait un poisson presque de taille humaine qui se débattait.

« Messager du seigneur Kiji, aie la bonté de rendre sa foi à mon frère », priait Lowi.

Kino, pour sa part, fronçait les sourcils. Il y avait quelque chose… qui clochait. Il considéra le faucon et son perchoir.

La branche ployait à peine sous son poids.

Le lendemain matin, Lowi eut beau supplier et menacer, Kino refusa de quitter sa couche. « Je ne me sens vraiment pas bien. Monter à pied au temple m'achèverait.

— Hier soir, tu allais très bien. Tu as bu une pleine

flasque de vin de riz pendant que tu posais toutes ces questions sur les faucons au jardinier !

— J'ai dû manger un truc qui ne passe pas.

— J'ai mangé la même chose que toi. »

Kino gémit et se cacha sous sa couverture.

« Entendu. » La voix de Lowi s'adoucit. « J'y vais sans toi. Je prierai très fort. Tâche de te reposer. Peut-être que le seigneur Kiji te visitera en rêve et te donnera la réponse que tu cherches. Ça arrive souvent, à ce qu'il paraît. »

Sitôt sa sœur partie, il se leva d'un bond. Sur la pointe des pieds, il longea les cellules, traversa la grande salle centrale où certains des moines et des pèlerins s'adonnaient à la prière du matin, se glissa dehors et suivit le sentier dans les bois.

Une fois qu'il atteignit l'endroit où ils avaient fait halte, il suivit la rive boueuse en veillant à préserver ses mocassins et son pantalon de l'eau glacée. Aux aguets, il coulait des regards sous la futaie ; ici et là, il grimpait à un arbre pour mieux voir.

Là ! S'enfonçant dans le sous-bois, il atteignit un cairn démesuré, de la hauteur d'un homme et de la largeur d'une cabane.

La veille au soir, le jardinier de l'auberge s'était révélé une mine d'informations, expliquant notamment que les moines avaient coutume d'enterrer les corps des faucons de Mingén emportés par la vieillesse ou la maladie. Si le jeune homme avait trouvé le bon, celui-ci datait d'un mois.

Il mit deux heures à retirer les pierres en nombre suffisant pour accéder à la carcasse, et quatre pour la libérer dans sa totalité. Par chance, l'oiseau mort était un jeune individu, à l'envergure de deux mètres cinquante. Son torse atteignait la taille d'un enfant de dix ou douze ans. L'air glacial du lac avait ralenti la décomposition : le cadavre paraissait encore frais. Tout irréligieux qu'il soit, Kino éprouva un accès de crainte révérencielle face à cette créature que chacun tenait pour sacrée. Marmonnant une prière, il se prépara.

Depuis que Lowi avait abordé la question, il ne pensait plus qu'à la façon dont les faucons, pourtant plus lourds que l'air, parvenaient à voler. Il savait qu'il serait difficile, voire impossible de découvrir la réponse. Étudier ces animaux – les capturer puis les disséquer comme n'importe quelle autre bête sauvage – ferait de lui un blasphémateur.

Mais sa soif de savoir l'incitait à enfreindre ce tabou, à s'aventurer en territoire interdit. Il tâcha de se rassurer – mener ses recherches sur les cadavres des oiseaux sacrés lui attirerait moins d'ennuis, si on venait à le prendre sur le fait, qu'étudier des spécimens vivants.

Empoignant les pattes, il se remplit les poumons et tira.

Le corps ne bougea pas d'un pouce.

Kino s'accroupit et tira plus fort avec un grognement. Le corps remua à peine. Il examina les plumes, pinça la peau. Non, l'oiseau mort ne semblait pas gorgé d'eau.

Vu le peu que la branche avait ployé sous le poids d'un adulte la veille, ce jeune aurait dû être assez léger pour qu'il parvienne à le déplacer. Il avait postulé que les faucons de Mingén possédaient une structure corporelle qui les rendait beaucoup moins lourds que leur taille ne le suggérait.

Au temps pour cette idée. Je dois lui ouvrir le ventre.

Il emplit ses poumons pour se calmer avant de commettre ce sacrilège.

Cet après-midi-là, Kino disséqua un faucon de Mingén, ce que nul en Dara n'avait jamais fait. Il le pela couche par couche, comme un oignon, en notant les traits intéressants qui pouvaient avoir rapport avec le vol.

Les plumes étaient légères, denses, huilées pour prendre le vent et repousser l'eau, les os creux et robustes. Les muscles du bréchet se renflaient, pourvus de la force nécessaire pour mouvoir les ailes.

Jusque-là, tout se présentait comme prévu.

À l'intérieur de la cavité corporelle, il découvrit pourtant une anomalie : un réseau de sacs fins reliés entre eux et aux poumons de l'oiseau. Vides et plats, ils n'occupaient qu'un volume restreint. Il n'avait aucune idée de leur fonction.

Des mesures précises montraient que le corps du faucon était aussi dense, voire plus, qu'un corps humain.

Et pourtant il vole. Kino sentit son cœur accélérer.

En pensée, il revit la branche ployer à peine sous le poids d'un individu adulte.

Il n'avait plus le choix. Capturer un oiseau vivant s'imposait.

Lowi revint du temple trois jours plus tard pour trouver son frère devenu croyant.

« Quel miracle ! » s'écria-t-elle à sa vue.

Kino se mordit la langue en écoutant sa sœur

rapporter la façon dont le moine responsable de l'auberge lui avait relaté la conversion de l'ingénieur. « Je n'ai jamais rien vu de tel. Le jeune maître passe sa journée à méditer dans des lieux isolés tout autour du lac Dako. Il a juré de ne faire le voyage du temple qu'une fois qu'il sera suffisamment purifié. À son retour le soir, il reste à l'abbaye où il étudie les écrits et les soutras de sagesse laissés par les générations de moines. Je n'ai connu aucun pèlerin plus dévoué ni fervent. Il n'ira se présenter devant le seigneur Kiji qu'après avoir pleinement recouvré la foi, ce qui explique sa requête d'un long séjour ici. »

Lowi demanda ensuite à Kino, avec le plus grand sérieux : « Je peux méditer et étudier avec toi ? »

Gêné, il détourna le regard. « Bien que je sois ton aîné, tu me vois beaucoup moins avancé dans mon développement spirituel. Ce voyage, je dois le faire seul, il me semble. » Compréhensive, elle hocha la tête. « Chacun son chemin vers Kiji. Je vais séjourner quelque temps à l'abbaye, aussi. Quand tu auras besoin de moi, je serai là. »

En vérité, les « soutras de sagesse » qu'il étudiait le soir, c'étaient les registres d'observations des faucons tenus par les moines au long des siècles dans la perspective de traduire en messages compréhensibles les déplacements et les habitudes de ces oiseaux considérés comme les voix de Kiji.

D'épais volumes regorgeaient d'interprétations effectuées par les moines spécialisés en divination : trois faucons aux plumes de tête blanches qui chassaient le matin signifiaient que les États frères de Faça, Haan et Rima se trouvaient sur le sentier de la guerre, un faucon d'une taille inhabituelle plongeant dix fois dans le lac Dako l'après-midi indiquait qu'Amu subirait dix ans de sécheresse sur l'île d'Arulugi, et ainsi de suite. D'autres moines plus portés sur la philosophie estimaient que ces vols exprimaient l'amour de la liberté et l'esprit d'indépendance dont faisait preuve Kiji (et, par conséquent, ses adorateurs), le statut de Xana en tant que guide du reste de Dara, la tolérance, le désintéressement et l'espoir, ainsi que toutes sortes de valeurs positives.

Kino ne trouvait aucun intérêt aux passages mystiques et fantaisistes, mais les observations méticuleuses des faucons au fil des siècles, qui incluaient des cartes, des graphiques, des tableaux et des dessins, composaient toute une histoire naturelle. Il analysait ces données précieuses avec l'espoir de déceler des motifs récurrents et de confirmer ses théories par des observations effectuées la journée durant ses sorties de « méditation ».

Il nourrissait de vastes projets – des projets qu'il n'avait aucune intention de révéler à Lowi.

Il fallut presque toute la journée à Kino pour appliquer à l'air ce qu'il savait de la pêche dans l'eau.

Il dénicha à l'extrémité orientale du lac Dako une crique peu profonde dont il barra l'accès d'un seuil en entonnoir : si les poissons pouvaient entrer sans problème, ils avaient de grandes difficultés à ressortir.

Au bout d'un moment, il s'en trouva tellement de piégés là que leurs mouvements paniqués barattant le fond vaseux changèrent la petite crique en flaque brune qui ternissait l'émeraude parfaite de la pièce d'eau.

Les faucons chassant au-dessus du lac remarquèrent cette agitation et vinrent voir à tire-d'aile. Même s'ils occupaient le sommet de la chaîne alimentaire dans la région, la plupart demeuraient prudents par nature ; tournant dans le ciel, ils se contentaient d'observer et de tâcher d'élucider ce fait nouveau.

Mais l'un d'eux, un juvénile, décida que l'attente avait assez duré. Repliant ses ailes, il plongea, dardant ses serres vers un poisson de belle taille qui se tortillait dans la boue, et creva la surface dans une grande éclaboussure.

Aussitôt, Kino jaillit de sa cachette dans les roseaux et, d'un coup de dague, trancha la corde attachée au pieu qu'il avait planté dans le sol. Le jeune arbre qu'elle retenait se redressa d'un coup, projetant sur le site du plongeon le filet le plus solide que le jeune homme avait pu se procurer.

Alors que les faucons étonnés resserraient leurs cercles en poussant des cris indignés, il entreprit de parachever son embuscade. Le volatile pris au piège tenta de sortir de l'eau dans une explosion de plumes et de fureur. Kino jeta sur le filet les sacs de sable qu'il avait préparés pour renvoyer sa proie dans l'eau afin qu'elle s'y noie.

L'oiseau avait presque réussi à se libérer quand le dernier sac de sable dont disposait l'ingénieur s'écrasa sur sa tête. Hébété, il sembla rester en suspens entre l'élément aérien et l'élément liquide, avant de choir, ses cris étranglés par l'eau qu'il avalait.

Kino s'était longtemps demandé comment haler le faucon noyé sur la berge. Après tout ce temps consacré à l'étude et au labeur pour fabriquer un piège fonctionnel, il aurait été dommage de perdre le cadavre, mais celui-ci remonta à la surface presque aussitôt.

Le jeune homme alla patauger, tirant sa proie sur la rive sans trop de difficulté.

Ce corps se révéla plus gros mais bien moins lourd que la dépouille vieille d'un mois qu'il avait étudiée auparavant.

Le mystère s'épaissit.

Si les registres des moines faisaient parfois référence à la légèreté des faucons morts, ils attribuaient le phénomène à la proximité des oiseaux avec Kiji ; Kino n'avait pas su quoi penser de l'information.

Pendant le reste de l'après-midi, il procéda à sa nouvelle dissection. Le sang de l'oiseau mort depuis peu, d'un rouge vif, avait une odeur riche, forte, mais le jeune homme ne prit pas garde au fait qu'il détrempait ses vêtements. Il devait pénétrer la cavité corporelle avant que le corps ne refroidisse.

Au lieu de plats et vides, les étranges sacs se révélèrent gonflés, translucides. Ils rappelaient des vessies natatoires (sauf qu'ils apparaissaient en beaucoup plus grand nombre) et les poches gonflables que les pêcheurs du golfe de Gaing utilisaient afin d'améliorer la flottabilité de leurs radeaux. Remplis ainsi, ils occupaient la majeure partie de la cavité thoracique du faucon, repoussant les autres organes contre les parois.

Retenant son souffle, Kino entailla l'un des sacs à l'aide de son couteau.

La cavité siffla, puis se dégonfla tandis que le gaz qu'elle contenait s'échappait. Il baissa la tête pour humer : aucune odeur, sinon l'âcre senteur du sang.

Il taillada d'autres sacs en succession, puis essaya encore de soulever la carcasse.

Elle se révéla beaucoup plus lourde.

Aussi improbable que cela paraisse, le faucon de Mingén était porté par un gaz plus léger que l'air.

Mais d'où venait-il, ce gaz ? En quoi consistait-il ? Kino l'ignorait. Résoudre un mystère n'avait fait qu'en mettre un autre en lumière.

« Mon frère, qu'est-ce que tu fais ? »

Il pivota sur ses talons, le cœur battant la chamade.

Alors qu'elle découvrait le spectacle, le visage de Lowi se vida de son sang. Son regard ne cessait d'aller de la carcasse démembrée par terre aux mains ensanglantées de Kino. Elle semblait avoir perdu la parole.

Il parla donc pour deux. Dans un torrent de mots, il lui dit tout : son absence de foi envers Kiji et les autres divinités de Dara, le réconfort et la joie que lui apportait la découverte de chaque loi naturelle exprimable en chiffres et en mesures, l'obsession qui s'était emparée de lui au point de le forcer à rechercher la vérité ultime – quitte à commettre un crime qui amènerait la honte, la disgrâce et pis encore sur leur famille entière.

Elle l'écoutait, impassible. Lorsque ce torrent verbal s'interrompit, elle demeura d'abord muette ; elle paraissait regarder au loin, à travers lui.

« C'est le Fleuve d'air, dit-elle enfin. Forcément.

— Quoi ? » demanda-t-il avec prudence.

Sa sœur le dévisagea, concentrée soudain. « Sur la rive du lac, il existe un site qu'aucun sentier ne dessert. Là, au pied d'une falaise abrupte, un flot incessant de bulles s'élève du fond de l'eau pour éclater dans l'air. Les faucons de Mingén s'y rendent tous les quelques jours et semblent adorer planer au-dessus de ces bulles. »

Kino la toisa, incrédule. « Comment le sais-tu ?

— Il s'agit d'un secret révélé aux seuls initiés du temple. »

Avec un coup au cœur, il s'avisa du sens de la phrase : sa Lowi avait décidé d'entrer dans les ordres d'un des autels de Kiji. Il savait depuis toujours que sa sœur, vu sa ferveur, pouvait choisir une existence qui la séparerait à jamais de sa famille, sur les plans spirituel et physique.

Il assimila enfin ce qu'elle venait de lui confier. « Minute, pourquoi me dire ça ? C'est interdit…

— Laisse-moi finir ! À l'origine, je comptais te dénoncer à l'abbé. Bien que tu sois mon frère, devenir complice d'un blasphémateur, c'est aussi répréhensible que blasphémer soi-même.

» Mais la description que tu m'as faite de ton besoin de connaître la vérité, de la mettre en lumière… c'est quelque chose qui me parle. Depuis toujours, les mystères de Kiji et des autres divinités me passionnent. Je veux comprendre la mission qu'il nous attribue en tant que peuple élu, les signes qu'il a placés ici-bas pour nous guider, la façon dont il modèle le monde et nous incite à bien faire. Toi et moi, on se connaît depuis la prime enfance, bien sûr, mais je ne m'étais jamais rendu compte que tu nourrissais semblable obsession – même si le dieu que tu vénères porte un autre nom. »

Il faillit argumenter, mais il devait bien admettre que sa soif de savoir frôlait l'irrationnel, et que sa curiosité le comblait davantage que tout autre désir. Peut-être n'y avait-il aucune différence avec l'amour d'une créature mortelle à l'égard d'une divinité.

« Ce que tu fais m'échappe, Kino, mais je m'identifie à ta dévotion. J'ai prié pour y voir clair et mon cœur me soutient que tu n'as commis aucun crime. Autrement, pourquoi le seigneur Kiji permettrait-il qu'on prenne son messager sur le fait ? Les voies des dieux sont impénétrables. Je crois que le seigneur Kiji parle et œuvre par ton entremise, même si tu n'en as pas conscience. Tout comme le fou devance souvent le sage, il se pourrait que le plus incroyant soit aussi, sous certains aspects, le plus proche du divin.

» Je détenais un savoir qui pouvait t'aider ; parce que je crois en toi, j'ai souhaité te le confier – et tant pis si c'est défendu. J'ignore si j'ai défié le seigneur Kiji ou exaucé son vœu, mais, parfois, on doit faire le grand saut et laisser des forces qui nous dépassent nous porter ou nous abattre, selon le cas.

» Je prie pour que le châtiment éventuel ne retombe que sur moi.

Depuis la nacelle du *Faucon de Dézan*, Kino admirait la vue avec un mélange de fierté et de chagrin.

En contrebas, champs, forêts, montagnes et lacs défilaient à une allure vertigineuse. Par la fenêtre, il voyait les longues rames couvertes de plumes qui, tels des éventails, battaient en rythme, comme si le dirigeable nageait dans les airs. Les chants des rameurs se répercutaient dans la nacelle.

Voilà ce qu'on ressent à être un oiseau. Voilà ce qu'on ressent à occuper le toit du monde.

Kino Ye, Premier pilote et Secrétaire adjoint aux Forces aériennes de Xana, pouvait envisager une brillante carrière, désormais. Pourtant, ses réflexions le ramenaient sans répit à une certaine jeune fille enfermée dans la cellule aveugle d'un monastère.

La carène tubulaire qui surplombait la nacelle mesurait la longueur d'une piste de course à pied et un diamètre de dix mètres. Le cylindre était fait de bambous robustes, flexibles, façonnés en cercles que reliaient d'épaisses baguettes elles aussi en bambou. Tous les six mètres, des croisillons de poutres internes renforçaient la structure. L'enveloppe consistait en une pellicule de cuir fin.

Là se situait la vraie merveille : la structure contenait vingt vessies sphériques de dix mètres de diamètre remplies de gaz de portance. Ces poches, faites de plusieurs épaisseurs de soie étanchéifiées par des applications de cire et d'huile, donnaient à l'appareil la capacité de voler.

Le dirigeable arriva bientôt au-dessus du golfe de Gaing où mouillaient de vieux navires de guerre, les survivants de l'aventure funeste du secrétaire Ingda dans les eaux de l'île du Croissant – rien que des coquilles vides sans équipage.

Kino se tourna vers le ministre. « Parés pour l'essai. »

Ingda souriait sans cesse depuis qu'il était monté

à bord, en s'ébaubissant de tout. Qui aurait pu le lui reprocher ? Il disposait d'un budget supérieur à ceux de la marine et de l'armée combinés, tandis que son ennemi juré, le duc Zyn, avait été jeté en prison par décret royal : on le soupçonnait d'avoir trahi Xana et espionné pour Amu. « Allez-y », dit-il.

D'un ton posé, son subordonné donna l'ordre : « Préparez le bombardement. »

L'instruction gagna l'arrière de la nacelle ; peu à peu, l'odeur du goudron en feu envahit le cockpit.

« Cette altitude nous met hors de portée même des arcs les plus puissants », expliqua Kino. En bas, sur la mer, les navires dansaient tels des petits bateaux dans une baignoire.

« Prêt », répondit bientôt l'arrière de la nacelle.

Le jeune ingénieur dévisagea Ingda qui hocha la tête.

« Première salve, paraboles normales », dit Kino.

Ils sentirent l'appareil tressauter sous l'effet du lâcher des chaudrons remplis de goudron brûlant. Les bombes churent vers la surface comme des faucons en piqué pour exploser en fontaines de flammes contre les navires. Le fluide igné adhérait aux voiles, aux bouts, aux ponts pourtant glissants. Bientôt, toute la flotte flambait clair.

« Comment pouvez-vous toucher vos cibles avec autant de précision d'une telle hauteur ? demanda Ingda.

— Simple affaire de calcul. » Kino échoua à masquer sa fierté. « Ce sera plus dur d'atteindre des navires dans des conditions de combat, surtout par mer agitée, mais, avec des renforts en surface, deux ou trois dirigeables devraient vite disposer d'une armada entière.

— Et il n'existe aucune contre-mesure ? »

Le jeune ingénieur s'accorda un temps de réflexion. « Les autres États devront trouver leurs propres sources de gaz de portance pour pouvoir construire des dirigeables. D'ici là, j'imagine qu'ils lanceront des cerfs-volants de combat pour attaquer nos appareils, ou effectueront des manœuvres d'évitement, surtout si les navires sont de taille réduite, mais il faudra du temps pour mettre au point des tactiques efficaces.

— Voilà qui va changer l'équilibre de la puissance dans tout Dara. » Ingda se caressa la barbe, l'air toujours enjoué. « Parier sur vous était une excellente idée. Vous avez réussi. Avec éclat ! »

Kino lui retourna un sourire quelque peu forcé. La joie qu'il se figurait ressentir le jour où il mettrait enfin au point l'arme capable d'obliger le reste de Dara à traiter Xana en égal brillait par son absence, tout comme l'excitation qui accompagnerait la réalisation des rêves de son peuple. Alors qu'il tenait sa vengeance, celle-ci avait un goût amer.

Au lieu de sentiments positifs, son esprit regorgeait des images qu'il se faisait des horreurs sur ces navires. Il voyait les hommes qui mourraient, impuissants, alors qu'au-dessus d'eux les dirigeables feraient pleuvoir la mort et le feu tels des dieux capricieux, frappant des mortels incapables de répliquer. L'idée d'un conflit déséquilibré à ce point lui soulevait le cœur.

La justice avait-elle sa place dans les conflits ? Les autres États avaient commis des atrocités à l'encontre de Xana. La guerre semblait une force incitant tous les combattants à se comporter de manière aussi barbare qu'incompréhensible.

Pour quelqu'un de convaincu que les dieux ne se mêlaient guère des affaires du monde, il se sentait remarquablement peu maître de son destin. Intrigues de cour, aspirations du peuple, besoin de connaître la vérité, logique de l'escalade des forces en présence : tout semblait le condamner à se voir balayé par des courants qu'il ne dirigeait en rien.

D'aucuns auraient qualifié ces forces de divinités.

Et avec l'invention du dirigeable, quelle puissance ai-je déchaînée sur le monde ? Dans quel sens iront les courants de l'histoire ? Oh ! Lowi, savais-tu que ta foi en la cause de Xana entraînerait autant de souffrances et de morts ?

Mais il devait fonctionner au sein d'une bureaucratie ; il y avait des rôles à jouer, des factions à apaiser. « Je n'ai fait que suivre l'inspiration du seigneur Kiji, dit-il en évitant le regard d'Ingda. Et la vôtre, bien sûr. Sans vous, jamais nos dirigeables n'auraient décollé. »

Son supérieur le toisa, fasciné. « Vous avez donc appris à défléchir la gloire vers le haut, secrétaire adjoint Ye.

— J'expose la pure vérité. C'est vous qui avez convaincu le roi Dézan de la nécessité d'exploiter le gaz de portance et qui l'avez incité à émettre le décret envers le temple. »

Outrés par l'autorisation royale donnée aux Forces aériennes d'implanter un collecteur de gaz de portance sur le site sacré du Fleuve d'air près du lac Dako, les prêtres de Kiji avaient mis leur colère sous le boisseau après le don royal de terres et de joyaux.

Le caractère sacrilège d'un acte semblait dépendre du prix qu'on était prêt à lui consacrer.

« Vous me surestimez, déclara Ingda d'un ton léger. Le mérite revient au roi Dézan, comme nous le savons tous.

— Bien entendu. J'ai appris à suivre les courants. Et j'ai eu le meilleur tuteur. »

Que cet engin de mort porte le nom du souverain au lieu du mien.

Le ministre riait. « J'ai hâte de voir jusqu'où vous vous élèverez, Kino. On vous a nommé commandant du premier groupe aéronaval. J'espère que vous n'envisagez aucun congé dans l'immédiat. La réussite se paye. »

Son cœur se serra. « J'espérais passer quelques semaines auprès de ma sœur. »

Lowi avait mal vécu l'étalage de cupidité des prêtres. La propension des chefs de son ordre à laisser l'argent prendre le pas sur le spirituel (ils avaient à peine essayé de justifier sur le plan théologique leur capitulation face au décret) lui paraissait incroyable, et son rôle dans la profanation du site sacré, intolérable. L'embarras suscité par sa condamnation virulente de leur décision les avait poussés à une mesure drastique : Lowi n'avait plus de droit de visite, sa famille notifiée qu'elle passait son temps plongée dans une méditation qui ne souffrait aucune interruption.

Kino avait nourri l'espoir que son statut privilégié de favori du souverain offrirait quelque répit à sa sœur.

Ingda secoua la tête. « Il y a trop à faire pour

préparer l'invasion. Je ne peux vous permettre de quitter votre poste.

— Je suis ingénieur, pas soldat.

— Personne ne sait faire la guerre avec un dirigeable. Les nouvelles armes exigent de nouvelles tactiques. Qui mieux que vous, le héros de Xana, pourrait les inventer ? »

Ingda lui avait expliqué un jour que servir un roi, c'était un peu comme être lié d'amitié avec un tigre : mieux valait éviter d'oublier qui dominait. Les serviteurs qui laissaient leur renommée excéder celle de leur maître faisaient une courte carrière.

Hélas, Kino semblait avoir trop bien appris à « défléchir la gloire vers le haut », comme disait son supérieur. Bientôt, il comprit ce que sous-entendait la menace voilée : soit il mourrait au combat – si les dirigeables fonctionnaient mal –, soit on l'associerait éternellement aux morts brutales et horribles qu'une arme aussi monstrueuse entraînerait. Dans un cas comme dans l'autre, il ne constituerait plus un rival.

Il dévisagea Ingda qui resta impassible. « J'aimerais vous demander une faveur, secrétaire.

— Je vous écoute.

— Ma sœur est novice dans un couvent près du lac Arisuso, mais je n'ai pas de ses nouvelles depuis un bon moment. Je voudrais qu'on explique sans ambiguïté aux moines et aux prêtres de cet endroit qu'on doit bien s'occuper d'elle.

— Ce sera fait. Partez au combat sans inquiétude. »

De toute évidence, il n'obtiendrait pas davantage.

Chercher la vérité du monde, découvrir comment celui-ci fonctionnait – par la volonté des dieux ou selon les lois inflexibles de la nature –, la quête ne se suffisait pas à elle-même. Il fallait attribuer les mérites respectifs, gagner de l'argent, glorifier les bons noms. Quiconque faisait montre de négligence à naviguer dans les courants du pouvoir risquait de se retrouver entortillé dans un filet et de couler, malgré tous ses efforts, dans un monde étranger.

Lowi ne tolérait plus l'hypocrisie des prêtres, tandis que Kino pensait avoir appris comment interpréter les faux-sens cachés derrière toutes les phrases prononcées à la cour. Tous deux, en fait, accordaient trop de crédit à des forces qu'on ne pouvait, au bout de compte, que chevaucher et non pas maîtriser.

Les courants vont où ils veulent, songea-t-il. Cette idée aurait-elle dû le réconforter ?

« Lancez les cerfs-volants à longue portée, ordonna-t-il. Ramenez les rames et suivons les courants, pour voir où ils nous portent.

— La bénédiction de Kiji soit sur vous, dit Ingda.

— Et sur vous », dit Kino.

Les voies des dieux sont bien impénétrables. Lowi dirait peut-être que l'enchaînement de ces événements découlait de leur volonté, et moi, qu'il s'est conformé au hasard et aux projets des hommes. Qui saurait faire la différence entre l'extase religieuse et un rôle joué à la perfection ?

Long-courrier

Extrait des Annales du Transport
The Pacific Monthly, mai 2009

À cette même date il y a de cela vingt-cinq ans, le *Hindenburg* traversait l'Atlantique pour la toute première fois. Aujourd'hui, il va le traverser pour la toute dernière. Il aura accompli cet exploit à six cents reprises et, ce faisant, couvert la distance de huit allers-retours jusqu'à la Lune. Qu'aucun incident n'ait marqué ces traversées atteste de l'ingéniosité du peuple allemand.

Il est toujours regrettable de voir une belle chose vieillir, décliner et enfin mourir, aussi gracieuse que soit cette fin, mais tant que des hommes vogueront dans le ciel, personne n'oubliera la gloire du *Hindenburg*.

— JOHN F. KENNEDY, *31 mars 1962, Berlin*

On voyait sans mal les zeppelins amarrés à huit cents mètres du terminal, collection disparate d'une quarantaine de Peterbilt, Aereon, Mack, Zeppelin (les vrais comme les Goodyear-Zeppelin) et Dongfeng, disposés en cercle, le nez attaché à dix mâts d'amarrage, tels des chats accroupis qui auraient pris le thé en tête à tête.

Une fois passée la douane à l'aéroport Yantan de Lanzhou, je localisai le long-courrier de Barry Icke, un Dongfeng Feimaotui argenté – le modèle qu'en Amérique, chez les aérostiers les moins politiquement corrects, on surnommait « le Chinois volant » –, au mât d'amarrage le plus éloigné. Dès que je l'aperçus, je compris pourquoi son propriétaire l'avait baptisé le *Dragon d'Amérique*.

Des nuages immaculés glissaient sur le sombre miroir des panneaux solaires couvrant la moitié supérieure de la carène telle une carapace de tortue. De grands drapeaux américains qui ondulaient en traînant des flammes rouges et bleues et des étoiles blanches étaient peints au pistolet sur les flancs de la coque en forme de longue larme effilée que terminait une queue cruciforme ornée de bandes rouges, blanches et bleues. Il y avait deux yeux reptiliens au-dessus du nez en cône ; au-dessous, une bouche béante aux dents aiguës. Une Chinoise de petite taille, suspendue par des cordages sous le nez de l'appareil, rafraîchissait la langue rouge sang avec un pinceau.

Icke se tenait sur le tarmac près de la cabine de pilotage, petite bosse ronde vitrée saillant sous le ventre de la larme géante. Grand, large d'épaules, son visage carré arborant un nez patricien et des yeux noisette au regard assuré sous la visière de sa casquette des Red Sox, il me regarda approcher avant de jeter sa cigarette d'une chiquenaude et de me saluer de la tête.

Icke avait été l'un des rares à répondre à mon annonce de forum demandant si l'un des long-courriers accueillerait un journaliste du *Pacific*

Monthly sur un trajet. « J'ai lu certains de vos articles. Vous ne m'avez pas l'air trop stupide. » Et il m'avait invité à Lanzhou.

Une fois nos ceintures attachées, Icke égalisa le poids du zeppelin – il insufflait de l'hélium dans les poches de gaz jusqu'à obtenir l'équilibre entre la portance et le poids de l'engin, y compris le gaz, la cargaison et nous. Désormais, un enfant aurait pu soulever du sol le long-courrier chargé, « en apesanteur » ou presque.

Quand la tour de contrôle donna son feu vert, Icke tira le levier qui rétracta du mât d'amarrage le crochet de pointe, puis il bascula un interrupteur pour lâcher mille livres de ballast d'eau dans la citerne sous l'engin. Soudain, on se mit à monter, sans à-coups ni bruit, comme si on escaladait un gratte-ciel dans un ascenseur vitré. Il laissa les moteurs éteints : à la différence de l'avion qui a besoin d'eux pour générer de la poussée convertie en portance, un zeppelin s'élève par lui-même. Il attendrait qu'on atteigne l'altitude de croisière.

« Ici le *Dragon d'Amérique*, en route pour la ville du péché, annonça-t-il à la radio. Au revoir, et gare aux ours. » Certains des autres zeppelins, qui évoquaient des chenilles géantes couchées au sol, firent clignoter leurs feux arrière en guise de salut.

Le Feimaotui d'Icke mesure trois cent deux pieds de long avec un diamètre maximal de quatre-vingt-quatre pieds, ce qui lui offre une capacité de un virgule douze millions de pieds cubiques d'hélium et une portance de trente-six tonnes dont vingt-sept, environ, disponibles pour la charge (ce qui se compare au tonnage maximum des semi-remorques sur les autoroutes).

Sa coque est formée d'une structure rigide d'anneaux et de poutres longitudinales en duratainium recouverte d'une pellicule composite. À l'intérieur, dix-sept poches d'hélium sont attachées à une poutre centrale qui court de la pointe à la queue de l'appareil, au tiers environ de sa hauteur. Au bas de la coque, juste sous la poutre centrale et les poches de gaz, un espace libre occupe toute sa longueur.

Il accueille pour l'essentiel la cale, l'atout principal des long-courriers aux yeux des affréteurs. Cet énorme volume, qui pourrait contenir plusieurs soutes d'avions, convenait aux biens encombrants et de forme irrégulière, comme les pales d'éolienne que nous transportions.

Vers l'avant, la cale est séparée des quartiers d'équipage comprenant des studios donnant sur une coursive centrale. Le corridor émerge de la coque pour s'achever dans le poste de pilotage, le seul endroit de l'appareil doté de fenêtres sur l'extérieur. Si le Feimaotui dépasse juste le Boeing 747 en hauteur et en longueur (queue comprise), il se révèle bien plus volumineux et beaucoup moins lourd.

L'équipage se composait en tout et pour tout d'Icke et de son épouse, Yeling, la femme qui, à mon arrivée, repeignait la bouche souriante sur le zeppelin. Les couples comme le leur étaient populaires sur les long-courriers transpacifiques. Chacun d'eux pilotait l'appareil six heures d'affilée tandis que l'autre se reposait. Yeling dormait à l'arrière durant le décollage. Comme l'engin, leur mariage se structurait autour des absences et des espaces vides.

« Il n'y a guère plus de dix mètres entre Yeling et moi la plupart du temps, mais on ne dort dans le même lit qu'une fois par semaine. On apprend à discuter par blocs de cinq minutes séparés par six heures de silence.

» Parfois, on se dispute et elle dispose de six heures pour trouver sa repartie à quelque chose que j'ai dit, ce qui l'aide – comme son anglais n'est pas parfait, elle peut chercher dans le dico les mots qu'il lui faut. Je me réveille, elle me parle cinq minutes, puis elle va au lit, et moi, je dois passer les six heures suivantes à réfléchir sur ce qu'elle vient de me dire. Avec ce système, on a eu des engueulades qui ont duré des jours. »

Icke éclata de rire. « Dans notre mariage, parfois, on est *obligés* de se coucher fâchés. »

La cabine de pilotage adoptait la forme d'un cockpit, à part ses fenêtres tombantes offrant une vue plongeante sur la terre et le ciel sous l'appareil.

Icke avait recouvert son siège d'un tissu personnalisé : la carte topographique de l'Alaska. Devant son fauteuil, il y avait un tableau de bord qui fourmillait d'instruments et de commandes analogiques et mécaniques, au sommet duquel était collée la statuette en or d'un bodhisattva aussi rondelet que souriant, jouxtée d'une peluche de Wally le monstre vert, la mascotte des Boston Red Sox.

Le casier en plastique logé entre les deux sièges débordait de CD, un mélange de mandopop, de country, de classique et de quelques livres audio que je passai en revue : Annie Dillard, Thoreau, Cormac

McCarthy, *La Grammaire et la Rédaction pour les nuls.*

Une fois atteinte l'altitude de croisière de mille pieds – on cantonne en général les zeppelins de fret à la zone au-dessus des dirigeables de loisir, dont les passagers préfèrent voir le paysage de plus bas, et très en dessous des avions –, Icke démarra les moteurs électriques. Un bourdonnement bas, qui se ressentait plus qu'il ne s'entendait, nous apprit que les quatre hélices montées dans des indentations situées tout près de la queue avaient commencé leur rotation, propulsant l'appareil.

« Ça ne devient jamais plus bruyant », indiqua-t-il.

On dériva au-dessus des artères grouillantes de Lanzhou. Située deux mille kilomètres à l'ouest de Pékin, cette ville industrielle de taille moyenne était jadis la localité la plus polluée de Chine à cause de l'absence de circulation de l'air et de la présence de nombreuses raffineries. Désormais, elle profite pleinement de l'essor des éoliennes.

Au-dessous de nous, il y avait une cohue de dirigeables, petits, bon marché, qui transportaient passagers et fret sur les lignes intérieures. Colorée, disparate, leur meute incluait zeppelins et blimps, les coques exhibant des réparations de fortune et des rustines *shanzhài* de contrefaçon. (Le blimp, à l'inverse du zeppelin, ne possède pas de structure rigide : tel un ballon d'enfant, sa forme lui vient uniquement de la pression du gaz qu'il renferme.) Les engins étaient couverts de pubs racoleuses pour des biens et des services qui, dans leur anglais approximatif, paraissaient effrayants et tentants à la fois.

Selon Icke, certains de ces appareils possédaient une structure en bambou.

Il avait navigué durant dix ans comme équipier syndiqué sur des trajets intérieurs avant d'acheter son propre zeppelin – le salaire était correct, mais il n'aimait pas bosser pour un patron. Il aurait voulu un Goodyear-Zeppelin, entièrement conçu et produit en Amérique, mais il détestait les banquiers plus encore que les sociétés d'aérostats chinoises, et il avait donc décidé qu'il préférait posséder d'entrée son Dongfeng.

« Les dettes n'amènent jamais rien de bon, déclara-t-il. J'aurais pu vous dire ce qui allait se passer l'an dernier avec toutes ces hypothèques. »

Au bout d'un instant, il ajouta : « La construction de mon appareil se fait presque entièrement en Amérique. Comme ils ne savent pas produire le duratainium des poutres et des cercles, les Chinois doivent l'importer. Je transporte tout le temps les plaques d'alliage depuis Bethlehem, Pennsylvanie, jusqu'à leurs usines chez eux. »

Selon lui, le Feimaotui avait ses petites manies. De par sa conception, il était facile à entretenir et à réparer, même si moins excessivement résistant que les engins américains – qu'il fallait, en cas de panne, ramener au concessionnaire qui détenait les codes de diagnostic informatique sophistiqués. À l'inverse, les pièces du Feimaotui pouvaient être réparées et remplacées sur le terrain par un mécanicien qualifié. Un zeppelin américain se pilotait presque tout seul la plupart du temps, sa conception visant à l'automatiser le plus possible pour minimiser les risques d'erreur humaine. Le Feimaotui exigeait bien davantage du pilote, mais se révélait aussi plus réactif et satisfaisant.

« Au fil des années, on finit par ressembler à son appareil. Je m'endormirais si l'ordinateur se chargeait de tout. » Il scruta les leviers, les manches, les rouages, les interrupteurs, les pédales et les curseurs qui l'entouraient, rassurants par leur caractère massif, solide, analogique. « Taper sur un clavier, ce n'est pas piloter. »

À terme, il espérait posséder sa flottille – le but étant de renoncer à l'exploitation pour devenir simple propriétaire et fonder une famille avec Yeling.

« Quand on pourra se contenter de toucher nos chèques, j'achèterai un Winnebago Aurora – le modèle de quarante mille pieds cubiques – et, avec nos gosses, on dérivera tout l'été en Alaska et tout l'hiver au Brésil, en ne mangeant que la nourriture qu'on aura attrapée de nos propres mains. Rien ne vaut l'Alaska vu depuis un aérostat. On atteint des coins inaccessibles même aux autoneiges et aux hydravions ; on peut rester en vol stationnaire au-dessus d'un lac où aucun homme n'est jamais allé, sans une seule âme à la ronde sur des centaines de kilomètres. »

Quelques secondes plus tard, on glissait au-dessus du lent et large fleuve Jaune. Gorgés de limon, les flots bourbeux prenaient déjà la couleur qui valait son nom au cours d'eau ; il gagnerait en profondeur, devenant plus boueux encore au cours des quelques centaines de kilomètres suivants, tandis qu'il se chargeait de vase en traversant le plateau de Lœss où le vent déposait des particules depuis des millions d'années.

En contrebas, les blimps d'observation paresseux volaient au-dessus du fleuve. Leurs passagers se tassaient dans les nacelles pour admirer par le sol transparent les radeaux en peau de mouton voguant sur le cours d'eau tels les touristes dans leurs bateaux à fond de verre, aux Caraïbes, les poissons des récifs coralliens.

Icke mit les gaz ; on accéléra vers le nord-est, suivant plus ou moins le fleuve Jaune en direction de la Mongolie-Intérieure.

La Loi sur l'énergie propre est l'une des rares actions des « clowns de Washington » qu'Icke approuvait : « Je lui dois la plupart de mon activité. »

Conçue pour protéger les fabricants américains de la concurrence chinoise et calmer les activistes écologistes, elle imposait sur tout produit entrant aux États-Unis une lourde taxe calculée selon l'empreinte carbone du moyen de transport (l'impôt ne se basant pas sur le pays d'origine du produit, il contournait les règles de l'OMC à l'encontre des droits de douane).

Combinée avec la hausse des carburants, cette loi s'est vite révélée une véritable aubaine pour tous les transporteurs aérostiers. En l'espace de quelques années, les usines chinoises débitaient à tour de bras des zeppelins bon marché qui consommaient peu de carburant fossile et tiraient tout le bénéfice possible de l'énergie solaire. On a ainsi vu surgir dans l'espace aérien américain des Dongfeng par troupeaux entiers.

Un zeppelin long-courrier ne saurait rivaliser avec un 747 pour la capacité de levage ou la vitesse, mais il l'emporte haut la main pour l'efficacité énergétique et l'empreinte carbone ; il est aussi beaucoup plus rapide que le transport de surface. Rallier Lanzhou à Las Vegas comme Icke et moi le faisions demanderait trois à quatre semaines au mieux par voie de surface : deux jours de Lanzhou à Shanghai en train ou en camion, deux semaines de bateau sur le Pacifique, un jour de camion de la Californie à Las Vegas, plus une semaine environ à consacrer au chargement, au déchargement et au passage en douane. Un vol direct en avion ne demanderait qu'une journée, mais le coût en carburant et la taxe carbone à la frontière le rendraient prohibitif pour bien des produits.

« Chaque fois qu'il faut charger et décharger, changer de moyen de transport, vous perdez de l'argent, dit Icke. Nous, on est le camion qui n'a pas besoin d'autoroute, le bateau qui n'a pas besoin de fleuve, l'avion qui n'a pas besoin d'aéroport. Trouvez une surface de la taille d'un terrain de foot : elle nous suffit. On peut livrer de porte à porte d'une yourte en Mongolie à votre appartement de New York – pourvu que l'immeuble ait un mât d'amarrage sur le toit. »

Un zeppelin typique des vingt dernières années qui vole à cent soixante-quinze kilomètres par heure couvre la distance de onze mille cent kilomètres entre Lanzhou et Las Vegas en un peu plus de soixante-trois heures environ. S'il recourt beaucoup à l'énergie solaire, comme le Feimaotui d'Icke, il utilisera moins d'un pour cent de la quantité de carburant dont un 747 aurait besoin pour transporter la même charge sur la même distance. Et il a l'avantage, comme je l'ai déjà signalé, de pouvoir accueillir des charges massives de forme irrégulière.

Même si nous traversions le Pacifique, le plus clair du voyage se passerait au-dessus de la terre ferme. La courbe de notre planète signifie que le trajet aérien le plus direct entre deux points suit un grand cercle les reliant et coupe le globe en deux parts égales. De Lanzhou à Las Vegas, cela impliquait de filer au nord-est en survolant la Mongolie-Intérieure, la Mongolie, la Sibérie, le détroit de Béring, puis au sud-ouest l'Alaska, l'océan Pacifique le long de la côte de la Colombie-Britannique, de retrouver la terre ferme en Oregon et, enfin, d'atteindre les déserts du Nevada.

La grande ville d'Ordos, en Mongolie-Intérieure, s'étend jusqu'à l'horizon, mégalopole d'acier brillant et de verre lisse organisée en vastes blocs de maisons à l'occidentale et de jardins manucurés. La grille des larges rues toutes neuves est aussi vide que les artères de Pyongyang ; je pourrais dénombrer les piétons sur les doigts d'une seule main. Notre altitude et la vue dégagée donnent au panorama l'aspect d'une photo à effet maquette : on croirait contempler une reproduction posée sur une table et garnie d'un petit nombre de voitures miniatures et de figurines de jeu.

Ordos, c'est l'Alberta chinois. Il y a ici du charbon qui compte parmi les meilleurs et les plus propres au monde. On a conçu la ville en vue de la prospérité offerte par l'énergie, mais c'est sa construction qui a engendré la prospérité. Plus on y consacrait de fonds, plus il semblait y avoir besoin de l'étendre. On a donc cette Xanadu actuelle, ville fantôme dès l'origine. Sur le papier, il s'agit du deuxième site le plus riche de Chine, avec un revenu par personne juste inférieur à celui de Shanghai.

Nous survolions le centre quand un panda nous rejoignit et nous héla. Son véhicule, un petit blimp vert olive, arborait en anglais l'inscription : *Patrouille du transport aérien de la République populaire de Chine.* Icke ralentit et lui transmit le manifeste de cargaison, le registre de maintenance, que le panda comparerait au registre international des aérostats de fret, et son carnet de bord. Au bout de quelques minutes, on nous fit signe par la fenêtre de la nacelle du blimp, et une voix chinoise annonça par radio que nous pouvions repartir.

« Quel pays tordu ! dit-il. Ils ont l'argent pour construire une folie dans le genre d'Ordos, mais vous êtes déjà allé au Guangxi, la région qui jouxte le Vietnam ? Hors des villes, les habitants figurent parmi les plus pauvres au monde. Ils ne possèdent que la terre battue du sol de leurs huttes, leurs paysages magnifiques et leurs femmes sublimes. »

C'est là qu'il avait connu Yeling, grâce à un service de mise en relation sur catalogue – difficile de rencontrer l'âme sœur quand on vole trois cents jours par an.

Le jour du rendez-vous, il passait par Nanning, la capitale de la province, comme membre d'un équipage syndiqué qui embarquait une cargaison d'anis étoilés. Durant son congé du lendemain, un samedi, il gagna le centre de présentation à cent kilomètres de là pour voir les filles dont il avait choisi les photos et qu'on faisait venir en bus des villages voisins.

L'agence lui en proposait quinze. À l'école d'une petite localité, il s'installa sur un tabouret, devant le tableau noir, et on lui amena les filles qui s'assirent aux pupitres, comme s'il s'apprêtait à leur faire classe.

La plupart avaient des notions d'anglais ; il avait le loisir de discuter un petit moment et de cocher, sur un tableau, les trois avec lesquelles il souhaitait s'entretenir en tête à tête. Les autres attendraient le client occidental suivant qui les verrait une demi-heure plus tard.

« Il paraît que certains services laissent essayer les filles, prendre une chambre pour la nuit, mais je n'y crois pas. En tout cas, le mien n'a rien fait de tel. On a simplement causé. Et je n'en ai pas coché trois. Je n'ai choisi que Yeling.

» Elle m'a plu, avec sa peau toute fraîche, toute jeune, et ses beaux cheveux noirs qui rebiquaient au bout. Elle sentait l'herbe et la pluie. Ce que j'ai adoré, c'est la façon dont elle se comportait envers moi : timide, soucieuse de faire plaisir, ce qu'on ne voit plus trop chez les femmes au pays. » Me voyant prendre des notes, il haussa les épaules. « Si vous voulez me mettre une étiquette, que vos lecteurs se sentent supérieurs, ne vous gênez pas. Ça ne la rendra pas vraie pour autant. »

Je lui demandai si le procédé le choquait, s'il avait eu le sentiment de s'acheter un bien.

« J'ai réglé deux mille dollars de commission, et j'en ai donné cinq mille de plus à sa famille avant de l'épouser. Il y en aura pour détester ça. Pour penser que c'est un mauvais mariage.

» Moi, je sais qu'en sa compagnie, je suis heureux. Ça me suffit.

» Lorsque je l'ai rencontrée, elle avait déjà quitté le lycée. De toute façon, elle n'aurait pas continué en fac. Jamais elle ne serait devenue avocate ou banquière, jamais elle ne serait rentrée tous les soirs du bureau pour faire son yoga. Ainsi va le monde.

» Peut-être qu'elle serait allée à Nanning et devenue fille de joie ou masseuse. Peut-être qu'elle aurait épousé le vieux paysan du village voisin, un inconnu, parce qu'il pouvait donner un peu d'argent à sa famille. Peut-être qu'elle aurait passé le restant de sa vie à choper des parasites en bossant dans les rizières et à élever ses enfants dans une hutte en terre battue. À trente ans, elle aurait eu l'air d'une vieille femme.

» Ce serait mieux ? »

La langue des aérostiers transpacifiques, officiellement l'anglais, mêle des mots d'Amérique et de Chine. *Dao*, *fric*, *dough* et *dollar* sont interchangeables. Tout le long du trajet, on applique un vocabulaire ursin aux agents du maintien de l'ordre : un panda, c'est un patrouilleur aérien chinois, et un ours polaire, un russe ; en Alaska, ce sont des kodiaks, et au large de la Colombie-Britannique, des baleines ; enfin, aux États-Unis, c'est à des grizzlys que se confrontent les pilotes de zeppelin. Dans tous les cas, l'ours est là pour compliquer la vie de l'aérostier : prendre sur le fait des pilotes qui sont aux commandes depuis plus de six heures, qui volent au-dessus ou en dessous de l'altitude légale, qui ajoutent de l'hydrogène au gaz de portance pour accroître la capacité de charge.

« Des baleines ? » Je dévisageai Icke. En quoi une baleine était-elle un type d'ours ?

« L'évolution. Darwin disait que des ours qui nageraient la bouche ouverte pour capturer des insectes d'eau finiraient par devenir des baleines. » (J'ai vérifié. Il ne mentait pas.)

Seul le bip du GPS de l'appareil nous indiqua que nous franchissions la frontière internationale entre la Chine et la Mongolie au-dessus de la plaine désolée, desséchée du Gobi que ponctuaient de rares touffes d'herbe rase et cassante.

Yeling vint prendre le relais. Icke bloqua les commandes et se leva. Dans le réduit à l'arrière du poste de pilotage, ils discutèrent à voix basse, puis s'embrassèrent tandis que je scrutais le tableau de bord en tâchant de ne rien entendre.

Chaque mariage possède son moteur, son rythme, son carburant, son langage et son système de contrôle – un bourdonnement qui témoigne de son bon fonctionnement. Parfois, cependant, le bourdonnement est si bas qu'on le sent plus qu'on ne l'entend, si bien qu'il faut tendre l'oreille pour le percevoir.

Icke prit congé et Yeling vint occuper le siège du pilote.

Elle m'adressa un regard. « Il y a une deuxième couchette à l'arrière si vous voulez vous reposer un peu. » Elle parlait un anglais accentué, mais d'excellente qualité ; on y trouvait trace des inflexions d'Icke sur les A et les R, typiques de la Nouvelle-Angleterre.

Je la remerciai, en ajoutant que je n'avais pas sommeil.

Hochant la tête, concentrée, elle empoigna les manches de l'empennage – les gouvernails de la queue cruciforme – avec beaucoup plus de force que son mari.

Je contemplai un certain temps le désert vide et froid qui défilait en contrebas, puis je lui demandai ce qu'elle faisait à mon arrivée sur l'aéroport.

« Je retouchais les yeux de l'engin. Barry veut la bouche toute rouge et féroce, mais ce sont les yeux le détail le plus important.

» Un navire, c'est un dragon, et les dragons naviguent à vue. Un œil sur le ciel, un sur la mer. Un navire sans yeux se fait surprendre par les tempêtes, les vents qui tournent. Il ne voit pas les récifs proches du rivage, il ignore où se situe la terre. Un navire aveugle coule. »

Un aérostat, selon elle, avait encore plus besoin d'yeux qu'un navire sur l'eau. Il se déplaçait beaucoup plus vite et il y avait beaucoup plus de problèmes potentiels.

« Barry croit que ces choses-là suffisent. » Elle désigna le tableau de bord devant elle : GPS, radar, radio, altimètre, gyroscope, boussole. « Mais c'est lui qu'elles assistent. Le zeppelin doit y *voir*.

» Il estime que c'est de la superstition ; il ne veut pas que je pratique. Moi, je lui dis que l'appareil a fière allure pour les clients quand on garde la peinture des yeux fraîche. Ça, il l'entend. »

Elle me raconta qu'elle avait aussi marché à

quatre pattes sur toute la coque pour tracer un motif d'écailles de dragon ovales à sa surface avec de l'huile de tung. « Ça ressemble aux crevasses au printemps dans la glace d'un lac qui a un bon *feng shui*. Une belle armure d'écailles de dragon évitera toujours au vaisseau de couler. »

Le ciel s'assombrit ; la nuit tomba. Au-dessous de nous régnait une obscurité totale, la Mongolie septentrionale et la Russie extrême-orientale comptant au nombre des régions les moins peuplées du globe. Les étoiles, plus denses que je ne les avais jamais vues, s'allumaient. Il me semblait que nous voguions à la surface d'un océan aux flots ponctués par les lueurs des méduses, un souvenir des soirées où je nageais dans le Long Island Sound, le détroit qui borde la côte du Connecticut.

« Je vais me coucher, maintenant », annonçai-je.

Yeling hocha la tête avant de me suggérer de me préparer quelque chose au four à micro-ondes de la cambuse donnant sur le corridor central derrière la cabine de pilotage.

Le local minuscule, presque un placard, contenait un frigo, le micro-ondes, un évier et deux plaques électriques, le tout immaculé. Les casseroles et les poêles étaient accrochées au mur, les assiettes empilées dans des cases et retenues par des bandes velcro. Je mangeai sur le pouce, puis je suivis le bruit des ronflements vers l'arrière.

Icke m'avait laissé la lumière allumée. Dans la chambre aveugle, l'éclairage doré sur les lambris incitait au repos. Deux couchettes superposées occupaient un côté. Il dormait sur celle du bas. Dans un coin, il y avait une coiffeuse, avec un miroir dont le pourtour arborait des photos scotchées de la famille de Yeling.

L'idée me frappa : c'était leur *foyer*. Icke avait dit qu'ils possédaient une maison dans l'ouest du Massachusetts, mais n'y passaient qu'un mois par an. Ils préparaient et prenaient la majorité de leurs repas à bord du *Dragon d'Amérique* ; c'est aussi dans cette pièce minuscule qu'ils faisaient le plus clair de leurs rêves, chacun dans sa couchette, isolé.

Une affiche représentant des enfants souriants dessinés dans le style de l'art populaire chinois décorait la cloison à côté de la coiffeuse ; des photos encadrées d'Icke et Yeling ensemble, souriant aussi, occupaient le reste de la surface murale. Je les passai en revue : le mariage, les vacances, une ville chinoise, au bord d'un lac aux rives enneigées, chacun brandissant un gros poisson.

Je me hissai dans la couche du haut. Entre les ronflements de mon voisin de chambrée, j'entendais le bourdonnement des moteurs du zeppelin, si ténu qu'il fallait tendre l'oreille pour le percevoir.

J'étais plus fatigué que je ne le croyais : je dormis durant le reste du quart de Yeling, puis tandis qu'Icke pilotait. À mon réveil, juste après le lever du soleil, c'était de nouveau elle aux commandes. Loin au beau milieu de la Russie, nous survolions la forêt infinie de conifères au cœur de la Sibérie. Notre itinéraire nous menait toujours plus à l'est, vers la pointe du continent eurasien et, passé le détroit de Béring, l'Alaska.

Quand je pénétrai dans le poste, Yeling écoutait un livre audio. Elle tendit la main pour le couper en m'entendant, mais je lui dis de ne pas se déranger pour moi.

Il s'agissait d'un manuel sur le baseball, une présentation simplifiée des règles pour les novices. Le passage en cours concernait l'art d'apprécier une base volée.

Elle arrêta l'écoute à la fin du chapitre. Je sirotai une tasse de café pendant qu'on regardait le soleil qui, se levant au-dessus de la taïga, embrasait l'étendue de bois festonnés de lichens et ponctués de marécages et de lacs immaculés, encore gelés.

« Je ne comprenais pas ce jeu quand j'ai épousé Barry. On n'a pas de baseball en Chine, surtout dans ma région.

» Parfois, quand on ne travaille pas, que je reste un peu avec lui après mon quart ou qu'on a un jour de congé, je veux parler des jeux auxquels je jouais petite, ou d'un livre que je me rappelle avoir lu à l'école, ou encore d'une de nos fêtes chez moi, mais c'est difficile.

» Même le souvenir amusant que je voulais partager de la fois où, mes cousins et moi, on a fait des bateaux en papier, j'ai dû le lui expliquer en détail : les noms de nos bateaux, les règles de la course, la fête qu'on célébrait, la coutume qui impliquait de faire des courses de bateaux en papier, les métiers et les histoires des esprits de la fête, les noms de mes cousins, nos liens exacts de parenté, et le temps que je parle de tout ça, j'avais oublié l'histoire idiote que je voulais raconter.

» C'était épuisant pour nous deux. J'essayais vraiment de tout expliquer, mais Barry se lassait et mélangeait les noms chinois, quand il ne les confondait pas à l'oreille. Alors, j'ai arrêté.

» Pourtant, je tiens à discuter avec lui. Faute de langue en commun, on doit s'en faire une. Il aime le baseball. Donc, j'écoute ce livre et on a notre sujet de discussion. Il est ravi quand on écoute ou qu'on regarde un match de baseball et que quelques mots de ma part lui montrent que je suis les phases de jeu. »

Icke tint la barre pour la partie la plus septentrionale de notre voyage : longer le cercle arctique par le sud. Le jour et la nuit ne voulaient plus rien dire dans ces latitudes nord extrêmes. Je m'habituais déjà à leur cycle de six heures, au point de régler sur eux mon horloge corporelle.

Je lui demandai s'il connaissait bien la famille de Yeling ou s'il la fréquentait beaucoup.

« Non. Elle leur envoie de l'argent tous les deux mois. Et comme elle tient serrés les cordons de la bourse, je sais qu'elle a travaillé aussi dur que moi pour mettre ça de côté. J'ai dû me démener pour qu'elle s'accorde un peu plus de plaisirs immédiats. Maintenant, chaque fois qu'on passe à Vegas, elle accepte de jouer avec moi et de perdre une petite somme, mais, même là, elle ménage son budget.

» Je ne fréquente pas sa famille. Si elle souhaitait fuir son village et sa maison au point de s'envoler dans un grand sac rempli de gaz avec un inconnu, je n'ai aucun besoin de nouer des liens avec ce qu'elle a quitté, j'imagine.

» Ils lui manquent, bien sûr. Comme à tout le monde, pas vrai ? On est ainsi faits, à mon sens : on veut l'intimité qui vient du fait de s'entasser les uns sur les autres en sachant tout de chacun et en parlant tous à la fois, mais on veut aussi sa solitude. Et parfois les deux en même temps. Ma mère n'avait guère la fibre maternelle, je n'ai pas remis les pieds chez moi depuis mes seize ans, mais je dois bien reconnaître qu'il y a des jours où elle me manque.

» Yeling, je lui laisse du champ. Ce que les Chinois n'ont pas. Elle vivait dans un cabanon si bondé qu'elle n'a jamais eu sa propre couverture et qu'elle n'a pas dû passer seule une heure d'affilée de sa vie. Là, on se voit cinq minutes par six heures, et elle a appris à remplir ce vide, ce temps libre. À l'apprécier. En grandissant, elle n'en avait jamais eu. »

Il y a beaucoup de vide dans un zeppelin, me dis-je, distrait. C'est cet espace rempli d'hélium qui le maintient à flot. Un mariage aussi contient beaucoup de vide. Qu'est-ce qui le remplit pour le maintenir à flot ?

On regarda par la fenêtre le spectacle de l'aurore boréale dans le ciel du Nord tandis que l'appareil filait vers l'Alaska.

J'ignore combien de temps passa avant qu'une secousse violente me réveille en sursaut. Le temps que je reprenne mes esprits, une autre me projetait au sol du haut de ma couchette. Je roulai sur moi-même, me relevai tant bien que mal et gagnai le poste de pilotage en me tenant aux cloisons.

« C'est fréquent d'avoir des tempêtes au printemps sur la mer de Béring. » Censé être de repos, Icke, debout derrière le fauteuil de pilotage, se tenait au dossier. Yeling ne prit pas la peine de me saluer.

Elle serrait si fort les commandes que ses phalanges blanchissaient.

Il faisait jour, mais, à part la vague lueur trouble derrière les fenêtres, on se serait cru en pleine nuit. Le vent qui balayait une pluie glaciale contre les vitres nous interdisait de voir le dessous de la carène dont la courbe ascendante rejoignait le nez. Les brumes et les nuages bouillonnants nous croisaient à la vitesse d'une voiture lancée sur une Autobahn.

L'engin fit une embardée ; je m'affalai. Icke me cria sans me regarder : « Attachez-vous ou rejoignez la couchette ! »

Je me levai, gagnai l'arrière du poste et, avec les sangles que je trouvai dans le coin droit, m'attachai afin de rester à l'écart.

Comme à l'exercice, Yeling quitta le siège du pilote, Icke se glissant à sa place. Elle se sangla sur le tabouret passager à droite. La ligne qui, sur l'un des écrans, montrait le trajet du zeppelin par GPS indiquait qu'on zigzaguait depuis un bon moment. En fait, même si on allait pleins gaz, brûlant le carburant aussi vite qu'un avion, la tempête nous repoussait.

Icke nous maintenait de justesse face au vent, minimisant notre prise. Si on lui avait présenté davantage de surface, il se serait emparé de l'appareil au niveau du point de pivot et l'aurait fait tournoyer comme un œuf sur son côté en des embardées incontrôlables. Le point de pivot, le centre du mouvement d'un dirigeable auquel on applique une force extérieure, se déplace sans cesse selon la configuration de l'engin, sa masse, la forme de sa coque, sa vitesse, son accélération, la direction du vent et le mouvement angulaire, entre autres ; un pilote maintient son zeppelin pointé dans le sens du vent au jugé, à l'instinct, pour l'essentiel.

La foudre jaillit, si proche qu'elle m'aveugla. Le tonnerre ébranla l'appareil et me fit claquer des dents, comme si le plancher était la membrane d'un caisson de basse.

« Il m'a l'air encombré, ce rafiot, dit Icke. De la glace doit s'accumuler sur la carène. Je m'attendrais même à le sentir plus lourd. Il devrait y en avoir une véritable couche sur la coque si j'en crois le thermomètre extérieur. Mais on continue de perdre de l'altitude et il ne faut plus descendre, ou les vagues nous percuteraient. Faute de pouvoir esquiver la tempête en passant dessous, on va devoir l'escalader. »

Il lâcha davantage de ballast d'eau pour alléger l'engin, puis il bascula la gouverne de profondeur – on partit à la verticale comme une fusée. La forme en larme allongée du *Dragon d'Amérique* servit de profil aérodynamique grossier et, alors que le vent arctique se ruait sur nous avec brutalité, on réussit à voler, tel un modèle expérimental d'aile dans une soufflerie.

Un nouvel éclair jaillit, encore plus proche et aveuglant. Le fracas du tonnerre, immédiat, m'assourdit un moment.

Icke et Yeling échangèrent des cris ; elle secoua la tête et hurla de plus belle. Il la dévisagea, opina du chef et ôta une seconde ses mains des commandes. Dans un sursaut, l'engin revint à l'horizontale, puis gîta : le vent qui s'emparait de lui le faisait pivoter. Icke tendit les mains pour reprendre les commandes dans la lueur d'un nouvel éclair qui aplatit les perspectives et effaça les ombres. Les lumières du poste de pilotage s'éteignirent toutes en même temps. Le vacarme me projeta au sol et me creva les tympans. Je plongeai dans l'obscurité totale.

Lorsque je repris connaissance, j'avais manqué toute l'étape alaskienne du voyage.

Yeling, qui tenait la barre, passait une chanson chinoise. Dehors, il faisait nuit ; la lune ronde, dorée, presque pleine, aussi grosse que celles de mon enfance, voguait au-dessus de la mer invisible. Je m'assis près de notre pilote afin de contempler l'astre.

Après le refrain, la chanteuse à la douce voix mélodieuse entama le couplet suivant en anglais.

Pourquoi la lune est-elle pleine quand on se quitte ?
Pour nous, c'est la peine, la joie, partir, se retrouver.
Pour la lune, c'est l'ombre, l'éclat, monter et décliner.
Jamais nous n'avons pu tout avoir.
Il ne nous reste qu'à souhaiter durer,
Malgré les kilomètres qui nous séparent,
Et à contempler cette lune inchangée.

Yeling éteignit la musique et, du dos de la main, s'essuya les yeux.

« Il a réussi à sortir de la tempête. » Je savais qu'elle ne parlait pas d'Icke. « Il a esquivé la foudre au dernier instant et trouvé une brèche où se faufiler. Parce qu'il avait les yeux affûtés. J'ai bien fait de repeindre le gauche, celui qui guette le ciel, avant le départ. »

Je regardais les vagues tranquilles de l'océan Pacifique défiler en contrebas.

« Pendant la tempête, il s'est débarrassé de ses écailles pour s'alléger. »

J'imaginai les traits d'huile de tung tracés par Yeling sur la coque intaillant la glace en écailles de dragon qui avaient chu dans la mer glaciale.

« Quand j'ai épousé Barry, je faisais tout à sa façon, rien à la mienne. Quand il dormait et que je pilotais, j'avais le temps de réfléchir. Je pensais à mes parents qui vieillissaient sans moi. J'essayais de me rappeler une recette et je n'avais pas ma mère sous la main pour la lui demander. Sans cesse, je me répétais : *qu'est-ce qui m'a pris ?*

» J'avais beau tout faire à sa façon, on avait tous les jours des disputes. Qui ne rimaient à rien, qui n'allaient nulle part. Alors, je me suis dit qu'il fallait que je fasse quelque chose.

» J'ai réorganisé les casseroles accrochées et les assiettes empilées dans la cambuse, les photos dans la chambre, les habits, les souliers, les couvertures. J'ai amélioré l'énergie *qi*, lissé le *feng shui.*

» Barry n'a rien remarqué. Mais, à partir de là, on ne s'est plus disputés. Même pendant la tempête, alors qu'on était sur les nerfs, on a bien travaillé ensemble.

— Vous avez eu peur, pendant la tempête ? »

Yeling se mordilla la lèvre inférieure en réfléchissant.

« À mon premier trajet avec Barry, alors que j'ignorais tout de lui, je me réveillais et je disais tout haut, en chinois : *C'est qui, cet homme avec moi dans le ciel ?* C'est là que j'ai eu le plus peur.

» Hier soir, quand je me débattais avec les commandes et qu'il est venu m'aider, je n'ai pas eu peur. Je me disais : tant pis si on meurt maintenant. Je connais cet homme. Je sais ce que j'ai fait. Je suis chez moi. »

*

« On n'a couru aucun danger du fait de la foudre, déclara Icke. Vous le saviez, hein ? Le *Dragon d'Amérique* est une cage de Faraday géante. Même si un éclair l'avait frappé, la charge serait restée à l'extérieur de la structure métallique. On était à l'endroit le plus sûr de toute la mer de Béring. »

Je mentionnai la remarque de Yeling sur le fait que le zeppelin paraissait savoir où aller pendant la tempête.

Il haussa les épaules. « L'aérodynamique, c'est quelque chose de complexe, et l'appareil a obéi à la physique.

— Mais quand vous aurez votre Aurora, vous la laisserez lui peindre des yeux ? »

Il hocha la tête sans un mot, comme si je venais de poser une question idiote.

Las Vegas, le diadème du désert, s'étendait tout autour de nous dans les trois dimensions.

Les nefs de plaisance et les paquebots géants recouverts de néons clignotants et d'écrans criards ponctuaient le ciel du Strip. Les engins de fret comme le nôtre étaient restreints à un étroit couloir aérien parallèle à la grande avenue, avec des points spécifiques d'amarrage pour chaque casino.

« Le *Laputa.* » Icke désignait, au-dessus de nous, un vaste dirigeable bouffi qui paraissait égaler la taille du *Venetian*, à notre gauche, que nous survolions. Éclairé de l'intérieur, ce tout nouveau casino volant, le plus tape-à-l'œil, luisait tel un lampion rouge. Des taxis aériens s'élevaient du Strip pour le rejoindre comme des lucioles.

Notre cargaison de pales déposée à la ferme éolienne du Caesars Palace à l'extérieur de la ville, on se dirigeait vers l'hôtel-casino. Les chambres gratuites faisaient partie des avantages quand on transportait du fret pour pareil client.

J'aperçus, surgissant derrière le Mirage, la haute flèche et les feux clignotants du mât d'amarrage devant le Forum, le centre commercial du Caesars. C'était là, en général, que se parquaient les yachts luxueux des gros parieurs, mais, ce soir-là, il était vide, offert à un Dongfeng Feimaotui long-courrier transpacifique, un Chinois volant baptisé le *Dragon d'Amérique*.

« On joue un peu, puis on monte dans la chambre. » Icke s'adressait à Yeling, qui lui rendit son sourire. Ce serait la première fois en une semaine qu'ils pourraient dormir dans le même lit. Ils disposaient de vingt-quatre heures avant de repartir pour Kalispell, Montana, où ils embarqueraient une cargaison d'os de bisons qu'ils rapporteraient en Chine.

Une fois au lit dans mon hôtel en centre-ville, je songeai à la disposition des meubles dans ma chambre ; j'imaginai le flux du *qi* autour du lit, de la table de nuit, de la commode. Le bourdonnement des moteurs du zeppelin, si ténu qu'il fallait tendre l'oreille pour l'entendre, me manquait.

Je rallumai la lumière et j'appelai ma femme. « Voilà, je reviens. Bientôt. »

Nœuds

古者無文字，其有約誓之事，事大，大其繩，事小，小其繩，結之多少，隨物眾寡，各執以相考，亦足以相治也。

(Dans l'ancien temps, l'écriture n'existait pas. Quand les gens avaient besoin d'établir un contrat, de sceller un pacte, ils nouaient un nœud sur une ficelle, gros pour un sujet majeur, petit pour un sujet mineur. Le nombre de nœuds dépendait de la quantité inscrite au contrat. Cela suffisait à établir une archive.)

— 《九家易》 *(Jiujiayi,*
un texte de philosophie chinois
sur l'étude du Yi King, sans doute composé
durant la dynastie des Han de l'Est,
25-220 apr. J.-C.)

Village céleste :

Les esprits aiment nous jouer des tours. De mémoire d'historien, j'en ai vu bien davantage dans ma vie que tout autre Nan, pourtant je suis aussi le plus myope, quasiment aveugle.

Il y a cinq ans, quand deux marchands birmans

ont gravi la montagne pour leur voyage annuel, les cheveux trempés par la difficile ascension à travers les nuages, ils amenaient un étranger.

Il ne ressemblait à aucun individu de ma connaissance, et il n'y avait aucune trace de quelqu'un comme lui dans notre archive de cordes. Grand, il dépassait de deux pieds mon neveu Kaï, pourtant l'homme le plus grand du village.

La peau blanche, rougeaud, comme une statue d'arhat au visage peinturluré, il avait les yeux bleus, les cheveux dorés, et un nez si long et pointu qu'on aurait cru un bec.

Pha, l'un des marchands, a dit qu'il s'appelait To-mu.

« Il vient de loin.

— De Rangoon ?

— Beaucoup, beaucoup plus loin. D'Amérique, chef Soé-bo. Si loin que vous ne pouvez pas l'imaginer. Un faucon qui volerait pendant vingt jours échouerait à l'atteindre. »

Pha aimant à raconter des craques, il devait s'agir d'une exagération, mais To-mu s'est adressé à lui dans une langue saccadée, rugueuse, d'une musicalité que je n'avais jamais perçue : il venait sans nul doute d'un endroit inconnu de moi.

« Qu'est-ce qu'il fait ici ?

— Qui sait ? Je ne comprends rien à ce qu'il trafique. Tous les Occidentaux sont bizarres, et j'en ai croisé des tas. Il est encore plus bizarre. Il a surgi à Man-sam il y a deux jours, avec son sac sur le dos qui semble contenir tout ce qu'il possède. Il nous a demandé, à Aung et moi, de l'emmener dans des endroits où aucun Occidental n'était jamais allé.

Il nous a proposé beaucoup d'argent, donc j'ai répondu qu'on l'emmenait au Village céleste. Peut-être qu'il est en fuite et qu'il se cache d'un seigneur de l'opium. »

Pha ferait n'importe quoi pour de l'argent, même risquer la fureur d'un général disposant de champs d'opium. Parfois nous vendons notre riz, aussi, afin de mettre de l'argent de côté pour une année de vaches maigres où on n'aura pas assez de riz à troquer. Mais on ne s'en languit pas comme lui.

Si To-mu essayait de se cacher d'un seigneur de l'opium, il fallait l'éviter à tout prix. Je devais le surveiller avec soin et m'assurer qu'il repartirait avec les deux marchands.

Mais il ne se comportait pas en fuyard. Bruyant, mal élevé, il souriait à tout et à tout le monde. Il demandait sans cesse à un villageois ou un autre de rester immobile pendant qu'il portait à ses yeux une boîte métallique qui cliquetait. Il allait partout, examinant nos huttes, les champs en terrasses, les fleurs sauvages, les mauvaises herbes et même les enfants qui chiaient dans les fourrés. Pha traduisait les questions idiotes qu'il posait : comment appelait-on cet animal ? Et cette fleur ? Quels aliments mangeait-on ? Quelles plantes et quels légumes cultivait-on ? To-mu, à l'instar d'un petit enfant, ignorait les faits les plus simples. On aurait cru qu'il n'avait jamais vu qui que ce soit.

Devant Luk, l'homme-médecine, il a brandi une liasse d'argent.

« Il veut que vous lui parliez des maladies et de la façon dont vous les soignez », a traduit Pha.

Les marchands demandaient parfois de tels conseils à Luk ; de la part de To-mu, cela semblait donc une requête plus banale que les autres. Le guérisseur a refusé l'argent d'un haussement d'épaules, puis emmené l'étranger partout, lui désignant herbes et insectes, expliquant leurs usages. To-mu levait sa boîte métallique, faisant des déclics sans cesse, écrivait dans un carnet, collectait herbes et insectes pour les ranger dans des sachets transparents qu'il sortait de son sac à dos.

Nous, les Nan, nous vivons sur cette montagne depuis des millénaires. Les plus vieux livres du village – recopiés et reliés de nouveau avec de la cordelette de chanvre toutes les quelques générations – racontent l'origine de notre peuple. Il y a fort longtemps, nos ancêtres vivaient à bien des jours de voyage au nord, dans un petit royaume chinois. La guerre a éclaté ; des envahisseurs à cheval ont foulé nos rizières au galop pour brûler nos maisons. San-pu, le brave Ancien, a pris la tête des survivants dans une fuite désespérée jusqu'à ce qu'on n'entende plus les bruits de sabots ; ensuite, nous avons continué de marcher durant toute une lune, gravi cette montagne et trouvé refuge au-dessus des nuages. On ne se soucie pas du monde, ni lui de nous, en général.

Je dis « en général » parce que, chaque année, quelques marchands montent nous apporter des médicaments, des outils en fer, de la soie, du coton et des épices. En échange, ils ne veulent qu'un seul produit : notre riz. Sur les marchés, ils vendent nos gros grains lisses, très différents des cultures des villages birmans au pied de la montagne, sous le nom de « riz céleste ».

Ils racontent à leurs clients que ce riz céleste est

nourri de l'essence des nuages et qu'il pousse dans l'air. Quand j'ai entendu cela, j'ai expliqué aux marchands qu'il provient des rizières en terrasses sur le versant de la montagne et qu'on l'irrigue à l'aide de fossés, comme nos ancêtres le faisaient jadis, comme les villages en contrebas le font de nos jours. Mais ils m'ont ri au nez. *Les clients préfèrent notre histoire. Ils paient plus cher grâce à notre idée.* On ne saurait espérer qu'ils disent la vérité.

La récolte de riz diminuait depuis quelques années. Il pleuvait moins qu'auparavant et les torrents qui cascadaient depuis le sommet de la montagne se réduisaient à des filets d'eau en été. Selon les jeunes hommes au regard perçant, les pics neigeux à l'ouest perdaient leurs cheveux blancs tels les vieillards qui devenaient chauves. Les familles mangeaient désormais beaucoup plus de légumes sauvages et les enfants contribuaient en chassant oiseaux et tupaïas, mais même ces sources d'approvisionnement paraissaient décliner.

J'avais consulté les archives des pluies et des récoltes des siècles passés, et une telle sécheresse semblait inédite. Se pouvait-il qu'un événement quelconque dans le monde au bas de la montagne cause ces soucis ?

J'ai demandé leur avis aux marchands.

Ils ont haussé les épaules. « À ce qu'il se dit, le climat est devenu étrange partout : de la sécheresse dans le nord de la Chine, des cyclones dans le delta de l'Irrawaddy tout au sud. Pourquoi ? Allez savoir. C'est comme ça, voilà tout. »

J'ai proposé à To-mu et aux marchands de passer la nuit chez moi avant leur longue marche pour redescendre de la montagne. Pha et Aung avaient toujours de bonnes histoires sur le monde d'en bas, et To-mu donnait l'impression d'en connaître aussi.

Je leur ai servi mes dernières portions de riz agrémenté de pousses de bambou et de gingembre confit. To-mu a claqué des lèvres et loué ma cuisine. J'ai ri, gêné. Après le repas, autour du feu, on a bu du vin de riz et bavardé.

J'ai demandé à To-mu ce qu'il faisait. Muet, il s'est gratté la tête, puis il a ri et tenu un long discours à Pha qui a paru perplexe et haussé les épaules avant de me dire : « Selon lui, il étudie les maladies et il invente des protéines – une sorte de remède, je suppose – pour les traiter. J'ai beaucoup de mal à le comprendre. Il ne voit jamais de malades, il ne fabrique aucun médicament. Tout ce qu'il trouve, ce sont des idées. »

C'était donc une espèce de guérisseur. Il s'agissait sans conteste d'une vocation honorable. Et quiconque aspirait à soigner les autres, aussi étrange qu'il paraisse, m'inspirait du respect.

Je lui ai demandé s'il voulait écouter les vieux manuels de médecine des Nan. Même Luk, tout doué soit-il, n'avait pas le loisir de conserver tout le savoir dans sa tête : quand il tombait sur une maladie inconnue, il consultait les livres. Il y a beaucoup de sagesse qui nous vient de nos ancêtres, dont une part payée des vies des hommes courageux qui ont franchi la frontière entre remède et poison.

Après que Pha a traduit ma proposition, To-mu a hoché la tête. Tendant la corde, j'ai passé mon doigt dessus pour lire les symptômes des maux et les compositions des remèdes.

Mais au lieu d'écouter la traduction de Pha, il scrutait les livres de nœuds, les yeux gros comme des tasses à thé. Il a fini par l'interrompre et par jacasser à son adresse. De toute évidence, il était surexcité.

« Il n'avait jamais vu d'écriture par nœuds, a relaté Pha. Il veut savoir comment ça fonctionne. »

Les marchands voient les Nan faire des nœuds depuis des années. Ils sont habitués. Je les ai vus prendre note de leurs achats et de leur inventaire à l'aide de signes sur du papier – Tibétains, Chinois, Birmans, Nagas, chacun son écriture. Malgré leurs différences, les inscriptions à l'encre m'ont toujours paru laides, plates, mortes. Nous n'écrivons pas, nous, les Nan. Nous faisons des nœuds.

Les nœuds nous ont permis de conserver la sagesse et les voix de nos ancêtres. On étire une longue corde de chanvre, souple, élastique, pour lui donner la tension voulue ; on peut faire trente et une sortes de nœuds différents, correspondant à la forme des lèvres et de la langue en train de prononcer une syllabe. Enfilés comme des chapelets bouddhistes, ils forment des mots, des phrases, des récits. Le discours prend substance et forme. Passez la main sur la corde : vous sentez les pensées des noueurs sous vos doigts, vous entendez leurs voix dans vos os.

La corde ne reste pas droite : les nœuds lui imposent une tension. Elle plie, s'incurve, s'enroule, adopte sa silhouette. Au lieu d'une ligne droite, un tel livre est une statuette. Les nœuds différents donnent au rouleau des formes différentes. D'un seul coup d'œil, on aperçoit le déroulé et le contour de l'argument, le flux et le reflux du rythme et des rimes.

Je suis né avec une mauvaise vue. Par-delà deux ou trois pas de distance, tout se brouille. Si je fixe mon regard trop longtemps, j'ai mal à la tête. Mais j'ai toujours eu les doigts agiles : à en croire mon père, même enfant, j'apprenais vite les propriétés des cordes et des nœuds. J'avais la capacité de visualiser la manière dont les nœuds modifiaient la tension de la corde, dont ces forces minuscules, tirant, poussant, lui donnaient son aspect final. Tout Nan sait faire des nœuds ; seul, je vois, avant même que le premier ait été fait, la forme définitive qu'adoptera la corde.

J'ai commencé copiste. Chargé des plus anciens livres à nœuds, effilochés, désagrégés, je mémorisais au toucher leur succession, puis, sur une corde neuve, je la reproduisais à l'identique, recréant les nœuds et les torsions jusqu'à ce que la corde s'enroule sur elle-même en une réplique exacte de l'original, afin que les enfants du village, et leurs enfants après eux, puissent ressentir les voix du passé et apprendre de leur savoir.

Plus tard, une fois devenu chef et archiviste du village à la suite du décès de mon père, j'ai noué mes propres cordes. Je nouais des détails pratiques : les prix exigés année après année par les marchands pour éviter qu'ils nous grugent, les nouveaux usages des herbes déjà connues découverts par les guérisseurs, les conditions climatiques, les dates des semailles. D'autres choses, aussi, parce que j'aimais l'aspect des cordes nouées après que j'avais fini : les chansons que les jeunes hommes adressaient aux filles qui leur plaisaient, la caresse du soleil sur mon visage après les heures sombres de l'hiver, les ombres des Nan qui dansaient autour du feu à la Fête du printemps.

Route 128, Grand Boston :

Il m'a fallu un an de supplications, d'avocats coûteux, de pots-de-vin – pardon, de frais de dossier supplémentaires –, voire d'appels à des relations que je n'avais plus revues depuis la fac et qui travaillaient désormais au Département d'État pour procurer à Soé-bo les documents de voyage adéquats.

Il n'a pas de certificat de naissance ? De nom de famille ? Il ne cultive pas de l'opium pour les seigneurs de la guerre, là-bas ? Je te préviens, Tom, je fais jouer plein de faveurs qu'on me doit pour ton homme-médecine. Il vaudrait mieux que ça vaille le coup.

Incroyable, la quantité de migraines que peuvent valoir si peu de papiers. J'en venais à regretter l'époque victorienne, où on pouvait ramener un « indigène » de la jungle chez soi sans apaiser mille bureaucrates de deux gouvernements qui ne s'appréciaient guère.

« Un très long voyage, avait dit Soé-bo quand j'avais voulu le persuader de repartir avec moi lors de mon second séjour au Village céleste. Trop loin pour moi. »

L'argent laisse les Nan indifférents. Je savais qu'il serait inutile de lui en promettre.

« Si vous venez avec moi, vous pourrez aider à guérir tout plein de monde.

— Je ne suis pas guérisseur.

— Je sais. Mais votre écriture en nœuds… Elle, elle peut aider des tas de gens. Je ne peux pas vous l'expliquer. Il va vous falloir me croire sur parole. »

Quoique tenté, il demeurait hésitant. Alors, j'ai joué mon atout maître. Je savais ce qu'il avait en tête, son seul désir.

« La sécheresse tue votre riz. Je peux vous en procurer une autre variété qui poussera avec moins d'eau, mais il faut m'accompagner. Je vous donnerai les semences. »

J'aurais cru que Soé-bo aurait plus peur de l'avion. Tout petit bonhomme, une fois tassé dans son siège, ses gestes lents, prudents, il n'évoquait rien tant qu'un enfant. Calme, l'enfant, toutefois. Je crois bien que l'autocar pour Yangon l'a davantage choqué. Après une boîte en métal qui bougeait toute seule pour vous amener d'un lieu à un autre, une boîte qui volait ne devait plus sembler trop bizarre.

Sitôt que je l'ai installé dans une suite à l'hôtel voisin du campus des laboratoires GACT, il s'est endormi. Au lieu de se servir du lit, il s'est couché au sol, sur le carrelage de la cuisine. Plus proche du foyer, je suppose – un instinct dont j'avais entendu parler dans des manuels d'anthropologie un peu datés.

« Vous pouvez nouer la corde afin qu'elle prenne cette forme ? » Je lui désignais une figurine d'argile qui rappelait vaguement le buste d'un dragon. L'étudiant birman qui nous servait d'interprète a secoué la tête. Toute l'histoire devait lui paraître délirante

– comme à moi, bordel –, mais il a traduit ma question.

Soé-bo a pris la statuette pour la tourner et la retourner entre ses doigts. « Cet objet ne dit rien. Les nœuds n'auront aucun sens.

— Tant pis. J'aimerais juste que vous donniez à la corde le même aspect. »

Il a opiné du chef, puis entrepris de tordre et de nouer la corde. À mesure qu'il progressait, il comparait le résultat au modèle, redressant la corde, la laissant s'enrouler à nouveau avant de la dénouer et de la renouer ici et là.

Dans le labo, cinq caméras différentes enregistraient son activité ; derrière un miroir sans tain, une dizaine de savants penchés sur un écran scrutaient l'image agrandie du petit homme aux doigts agiles.

Je lui ai demandé : « Comment faites-vous ?

— Mon père m'a appris ce que son père lui avait appris. L'écriture en nœuds nous vient de nos ancêtres. J'ai défait et refait mille livres. Je sens dans mes os comment la corde veut se nouer. »

Les protéines, de longues chaînes d'acides aminés, ont leur séquence dictée par les gènes des cellules. Noueux avec leurs chaînes transversales hydrophobiques et hydrophiles, et avec leurs charges variables, les acides aminés tirent et poussent les uns sur les autres, formant des structures secondaires locales comme des hélices alpha et des feuillets bêta par l'entremise de liaisons hydrogène. La longue chaîne de la protéine est une masse instable qui gigote et se tortille, agitée par des millions de petits vecteurs de force jusqu'à ce qu'elle se « replie », s'enroule sur elle-même afin de minimiser le total d'énergie de la chaîne entière, et ainsi se fixe dans sa structure tertiaire. Cet état final, stable, natif, lui confère sa forme caractéristique : un minuscule agrégat, une sculpture moderniste.

De la forme d'une protéine dépend sa fonction. Le « repliement correct » d'une protéine dépend de nombreux facteurs : la température, le solvant, les molécules chaperonnes. L'échec des protéines à se replier dans leurs formes caractéristiques suscite des maladies comme le prion de la vache folle, Alzheimer, la mucoviscidose. Mais avec les protéines de la bonne forme, on obtient des médicaments susceptibles d'arrêter la division incontrôlable des cellules cancéreuses, de bloquer les chemins cellulaires dont le VIH a besoin pour se répliquer, et de soigner toutes sortes d'affections redoutables.

Mais prédire l'état natif d'une séquence d'acides aminés (ou, à l'opposé, de concevoir une séquence d'acides aminés qui opérera un repliement dans la forme protéinique voulue) se révèle plus ardu que la physique des particules. Une simulation par force brute de toutes les forces agissant sur les atomes d'une chaîne même courte d'acides aminés et une recherche dans la surface d'énergie potentielle mettra à genoux l'ordinateur le plus puissant. Or, les protéines se composent de centaines, voire de milliers d'acides aminés.

Si on parvient à trouver un algorithme précis et rapide qui prédit et replie une séquence d'acides aminés dans son état natif, la médecine aura effectué le plus gros progrès depuis la découverte des antibiotiques. Ce qui permettra de sauver d'innombrables vies – et d'encaisser d'énormes profits.

Parfois, quand Soé-bo semblait lassé, je l'emmenais en balade dans Boston. Moi aussi, j'appréciais ces excursions. Ma vie de globe-trotteur avait fait de moi un anthropologue amateur. J'aimais observer les réactions des nouveaux venus face à ce que nous considérions comme allant de soi. C'était fascinant de voir le monde par ses yeux et de découvrir ce qui le choquait ou non.

Il prenait les gratte-ciel pour des éléments du paysage, mais les escalators l'effrayaient. Il acceptait sans sourciller les voitures, les autoroutes, les foules de gens de toutes les couleurs qui le dominaient en taille, mais la crème glacée le stupéfiait toujours. Malgré son intolérance au lactose, il en raffolait, au point de se donner de graves maux d'estomac en échange de deux boules. Il évitait les chiens, même en laisse, mais il adorait nourrir les canards et les pigeons du Common.

On est passés aux simulations informatiques. Soé-bo n'a jamais appris à bien se servir d'une souris, et fixer l'écran lui fatiguait les yeux. Il a donc fallu monter un système de 3D : gants, lunettes, rétroaction tactile.

Là, il n'utilisait plus ses nœuds familiers. On devait voir si sa faculté de prédire la forme définitive de la chaîne lui venait simplement d'avoir appris par cœur ses traditions ou si les techniques pouvaient être généralisées et appliquées à un nouveau domaine.

Nous le regardions, par le flux vidéo issu de ses

lunettes, manipuler les modèles d'acides aminés flottant dans l'air et apprendre leurs propriétés quand il les appariait. Il secouait les chaînes, détachait quelques brins, en fusionnait d'autres, ajoutait les chaînes latérales. À ses yeux, il ne s'agissait que de jouer à un drôle de jeu.

Mais sans guère de succès. Les acides aminés différaient trop de ses nœuds ; même les énigmes les plus simples lui posaient des colles.

Le conseil d'administration perdait patience – et la foi. « Vous croyez vraiment que ce paysan asiatique illettré va nous offrir une percée ? Si cet échec potentiel se confirme et se retrouve dans les journaux, les investisseurs ne voudront plus entendre parler de nous. »

J'ai dû rappeler, de nouveau, mes excellents antécédents en matière de découvertes médicales au sein des populations préindustrielles. Parmi les histoires de bonnes femmes et les superstitions se cachaient souvent des pépites de vrai savoir qu'on pouvait découvrir et exploiter, récoltant au passage des bénéfices considérables. Notre médicament le plus vendu venait bien des orchidées qu'utilisaient les Indiens Taeoc du Brésil. Il fallait se fier à mon instinct.

Je me faisais toutefois du souci.

Pour notre sortie suivante, je l'ai emmené à Harvard, au Sackler Museum, où il y avait une collection d'art asiatique ancien. Il me semblait que les Nan avaient migré vers leur habitat actuel depuis le nord de la Chine à l'âge du bronze. Je pensais que les poteries et les vases rituels d'un peuple lié à ses ancêtres l'intéresseraient.

Le musée n'accueillait que de rares visiteurs ce jour-là ; on a pu mener une visite tranquille. Un chaudron tripode sous verre a attiré l'attention de Soé-bo ; il s'en est approché à pas comptés. Je l'ai suivi.

Gravé de caractères chinois et de motifs représentant des animaux, ce *ding* présentait aussi de fines lignes recouvrant les parties lisses. J'ai lu le panonceau au fond de la vitrine :

Les Chinois drapaient leurs vases de bronze dans de la soie ou autres tissus fins lorsqu'ils les stockaient. Au fil des siècles, la trame de l'enveloppe s'imprimait dans la patine, subsistant bien après que le tissu avait pourri. Ce que nous savons du tissage chinois antique vient presque entièrement de ces traces.

J'ai demandé à l'interprète de lire ce texte à Soé-bo qui a hoché la tête et pressé son visage contre la vitre. Un gardien s'est avancé, mais je l'ai arrêté d'un geste. « Il n'y a pas de souci. Il y voit mal. »

Par la suite, Soé-bo m'a dit : « Merci. Ils n'écrivaient pas avec leurs fils, donc les motifs sont incompréhensibles, mais je les ai suivis, avec soin, et j'ai entendu leurs voix, quoique tout juste. Pouvoir accéder à un savoir aussi ancien, même sans le comprendre, est un beau cadeau. »

Durant la session suivante, il a réussi à replier une chaîne assez complexe, comme s'il avait gagné en sagesse et que la solution lui apparaissait désormais. On a répété l'expérience avec d'autres chaînes plus compliquées, et il les a dénouées avec encore moins de difficulté.

Je crois qu'il était plus heureux que moi.

« Qu'est-ce qui a changé ?

— Je ne sais pas l'expliquer. Dans mon écriture, les nœuds très éloignés les uns des autres ne s'influencent pas, tandis que c'est ce qu'il se passe dans votre jeu. Entendre les voix laissées sur le bronze chinois m'a aidé. Le tissage provient d'un fil qui se noue sur lui-même sans arrêt, mais une fois la trame formée, la tension d'un nœud s'exerce dans toutes les directions ; même les nœuds éloignés la sentent. Cela m'a permis de voir comment considérer ce jeu et changer ce que je savais de l'écriture par nœuds pour faire correspondre les motifs. Les voix anciennes avaient beaucoup à m'apprendre, mais je devais découvrir la bonne façon d'écouter. »

Le charabia mystique ne me dérangeait pas, du moment que ça fonctionnait.

Abstrayant ses gestes, inférant ses décisions, systémisant ses essais – on a repassé ses sessions sur l'ordinateur avant de compiler l'algorithme. Ça n'avait rien d'une tâche facile : il a fallu une immense créativité et un énorme travail pour tirer de ses instincts des instructions explicites, mais utiliser ses gestes tels des fanaux sur le sombre océan des possibles infinis a fini par payer.

Je me suis retenu de balancer aux administrateurs : « Je vous l'avais bien dit. »

Soé-bo m'a rappelé ma promesse. On travaillait ensemble depuis des mois, et les progrès effectués m'accaparaient. Je me suis trouvé gêné.

Je connaissais Chris de l'université, où on travaillait dans le même labo. Il bossait désormais chez Enadyne Agro, qui avait la réputation de créer de bons riz OGM.

Je lui ai passé un coup de fil pour lui expliquer ce que je souhaitais : une variété tolérant la sécheresse et l'altitude, prospère dans un sol acide, dotée d'un bon rendement, et de préférence résistant aux nuisibles de l'Asie du Sud-Est.

« J'en ai plusieurs qui correspondent, mais elles coûtent cher et on déteste vendre nos semences à un pays comme le Myanmar. Outre les risques politiques, il n'y a aucun respect de la propriété intellectuelle en Asie. Je refuse de voir toute la région cultiver notre riz sans payer. La police, la justice, tout ça ne sert à rien, tu le sais très bien. Et engager des gros bras pour faire respecter les brevets par les paysans passe mal aux infos du soir. »

Je lui ai demandé de me rendre ce service et promis de donner les leçons requises sur la propriété intellectuelle.

Il a ajouté : « On devra peut-être inclure une solution technique pour le problème des semences non autorisées. »

Les Nan ont besoin de ce riz, me disais-je. Le monde se transforme autour d'eux, et il leur faut du soutien.

*

J'ai accompagné Soé-bo à son retour chez lui et je l'ai aidé à transporter les sacs de riz sur la montagne. On devait faire un spectacle amusant : le petit explorateur asiatique qui rentrait chez lui, ouvrant le chemin, et moi qui titubais sous mon fardeau dans son sillage, un drôle de sherpa.

Village céleste :

Il m'a fallu longtemps pour nouer le récit de mon séjour en Amérique et de tout ce que j'y ai vu d'incroyable. Ces livres garnissent désormais une étagère entière et, tous les soirs, les enfants viennent me voir pour que je leur raconte des histoires.

Un tel voyage permet de comprendre tout ce qu'on ignore – alors que je me croyais si sagace avant de partir, puisque j'avais lu un plus grand nombre des livres de cordes de cette pièce que tout autre villageois. Je suis plus avisé, à présent.

Le riz dont To-mu nous a donné les semences contre ma venue en Amérique a poussé comme par magie. La récolte de la première année était la plus abondante dont quiconque se souvenait. Il n'avait pas aussi bon goût que l'ancien, mais on en avait beaucoup plus. On a organisé une grande fête où tout le monde, même les enfants, s'est saoulé. Avoir fait ces choses-là – apporté de nouvelles semences, amené l'espoir, rassasié tous les Nan –, c'était bon.

Avant les semailles suivantes, To-mu a resurgi avec Pha et Aung, chargé comme d'habitude de son lourd sac à dos. Même si on se connaissait depuis assez peu de temps, je le considérais comme un ami d'enfance, tant j'avais appris en sa compagnie.

Mais il m'a paru gêné, agité. « Je viens vous vendre de nouvelles semences.

— Oh ! Nous n'en avons pas besoin. » J'acceptais

le fait que To-mu pouvait connaître à la perfection tel ou tel sujet, mais manquer de bon sens. « On en a conservé une grande quantité de l'an dernier. »

Il a détourné le regard. « Celles que vous avez gardées ne fonctionneront pas. Elles sont stériles. »

Pha ignorait la traduction de ce mot. To-mu a dû trouver une autre façon d'expliquer. « Les semences ne pousseront pas. Elles sont mortes. Il faut en acheter de nouvelles. »

Je n'avais jamais entendu parler d'une chose pareille. Comment des graines pouvaient-elles pousser sans que les plants de riz donnent d'autres graines ?

To-mu m'a rapporté qu'il y a de petits bouts de ficelle entortillés dans toute chose vivante, y compris les semences, y compris nous, qu'on appelle des gènes. Ils déterminent sa croissance et son aspect. Les gènes sont tissés de touffes qui forment un langage qu'on peut lire.

« Comme nos nœuds. »

Il a hoché la tête.

Quand quelqu'un invente un nouveau gène, une nouvelle succession de mots, pour en imprégner une semence, celle-ci peut acquérir des qualités qui plaisent aux gens. Les mots donnent de la valeur à cette semence, mais ils appartiennent à l'inventeur et les autres personnes doivent le payer si elles veulent faire pousser la semence. Pour veiller à ce qu'on le règle, l'inventeur ajoute parfois des mots supplémentaires qui empêchent la semence de se reproduire. Ainsi, on doit le payer chaque année.

« Si vous essayiez de cultiver les semences comportant ce gène sans la permission de l'inventeur, vous commettriez un vol à son détriment, m'a dit To-mu. Comme si vous entriez dans la maison de l'inventeur et que vous lui preniez un bol de riz. On ajoute donc les gènes stériles pour aider les gens à rester honnêtes. »

Absurde. Si je prends un bol de riz à quelqu'un, je l'ai bel et bien volé, puisque la victime ne l'a plus. Si quelqu'un m'enseigne un nouveau mot imprégné de puissance, je ne le lui ai pas pris. Il l'a encore.

J'ai essayé de mieux comprendre. « Nous devons payer ces mots que vous dites noués dans les semences. »

De nouveau, il a hoché la tête.

Il m'avait dit que me regarder faire des nœuds dans son jeu l'a aidé.

« Si vous apprenez les mots de nos livres, la sagesse de nos nœuds, vous devez nous payer chaque année, aussi ? »

To-mu a ri, puis s'est gratté le crâne. Il m'a paru nerveux. « Non, je ne crois pas. Les choses que j'apprends de vous… datent. Elles ne sont pas protégées, ni par un copyright, ni par un brevet. »

Pha ne savait pas non plus traduire ces mots, et je refusais qu'il se donne la peine d'en demander le sens à l'autre. Je finirais par devoir payer ces nouveaux mots. Je comprenais que To-mu pensait que ce que les Nan avaient à enseigner était sans valeur.

Quel idiot j'avais été ! Je croyais aider le village par mes actes, or la part du marché de To-mu incluait une condition. Je nous avais endettés auprès d'un seigneur lointain, auquel nous devions payer un tribut annuel. J'avais rabaissé Village céleste au niveau des paysans réduits en esclavage par les seigneurs de l'opium.

Il n'y avait rien à faire, sinon vendre davantage de riz aux marchands pour acheter de nouvelles semences à To-mu.

« Le prix augmentera un peu l'année prochaine, et encore la suivante. Il m'a fallu prier mon ami de vous accorder une réduction les premières années. Il vous faudra trouver des moyens de développer l'économie du village pour pouvoir vous offrir les semences et acheter de meilleurs produits. Des médicaments et des glaces, par exemple. »

Certaines des paroles de To-mu avaient du sens, d'après Pha. Le monde se transformait, et les Nan devaient l'imiter. Certains de nos jeunes hommes pouvaient descendre de la montagne pour travailler, et il connaissait des opportunités pour les jolies jeunes filles dans les grandes villes, surtout si elles acceptaient d'aller jusqu'en Thaïlande.

J'ai noué un livre sur ma conversation avec To-mu. Peut-être qu'il servira d'avertissement, afin que d'autres fassent preuve de moins de courte vue et d'idiotie que moi.

Les années suivantes, nous avons essayé de faire pousser notre vieux riz aux côtés du nouveau, mais il se desséchait sur pied ; le peu d'eau dont nous disposions, il nous fallait le réserver au nouveau riz. Les gens ont fini par y renoncer. Je pense aux gènes minuscules entortillés dans ces semences anciennes, la sagesse transmise par nos ancêtres, ces mots qui prennent désormais la poussière dans des sacs en toile. Si la pluie revient un jour, ces graines repousseront-elles ?

To-mu n'est plus jamais revenu. Chaque année depuis la deuxième, c'est un homme différent qui vient nous vendre ses semences à la saison des semailles.

Route 128, Grand Boston :

L'algorithme basé sur les techniques de Soé-bo a bien fonctionné, beaucoup mieux que tout ce qu'on connaissait. L'article qui décrit ma recherche est en cours d'évaluation par mes pairs, maintenant que les avocats en ont fini avec les brevets.

Si tout se goupille bien, ce sera la percée que j'espérais. Mon algorithme accélérera la découverte de médicaments et sauvera beaucoup de vies.

Je n'ai pas eu le temps de calculer l'impact en termes de revenus, mais la présentation effectuée par notre directeur financier devant le conseil d'administration a très bien fonctionné. Les projections de bénéfices à dix ans sur les découvertes directes et les licences dessinent une courbe exponentielle.

Il est peut-être temps d'aller explorer ailleurs. J'envisage le Bhoutan.

Sauver la face

– récit coécrit avec Shelly Li –

Transcription d'une session textuelle interactive avec eMBA Alpha et eMBA Bêta :

Interviewer : Pouvez-vous vous présenter ?

Alpha : Nous sommes des agents intelligents de troisième génération de LogiComm Works, Inc., conçus pour calculer et régler des accords à l'intention de nos clients.

Bêta : Nous sommes conçus pour filtrer les facteurs de bruit émotionnel pouvant empêcher les agents humains de parvenir à une résolution équitable qui optimise l'efficacité.

Alpha : Nous privilégions l'impartialité, afin de créer, avec rapidité et équité, la parfaite compréhension entre les deux parties.

Interviewer : Pouvez-vous nous donner une estimation du degré de justesse de cette compréhension mutuelle ?

Bêta : Nos négociations s'équilibrent au cent millième de degré. Et descendent jusqu'au six cent millième de degré si les clients demandent la répétition des calculs.

Interviewer : D'après vous, comment s'est passée votre première assignation ?

Alpha : Très bien. Mon client était une ferraillerie locale. LogiComm leur a offert un essai gratuit pour nous tester et nous améliorer, mon partenaire et moi.

Bêta : Mon client était un ferrailleur chinois.

[Simultanément]

Alpha : Nous avons vérifié les divers indices des produits, établi la moyenne des prédictions des principaux analystes pour les économies chinoise et américaine au quatrième trimestre, pris en compte les taux d'imposition…

Bêta : … la qualité de la ferraille, les fluctuations prévues des taux d'intérêt et des coûts de transport, le tout ajusté en fonction des risques politiques…

Alpha : … et obtenu une offre initiale supérieure de 10 % au prix du marché modélisé.

Bêta : … et obtenu une offre initiale inférieure de 10 % au prix du marché modélisé.

Alpha : Nous avons ensuite échangé nos données et revu nos calculs.

Bêta : Nous avons proposé un accord de 2 % supérieur à mon prix modélisé original.

Alpha : L'accord était de 3 % supérieur à mon prix modélisé original.

Interviewer : Une situation gagnant-gagnant, on dirait. Combien de temps cela vous a-t-il pris ?

Alpha/Bêta *[ensemble]* : Environ 15,33 secondes.

Bruce Hawthorne, propriétaire de Hawthorne Iron & Metals Co. :

J'ai lancé cette affaire en 1997, quand j'ai été licencié de General Motors. Ils parlaient de « rachat ». Le résultat ? Des licenciements. J'avais travaillé dix-sept ans à Elmira Plains. Dix-sept ans d'usine pour que dalle.

[Hawthorne a la cinquantaine. Mince, chauve, il possède la musculature du travailleur, et non celle du culturiste. De temps en temps, il tâche de se redresser, mais, pendant qu'il parle à la caméra, il se voûte de nouveau, comme sous un fardeau invisible.]

La première voiture que j'ai fabriquée, c'était un Chevy Blazer 1980. Bel engin. Un 4×4 de base, mais civilisé ; on sentait la puissance maîtrisée. Un véhicule solide, robuste, pas la merde en plastoc qu'on vous fourgue maintenant. J'en ai acheté un pour nous et j'ai vu les yeux de Mary briller sur le trajet de retour par l'autoroute. Aux anges, qu'on était.

Puis les Asiates ont tout fichu en l'air.

Maintenant, dans les décharges, et les usines fermées, je ramasse les carcasses de machines et de bagnoles, les poutres et les tuyaux, tous ces vestiges du rêve américain, pour les expédier à l'étranger. Parfois, je tombe sur un vieux Chevy Blazer, à l'abandon, tout rouillé, qui attend d'être désossé et fondu. Dans ces moments-là, je dois sortir me fumer une clope, alors que j'avais promis à Mary, sur son lit de mort, d'arrêter.

Plus personne ne produit rien, dans ce pays. Quand je bossais sur les chaînes d'assemblage, c'était dur et honnête comme boulot ; aujourd'hui, tout le monde veut gagner à la Bourse en mentant, en trichant et en tirant son épingle du jeu jusqu'à l'effondrement final. Vous saviez qu'avant la Seconde Guerre mondiale, on a vendu des monceaux de ferraille au Japon avec lesquels ils ont fait les navires et les avions qui nous ont attaqués à Pearl Harbor ? Et maintenant, c'est à la Chine qu'on vend des monceaux de ferraille ? Il ne faudrait peut-être pas oublier l'histoire.

Non, je n'aime pas les Chinois.

Si je dois leur vendre des miettes d'Amérique, ils vont les payer au prix fort.

Su Meiyuan, propriétaire de Huarong Imports, Inc. :

J'apprécie l'Amérique. J'en ai vu une grande partie, sauf les pièges à touristes. Je roule d'un État à l'autre, en séjournant dans les petites villes en bordure des nationales.

[Su, la vingtaine, grande, maigre, a des pommettes hautes et les yeux aussi noirs que ses cheveux. Elle a pris l'habitude de sourire comme les Américains, mais elle paraît prudente, réservée – moins confiante à l'égard de la caméra ou de l'interviewer. La voix de l'interprète monte en volume pour prendre le pas sur la sienne.]

Les villes américaines sont vraiment paisibles. Et propres. Il y a toujours l'église au centre, et de belles petites maisons à la pelouse verdoyante. Les gamins jouent dans les rues, et tout le monde se salue de la voix et de la main.

En Chine, c'est différent. Si vous quittez une ville durant un an, vous ne retrouverez plus votre chemin à votre retour. Des gratte-ciel poussent ; des artères s'élargissent ; partout on sent la fumée, le conflit. Ça court, ça crie, ça se bouscule en tâchant de trouver un nouveau moyen de gagner sa vie.

Mais je n'aime pas vivre ici. On dit que la Chine est cultivée, mais pas civilisée, et qu'en Amérique, c'est l'inverse. Aux États-Unis, la politesse est toute de surface. Le respect n'existe pas. Nul ne vous honore. Quand j'entre dans un bureau, je vois les traits s'affaisser, les regards se durcir. On déteste les Chinois.

Une fois, je soumissionnais contre une société mexicaine. J'ai proposé au vendeur quatre dollars de plus à la tonne et promis de tout évacuer en une semaine, mais les Mexicains ont quand même obtenu le contrat. C'était humiliant.

Jamais on ne m'invite à déjeuner ni on ne m'emmène voir les principales attractions. On s'en tient aux affaires, paraît-il. Ah ? J'ai entendu une secrétaire dire qu'elle me croyait communiste. Quand je l'ai répété à mon mari, il a trouvé ça hilarant. Qu'est-ce qu'il y a de drôle ? Pourquoi ferais-je ce métier si j'étais communiste ?

Lui et moi sommes issus de familles paysannes de l'ouest de la Chine. L'école nous réussissait mal, et, en Chine, les élèves moyens n'obtiennent guère d'opportunités. On n'a même jamais fini le lycée. Au village, il n'y avait que des vieux, des enfants, des cabanes en terre sèche, des récoltes moribondes : on est partis sur la côte chercher du travail.

On est allés à Ningbo – ça se situe près de

Shanghai – où on a trouvé un emploi, moi comme femme de chambre, lui comme ouvrier du bâtiment. Un jour, il a entendu le contremaître parler du besoin de fer dans la construction. Futé, il s'est dit : Pourquoi pas ? Pourquoi pas nous ? On n'a rien à perdre, au fond.

Ce métier, on l'a appris par tâtonnements. Il a dégagé un petit espace dans notre studio, puis calé une porte posée sur des parpaings en guise de bureau, entre le mur ébréché et le flanc de notre matelas au sol, ce matelas qui crissait chaque fois que mon mari remuait sur sa chaise. Il passait sa vie au téléphone, comme courtier, à découvrir le coupe-gorge des empires de la ferraille. Pour obtenir les contrats, il a remisé son honneur et supplié. Il a compris que le meilleur pays d'où importer du fer, c'était les États-Unis où on jette tout et où le produit est de bonne qualité. À ce stade, il a essayé d'apprendre l'anglais, mais comme il n'était pas doué, je m'y suis attelée.

Ici, je me suis endurcie. Les gens promettent une chose et font le contraire. Les affaires, les lois, les règles, c'est le jeu, selon eux. Mais si vous êtes chinois, on vous traite d'une certaine façon. Pour vous, les règles sont un peu plus strictes, les prix un peu plus élevés, les sourires un peu plus superficiels.

Je prends sur moi, en évitant de les mettre devant le fait accompli, mais je doute qu'ils apprécient. J'ai lu un édito de journal selon lequel les Chinois sont malhonnêtes et fermés. *Là,* oui, j'ai trouvé ça hilarant.

eMBA Alpha et eMBA Bêta :

Alpha : Le motif du rejet de notre projet d'accord par les deux parties nous échappe.

Bêta : Il ne faut cependant jamais reprocher aux clients la déception que leur inspire notre performance.

Alpha : Une hypothèse envisageable, c'est qu'il y avait des variables cachées qu'on ne nous a pas révélées, ce qui nous a empêchés de rédiger un accord équitable.

Bêta : Il nous faut davantage de données.

Bruce Hawthorne :

On savait tous que les Chinois allaient nous piquer tout ce qui définissait l'Amérique. D'abord, ce serait les emplois ; les bagnoles, les fringues et les grosses boîtes suivraient.

Depuis que j'ai perdu mon boulot à l'usine, je fais ce rêve de temps en temps. Un train arrive par la voie ferrée ; moi, je suis attaché, les yeux grands ouverts, et je sens cet énorme obus qui se rapproche.

J'ai un fils, Jackson, un journaliste. Il sillonne le monde et écrit des articles pour un magazine chinois destiné aux touristes occidentaux. Quelle chance, hein ? Les Chinois me prennent même mon fiston. Il est à la maison cette semaine. On se parle à peine, histoire d'éviter les engueulades.

Utiliser la machine de LogiComm me plaisait bien – ça m'évitait de traiter directement avec les Chinois –, mais elle a pondu un accord naze. Il est peut-être juste au niveau des chiffres, mais il n'en donne pas *l'impression*. Ces bagnoles sont bonnes pour la casse, oui, mais chacune a été fabriquée par un bonhomme qui faisait vivre sa famille et tirait fierté de son travail. Je préfère les voir rouiller plutôt que les brader. Ça ne m'étonnerait pas que cette machine ait été programmée par un ingénieur chinois qui a pris le poste d'un Américain. Comment expliquer ce marché de dupes, sinon ?

Je n'y connais rien en négociations – je sais bosser, pas causer. Mon fils, lui, aurait mieux réussi, s'il avait choisi de s'associer avec moi.

Si ça m'a surpris qu'il refuse de rejoindre l'entreprise familiale ? Non. Il était proche de sa mère, et c'est la seule raison pour laquelle il croit de son devoir de venir supporter son vieux ces temps-ci, mais ça, c'est une autre histoire.

Vous n'allez montrer ces bandes à personne, hein ? C'est juste à usage interne ? Parfait, je fais comme si vous étiez un psy gratuit.

[Il rit, secoue la tête et baisse les yeux sur ses mains jointes. Le masque de dignité se craquelle l'espace d'une fraction de seconde, avant de se remettre en place.]

Le gamin me prétend irrationnel. D'après lui, c'est *notre* faute. L'Amérique est un pays fondé sur l'expansion. On puise dans les puits étrangers depuis des années, maintenant. Comment est-ce qu'il m'a expliqué ça… Ah, voilà. Notre société ressemble à une pyramide sans sommet ; pour bâtir ce sommet, on extrait le matériau d'en bas et on l'entasse en haut. Les gens du bas, c'est la classe ouvrière – ils se font avoir comme moi. On finit par s'éparpiller, par s'affaiblir. Jackson me dit que c'est nous les responsables, à regarder dehors et à creuser dedans. Même quand on croit anticiper, on ne regarde jamais assez loin.

[Brève pause]

Admettons. Mais si ces Chinois cupides n'étaient pas si pressés de profiter de nous comme on n'aurait jamais profité d'eux…

Su Meiyuan :

Quand les Chinois et les Américains font affaire, ce sont ces derniers qui s'en sortent le mieux à tous les coups – je suppose que nous ne sommes pas doués pour négocier. Trop soucieux de notre honneur.

J'étais donc ravie d'utiliser le programme de LogiComm. Ça me gênait qu'ils le préfèrent à moi comme interlocuteur, bien sûr, mais j'ai l'habitude de ces affronts. Il me semblait que le logiciel se débrouillerait mieux, au moins.

Tout de suite, le type de LogiComm a essayé de profiter de moi. Il m'a proposé ce qu'il présentait comme un rabais pour l'utilisation du programme, sauf qu'il *l'offrait* à l'autre camp. J'ai dû me cuirasser de respectabilité et aller exiger le même traitement. Les gens d'ici n'ont aucun complexe.

[Elle serre les dents, prononce une phrase qu'elle demande aussitôt à son interprète d'ignorer, puis respire un grand coup.]

Je me serais contentée du prix habituel, mais, ici, tout le monde croit les Chinois riches, impitoyables, et essaie donc de me soutirer un peu plus. Les machines font la même chose. Ha ! Même les logiciels américains sont nationalistes et veulent me rouler. L'accord proposé était ridicule, quoi qu'en dise le programme.

Je me dispute souvent avec mon mari au téléphone, ces temps-ci. Personne ne verra ces bandes, hein ? Ma famille ignore tout de ces soucis ; j'ai trop honte. C'est plus facile d'en discuter avec des inconnus comme vous.

Selon lui, nos économies ne suffisent pas et je dois rester travailler ici. Je sais qu'il a raison, mais ce n'est pas lui qui doit sans cesse sourire à des étrangers qui vous détestent, ni négocier et parler dans une langue inélégante, mal maîtrisée, sans nuances ; pratiquer l'anglais me donne l'impression de découper des légumes avec un tranchoir à viande. Je veux me retrouver chez moi, avec ma famille.

[L'espace d'un instant, elle détourne le regard de l'objectif, perdue dans ses pensées, puis elle revient au présent.]

Oui, le sujet est difficile. Je veux des enfants tant que j'ai l'âge, mais mon mari me sort toujours une feuille de calcul qui prouve qu'on ne peut pas encore les assumer. Au pays, l'immobilier est hors de prix. Nous voulons que notre bébé dispose de tout ce qui nous manquait : une voiture, sa propre chambre, des leçons de dessin, une bonne école. L'argent ne résout pas tous les problèmes, mais, sans lui, on n'en résout aucun. La pauvreté, ça va quand on vit seul. Comment faire face quand votre enfant vous demande pourquoi les autres, eux, ont tout ?

eMBA Alpha et eMBA Bêta :

Alpha : Mon partenaire et moi avons échangé nos notes sur nos erreurs de calcul.

Bêta : Nous demandons la permission d'examiner vos interviews des clients, s'ils l'autorisent. Dans ce cas, nous aimerions charger nos modules d'observation sur leurs appareils de communication afin d'obtenir des données qui nous ont peut-être échappé pendant la rédaction du premier accord.

Alpha : Chacun de nous analysera séparément les conversations et les communications de M. Bruce Hawthorne et Mme Su Meiyuan afin d'échafauder diverses versions de l'agrément. Nous éviterons de partager ces données et nous veillerons à préserver la confidentialité.

Bêta : En outre, nous aimerions, avec sa permission, observer Jackson Hawthorne. Bien qu'il ne participe pas directement aux négociations, son lien de parenté avec l'un des clients et sa connaissance du pays de l'autre pourraient nous fournir de nouvelles données susceptibles de nourrir l'accord.

Jackson Hawthorne, journaliste voyages

J'ai pris chinois en fac parce que Papa se plaignait d'eux depuis des années. J'ai abouti où j'en suis par sa faute.

[Il s'esclaffe. Jackson est une version jeune de son père, en plus grand, les traits moins durs. On devine qu'il se montre beaucoup plus patient et loquace face à la caméra que face à lui.]

J'ai parcouru la Chine de long en large. Vous savez ce qui échappe aux gens comme mon père ? Les Chinois sont comme nous, mais un siècle en arrière, au moins. Avec une énergie et une impatience incroyables. Ils ont le sens de la Destinée manifeste. On se croirait au Far West : tout est permis. Ils sont capables d'exploiter et d'empoisonner leurs compatriotes, de mentir, de tricher, de piétiner leur prochain pour gravir les échelons, bref, de tout faire pour l'emporter d'une longueur ou, au pire, surnager. Ça paraît fou, mais ça n'a rien de nouveau si on a lu Dreiser et Sinclair. On était de cette étoffe, autrefois.

Avec le mauvais, il y a aussi le bon : tout est nouveau, à faire, riche de potentiel. Le couvercle sous lequel le régime maintient les Chinois finira par sauter, d'une façon ou d'une autre. Certains vivent déjà leur vie comme une révolution, un jeu de hasard. Tocqueville nous décrivait ainsi, nous, les Américains, vous savez ?

La Chine est trop chaotique pour dominer le monde. On peut comparer ses habitants à des cyclistes sur une poutre – ils doivent pédaler le plus vite possible pour ne pas tomber. Ils veulent rattraper leur retard, nous ressembler. On en était là, nous aussi, jadis. C'est ce que font les gens qui essayent de s'élever.

Je ne peux pas parler de ces trucs avec mon vieux. Il croit que je ne le capte pas, que je suis un idéaliste, un idiot. Je le capte mieux qu'il le pense. Parfois, dans l'esprit d'un père, ses gosses restent bloqués à l'âge de douze ans. Du coup, à la maison, on en revient aux schémas anciens. Les Chinois ont une devise : parlez comme une personne quand vous en croisez une et comme un fantôme quand vous en croisez un. On joue toujours un rôle, même face à ses proches.

J'ai entendu parler de l'accord sur lequel il bosse. En fait, j'ai failli tomber de ma chaise quand il m'a dit négocier un aussi gros contrat avec une entreprise chinoise. Ça montre simplement que, malgré le mépris réflexe que ces gens lui inspirent, ils sont la clé de la poursuite du rêve américain.

Bref, je lui ai refilé quelques tuyaux sur la façon de traiter avec eux. Montrer un peu plus de respect et de sensibilité, apprendre à connaître la personne que recouvre le nom. Le cœur humain, c'est l'investissement susceptible de rapporter les meilleurs dividendes.

Il n'a pas tort – tout est affaire de perspective, au fond –, mais… il ne voit pas assez loin. Ça se lit sur sa figure : notre déclin l'apeure et le met en rage. Et l'orgueil l'étouffe.

Toutefois, pour remonter la pente, on va devoir saisir des occasions qui semblent dangereuses. L'Amérique a toujours su tirer parti de la nouveauté, capter le courant ascendant. Par le passé, les constructeurs automobiles japonais ont pris les emplois des gens comme mon paternel ; aujourd'hui, ils construisent des usines ici et embauchent à tour de bras. Qui sait ce que feront les Chinois un jour ? On peut collaborer à leur ascension en leur donnant un petit coup de coude. Ils auront besoin de nous, et on aura besoin d'eux.

C'est le seul moyen d'étayer la pyramide.

Su Meiyuan :

Alors, M. Hawthorne a suggéré un déjeuner. J'ignorais ce qu'il prévoyait.

Mon agent m'a dit : *Renseignez-vous sur le Chevrolet K5 Blazer, s'il vous plaît. Retrouvez-les devant le restaurant et faites-lui des compliments sur son Chevy Blazer 1980.*

Ça ne rimait à rien.

C'est bizarre. De ce que j'ai lu, le Blazer est très moyen. Beaucoup trop encombrant. Gourmand. Il faut s'y connaître pour l'entretenir. Pas du tout mon type de voiture.

M. Hawthorne se gare sur le parking avec son fils, et c'est incroyable, le soin qu'il a consacré à ce Blazer durant plus de trente ans. La plupart des véhicules de cet âge rouillent à la décharge. Celui-ci avait l'air pratiquement neuf.

Il descend de sa camionnette – c'est le terme qui m'est venu à l'esprit – et je dis : « Bel engin. »

[Elle rougit. Marque une pause.]

Je mens à peine.

Il paraît surpris, puis il répond : « Merci. »

Je m'approche et je pose la main dessus. On devine sa puissance. Assis dedans, on domine tous ces gens dans leurs petites conduites intérieures. On sent qu'il adore sa voiture, ce qui me la fait apprécier un peu plus. Je passe ma main sur la peinture bleue sans défaut et sur les chromes polis, aussi lisses que les routes des États-Unis.

J'aimerais un jour posséder une voiture qui durerait aussi longtemps. Et voir la Chine en fabriquer une que les gens aimeraient autant.

Voilà ce que je lui dis, et je ne mens pas du tout.

M. Hawthorne se redresse, avec la même expression que mon père quand j'étais petite. Il était fier de son talent de maçon. Il travaillait vite, et les murs qu'il montait étaient si droits et solides qu'il n'avait pas besoin d'un fil à plomb. Quand les familles qui l'engageaient le félicitaient, il prenait cette mine.

Ensuite, on déjeune. C'est la première fois que j'ai une vraie conversation avec quelqu'un d'en face, je crois. Son fils, qui travaille en Chine, facilite l'échange. Contre toute attente, je les trouve aussi agréables l'un que l'autre.

Au dessert, les agents nous présentent le nouvel accord. Le prix me convient, maintenant que je sais quelle personne est M. Hawthorne, mais le cafard me guette. Je pense à la prochaine rencontre, à la prochaine ville, au prochain accord à négocier. Le prochain homme ne sera pas aussi agréable que celui-ci. On en reviendra aux sourires faux, aux visages durs, aux airs soupçonneux, aux regards froids.

Alors le fils de M. Hawthorne nous surprend en proposant de représenter notre entreprise aux États-Unis. Il veut une part, mais, en échange, il promet d'utiliser les relations et le savoir de son père pour nous donner un bien meilleur accès aux fournisseurs.

Je saisis aussitôt qu'un visage blanc pour Huarong plaira aux fournisseurs américains. C'est le seul moyen par lequel ce pays nous accordera son respect. Tout le monde pourra se concentrer sur les affaires, en oubliant un peu les absurdités politiques qui font toujours obstacle. Si ce n'est pas l'idéal, au moins ça fonctionnera.

Et surtout, ça me permettra de rentrer chez moi.

« Bienvenue à bord, Jackson. »

Bruce Hawthorne :

Mon chatbot m'a suggéré d'inviter Meiyuan à déjeuner afin qu'elle m'explique en personne ce que deviendra ma ferraille une fois expédiée par Huarong Imports. J'ai refusé, mais Jackson m'a poussé à appeler, en me soutenant que les affaires se font toujours autour d'une bonne table.

Franchement, j'étais content qu'il s'intéresse un peu à mon boulot, et qu'on parle enfin, tous les deux. J'en avais marre qu'on soit sur des longueurs d'onde différentes. Ce repas me permettait de lui montrer que je l'aime assez pour tolérer ce qu'il aime – de quoi qu'il s'agisse.

J'imaginais la femme autrement. Elle était respectueuse. Elle m'a parlé des gratte-ciel que la Chine bâtit avec notre fer, confié son espoir de voir sa fille grandir assurée de vivre mieux que ses parents. Je comprends ça. Mary disait la même chose. En vérité, elle m'a fait meilleure impression que les sociétés sans visage qui bazardent nos usines et nos bagnoles.

Par contre, le prix de vente me plaisait toujours aussi peu.

Jackson m'a ébranlé en postulant dans son entreprise. Et pour quoi ? Devenir la figure emblématique internationale de la ferraille ? Il lui suffisait d'ouvrir la bouche, et on serait devenus *Hawthorne & Son Iron & Metals.* Les gamins, ils s'y entendent pour vous choquer, vous fendre le cœur. En fin de compte, Jackson a préféré les Chinois à son papa. Là, maintenant, c'est *moi* le Chevy à l'abandon qui rouille dans la décharge.

[Il s'éclaircit la voix, détourne la tête. On voit ses mains trembler quelques secondes, avant que son regard ne revienne à la caméra. Il se redresse ; il a recouvré son aplomb.]

Je pense m'en être bien sorti. Jackson avait l'air si motivé que je n'ai rien trouvé à dire pour le dissuader. Alors je suis resté à planter ma crème brûlée, à sourire au bénéfice de la femme qui venait de me piquer mon fiston, et j'ai accepté de signer le nouvel accord commercial élaboré par les agents intelligents. Je me vois mal refuser de vendre ma ferraille à mon propre fils, hein ?

Comment j'ai fait pour garder mon calme, maîtriser le feu sous ma peau, dire ce que je ne pensais pas, accepter ce dont je ne voulais pas, et sourire tout du long ? Mon chatbot m'a chuchoté un truc avant qu'on arrive au restaurant. Je crois bien que je ne l'oublierai jamais.

Un programme a de la difficulté à comprendre comment être humain avec dignité, mais l'apparence de la dignité ne nous échappe plus. L'apparence est une ancre ; quand elle est en place, les gens supportent tous les changements au monde.

Peut-être que j'ai été manipulé, par les agents intelligents de LogiComm et par mon fils, mais les enfants grandissent. Il n'y a pas de honte à admettre qu'ils peuvent avoir raison.

Jackson Hawthorne :

Quand les agents m'ont proposé de devenir représentant pour les États-Unis de Huarong Imports, pour servir de pont entre mon père et les Chinois, j'ai accepté sans discuter. Je trouvais leur suggestion fabuleuse. La Chine fait tout autant partie de l'avenir que l'Amérique, et je voulais jouer un rôle dans les deux camps.

Certains ont une peur panique du futur : ils redoutent de changer, de s'étendre, de trouver de belles idées et de belles gens susceptibles d'ébranler leurs fondations. Mais la réalité – et on ne peut plus y échapper –, c'est qu'il se précipite droit vers nous et qu'il ne nous menace en rien.

Le futur est une promesse.

eMBA Alpha et eMBA Bêta :

Interviewer : On dirait que ça a marché. Que pensez-vous de l'expérience ?

Alpha : Avec le recul, il faut de toute évidence prendre en compte dans les calculs des aspects du bruit humain qu'on nous a conçus pour ignorer afin que l'accord apparaisse comme équitable. Il semble que ces facteurs de bruit aient été systématiquement sous-évalués dans nos modélisations.

Bêta : Il est très difficile d'accorder la bonne valeur à ces variables. Je prévois qu'il s'agira d'un problème récurrent.

Alpha : Nous avons donc été obligés d'introduire du bruit humain de notre fait pour susciter l'agrément. C'était instructif, même si quantifier les façons exactes dont il a modifié nos modèles de réseau neural reste difficile.

Interviewer : Selon vous, le concept chinois spécifique de « sauver la face » a-t-il posé un problème particulier ?

Alpha : Mon partenaire et moi échangeons des données, faute d'avoir accès à nos processus internes respectifs.

[Une pause]

Alpha : Nous trouvons l'expression plus déroutante qu'éclairante. Elle paraît décrire un facteur de bruit humain applicable à tous les participants, mais utilisée de manière explicite dans le cas d'un seul.

Bêta : Après étude de la modélisation de mon partenaire, j'estime que le mappage sémantique de ce concept sur un unique participant a beaucoup compliqué l'accord en faisant paraître les deux parties plus éloignées qu'elles ne l'étaient réellement.

Alpha : Il semble que même les gens ont des difficultés à évaluer avec exactitude leurs propres variables de bruit.

Bêta : Il s'agira peut-être d'une piste intéressante pour donner de la valeur ajoutée à nos calculs.

Tanner Wallace, fondateur et P-DG de LogiComm Works, Inc. :

Je considère cet essai comme un succès. On les a aidés à trouver un accord, non ?

On pourrait arguer que nous n'avons pas vraiment atteint notre objectif, puisque les IA ont fini par devoir intégrer le matériau désordonné qu'elles étaient censées filtrer pour obtenir un accord efficace. En fait, elles ont dû introduire du « bruit » de leur cru. Nous les avons donc polluées de nos fierté, vanité, angoisse et autres émotions assorties. Au bout du compte, le problème spécifique que nous essayions de résoudre s'est révélé la solution.

J'imagine qu'on ne peut guère attendre de nos créations qu'elles soient meilleures que nous, pas vrai ?

Une brève histoire du Tunnel transpacifique

Au bar à nouilles, j'éloigne l'autre serveuse d'un geste en attendant sa collègue américaine à la peau blanche et criblée telle la surface de la Lune, aux seins ronds gonflant le corset de la robe, et aux boucles noisette, retenues par un bandana fleuri, qui lui ruissellent jusqu'aux omoplates. Ses yeux du vert des feuilles de thé irradient une joie effrontée, intrépide, qu'on ne voit guère chez les Asiatiques. J'aime leurs rides de rire qui conviennent à une femme dans la trentaine.

« *Hai.* » Elle s'arrête enfin à ma table, les lèvres serrées d'impatience. « *Hoka no okyakusan ga imasuyo. Nani wo chuumon shimasu ka ?* » Son japonais est excellent, sa prononciation peut-être meilleure que la mienne – même si elle n'use pas du mode honorifique. Croiser des Américains dans la moitié japonaise de Ville-Médiane reste une rareté, mais les choses évoluent en cette trente-sixième année de l'Ère Shōwa (vu le pays d'origine de la dame, elle dirait plutôt 1961).

« Un grand bol de *rāmen* au *tonkotsu.* » Pour l'essentiel, j'ai parlé anglais, d'une voix forte et grossière, je le constate aussitôt. Les vieux tunneliers comme moi oublient que tout le monde n'est pas presque sourd. « S'il vous plaît », ajouté-je dans un murmure.

Elle écarquille les yeux lorsqu'elle me reconnaît enfin. Je me suis coupé les cheveux et j'ai mis une chemise propre, ce qui change de mes visites précédentes. Il y a une bonne décennie que mon apparence m'indiffère. Je n'avais aucun besoin d'y prendre garde – je passe presque tout mon temps seul chez moi. Mais la voir m'a fait battre le cœur comme jamais depuis des années ; j'ai tenu à faire l'effort.

« Toujours le même plat », dit-elle en souriant.

J'aime à l'entendre parler anglais. Son ton me paraît plus naturel, moins aigu.

« Vous n'aimez même pas ça, les nouilles », ajoute-t-elle en me les apportant.

Je ris, sans démentir. Ces *rāmen* sont dégueulasses. Si le restaurateur avait le moindre talent, jamais il n'aurait quitté le Japon pour s'établir à Ville-Médiane, où les touristes qui font étape dans le Tunnel transpacifique ne connaissent rien à rien. Mais je continue pourtant de fréquenter le bar, pour la voir.

« Vous n'êtes pas japonais.

— Non, formosan. Appelez-moi Charlie. » Du temps où je coordonnais les travaux avec les ouvriers américains pour la construction de Ville-Médiane, ils m'appelaient Charlie, faute d'arriver à bien prononcer mon nom hokkien. Comme sa consonance me plaisait, j'ai continué à l'employer.

« Entendu, Charlie. Moi, c'est Betty. » Elle se détourne.

« Attendez. » J'ignore d'où me vient cet accès d'audace. Je n'ai rien fait d'aussi courageux depuis longtemps. « Je peux vous voir après le travail ? »

Elle se mordille la lèvre inférieure. « Repassez d'ici deux heures. »

Extrait de *Voyager par le Tunnel transpacifique pour les novices*, publié par l'Autorité de transit du TT, 1963 :

Bienvenue, voyageur ! Bienvenue, voyageuse ! On fête cette année le vingt-cinquième anniversaire de l'achèvement du Tunnel transpacifique. Nous sommes ravis de constater que vous l'empruntez pour la première fois.

Le Tunnel transpacifique suit un grand cercle juste sous le fond de la mer pour relier l'Asie à l'Amérique du Nord, avec des gares en surface à Shanghai, Tokyo et Seattle. Le chemin le plus court entre ces villes décrit un arc le long des chaînes de montagnes du pourtour du Pacifique nord. Même si le besoin de recourir au génie parasismique a accru le coût de la construction, cet itinéraire permet aussi de puiser dans les évents hydrothermaux et autres points chauds générant l'énergie électrique nécessaire au Tunnel et à l'infrastructure – les stations de pressurisation, les générateurs d'oxygène et les postes d'entretien souterrains.

Dans son principe, le Tunnel est une version géante des tubes pneumatiques connus de tous acheminant le courrier interne dans nos immeubles de bureaux. Il inclut deux conduits parallèles de vingt mètres de diamètre en acier gainé de béton, l'un vers l'est, l'autre vers l'ouest, divisés en sections autoobturantes renfermant des stations de pressurisation. Les capsules cylindriques, contenant des passagers comme des marchandises, sont propulsées dans les tubes par le vide partiel qui les aspire et l'air comprimé qui les pousse. Elles glissent sur un monorail pour réduire la friction. La vitesse atteint deux cents kilomètres à l'heure ; le trajet de Shanghai à Seattle demande un peu plus de deux jours. On prévoit à terme de pousser la vitesse maximale à trois cents kilomètres à l'heure.

La capacité de charge, la vitesse et la sécurité du Tunnel le rendent beaucoup plus performant que les zeppelins, les aéroplanes et les véhicules de surface. Abrité des tempêtes, des typhons et des icebergs, mû par la chaleur inépuisable de la Terre, il constitue le premier moyen de transport de voyageurs et de produits manufacturés entre l'Asie et l'Amérique. Plus de trente pour cent des conteneurs dans le monde y transitent chaque année.

Nous espérons que le Tunnel transpacifique vous plaira et nous vous souhaitons bon voyage.

Je suis né la deuxième année de l'Ère Taish (1913), dans un petit village de la préfecture de Shinchiku, à Formose. Mes parents, de simples paysans, n'ont jamais pris part aux révoltes contre le Japon. Pour mon père, peu importait qui nous régentait, les Mandchous du continent ou les Japonais, car ils nous laissaient en paix – sauf au moment des impôts. Le paysan hoklo était censé besogner et souffrir en silence.

La politique, c'était une activité pour les ventres pleins. De plus, j'aimais bien les ouvriers du bois japonais : ils me donnaient des bonbons pendant leur pause de midi. Et les familles de colons japonais étaient polies, bien habillées, instruites. « Si je pouvais choisir, a dit un jour mon père, je me réincarnerais en Japonais lors de ma prochaine vie. »

J'étais petit quand un premier ministre du Japon nommé depuis peu a annoncé une nouvelle politique : les indigènes des colonies deviendraient de loyaux sujets de l'empereur. Le gouverneur général a donc institué des écoles de village obligatoires. Les meilleurs élèves pouvaient espérer accéder aux lycées jusque-là réservés aux Japonais, puis aller étudier au Japon où les attendrait un bel avenir.

Mais j'étais un élève moyen ; je n'ai jamais réussi à bien parler japonais. Je me suis contenté d'apprendre à déchiffrer quelques caractères avant de retourner aux champs, comme mon père, et son père avant lui.

Tout a changé l'année de mes dix-sept ans (la cinquième de l'Ère Shōwa, 1930). Un Japonais en costume occidental est alors passé dans notre village pour promettre la richesse aux familles des jeunes hommes qui savaient travailler dur sans se plaindre.

On traverse la place de l'Amitié, cœur de Ville-Médiane. Quelques piétons, américains comme japonais, chuchotent de nous voir ensemble. Betty affiche une indifférence que je trouve contagieuse.

Ici, à des kilomètres sous le fond du Pacifique, c'est la fin de l'après-midi selon les horloges de rue, et les lampes à arc sont poussées au maximum de leur luminosité.

« J'ai l'impression de regarder du baseball en nocturne chaque fois que je passe par là. Du vivant de mon mari, on allait souvent voir les matchs en famille. »

J'opine. Betty ne s'appesantit jamais sur ses souvenirs de son mari. Elle m'a dit un jour qu'il était avocat et qu'il avait quitté la Californie où ils vivaient pour travailler en Afrique du Sud où des gens l'avaient tué pour avoir défendu le mauvais camp. « Ils l'ont qualifié de traître à sa race. » Je n'ai pas demandé de précisions.

À présent que ses enfants sont en âge de se débrouiller seuls, elle parcourt le monde pour trouver l'illumination et la sagesse. Son train de capsules pour le Japon avait observé l'étape habituelle d'une heure pour permettre aux passagers de se promener et de prendre des photos, mais elle avait trop poussé vers le centre de Ville-Médiane et manqué le départ. Elle avait choisi de considérer l'incident comme un signe du destin et de rester là pour voir quelles leçons le monde avait à lui enseigner.

Il faut venir d'Amérique pour pouvoir mener cette vie. Il y a beaucoup d'esprits libres parmi les Américains.

On se voit depuis quatre semaines, plutôt les jours où elle a congé. On se promène dans Ville-Médiane et on bavarde. Je préfère qu'on parle anglais, surtout pour éviter de trop devoir veiller à respecter les formes.

Lorsqu'on longe la plaque de bronze au centre de la place, je lui montre mon nom écrit à la japonaise : Takumi Hayashi. À l'école du village, le professeur japonais m'avait aidé à choisir un prénom et ces caractères m'avaient plu : *ouvre-toi, mer.* Le choix devait se révéler prescient.

« Ça devait être quelque chose, de bosser sur le Tunnel, me dit Betty, impressionnée. Il faudra que tu m'en parles davantage. »

Il ne reste plus beaucoup de vieux tunneliers dans mon genre. Les années de labeur à respirer la poussière chaude et humide qui nous piquait les poumons nous avaient infligé des dégâts invisibles. À quarante-huit ans, j'avais dit adieu à tous mes amis, emportés par les maladies. Je suis le dernier témoin de ce que nous avons accompli ensemble.

Le jour où on a percé à l'explosif la fine paroi qui séparait notre côté et l'américain pour terminer le Tunnel pendant la treizième année de l'Ère Shōwa (1938), j'ai eu l'honneur de faire partie des chefs d'équipe invités. J'explique à Betty que le point de jonction se trouve dans le tunnel principal, plein nord par rapport à cette plaque, un peu au-delà de la gare de Ville-Médiane.

On rejoint mon immeuble, à l'orée du quartier où vivent la plupart des Formosans. Je l'invite à monter. Elle accepte.

Mon appartement, pièce unique de huit tatamis, comporte toutefois une fenêtre. Quand je l'ai acheté, il était considéré comme luxueux pour Ville-Médiane – où, d'ailleurs, l'espace demeure une denrée rare. J'ai hypothéqué l'essentiel de ma pension pour me l'offrir, puisque je n'avais aucune intention de jamais déménager. La plupart des hommes se contentent d'une pièce d'un tatami, une sorte de sarcophage, mais à ses yeux d'Américaine, mon logis doit apparaître exigu, miteux. Les Américains aiment les endroits spacieux, ouverts.

Je lui prépare du thé. Lui parler me détend. Elle se

fiche que je ne sois pas japonais et ne présume rien de moi. Elle sort un joint comme le veut la coutume pour les Américains. On le partage.

Dehors, la luminosité des lampes à arc se réduit : le soir tombe sur Ville-Médiane. Betty néglige de se lever, de dire qu'elle doit partir. On se tait. La tension monte, une bonne tension, pleine d'expectative. Je tends la main pour effleurer la sienne. Elle me laisse faire. Le contact est électrique.

Extrait de *Splendeur de l'Amérique*, AP Éditions, 1995 :

En 1929, la république de Chine, jeune et faible, voulait se concentrer sur la rébellion communiste en son sein. Pour apaiser les tensions, elle signa le Traité sino-japonais de coopération mutuelle. Cet accord, qui cédait au Japon tous les territoires chinois en Mandchourie, prévenait une guerre totale entre les deux pays et mettait un terme aux ambitions soviétiques sur cette même Mandchourie. Pour le Japon, il couronnait trente-cinq années d'expansion. Avec Formose, la Corée et la Mandchourie intégrés à l'empire et une Chine collaboratrice dans sa sphère, le pays avait accès à d'énormes ressources naturelles, un vaste réservoir de main-d'œuvre bon marché et des centaines de millions de clients potentiels pour ses produits manufacturés.

Sur le plan international, le Japon déclara qu'il comptait continuer son accession au rang de superpuissance par des moyens pacifiques. Les grands pays occidentaux, menés par la Grande-Bretagne et les États-Unis, se montrèrent très réservés. Ils s'inquiétaient surtout de l'idéologie coloniale, prônée par le

Japon, qu'incarnait le projet de la « Sphère de coprospérité de la Grande Asie orientale » qui semblait une version japonaise de la doctrine de Monroe et montrait un désir de débarrasser l'Asie des influences européenne et américaine.

Mais, avant que les puissances occidentales aient décidé d'un plan pour contenir « l'ascension paisible » du Japon, la Grande Dépression s'abattit. Le brillant empereur Hiro-Hito saisit cette opportunité et suggéra au président Herbert Hoover la construction du Tunnel transpacifique en tant que solution à la crise économique mondiale.

Le travail était dur, et dangereux. Chaque jour, il y avait des blessés, des tués. Il faisait très chaud. Dans les sections terminées, ils installaient des machines pour rafraîchir l'air. Mais sur l'avant du Tunnel, où le creusement se faisait, on endurait la chaleur de la Terre et on bossait en slip, dans des torrents de sueur. Les équipes étaient séparées par races – les Coréens, les Formosans, les Okinawaïens, les Philippins, les Chinois (eux-mêmes répartis par topolectes) –, mais, au bout d'un temps, on se ressemblait tous, enduits de boue et de poussière, avec nos petits cercles de peau blanche autour des yeux.

Je me suis vite habitué à l'existence sous terre, au bruit incessant de la dynamite, des marteaux pneumatiques et des soufflets faisant circuler l'air frais, et au jaune vacillant des lampes à arc. L'équipe suivante prenait le relais dès qu'on allait dormir. Tout le monde a fini par devenir dur d'oreille et on a cessé de se parler. De toute façon, on n'avait rien à dire. Tout ce qui comptait, c'était de creuser.

Mais ça payait bien. J'économisais, j'envoyais de l'argent à la maison. Pas question d'y retourner en visite, par contre. À l'époque où j'ai débuté, la tête du tunnel se situait déjà à mi-chemin entre Shanghai et Tokyo. Ça coûtait un mois de salaire de prendre le train à vapeur qui rapportait les déchets de chantier à la surface, près de Shanghai. Je ne pouvais pas me le permettre. À mesure qu'on progressait, le voyage de retour s'allongeait et le prix augmentait en conséquence.

Mieux valait s'abstenir de trop songer à ce qu'on faisait, aux kilomètres d'eau au-dessus de nos têtes, au fait qu'on creusait un tunnel dans la croûte terrestre afin de rejoindre l'Amérique. Certains perdaient la boule dans ces conditions. Il fallait les maîtriser avant qu'ils ne se fassent du mal ou ne blessent d'autres personnes.

Extrait d'*Une brève histoire du Tunnel transpacifique*, publié par l'Autorité de transit du TT, 1960 :

Selon Osachi Hamaguchi, le premier ministre du Japon durant la Grande Dépression, l'empereur Hiro-Hito s'était inspiré de la construction du canal de Panama par les Américains pour concevoir le Tunnel transpacifique. « Les États-Unis ont soudé deux océans, aurait dit l'empereur. À nous de relier deux continents. » Ingénieur de formation, le président Hoover a soutenu avec enthousiasme le projet en tant qu'antidote à la récession mondiale.

Le Tunnel constitue, sans aucun doute possible, l'ouvrage de génie civil le plus colossal jamais conçu par l'homme. Sa vaste échelle réduit les Pyramides et la Grande Muraille de Chine à de simples jouets. En son temps, ses détracteurs le qualifiaient de folie pure – l'équivalent moderne, dans son orgueil, de la Tour de Babel.

Même si on utilisait le tube pneumatique pour transporter des documents et de petits colis depuis l'ère victorienne, on n'avait essayé de convoyer des passagers et des produits lourds de cette manière qu'à l'occasion de tests effectués pour divers métros urbains. Les besoins extraordinaires du Tunnel en matière d'ingénierie ont entraîné de nombreuses avancées qui dépassaient souvent le cœur des technologies impliquées, tels les explosifs directionnels pour le creusage. Pour illustrer ces progrès, rappelons qu'au début du projet, des milliers de jeunes femmes effectuaient les opérations mathématiques voulues sur des bouliers et des carnets, mais que des calculatrices électroniques les avaient remplacées à sa conclusion.

En tout, bâtir cet ouvrage de 9 460 kilomètres a pris dix ans, de 1929 à 1938. Sept millions d'hommes y ont travaillé, issus pour l'essentiel du Japon et des États-Unis. Au plus haut de l'activité, un travailleur américain sur dix était employé à la construction du Tunnel. On y a excavé plus de treize milliards de mètres cubes, presque cinquante fois la quantité extraite sur le chantier du canal de Panama, et ces déblais ont permis de gagner sur la mer en Chine, dans les îles du Japon et le long du Puget Sound.

Ensuite, on reste allongés pêle-mêle sur le futon. Dans le noir, j'entends battre son cœur. L'odeur de sueur et de sexe, inhabituelle dans cet appartement, me réconforte.

Elle me parle de son fils, qui fréquente encore

l'école en Amérique. Il voyage avec ses amis, en bus, dans les États du Sud.

« Quelques-uns de ses amis sont des Noirs », dit Betty.

J'en connais, des Noirs. Ils ont leur propre section dans la moitié américaine de la ville, où ils vivent plutôt entre eux. Certaines familles japonaises embauchent les femmes pour leur cuisiner des repas à l'occidentale.

« J'espère qu'il s'amuse bien », dis-je.

Ma réaction la surprend. Elle se tourne, me dévisage, puis éclate de rire. « J'oublie toujours que tu ne comprends pas ce dont il s'agit. » Elle se redresse sur son séant dans le lit. « En Amérique, les Noirs et les Blancs vivent séparés : au travail, dans les quartiers, à l'école. »

Je hoche la tête. Cela me paraît normal. Ici, dans la moitié japonaise de la ville, les races ne se mélangent pas non plus. Il y a les supérieures et les inférieures. Ainsi, il existe toutes sortes de restaurants et de clubs réservés aux Japonais.

« La loi dit que les Blancs et les Noirs peuvent prendre le bus ensemble. Le secret, c'est qu'en Amérique, des régions entières enfreignent cette loi. Mon fils et ses amis désirent changer cet état de fait. Ils prennent le bus ensemble pour afficher leur opinion, obliger les gens à tenir compte de ce secret. Ils le font là où les gens ne veulent pas voir des Noirs occuper des sièges réservés aux Blancs. Il peut y avoir du danger, de la violence, si la situation se dégrade au point de tourner à l'émeute. »

Je trouve stupide d'afficher des opinions que nul

ne veut connaître, de parler quand mieux vaut se taire. Que pourront obtenir des gamins dans un bus ?

« J'ignore si ça va donner quoi que ce soit, pousser qui que ce soit à changer d'avis. Peu importe ! Ce qui me plaît, c'est qu'il s'exprime, qu'il ne garde pas le silence. Rendre le secret un peu plus difficile à garder, ça compte. » Elle parle avec fierté, et elle est belle quand elle est fière.

Je réfléchis à ce qu'elle vient de dire. Les Américains se sentent obligés de parler, d'évoquer des sujets auxquels ils ne comprennent rien. Ils croient utile d'attirer l'attention sur des choses que d'autres préféreraient taire, ignorer, oublier.

Mais je ne peux pas chasser l'image que Betty m'a mise en tête : un garçon debout dans l'obscurité prend la parole ; ses mots s'élèvent comme dans une bulle. La bulle explose et le monde devient plus brillant, moins étouffant de silence.

Je l'ai lu dans le journal : le Japon envisage d'offrir aux Formosans et aux Mandchous de siéger à la Diète impériale. La Grande-Bretagne combat toujours les guérillas indigènes en Afrique et en Inde, mais elle va peut-être devoir bientôt accorder l'indépendance à ses colonies. Le monde change.

« Qu'est-ce qui ne va pas ? » Betty m'éponge le front. Elle se déplace pour éviter de faire obstacle au courant frais issu du climatiseur. Je frissonne. Dehors, les grandes lampes à arc restent allumées. L'aube est encore loin. « Encore un mauvais rêve ? »

On passe bien des nuits ensemble depuis la première fois. Elle a bouleversé mon train-train quotidien, mais je m'en moque. C'était le train-train d'un homme avec un pied dans la tombe. Betty m'a ramené à la vie après toutes ces années sous l'océan, seul dans le noir, dans le silence.

Mais la côtoyer a forcé des barrages en moi. De vieux souvenirs déboulent.

Si on n'en pouvait plus, ils vous fournissaient des femmes de confort venues de Corée. Cela vous coûtait une journée de salaire.

Je n'ai essayé qu'une fois. On était sales tous les deux et la fille gisait tel un poisson mort. Jamais plus je n'ai recouru aux femmes de confort.

Un ami m'a raconté que certaines de ces filles vivaient ici contre leur gré – vendues à l'Armée impériale. Peut-être la mienne était-elle dans ce cas. Je n'ai pas réussi à la plaindre. J'étais trop fatigué.

Extrait d'*Histoire de l'Amérique pour les ignares*, 1995 :

Tout le monde perdait son boulot et faisait la queue pour choper du pain et de la soupe quand le Japon est arrivé en disant : « Hé, l'Amérique, on construit ce tunnel de fou, on claque un fric monstre, on engage des ouvriers à la pelle et on relance l'économie. T'en penses quoi ? » Et vu le succès du truc, tout le monde a fait : « Domo arigato*, le Japon ! »*

Quand on a ce genre de bonne idée, on en retire souvent des bénéfices, comme le Japon l'année suivante, en 1930. À la Conférence navale de Londres, où les Grosses Brutes (oups, pardon, les « Grandes Puissances ») devaient décider combien de cuirassés et de porte-avions chaque pays avait le droit de construire, le Japon a exigé les mêmes quantités que les États-

Unis et la Grande-Bretagne. Qui ont dit : « Bon, d'accord[1]*. »*

Cette concession a fini par jouer un grand rôle. Vous vous rappelez Hamaguchi, le premier ministre japonais, qui répétait que le pays allait désormais vivre une « ascension paisible » ? Les militaristes et les nationalistes japonais lui en voulaient, car ils trouvaient qu'il bradait le pays. Mais en obtenant une victoire diplomatique d'une telle ampleur, Hamaguchi a été salué comme un héros. On croyait que sa politique d'« ascension paisible » renforcerait le Japon et que les puissances occidentales traiteraient le pays en égal, sans le transformer en camp militaire géant. Les militaristes et les nationalistes ont reçu moins de soutien, par la suite.

Pendant la grande fête qu'était la Conférence navale de Londres, les Grosses Brutes ont aussi abandonné toutes les conditions humiliantes du traité de Versailles qui rendaient l'Allemagne impuissante. La Grande-Bretagne et le Japon avaient leurs raisons d'agir ainsi : chacun jugeait que l'Allemagne le préférait à l'autre et s'allierait avec lui si la bagarre éclatait à propos des colonies en Asie. Et tout le monde se méfiait des Soviétiques, au point de vouloir que l'Allemagne joue les chiens de garde face à l'ours polaire[2].

1. Le Traité naval de Washington en 1922 fixait le ratio de bâtiments stratégiques entre les États-Unis, la Grande-Bretagne et le Japon à 5:5:3. C'est cette limite que le Japon a fait ajuster en 1930.

2. Cette permission de se réarmer a aussi valu au gouvernement allemand de pousser un grand soupir de soulagement. La dureté du traité de Versailles, notamment pour les articles qui neutralisaient leur pays, fâchait beaucoup d'Allemands ; certains avaient rejoint une bande de malfrats adeptes du pas de l'oie qui se baptisait Parti national-socialiste des travailleurs allemands et fichait la trouille à

À méditer sous la douche :

1. De nombreux économistes décrivent le Tunnel comme la première entreprise keynésienne de soutien économique, qui a raccourci la Grande Dépression.

2. Le fan le plus acharné du Tunnel était sans aucun doute le président Hoover : le succès de ce grand chantier lui a valu de remporter quatre élections d'affilée, un score sans précédent.

3. Nous savons désormais que, durant la construction du Tunnel, l'armée japonaise a enfreint les droits de nombreux ouvriers, mais il a fallu des décennies pour que ces faits soient révélés. La Bibliographie vous indiquera des livres à ce sujet.

4. Le Tunnel a fini par empiéter sur la part de marché des transports de surface et de nombreux ports du Pacifique ont fait faillite. La conséquence le plus frappante a eu lieu en 1949 : la Grande-Bretagne a vendu Hong Kong au Japon parce qu'elle considérait que la ville portuaire n'avait plus grande importance.

*5. La Grande Guerre (1914-1918) reste le dernier conflit armé global du XX*e *siècle. On est devenus des mauviettes ? Qui veut déclencher une nouvelle guerre mondiale ?*

Une fois le gros œuvre du Tunnel fini durant la treizième année de l'Ère Shōwa (1938), je suis rentré chez moi pour la première et unique fois depuis mon

---

tout le monde, gouvernement compris. Après la révision du traité, ils ont essuyé une lourde défaite aux élections de 1930 et leur groupe a périclité. Ils ne représentent plus qu'une note de bas de page dans les livres d'histoire – comme ici.

départ huit ans plus tôt. Calé dans mon siège côté fenêtre dès mon départ de Gare-Médiane à bord du train de capsules vers l'ouest, j'ai fait un voyage confortable en seconde classe. Je n'entendais que les murmures des autres passagers et le souffle ténu de l'air qui nous propulsait. De jeunes hôtesses poussaient des chariots de nourriture et de boissons dans les allées.

Des entrepreneurs audacieux avaient acheté de l'espace publicitaire le long du tube et peint des images à hauteur de fenêtre. Lorsque la capsule se déplaçait, les images défilant à quelques centimètres des vitres se fondaient les unes dans les autres et s'animaient, comme dans un film muet. L'effet, inédit, nous a fascinés, les autres voyageurs et moi.

À Shanghai, la montée en ascenseur vers la surface m'a rempli d'appréhension. Mes tympans réagissaient sans arrêt aux changements de pression. Enfin, j'ai pris le bateau pour Formose.

J'ai eu du mal à retrouver mes marques chez moi. Avec l'argent que j'envoyais, ma famille avait acheté une maison neuve, des terres. Mon village devenait un bourg débordant d'activité. Les miens s'étaient enrichis ; j'avais du mal à discuter avec eux. J'étais parti depuis tant de temps que je ne comprenais plus rien à leur vie. Leur expliquer ce que je ressentais me paraissait impossible. J'ignorais jusqu'alors à quel point mon expérience m'avait endurci, anesthésié. Il y avait des choses que j'avais vues dont je ne pouvais pas parler. Il me semblait avoir acquis les caractéristiques d'une tortue : entouré de ma carapace, je ne ressentais plus rien.

Mon père m'avait écrit de rentrer : il était plus que

temps pour moi de trouver une épouse. Comme j'avais travaillé dur, gardé la santé et fermé ma gueule (sans oublier qu'en ma qualité de Formosan je passais pour supérieur aux autres races hormis les Japonais et les Coréens), on m'avait promu d'abord chef d'équipe, puis surveillant de quart. J'avais de l'argent et, si je me fixais chez moi, j'offrirais un foyer plus que respectable.

Mais je ne m'imaginais plus vivre en surface. Je n'avais pas vu l'éclat aveuglant du soleil depuis si longtemps qu'à l'air libre, je me faisais l'effet d'un nouveau-né. Tout était trop calme. On sursautait quand je parlais, parce que j'avais l'habitude de hurler. Le ciel et les immeubles me donnaient le vertige : j'avais tellement coutume de vivre sous terre dans des volumes confinés que ma respiration se bloquait chaque fois que je levais les yeux.

J'ai exprimé mon désir de travailler dans l'une des villes-étapes alignées telles des perles dans le Tunnel. Les visages des pères des candidates au mariage se fermaient lorsque j'abordais ce sujet. Qui aurait voulu que sa fille passe sa vie dans un tombeau, loin de la clarté du jour ? Ils échangeaient des murmures pour me traiter de fou. Je ne pouvais guère le leur reprocher.

J'ai dit au revoir à ma famille pour la toute dernière fois et je ne me suis senti chez moi qu'une fois de retour à Gare-Médiane, dans la chaleur et le bruit des tréfonds, entouré de ma carapace. Quand j'ai vu les soldats sur le quai d'arrivée, j'ai su que je retrouvais la normalité. Le travail ne manquait pas : il restait à terminer les tunnels latéraux qui formeraient Ville-Médiane.

« Des soldats, relève Betty. Pourquoi y en avait-il à Ville-Médiane ? »

Dans l'obscurité et le silence, je n'entends ni ne vois rien. Des mots bouillonnent au fond de ma gorge, une inondation prête à forcer l'obstacle d'un barrage. Je tiens ma langue depuis très, très longtemps.

« Ils étaient là pour empêcher les journalistes de fouiner partout », dis-je à ma compagne.

Et je lui révèle mon secret, le secret de mes cauchemars, dont je n'avais jamais parlé pendant toutes ces années.

Avec la fin de la récession, le coût du travail augmentait. Il y avait de moins en moins de jeunes hommes désespérés au point de prendre un boulot de tunnelier. L'avancée du chantier ralentissait depuis quelques années côté américain, et le Japon ne faisait guère mieux. Même la Chine semblait à court de paysans misérables qui acceptent un tel labeur.

Hideki Tōjō, le ministre des Armées, trouva une solution. La pacification des rébellions communistes soutenues par les Soviétiques en Mandchourie et en Chine entraînait la capture de nombreux prisonniers. On pouvait les mettre au travail, pour rien.

On les amenait dans le Tunnel pour remplacer les ouvriers. En tant que surveillant de quart, je les supervisais avec l'aide d'une escouade de soldats. Ils n'étaient pas beaux à voir – nus, d'une maigreur d'épouvantail, enchaînés les uns aux autres. De dangereux bandits communistes ? Ils n'en avaient guère l'air. Je me demandais parfois comment il pouvait y en avoir autant, puisque les informations nous serinaient que la pacification se passait très bien et que les communistes ne représentaient en rien une menace.

Ils ne duraient pas longtemps. Quand on découvrait qu'un prisonnier avait péri à la tâche, on le détachait et un soldat logeait plusieurs balles dans son cadavre, puis on signalait sa mort comme résultant d'une tentative d'évasion.

Pour dissimuler la participation de ces travailleurs forcés, on tenait les journalistes à l'écart des zones concernées : les excavations pour les villes-étapes et les centrales électriques (des endroits dangereux, faute de sondages aussi systématiques que dans le boyau principal).

Un jour qu'on creusait un tunnel latéral pour une de ces centrales, mon équipe a crevé à l'explosif une poche d'eau non détectée qui a commencé d'engloutir le passage. Il nous a fallu sceller la brèche au plus vite, avant que l'inondation n'atteigne le Tunnel. J'ai réveillé les équipes des deux autres quarts et envoyé une chaîne de forçats dans le boyau, avec des sacs de sable pour boucher le trou.

« Et s'ils n'y arrivent pas ? » m'a demandé le caporal qui commandait les gardes.

Le sous-entendu était clair. Il fallait préserver le Tunnel, même si les équipes de réparation échouaient. Il n'y avait qu'un moyen d'y veiller et, comme le niveau montait dans le passage latéral, le temps pressait.

J'ai dit à la chaîne de forçats que je gardais en réserve de placer de la dynamite à l'entrée de ce passage, derrière les hommes qu'on y avait envoyés.

Ça ne me plaisait guère – même si c'étaient de redoutables terroristes communistes, sans doute condamnés à mort.

Les prisonniers ont hésité. Ils voyaient ce qu'on essayait de faire et ils refusaient d'y contribuer. Certains travaillaient lentement ou restaient les bras ballants.

Le caporal a fait abattre l'un de ces récalcitrants, ce qui a motivé les autres à se dépêcher.

J'ai déclenché les charges. Le boyau latéral s'est effondré – la pile de décombres a presque bouché l'entrée. Un espace subsistait en haut. J'ai ordonné aux forçats restants de gravir la pente et colmater l'ouverture. Même moi, je les ai aidés.

Le bruit de l'explosion a alerté les prisonniers qu'on avait envoyés plus avant. Entravés, ils sont revenus dans le noir, en pataugeant dans l'eau qui montait. Le caporal a ordonné à ses soldats d'en abattre quelques-uns, mais les survivants ont continué, traînant les cadavres par leurs chaînes. Tout en escaladant leur côté de l'amas de débris, ils nous suppliaient de leur permettre de sortir.

L'homme de tête n'était qu'à quelques mètres de nous. Je discernais son visage crispé de terreur dans le petit cône de lumière qui filtrait par l'ouverture.

« Je vous en prie, laissez-moi passer. Je n'ai fait que voler un peu d'argent. Je ne mérite pas la mort. »

Il parlait hokkien, ma langue maternelle. Ça m'a choqué. S'agissait-il d'un prisonnier de droit commun de Formose, et non pas d'un communiste chinois de Mandchourie ?

Il a atteint l'ouverture et entrepris d'ôter des pierres afin de l'élargir. Le caporal m'a crié de l'arrêter. Le niveau de l'eau s'élevait toujours. Ses congénères arrivaient dans son dos, décidés à l'aider.

J'ai soulevé un lourd rocher et je l'ai abattu sur les mains de l'homme de tête qui se cramponnait aux rebords du trou. Il a hurlé et basculé à la renverse, entraînant les autres dans sa chute. J'ai entendu des bruits d'éclaboussures.

Je me suis retourné vers les prisonniers de notre côté du boyau effondré. « Plus vite, plus vite ! » On a colmaté cette ouverture, puis battu en retraite afin de placer de nouvelles charges dont l'explosion a achevé de sceller le passage.

Le travail enfin achevé, le caporal a ordonné d'abattre les prisonniers restants. On a enterré leurs corps sous d'autres décombres d'explosion.

Un soulèvement massif de prisonniers a essayé de saboter le projet, mais ils ont échoué et trouvé la mort à l'occasion de leur tentative.

Le caporal a décrit l'incident ainsi dans le compte-rendu. Je l'ai contresigné. Tout le monde savait qu'il fallait rédiger de tels rapports en ces termes.

Je me souviens du visage de l'homme qui me suppliait de le laisser passer. C'est lui que j'ai revu en rêve cette nuit.

Il n'y a personne sur la place de l'Amitié, juste avant l'aube. Du plafond de la ville, quelques centaines de mètres plus haut, pendent des enseignes publicitaires au néon qui remplacent les constellations et la Lune, ces astres oubliés.

Betty guette des passants peu probables tandis que j'abats le marteau sur le burin. Le bronze est un matériau dur, mais je n'ai pas perdu tous mes talents acquis comme tunnelier. Les caractères de mon nom disparaissent de la plaque en ne laissant derrière eux qu'un rectangle lisse.

Pour graver, je passe à un plus petit burin. Le dessin est la simplicité même : trois ovales interconnectés. Ce sont les liens qui unissent deux continents et trois métropoles. Ce sont les chaînes qui entravent des hommes dont on a réduit les voix au silence et oublié les noms. Ce sont la merveille et la beauté, mais aussi l'horreur et la mort.

Chaque coup de marteau me semble ébrécher la carapace qui m'entoure, rompre le silence, dissiper l'anesthésie.

Rendre le secret un peu plus difficile à garder, ça compte.

« Dépêche-toi », me souffle Betty.

J'ai la vue qui se brouille. Soudain, toutes les lumières de la place s'allument. C'est le matin, sous l'océan Pacifique.

Jours fantômes

3.
Nova Pacifica, 2313

Mme Coron désigna le tableau, sur lequel elle avait tapé un bout de code.

```
(define (fib n)
   (if (< n 2)
    1
    (+ (fib (- n 1)) (fib (- n 2)))))
```

« Représentons sous forme de schéma le graphe d'appel de cette fonction Lisp classique qui calcule le n^{ième} nombre de Fibonacci de façon récursive. »

Ona regarda sa Prof se retourner. Dépourvue de casque, Mme Coron portait une robe découvrant la peau de ses bras et de ses jambes *joliment* et *naturellement*, avait-elle appris aux enfants. Sur le plan intellectuel, Ona savait que l'air glacial de la salle de classe, assez froid pour lui valoir, ainsi qu'à ses camarades, de l'hypothermie après une exposition même brève, convenait à merveille aux Profs.

Cependant, le spectacle lui tirait des frissons. Sa combinaison thermique étanche éraflait ses écailles dans un crissement qui résonnait sous son casque.

« Une fonction récursive fonctionne comme des poupées russes, reprit Mme Coron. Pour résoudre un problème, elle se donne pour tâche d'en résoudre une version réduite. »

```
            (fib 3)
           /       \
     (fib 2) + (fib 1)
      /      \
(fib 1) + (fib 0)
```

Ona aurait aimé pouvoir faire appel à sa version réduite pour résoudre ses problèmes. Elle s'imagina, nichée en elle, Ona l'Obéissante aimant représenter sous forme de schéma les langages informatiques classiques et étudier la prosodie en Anglais archaïque. Ça lui aurait donné du temps qu'elle aurait consacré à la mystérieuse civilisation extraterrestre de Nova Pacifica, les habitants originels de la planète, disparus depuis longtemps.

« À quoi ça sert d'étudier des langages informatiques morts, au fait ? »

Les autres enfants de la classe tournèrent ensemble la tête vers elle – le reflet doré sur leurs écailles faciales éblouissant, même au travers des deux couches de verre de leur casque et de celui d'Ona.

Elle se maudit en silence. Apparemment, au lieu d'Ona l'Obéissante, elle avait invoqué Ona la

Grande Gueule qui la mettait toujours dans la mouise.

Ce jour-là, s'avisa-t-elle, le visage nu de Mme Coron était particulièrement maquillé, mais les lèvres peintes en rouge vif faillirent disparaître dans un sourire peiné.

« Nous étudions les langues classiques pour acquérir les habitudes mentales des anciens. Il vous incombe de savoir d'où *vous* venez. »

L'accent placé sur le « vous » indiquait qu'elle ne parlait pas seulement d'Ona, mais de tous les enfants de la colonie, Nova Pacifica. Avec leur peau écailleuse, leurs organes et leurs vaisseaux résistants à la chaleur, leurs poumons à six lobes – des modifications basées sur le modèle de la faune locale –, ils incorporaient une biochimie extraterrestre leur permettant de respirer l'atmosphère en dehors du Dôme et de survivre sur une planète aussi brûlante que toxique.

Ona aurait dû se taire, elle le savait, mais – tout comme les appels récursifs du diagramme de Mme Coron devaient retourner à la pile d'appels – elle ne pouvait pas faire taire la Grande Gueule. « Je sais d'où je viens : j'ai été conçue par ordinateur, cultivée en cuve et élevée dans une nursery de verre où on insufflait de l'air extérieur. »

La Prof baissa le ton. « Oh ! Ona, ce n'est pas… du tout ce que je voulais dire. Nova Pacifica se situe trop loin des planètes d'origine pour que celles-ci envoient un vaisseau de secours, puisqu'elles ignorent que nous avons survécu au trou de ver et que nous sommes naufragés à l'autre bout de la galaxie. Vous ne verrez jamais les superbes îles flottantes de Taï-

Winn, les magnifiques chemins célestes de Pelé, les élégantes cités arboricoles de Pollen ni les grouillants terriers à données de Tiron : vous voilà coupés de votre héritage et du reste de l'humanité. » Entendre, pour la millionième fois, ces vagues légendes des merveilles dont on l'avait privée hérissa les écailles sur la nuque d'Ona. Elle détestait cette condescendance.

L'autre poursuivait déjà : « Toutefois, quand vous aurez le niveau nécessaire pour lire le code source Lisp qui faisait fonctionner les premiers autobâtisseurs sur Terre, que vous maîtriserez assez l'Anglais archaïque pour comprendre la Déclaration du Nouveau Destin manifeste et que vous aurez les connaissances requises en Coutumes et Cultures pour apprécier les holos et les sims de la Bibliothèque, *alors* vous pourrez apprécier la brillance et l'élégance des anciens, notre espèce.

— On n'est *pas* humains ! Vous nous avez faits à l'image des plantes et des animaux d'ici. Les extraterrestres morts nous ressemblent davantage que vous ! »

Mme Coron la dévisagea ; Ona s'avisa qu'elle venait de tomber sur une vérité que l'enseignante refusait d'avouer, et même de s'avouer : aux yeux des Profs, jamais les enfants ne seraient assez valables, ne seraient assez *humains*, bien qu'ils constituent l'avenir de l'humanité sur cette planète inhospitalière.

Après une profonde inspiration, l'adulte reprit la parole comme si de rien n'était. « Aujourd'hui, c'est la Fête du souvenir, et je gage que vous allez impressionner tous vos Profs avec vos exposés. Mais d'abord, finissons notre leçon.

» Pour calculer le $n^{\text{ième}}$ terme, la fonction récursive s'appelle elle-même pour calculer le ($n^{\text{ième}}$-1) terme et le ($n^{\text{ième}}$-2) terme, de telle sorte qu'on puisse les ajouter, et remonter à chaque fois la série en résolvant les versions antérieures du problème…

» Le passé, ajouta Mme Coron, qui s'accumule peu à peu par récursion, devient ainsi le futur. »

La sonnerie retentit, qui mit enfin un terme au cours.

Malgré le repas raccourci que cela entraînait, Ona et ses camarades faisaient toujours le détour pour déjeuner hors du Dôme. Manger dedans signifiait presser des tubes de pâte à travers un volet dans son casque ou regagner les caissons du dortoir, propices à la claustrophobie.

« Qu'est-ce que tu vas faire ? » s'enquit Jackson, mordant un fruit de miel – toxique pour les Profs, mais adoré de tous les enfants. Il avait collé des carreaux en céramique blancs sur sa combinaison pour lui donner l'apparence des tenues spatiales d'antan. Près de lui était posé un drapeau – la Bannière étoilée de l'Empire américain (de la République américaine ?) –, l'objet ancien qui lui servirait à évoquer la légende de Neil Armstrong, le Marcheur lunaire, au cours de l'Assemblée du souvenir ce soir-là. « Tu n'as pas de déguisement.

— Je n'en sais rien. » Ona dévissa son casque, ôta sa combinaison puis aspira de grandes goulées d'air frais dépourvu de la puanteur chimique suffocante des filtres de recyclage. « Et je m'en fiche. »

Tous ceux qui faisaient un exposé devant l'Assemblée du souvenir devaient venir déguisés. Deux semaines plus tôt, Ona avait reçu l'objet ancien qu'on lui assignait : un petit morceau de métal plat à la surface rugueuse, de la taille de sa paume et en forme de bêche miniature. Vert sombre, doté d'une poignée courte, d'une lame à deux dents, il pesait davantage qu'elle l'aurait cru. C'était un héritage familial appartenant à Mme Coron.

« Ces objets et ces histoires sont importants pour eux, dit Talia. Ils seront fâchés si tu n'as fait aucune recherche. » Elle avait collé le voile blanc qui lui était assigné sur son casque, et passé une robe en dentelle par-dessus sa tenue afin de rejouer des noces classiques avec Dahl, qui avait peint sa combinaison en noir pour imiter les mariés vus dans de vieux holos.

« Qui sait s'il y a la moindre vérité dans ce qu'ils nous racontent, hein ? On ne risque pas d'aller vérifier. »

Ona posa au beau milieu de la table l'outil qui entreprit d'absorber la chaleur du soleil. Elle s'imagina Mme Coron tendant la main pour le toucher, ce précieux souvenir d'un monde qu'elle ne reverrait jamais, et poussant un cri de s'être brûlée.

Il vous incombe de savoir d'où vous venez.

Ona aurait préféré utiliser la bêche pour exhumer le passé de Nova Pacifica, sa planète, où elle était *chez elle.* Il lui importait plus de découvrir l'histoire des « extraterrestres » que de connaître le passé des Profs.

« Ils s'accrochent à leur histoire comme du lichen glué tout pourri… » Elle sentait sa colère enfler. « … et ils nous rabaissent : mauvais, inachevés, on ne soutiendra jamais la comparaison avec eux.

Sauf qu'ils ne survivraient même pas une heure ici dehors ! »

Elle empoigna la bêche et la jeta de toutes ses forces dans la forêt de neigeaux.

Jason et Talia gardèrent le silence. Au bout de quelques minutes de gêne, tous deux se levèrent.

« Il faut qu'on se prépare pour l'Assemblée », murmura Jason. Ils rentrèrent.

Ona resta seule, apathique, à compter les voltigeailes qui la survolaient. Au bout d'un moment, elle soupira, se leva et s'avança dans la forêt voisine afin d'aller récupérer la bêche miniature.

En fait, par une belle et tiède journée d'automne comme celle-ci, elle voulait traîner dehors, sans combinaison, sans casque, dans les bosquets de neigeaux, leurs troncs à six faces escaladant le ciel, leurs feuilles argentées hexagonales composant toute une canopée de miroirs, leurs bruissements se changeant en gloussements et en murmures.

Elle admira les voltigeailes qui dansaient, leurs six ailes translucides d'un bleu électrique battant à tout rompre tandis qu'ils traçaient dans l'air des motifs dont elle aurait parié qu'ils formaient un langage. On avait édifié le Dôme sur le site d'une antique cité extraterrestre ; ici et là, des tertres se dressaient – empilements de décombres angulaires laissés par les mystérieux indigènes morts des millénaires avant la venue du vaisseau de colonisation. Ces ruines n'exsudaient qu'un silence spectral.

Ils n'ont guère consenti d'efforts, songea-t-elle. Jamais les Profs n'avaient montré d'intérêt pour les extraterrestres – trop occupés à bourrer le crâne des enfants de leur fatras issu de la vieille Terre.

Elle sentait la pleine chaleur du jour sur son visage et son corps, ses écailles blanches chatoyant des couleurs de l'arc-en-ciel. L'après-midi, le soleil brûlant pouvait faire bouillir l'eau hors du couvert fourni par les neigeaux ; des panaches blancs de vapeur remplissaient la forêt. Bien qu'elle ne l'ait pas jetée très loin, elle eut du mal à retrouver la bêche parmi les troncs serrés. Ona choisissait son chemin avec attention, examinant chaque racine exposée, chaque pierre retournée, chaque tas de décombres. Elle espérait que l'outil ne s'était pas brisé.

Là.

Elle pressa le pas. La bêche gisait sur le flanc d'une pile de gravats, nichée dans une touffe de guirlherbe qui avait amorti sa chute. Un peu d'écume restait piégée au-dessous : l'outil semblait flotter sur la vapeur d'eau. Ona se pencha.

La vapeur recelait une fragrance inconnue. L'écume avait fait sauter un peu de la patine verdâtre qui recouvrait l'outil et révélé le métal doré. Soudain, Ona s'avisa de l'antiquité de l'objet ; s'agissait-il d'un instrument rituel ? Il lui venait de vagues réminiscences des textes religieux que citait le cours de Coutumes et Cultures – des histoires de fantômes.

Pour la première fois, elle se demanda si ses propriétaires précédents avaient imaginé que leur bêche finirait à des milliards de milliards de kilomètres de leur planète, sur un tombeau extraterrestre, entre les mains d'une jeune fille à peine humaine.

Fascinée par l'odeur, elle tendit la main vers l'outil, prit une profonde inspiration et perdit connaissance.

2.
East Norbury, Connecticut, 1989

Pour le bal d'Halloween, Fred Ho décida de se déguiser en Ronald Reagan.

Déjà, le magasin populaire du coin vendait le masque. Et il pouvait mettre le costume de son père, porté une seule fois pour l'ouverture du restaurant.

De plus, le pantalon avait des poches profondes, idéales pour son cadeau. Lourde, anguleuse, la pièce de bronze en forme de bêche, tiédie par sa cuisse à travers le tissu fin, était une antiquité. Carrie l'utiliserait comme presse-papiers, l'accrocherait derrière une fenêtre à titre d'ornement, voire profiterait de l'orifice côté poignée pour en faire un porte-encens. Elle embaumait souvent le santal et le patchouli.

Venue le chercher en voiture, elle leva la main à l'adresse des parents de Fred qui se tenaient sur le seuil, circonspects, perplexes. Ils ne lui rendirent pas son salut.

« Tu es très élégant », lança-t-elle, son masque posé sur le tableau de bord.

Qu'elle ait approuvé son costume le soulageait.

D'ailleurs, elle avait fait plus que l'approuver : elle s'était déguisée en Nancy Reagan.

Il rit et tâcha de trouver une réplique adéquate. Le temps qu'il opte pour : « Et toi, tu es très belle », ils avaient longé tout le pâté de maisons – trop tard, donc. À la place, il dit : « Merci de m'avoir invité au bal. »

Le gymnase s'ornait de serpentins orange, de chauves-souris en plastique et de potirons en papier. Ils mirent leurs masques et entrèrent. Bientôt, ils dansaient sur « Straight Up » de Paula Abdul et « Like a Prayer » de Madonna. Ou du moins, Carrie dansait ; Fred tâchait de suivre.

Même s'il bougeait aussi gauchement que d'habitude, il se sentait libéré par son déguisement au point d'oublier qu'il lui manquait le talent le plus crucial pour survivre à un lycée américain – se fondre dans la masse.

Le caoutchouc le fit vite transpirer. Carrie buvait gobelet sur gobelet de punch trop sucré, mais Fred, préférant garder son masque, refusait de la tête. Le temps que Jordan Knight entame « I'll Be Loving You (Forever) », ils étaient prêts à sortir du gymnase plongé dans la pénombre.

Le parking grouillait de fantômes, de supermans, d'aliens, de sorcières, de princesses. Le couple présidentiel récolta bon nombre de saluts qu'ils rendirent. Fred, toujours affublé de son masque, allait d'un pas lent pour jouir de la fraîcheur nocturne.

« J'aimerais que ce soit Halloween tous les jours, dit-il.

— Pourquoi ? » demanda sa compagne.

Personne ne sait qui je suis, voulut-il répondre. *Personne ne me dévisage.* Il se contenta de déclarer : « C'est sympa de mettre un costume. » Il parlait lentement, avec prudence, au point qu'il n'entendait presque plus son accent.

Elle hocha la tête, comme si elle comprenait. Ils reprirent leur place dans la voiture.

Jusqu'à l'arrivée de Fred, le lycée d'East Norbury n'avait jamais accueilli d'élève qui ne soit un locuteur natif et qui puisse se révéler un sans-papiers. Les gens étaient gentils, en règle générale, bien sûr, mais un millier de sourires, de gestes et de murmures qui séparément semblaient innocents s'ajoutaient jusqu'à dire : *tu n'es pas d'ici.*

« Faire la connaissance de mes parents t'inquiète ?

— Non, mentit-il.

— Ma mère a hâte de te rencontrer. »

Ils arrivèrent à un ranch blanc derrière une pelouse immaculée. La boîte aux lettres à l'entrée de l'allée portait le nom « Wynne ».

« Voilà ta maison, dit-il.

— Tu sais lire ! » le taquina-t-elle tout en se garant.

Remontant l'allée, il sentit la mer et l'entendit battre sur la grève. Posée sur le perron, une citrouille d'Halloween les attendait, aussi simple qu'élégante.

Une maison de conte de fées, songea-t-il. *Un château en Amérique.*

*

« Vous voulez un coup de main ? » s'enquit-il du seuil de la cuisine.

Mme Wynne (« Appelle-moi Cammy ») allait et venait de la table, qui servait de poste de découpe, de mixage et de dressage, au fourneau. Elle lui adressa un bref sourire avant de retourner à ses tâches. « Ne t'en fais pas. Va parler avec mon mari et Carrie.

— Je peux aider ; je me débrouille dans une cuisine. Mes parents tiennent un restaurant.

— Oh, je sais. D'après Carrie, votre porc Moo Shu est un délice. » Elle s'immobilisa pour le dévisager avec un sourire encore élargi. « Tu parles bien anglais ! »

La raison pour laquelle les gens croyaient nécessaire de le mentionner lui échappait. Ils paraissaient toujours étonnés, et il ne savait jamais quoi répondre. « Merci.

— *Vraiment* bien. Vas-y, maintenant. Je gère. »

Il battit en retraite vers le salon, regrettant de ne pouvoir rester dans l'atmosphère chaleureuse, presque familière de la cuisine.

« C'est terrible, dit M. Wynne. Ces braves étudiants de la place Tiananmen. Des héros. »

Un hochement de tête.

« Tes parents, reprit l'autre, c'étaient des dissidents ? »

Fred hésita. Il se rappela son père lisant le journal chinois qu'ils recevaient gratuitement du Chinatown de Boston. On y voyait des photos des émeutes à Pékin.

« Quels débiles, ces mômes ! avait-il dit, rouge de colère méprisante. Au lieu d'étudier, gaspiller l'argent de leurs parents, manifester comme les gardes rouges de Mao, poser pour les étrangers ! Qu'est-ce qu'ils espèrent ? Des enfants gâtés qui lisent trop de livres américains ! »

Il s'était tourné vers son fils en brandissant le poing. « Si jamais tu oses me jouer un tour pareil, je te bats jusqu'à ce que tu refasses la différence entre ton cul et ta tête. »

« Oui, dit Fred. C'est pour ça qu'on est venus ici. »

Satisfait, M. Wynne hocha la tête. « On vit dans un grand pays, hein ? »

En vérité, il n'avait jamais compris pourquoi, un jour, ses parents l'avaient réveillé au milieu de la nuit ; pourquoi ils avaient pris tous les trois le bateau, puis le camion, puis le bus, puis un énorme cargo ; pourquoi ils avaient passé des jours dans le noir sur des eaux si agitées qu'il avait eu tout du long le mal de mer ; pourquoi, après leur débarquement, ils s'étaient cachés à l'arrière d'une camionnette jusqu'à ce qu'ils descendent dans les rues crasseuses du Chinatown de New York où des inconnus avaient parlé d'un ton menaçant à son père qui se contentait de hocher la tête ; pourquoi son père lui avait dit qu'ils portaient désormais un autre nom, étaient d'autres personnes et ne devaient en aucun cas parler à la police ou aux gens d'ici ; pourquoi ils avaient tous vécu dans la cave d'un restaurant où ils avaient travaillé pendant des années en parlant sans cesse d'économiser l'argent de la dette envers ces inconnus menaçants, puis d'en économiser davantage ; pourquoi ils avaient de nouveau déménagé, pour East Norbury, cette petite ville sur la côte de la Nouvelle-Angleterre où, selon son père, il n'y avait aucun restaurant chinois et où les Américains étaient trop bêtes pour se rendre compte qu'il cuisinait mal.

« Oui, monsieur, un grand pays, dit-il.

— Et tu as là le visage d'un grand homme. » M. Wynne désignait le masque que tenait son jeune visiteur. « Un vrai défenseur de la liberté. »

Après cette fameuse semaine de juin, son père avait passé ses soirées au téléphone à chuchoter jusque tard dans la nuit, puis, soudain, il leur avait dit, à sa mère et lui, d'apprendre par cœur une nouvelle histoire : liés aux étudiants morts de la place Tiananmen, ils croyaient aux mêmes valeurs et surtout adoraient la « démocratie ». Il parlait souvent de « l'asile politique » : il fallait se préparer pour un entretien avec un officiel américain à New York le mois suivant, pour obtenir la *situation régulière.*

« On pourra rester et gagner beaucoup d'argent », avait dit son vieux, content de lui.

La sonnette retentit. Carrie se leva, tenant le saladier de bonbons.

« Elle a toujours été aventureuse. » M. Wynne baissa la voix. « Elle aime les nouvelles expériences. À son âge, c'est naturel d'être rebelle. »

Un peu perplexe face à ces propos, Fred opina du chef.

L'adulte perdit son expression amicale, comme s'il venait d'ôter un masque. « Elle traverse une phase, tu comprends. Et toi, tu fais partie de… » Un geste vague. « … ce qu'elle utilise pour m'énerver. Ce n'est pas grave. » Il avait la mine grave.

Fred garda le silence.

« Je ne veux aucun malentendu, reprit M. Wynne. Qui se ressemble s'assemble ; je suis sûr que tu es d'accord. »

Sur le seuil, Carrie poussait des oh et des ah, se montrait apeurée face aux enfants collectant des bonbons, exprimait son admiration pour leurs déguisements.

« Ne te fais pas d'idées sur ce qu'elle attend de toi. »

Elle revint de la porte. « On est bien calmes, non ? Vous parlez de quoi, tous les deux ?

— J'en apprenais davantage sur la famille de Fred. » De nouveau, il souriait, l'air amical. « Ce sont des dissidents, tu savais ça ? Des gens très courageux. »

Le jeune homme se leva, une main dans la poche,

serrant la petite bêche en bronze. L'envie lui vint de la balancer à la figure de M. Wynne – qui, chose étrange, lui rappelait son père en cet instant.

À la place, il dit : « Je regrette, je n'avais pas vu l'heure. Il faut que j'y aille. »

1.

Hong Kong, 1905

« Jyu-zung… » lança de nouveau le père de William. Il parlait aussi fort que leur voisine qui tentait en vain de faire taire son enfant pris de colique.

Pourquoi est-ce que tout le monde crie, à Hong Kong ? On est dans la première décennie du XXe siècle et ils se comportent tous comme s'ils vivaient encore au village.

« *William* », marmonna William. Même si son père avait payé ses frais de scolarité exorbitants en Angleterre, le vieil homme refusait toujours de l'appeler par son nom anglais, le nom qu'il portait depuis plus de dix ans.

Il tâcha de se concentrer sur le livre devant lui, sur les mots du mystique chrétien du XIVe siècle :

Car par ta question tu m'as jeté dans cette même obscurité et dans ce même nuage d'inconnaissance où je voudrais que tu fusses toi-même[1].

« Jyu-zung ! »

Il se boucha les oreilles.

Car de toutes les autres créatures et de leurs œuvres, oui certes, et des œuvres de Dieu Lui-même, il est possible qu'un homme ait son plein de connaissance par la

1. Traduction d'Armel Guerne. *(N.d.T.)*

grâce, – et sur elles, il peut très bien penser ; mais sur Dieu Soi-même, personne ne peut penser[1].

Cet ouvrage, *Le Nuage d'inconnaissance,* constituait le cadeau d'adieu de Virginia, qui était sans conteste la plus radieuse de Ses œuvres et celle dont William brûlait d'envie d'avoir le « plein de connaissance ».

« Maintenant que tu retournes dans l'Orient mystérieux, avait-elle dit en lui tendant le livre, tu pourras te faire guider par les mystiques de l'Occident.

— Hong Kong n'a rien à voir avec ça. » Qu'elle le prenne pour un simple Chinois le désolait, même s'il correspondait plus ou moins à la définition. « C'est un lieu qui fait partie de l'Empire. Civilisé. » Il prit l'ouvrage, manquant de peu lui effleurer les doigts. « Je reviens dans un an. »

Elle l'avait gratifié d'un franc sourire qui, plus que ses bonnes notes et les louanges de ses tuteurs, lui avait donné l'impression d'être un véritable Anglais.

C'est pourquoi laisserai-je toutes choses que je puis penser, et choisirai-je pour mon amour la chose que je ne puis penser. Car voici : Il peut bien être aimé, mais pensé non pas. L'amour Le peut atteindre et retenir, mais jamais la pensée[2].

« Jyu-zung ! Qu'est-ce qu'il te prend ? »

Son père se tenait à la porte, rouge d'avoir gravi l'échelle qui desservait la chambre de William au grenier.

Le jeune homme sortit ses doigts de ses oreilles.

« Tu es censé m'aider à préparer le *yulan.* »

1. *Id.*
2. *Id.*

Après la mélodie du moyen anglais dans sa tête, le cantonais paternel lui irritait les tympans comme le fracas des cymbales et des gongs du *jyutkek*, l'opéra populaire bien mal nommé, une ombre barbare des vrais opéras auxquels il avait assisté à Londres.

« Je suis occupé. »

Le nouveau venu le toisa, considéra le livre qu'il tenait, le toisa de nouveau.

« C'est un ouvrage important », se justifia-t-il, évitant le regard de son père.

« Les fantômes vont parader ce soir. » L'adulte se dandina d'un pied sur l'autre. « Tâchons d'honorer les esprits de nos ancêtres et de réconforter les spectres sans foyer. »

Passer de la lecture de Darwin, de Newton et de Smith à *ça* ! Apaiser les *fantômes* ! En Angleterre, on envisageait de connaître toutes les lois de la nature, d'arriver au bout de la science. Sous le toit paternel, on restait au Moyen Âge. Il voyait d'ici la mine de Virginia.

Il n'avait rien en commun avec cet individu qui aurait pu être un parfait inconnu.

« Ce n'est pas une suggestion. » La voix de son père se durcit tout d'un coup, évoquant la façon dont les chanteurs d'opéra cantonais terminaient une scène.

La raison suffoque dans l'atmosphère de superstition des colonies. Sa détermination à regagner l'Angleterre n'avait jamais été aussi puissante.

*

« Pourquoi grand-père aurait-il besoin de ça ? » William scrutait d'un œil critique le modèle réduit en papier d'une voiture sans chevaux à trois cylindres de la marque Arrol-Johnston.

« Chacun aime ce qui rend la vie plus confortable », dit son père.

Le jeune homme secoua la tête, mais continua de coller des lanternes en papier jaune – supposé imiter le cuivre – sur la miniature.

La surface de la table devant lui disparaissait sous le reste des offrandes à brûler ce soir-là : maquette en papier d'un cottage occidental, costumes et souliers en papier, liasses de « billets de l'au-delà », piles de « lingots d'or ».

Il ne put retenir un commentaire : « Mes aïeul et bisaïeul doivent avoir une mauvaise vue pour confondre ces trucs-là avec les vrais. »

Son père refusa de mordre à l'hameçon. Ils continuèrent à travailler en silence.

Pour tolérer ce rituel fastidieux, William imagina qu'il lustrait la voiture en vue d'une promenade à la campagne avec Virginia…

« Jyu-zung, tu peux remonter de la cave la table en bois de santal ? Donnons un peu de style au repas des fantômes. Il ne faut pas qu'on se dispute par une journée pareille. »

La note de supplication le surprit. Soudain, il s'avisa que son père courbait le dos.

Une image lui revint, spontanée : lui, petit garçon, assis sur les épaules paternelles qui lui paraissaient aussi larges et solides qu'une montagne.

« Plus haut ! Plus haut ! » criait-il.

Et son père le soulevait, au-dessus de la foule, pour qu'il puisse voir les costumes fascinants et les beaux maquillages de la troupe d'opéra populaire qui donnait un spectacle à l'occasion du yulan.

L'adulte avait des bras robustes qui le maintinrent tout là-haut un long moment.

« Bien sûr, *aa-baa* », répondit-il, avant de se lever et de gagner l'entrepôt à l'arrière.

Il y faisait sombre, frais et sec. Son père gardait là les antiquités qu'il restaurait pour ses clients et les pièces qu'il collectionnait. Les étagères et les casiers ployaient sous les vases rituels en bronze Zhou, les sculptures en jade Han, les statuettes funéraires Tang, les porcelaines Ming et toutes sortes d'articles qu'il ne reconnut pas.

Il se fraya son chemin le long des travées étroites avec précaution, cherchant impatiemment l'objet qui l'amenait.

Peut-être dans ce coin ?

Dans le coin en question de l'entrepôt, le rayon oblique issu d'une fenêtre de papier éclairait un petit établi derrière lequel se trouvait la table en santal.

William se penchait pour la prendre, quand ce qu'il vit sur l'établi le figea dans son mouvement.

Il y avait là deux *bubi* identiques, ressemblant à des têtes de bêche larges comme la main. Bien qu'il ne s'y connaisse guère en antiquités, il avait vu assez de ces pièces en bronze pour savoir qu'elles remontaient à la dynastie Zhou – au moins. Les rois chinois d'antan leur donnaient cette forme afin de montrer leur respect pour la terre, d'où venaient les récoltes essentielles à la vie et où toute vie devait finir par retourner. Creuser la terre revenait à faire une promesse au futur autant qu'à reconnaître le passé.

Étant donné leur taille, ces *bubi* devaient être de

grande valeur. En posséder une paire identique, c'était très rare.

Intrigué, il examina les pièces vert-de-grisées. Quelque chose clochait. Il retourna celle de gauche. Son autre face brillait d'un jaune vif, presque doré.

Posée près des *bubi*, une soucoupe contenait une poudre bleu sombre et un pinceau. Il huma la poudre : une odeur de cuivre.

Le bronze n'apparaissait jaune vif qu'au sortir du moule.

Il s'efforça de chasser les réflexions qui lui venaient. Son père avait toujours été quelqu'un d'honorable qui gagnait sa vie de façon honnête. Le considérer autrement n'avait rien de filial. Pourtant, il empocha les *bubi.* Ses professeurs anglais lui avaient appris à poser des questions, à rechercher la vérité, quelles que soient les conséquences.

Il charria la table jusqu'à la boutique.

« Voilà une vraie fête », dit son père en posant la dernière assiette de canard végétarien sur la table qui débordait de fruits et d'imitations de viandes. Huit places étaient prêtes à recevoir les fantômes des ancêtres de la famille Ho.

Imitation de poulet, canard végétarien, maisons en papier mâché, fausse monnaie…

« Peut-être qu'on pourrait aller voir des opéras dans la rue tout à l'heure, ajouta-t-il sans se rendre compte de l'humeur de William. Comme quand tu étais petit. »

Bronze contrefait…

Il sortit de sa poche les deux *bubi* et les posa sur

la table, le côté brillant de l'article inachevé tourné vers le haut.

Son père les regarda, marqua une pause, puis fit comme si de rien n'était. « Tu veux allumer les bâtons d'encens ? »

William resta coi, tâchant de trouver la bonne formulation pour sa question.

L'homme plaça les deux *bubi* côte à côte, avant de les retourner. Il y avait sur l'autre face un idéogramme gravé dans le vert-de-gris.

« Les formes de caractère de la dynastie Zhou différaient un peu des postérieures, dit-il comme si son fils était encore un enfant auquel il fallait apprendre à lire et à écrire. Les collectionneurs des époques ultérieures gravaient parfois sur les réceptacles leurs interprétations de ces écrits. Comme la patine, elles s'accumulaient en couches au fil du temps. »

宇 字

« Tu as remarqué la ressemblance entre "jyu", *l'univers*, qui est aussi le premier caractère de ton nom, et "zi", *l'écriture* ? »

William, qui n'écoutait que d'une oreille, secoua la tête.

Toute cette culture se base sur l'hypocrisie, l'imitation, l'aspect de ce qu'on ne peut pas obtenir en réalité.

« Tu vois, l'univers est droit, mais pour le comprendre, le transformer en langage, il faut un détour, un virage. Entre le Monde et le Mot, il y a une courbe de plus. En regardant ces caractères, tu rejoins l'histoire de ces objets, l'esprit de nos ancêtres millénaires. Telle est la sagesse de notre peuple, et aucune lettre latine n'exprimera aussi bien notre vérité que nos caractères. »

Il n'en pouvait plus. « Hypocrite ! Tu es un faussaire ! »

Puis il attendit, l'exhortant en silence de nier l'accusation, de s'expliquer.

Au bout d'un long moment, son père reprit la parole sans le regarder. « Les premiers fantômes sont venus à moi il y a quelques années. »

Il utilisait le terme *gwailou*, qui signifiait « étrangers », mais aussi « fantômes ».

« Ils m'ont donné à restaurer des antiquités que je n'avais jamais vues. J'ai demandé : "D'où les tenez-vous ?" Ils ont répondu : "De soldats français qui ont conquis Pékin, avant de brûler et de piller le palais."

» Pour les fantômes, un vol pouvait tenir lieu de titre de propriété, d'après leur loi. Ces bronzes et ces céramiques transmis par nos ancêtres sur des centaines de générations allaient nous être dérobés, et servir à décorer les maisons de voleurs ignorants de leur nature. Je n'avais aucune intention de le permettre.

» J'ai donc copié les œuvres que j'étais censé restaurer et j'ai rendu aux étrangers les faux. Les vrais, je les ai gardés pour ce pays, pour toi, pour tes enfants. Je marque les copies et les originaux de caractères distincts, afin de pouvoir les différencier. À tes yeux, j'ai tort, je le sais, et j'en ai honte. Mais l'amour nous fait agir bizarrement. »

Qu'est-ce qui est authentique? songea-t-il. *Le* Monde *ou le* Mot*? La vérité ou la compréhension?*

Le bruit d'une canne toquant à la porte les interrompit.

« Sans doute des clients, décréta son père.

— Ouvrez! » cria-t-on dehors.

William gagna l'entrée pour ouvrir, révélant un Anglais élégant, la quarantaine, flanqué de deux costauds débraillés qui paraissaient venir tout droit des docks de la colonie.

« Enchanté. » Sans attendre une invite, l'homme entra, l'air conquérant. Ses deux compagnons écartèrent William au passage.

« Monsieur Dixon, dit son père. Une agréable surprise. » Son anglais très accentué tira une grimace à son fils.

« Moins agréable que la vôtre envers moi. » Dixon sortit de la poche de son manteau une petite figurine en porcelaine qu'il posa sur la table. « Je vous ai confié cet objet à réparer.

— Ce que j'ai fait. »

Un sourire narquois fendit le visage de Dixon. « Ma fille en est folle. Cela m'amuse de la voir traiter cette statuette funéraire en poupée ; c'est d'ailleurs ainsi qu'elle l'a cassée. Mais lorsque vous m'avez rendu l'objet réparé, elle a refusé de jouer avec : elle disait que ce n'était plus sa poupée. Les enfants s'y entendent à déceler le mensonge, et le professeur Osmer a eu l'amabilité de confirmer mes soupçons. »

Le père de William se redressa, sans mot dire.

L'Anglais agita la main. Ses deux sbires balayèrent alors tout ce qui se trouvait sur la table : les assiettes, les plats, les bols, les *bubi*, les mets, les baguettes, tout s'écrasa par terre dans une énorme cacophonie.

« Vous voulez que nous continuions à chercher, ou vous acceptez de tout avouer à la police ? »

Son père restait le visage fermé. *Insondable*, aurait dit l'Anglais. À l'école, William s'était entraîné devant la glace à perdre cette expression, à ne plus lui ressembler.

« Une minute. » Le jeune homme s'avança. « Vous ne pouvez pas faire irruption chez quelqu'un et vous comporter en voyous sans foi ni loi.

— Tu parles très bien anglais. » Dixon le toisa. « Presque sans accent.

— Merci. » William s'efforçait de garder son calme, de se montrer raisonnable, de ton comme d'attitude. L'autre allait sans doute finir par comprendre qu'il traitait non avec une famille autochtone classique, mais avec un jeune *Anglais* de bonne éducation à la personnalité avantageuse. « J'ai étudié dix ans dans l'établissement de M. George Dodsworth, à Ramsgate. Vous connaissez ? »

Dixon sourit sans un mot, comme s'il observait un singe dansant.

William poursuivit néanmoins. « Je gage que mon père serait ravi de vous rembourser ce que vous estimez votre dû. Nul besoin de recourir à la violence. Comportons-nous en gentlemen. »

L'homme se mit à rire tout bas, puis à gorge déployée. D'abord perplexes, ses comparses se joignirent bientôt à lui.

« Tu crois qu'il suffit d'apprendre l'anglais pour changer. Il semble que la différence entre l'Occident et l'Orient vous échappe. Je ne viens pas négocier, mais affirmer mes droits, une notion étrangère à votre tournure d'esprit. Soit vous me rendez mon bien, soit nous réduisons cet endroit en pièces. »

William se sentit rougir ; il se força à relâcher les muscles de son visage, pour éviter de trahir ses sentiments. Il jeta un regard vers son père à l'autre bout de la pièce, et s'avisa que leurs expressions n'étaient que le miroir l'une de l'autre : un masque de flegme plaqué sur une rage impuissante.

Durant la discussion, son père s'était rapproché de Dixon. Ils échangèrent un hochement de tête presque imperceptible.

C'est pourquoi laisserai-je toutes choses que je puis penser, et choisirai-je pour mon amour la chose que je ne puis penser.

William sauta sur Dixon tandis que son père lui plongeait dans les jambes. Tous trois tombèrent par terre en une mêlée confuse. Au cours de la lutte qui s'ensuivit, le jeune homme s'observa de loin. Sans plus former de réflexions, il laissait un mélange d'amour et de rage l'embrumer. Enfin, il se retrouva assis à califourchon sur l'Anglais, brandissant l'un des *bubi* dont il s'apprêtait à lui planter la lame dans le front.

Les deux sbires que l'autre avait amenés observaient la scène, figés sur place.

« Il n'y a pas ce que vous cherchez, ici, dit-il, respirant profondément. Maintenant, sortez de chez nous. »

Le père et le fils considéraient le désordre laissé par leurs trois visiteurs.

« Merci.

— J'imagine que les fantômes ont apprécié le spectacle, dit le jeune homme.

— Je parie que ton grand-père est fier de toi. » Et, pour la toute première fois, son père ajouta : « Jyu-zung, *moi* je suis fier de toi. »

William éprouvait-il de l'amour ou de la rage ? Les deux caractères sur les *bubi* retournés par terre lui parurent alors se troubler et se fondre pour n'en former plus qu'un, tandis que sa vision devenait floue.

2.
East Norbury, Connecticut, 1989

« Merci de m'avoir reçu chez vous, dit Fred. J'ai passé une excellente soirée. » Il parlait avec raideur et gardait ses distances.

Les vagues du Long Island Sound lapaient le sable à leurs pieds.

« Tu es gentil comme tout. » Elle lui prit la main, se colla contre lui, et le vent balaya ses cheveux qui vinrent caresser le visage de Fred ; le parfum floral de son shampoing s'unit à l'odeur de la mer – une promesse mêlée de nostalgie. Son cœur battant à tout rompre, il sentit monter au creux de sa poitrine une bouffée de tendresse qui l'effraya.

De l'autre côté de la baie, ils apercevaient les lumières rouge vif de l'Edley Mansion, transformée en maison hantée pour la semaine. Il imagina les cris ravis des enfants qui se laissaient volontiers terrifier par les fables que leurs parents leur racontaient.

« Ignore ce que dit mon père. »

Il se figea.

« Tu es fâché, ajouta-t-elle.

— Qu'est-ce que tu en sais ? » *C'est une princesse. Elle a sa place ici, elle.*

« Tu ne peux pas contrôler ce que les autres pensent, mais tu peux décider par toi-même de ta place. »

Il resta coi, s'efforçant d'élucider la rage qu'il éprouvait.

« Je ne suis pas mon père, dit-elle. Et tu n'es pas tes parents. La famille, c'est une histoire qu'on te raconte, mais l'histoire qui importe, c'est toi qui dois la raconter. »

C'était ce qu'il aimait le plus en Amérique, s'avisa-t-il : le fait de croire que la famille ne comptait pas, que le passé n'était qu'une *histoire.* Même une histoire mensongère – un bobard – pouvait devenir véritable, pouvait devenir une vie authentique.

Il sortit son cadeau de sa poche de pantalon.

« C'est quoi ? » Hésitante, elle tenait la petite bêche en bronze dans la paume de sa main.

« Une antiquité qui appartenait à mon grand-père. Il me l'a donnée avant qu'on quitte la Chine, en guise de porte-bonheur. Je me suis dit que ça te plairait.

— C'est très beau. »

Il se sentit obligé d'opter pour la franchise. « Selon mon grand-père, son père avait empêché des étrangers de la voler et de la sortir du pays, puis les gardes rouges ont bien failli la détruire pendant la Révolution culturelle. Mais mon père, lui, soutient que c'est un faux, comme beaucoup d'objets chinois, et qu'elle ne vaut rien. Tu vois cette marque, là ? Elle serait trop moderne, pas du tout ancienne. Mais c'est le seul souvenir que j'ai de mon grand-père. Il est mort l'an dernier et on n'a pas pu rentrer pour l'enterrement, à cause de… soucis d'immigration.

— Tu ne devrais pas la garder ?

— Je veux que tu l'aies. Je me rappellerai toujours te l'avoir offerte. C'est un meilleur souvenir, une meilleure histoire. »

Il se baissa pour ramasser un petit caillou aux arêtes vives sur la plage. Main tendue, elle lui présenta la monnaie bêche sur laquelle il grava, lentement, leurs initiales dans le vert-de-gris, près du caractère plus ancien. « Et voilà, elle a notre marque, notre histoire. »

Elle hocha la tête, puis, l'air grave, mit la pièce dans la poche de son blouson. « Merci. C'est un beau cadeau. »

Il songea à ce qui l'attendait : le retour à la maison, les questions de son père, les silences soucieux de sa mère, les longues heures au restaurant le lendemain, le surlendemain et le jour d'après, la fac, une possibilité réelle s'il pouvait présenter l'attestation de citoyenneté, la voie qu'il suivrait sur ce vaste continent, une voie qui, pour l'heure, demeurait cachée sous un nuage d'inconnaissance.

On n'en était pas là. Il regarda alentour, résolu à marquer l'événement, à célébrer cette soirée. Puis il ôta sa veste, sa chemise, ses chaussures, pour se retrouver nu, sans masque, sans déguisement. « Allons nager. »

Elle rit, incrédule.

L'océan était glacial ; quand il s'immergea, il haleta et sa peau lui parut s'enflammer. Il plongea, refit surface, secoua la tête pour s'ébrouer.

Elle l'appela. Il agita la main, avant de partir à la nage vers les vives lumières de l'autre côté de la baie.

Le reflet d'Edley Mansion traçait sur les flots des bandes rouges qui se mêlaient au blanc brillant de la lune. Tandis qu'il brassait l'eau bleu-noir, des méduses luisaient contre sa peau, telles des centaines d'astres miniatures.

La voix de sa compagne se perdit derrière lui, alors qu'il fendait cette bannière étoilée, fractale, ambiguë, au goût salé d'espoir. Délibérément, il laissait le passé dans son sillage.

3.
Nova Pacifica, 2313

Ona se réveilla au milieu d'une rue bondée, dans le froid et la pénombre, comme si c'était le crépuscule ou l'aube.

Des véhicules à six roues évoquant les flèches de mer aux fines nageoires la frôlaient à toute allure de part et d'autre, semblant la manquer d'à peine quelques centimètres. Un coup d'œil dans un habitacle faillit lui arracher un cri de terreur.

De la tête de la créature qu'il contenait rayonnaient douze tentacules.

Elle regarda alentour : de larges tours à six pans s'élançaient vers le ciel, aussi densément implantées que les troncs du bosquet de neigeaux. Zigzaguant pour éviter les véhicules, elle rejoignit le bas-côté de la rue où d'autres créatures tentaculaires flânaient sans lui prêter la moindre attention. Elles possédaient six pieds, un torse surbaissé et une peau scintillante – une fourrure ? des écailles ? elle n'aurait su dire.

Des enseignes en étoffe marquées de caractères inconnus bruissaient au vent, comme des feuilles ; ces symboles se composaient de traits aux intersections aiguës. La rumeur de la foule, un concert de clics, de plaintes et de trilles, formait un murmure incompréhensible dont elle aurait parié qu'il s'agissait d'un langage.

Aucune créature ne prenait garde à Ona ; il leur arrivait de la traverser comme si elle était faite d'air. Elle se prenait presque pour un fantôme des histoires que racontaient les Profs dans sa petite enfance – invisible. Plissant les yeux, elle localisa le soleil au milieu du ciel. Il lui parut plus petit et moins brillant que celui dont elle avait l'habitude.

Soudain, la scène s'altéra. Les piétons foulant les trottoirs s'arrêtèrent, levèrent la tête et tendirent leurs tentacules vers le soleil – chaque appendice couronné de l'orbe noir d'un œil. Sur la chaussée, la circulation ralentit, puis cessa, les occupants des véhicules descendant pour rejoindre la foule qui scrutait l'astre du jour. Le silence s'étendit sur la scène tel un voile.

Ona considéra la foule, identifiant plusieurs groupes figés en tableaux vivants. Une grande créature en entourait deux plus petites de ses bras, ses tentacules frissonnant sans bruit. Deux extraterrestres s'enlaçaient, les tentacules et les bras entremêlés. Un autre, les jambes flageolantes, s'appuyait au flanc d'un bâtiment, ses tentacules tapotant le mur comme un homme qui enverrait un message.

Le soleil gagnait en éclat. Les créatures s'en

détournèrent, leurs tentacules flétris par la lumière et la chaleur.

Elles s'en détournèrent pour la scruter, *elle.* Des milliers, des millions d'yeux se focalisèrent sur Ona, comme si elle venait de devenir visible. Leurs tentacules tendus vers elle la désignaient, la suppliaient.

La foule s'écarta, laissant passer une créature de sa taille qui s'avançait vers elle. Ona tendit les mains, paumes en l'air, hésitante.

Le petit extraterrestre déposa quelque chose dans sa main, puis recula. Ona baissa les yeux, tâta le métal grossier sur sa paume, le soupesa. Retournant la bêche d'une chiquenaude, elle y vit une marque qu'elle ne reconnut pas : des angles obtus, des crochets évoquant les marques sur les enseignes flottantes.

Une idée lui vint, comme un chuchotis : *Souviens-toi de nous, toi qui chéris l'ancien.*

L'éclat du soleil s'accrut encore. Tandis que sa chaleur baignait Ona, les créatures autour d'elle se fondirent dans la lueur aveuglante.

Elle était assise sous le neigeau, serrant dans sa main la petite bêche en bronze. Des panaches de vapeur blanche continuaient de jaillir des tertres alentour, chacun servant – peut-être – de fenêtre sur un monde perdu.

Les images qu'elle avait vues défilaient, obsédantes. *La compréhension vient parfois, non de l'esprit, mais du cœur qui bat trop fort, du vide douloureux dans la poitrine.*

Comme leur monde agonisait, le peuple de Nova Pacifica, dans ses derniers jours, avait concentré son énergie à laisser des tributs, des mémoriaux à sa civilisation. Sachant que leur soleil toujours plus chaud les calcinerait, ils inclurent leur symétrie à six faces dans toutes les espèces à la ronde, avec l'espoir que certaines survivent pour devenir de vivants échos de leurs villes, de leur culture, de leur être. Dans leurs ruines, ils cachèrent un enregistrement qui serait diffusé en réaction à la détection d'un objet manufacturé ancien, bien préservé parce qu'apprécié, ce qui permettait d'espérer que son détenteur ait le sens de l'histoire et le respect du passé.

Ona songea aux enfants, terrifiés, égarés face à ce monde en feu. Elle songea aux amants, entre regret et résignation, tandis que leurs mondes intérieur et extérieur se heurtaient pour s'annihiler. Elle songea au peuple qui avait tout donné afin de laisser une trace de son passage, quelques signes de son existence au sein de l'univers.

Le passé, toujours resurgi, embellissait le futur telle une patine.

Elle songea à Mme Coron, aux visages nus des Profs, et, pour la première fois, vit leurs expressions sous un nouveau jour. Ce n'était pas l'arrogance qui les faisait considérer les enfants de la sorte, mais la peur. Naufragés sur ce monde où ils ne pourraient pas survivre, ils se raccrochaient au passé avec une telle férocité parce qu'ils savaient devoir laisser la place à une nouvelle race, le Peuple de Nova Pacifica, et se fondre dans la mémoire collective.

Les parents craignent que leurs enfants les oublient, ne les comprennent plus.

Ona souleva la bêche en bronze miniature dont elle lécha la surface du bout de la langue. L'objet avait un goût doux-amer, la fragrance de l'encens parti en fumée, des offrandes sacrificielles, des empreintes de nombreuses vies. Le point décapé par la vapeur, près des gravures antiques, affectait la forme d'une personne minuscule ; l'éclat retrouvé du métal évoquait le passé autant que le futur.

Elle se leva pour casser des branches sur les neigeaux avoisinants. Avec soin, elle les tressa en couronne à douze branches, comme des tentacules, comme des chevelures, comme des rameaux d'olivier. Elle tenait son déguisement.

Ce n'était qu'une scène entrevue au travers du nuage de l'inconnaissance, quelques images qu'elle saisissait à peine. Sans doute étaient-elles idéalisées, sentimentales, fabriquées – pourtant, n'y avait-il pas une trace d'authenticité, la graine indélébile de l'amour d'un peuple dont l'histoire faisait sens ? Elle montrerait comment elle comprenait désormais que fouiller le passé visait à comprendre l'univers.

Son propre corps amalgamait les héritages biologiques et technologiques de deux espèces, et son existence incarnait l'apogée de la lutte de deux peuples. En elle, il y avait l'Ona de la Terre, celle de Nova Pacifica, la Rebelle, l'Obéissante et tous les ancêtres qui l'avaient précédée, à l'infini.

Imprégnée de souvenirs et d'un début de compréhension, l'enfant de deux mondes se fraya un chemin dans les bois, vers le Dôme, une petite bêche au poids surprenant nichée au creux de sa paume.

Ce qu'on attend d'un organisateur de mariage

Bienvenue, Volontaire curieux !

Vous entamez un chemin que nous espérons enrichissant (sur le plan financier et spirituel) pour vous comme pour l'espèce humaine :

1. Vous serez soumis à une batterie de tests : physiques, intellectuels, hormonaux, psychologiques. Ne vous en faites pas. Ils ne servent qu'à vérifier que vous ferez un bon site.

2. Si vous réussissez les tests, vos résultats seront ajoutés à l'annuaire destiné aux futurs couples de Parou. On ignore comment ceux-ci choisissent leur hôte, mais le choix du site de mariage, naturellement, se révèle très personnel.

3. Une fois que vous aurez été sélectionné, un médecin du Corps de Premier Contact effectuera une cérémonie simple et indolore, comparable à une vaccination antigrippale. Le premier Parou en cause, de la taille de la virgule à la fin de cette incise, sera injecté en premier (cela va de soi), et le second, de la taille du point à la fin de cette phrase, ensuite. Le mariage proprement dit se déroule dans votre système sanguin pendant votre sommeil.

4. La suite des événements est, il faut bien le reconnaître, plutôt floue (nous n'offrons ce service que depuis peu, après tout). Les Parou s'engagent à traiter votre corps comme des locataires responsables doivent le faire. Outre les altérations minimales nécessaires pour utiliser votre organisme à des fins de communication, de nutrition et d'élimination des déchets, les Parou n'opéreront aucune modification. En fait, les héberger peut bénéficier à l'hôte. Après les mariages, les volontaires ont signalé des effets allant du gain de 50 points de QI à l'augmentation soudaine des capacités physiques – vous avez entendu parler de ce gamin qui joue pour les Yankees ? (NB : la Ligue majeure de baseball doit encore déterminer si héberger des Parou constitue une tricherie.)

5. Les Parou ont aussi promis au genre humain un cadeau aléatoire pour chaque volontaire : nouvelle théorie physique ou poème illisible. Imaginez les royalties si votre cadeau se révèle posséder des applications commerciales !

6. Leur motivation doit vous intriguer. Nous croyons que les Parou, nés peu après le Big Bang, quand l'univers était minuscule et chaud, dansaient alors d'étoile en étoile. Mais l'univers a refroidi, les étoiles meurent, et les distances sont immenses. Désormais, durant l'hiver crépusculaire de la flèche du temps, les Parou sont trop fatigués pour chasser des lumières lointaines. Ils préfèrent s'établir dans toutes les poches de résistance à l'entropie qu'ils peuvent trouver. Vous constituez un miracle, un rempart contre l'agonie de la lumière.

7. Quant aux *prophéties* qui circulent – ces « visions »

où l'humanité s'entasse dans des vaisseaux construits grâce à leur technologie pour nourrir leurs larves en nous jusqu'à l'étape suivante de leur voyage où ils pourront recommencer leur manège… Franchement ? Vous constaterez vous-même l'absurdité de ces rumeurs une fois que vous aurez accueilli un mariage.

8. Le sentiment de paix cosmique est indescriptible.

Votre coordinatrice, Rita (hôte n° 233)

Messages du Berceau : L'ermite
– Quarante-huit heures
dans la mer du Massachusetts

Avant de devenir ermite, Asa <baleine>-<langue>-π était directrice générale du Crédit Suisse JP Morgan sur la station Valentina, Vénus. Évidemment, elle trouvait la description obtuse, mesquine. *Présentez une femme comme ingénieur financier, un homme comme analyste en systèmes agricoles, et chacun croit savoir quelque chose à leur sujet*, écrivit-elle. *Mais quel rapport le travail vers lequel une personne a été dirigée entretient-il avec sa nature profonde ?*

Je puis néanmoins vous indiquer qu'elle était responsable de l'introduction en Bourse d'United Planets il y a trente ans – à l'époque, la plus vaste mise en commun de ressources effectuée par un individu ou une société de toute l'histoire. Elle a, pour l'essentiel, contribué à convaincre une humanité lasse, éparpillée sur trois planètes, une lune et une dizaine d'astéroïdes aménagés, de continuer à investir dans la Grande Tâche – la terraformation, et de la Terre, et de Mars.

Exposer son action explique-t-il sa nature profonde ? Je l'ignore. *Du berceau au tombeau, tous nos faits et gestes découlent du besoin de répondre à une question : qui suis-je ?* écrivit-elle. *La réponse à cette question a toujours été évidente : cesse de lutter, accepte.*

Quelques jours après être devenue la plus jeune DG du CSJPM, ère solaire 22385200, elle démissionna, divorça de ses époux et épouses, liquida tous ses biens, plaça la plus grosse part des sommes collectées dans des fonds destinés à ses enfants, puis rejoignit la Vieille Bleue en aller simple.

Une fois sur Terre, elle gagna la ville portuaire d'Acton, de la Fédération des Provinces et États Maritimes, où elle acheta un kit d'habitat de survie identique aux millions de kits que les communautés de réfugiés utilisaient sur toute la planète et, déclinant l'aide des autres habitants de la localité, l'assembla avec deux simples automates ouvriers. Ensuite, elle se lança à la dérive comme un bois flotté, seule sur les sept mers, au grand désarroi de sa famille, ses amis et ses collègues.

« Vu sa tenue, on croyait qu'elle allait acheter une villa de vacances, déclara Edgar Baker, qui lui avait vendu son habitat. Beaucoup de financiers et de cadres viennent ici l'hiver pour faire de la plongée et prendre le soleil, mais elle a refusé que je lui fasse visiter les maisons disponibles, dont plusieurs possèdent leur plage privée. »

(Malgré le stratagème plutôt évident, j'ai décidé de laisser la promo de Baker. Je peux attester qu'Acton est un lieu de vacances agréable ; plusieurs de ses restaurants servent des plats traditionnels de Nouvelle-Angleterre – même si les homards sont d'élevage. Les défenseurs de l'environnement ne savent pas trop si le homard sauvage fera sa réapparition dans les eaux de la Nouvelle-Angleterre, puisqu'il ne s'est jamais adapté aux mers plus chaudes. Les crustacés qui ont survécu au réchauffement climatique étaient en général de taille réduite.)

Un consortium d'anciens conjoints a lancé une procédure judiciaire pour frapper Asa d'inaptitude mentale et obtenir l'annulation des dispositions financières. L'affaire a fourni des ragots aux radios à programmation extrême, mais la dame s'est vite tirée d'affaire par le biais d'accords juridiques confidentiels. « Ils savent désormais que je ne recherche que la tranquillité », a-t-elle déclaré une fois le non-lieu prononcé – c'était sans doute le cas, mais pouvoir s'offrir les meilleurs avocats n'a pas fait de mal.

Hier, je suis venue ici pour y vivre. Sur cette première entrée dans son journal, Asa a commencé son existence en mer au-dessus de la métropole engloutie de Boston, ère solaire 22385302, ce qui correspond, si vous connaissez le vieux calendrier grégorien, au 5 juillet 2645.

La phrase n'a rien d'original, bien entendu. Henry David Thoreau l'a écrite avec un accord verbal différent il y a huit cents ans pile dans un faubourg de Boston.

À la différence d'un Thoreau souvent misanthrope, Asa a passé autant de temps au milieu de la foule que toute seule.

EXTRAIT D'À LA DÉRIVE, d'Asa <baleine>-<langue>-π

L'île légendaire de Singapour n'existe plus, mais l'idée de Singapour perdure.

Les habitats familiaux flottants sont reliés par des filins claniques qui tissent toute une cité de radeaux. D'en dessus, elle évoque un tapis d'algues en métal et plastique, clouté de perles, de gouttes de rosée ou de bulles d'air : les dômes translucides et les collecteurs solaires des habitats.

L'Union des réfugiés de Singapour est si vaste qu'on peut couvrir à pied les centaines de kilomètres de Kuala Lumpur engloutie aux îles restantes de Sumatra sans toucher l'eau – une mauvaise idée, soit dit en passant, car l'atmosphère extérieure n'est guère propice à la survie pour les humains.

Quand les typhons – quasi constants à ces latitudes – approchent, les filins claniques se détachent et s'immergent pour surmonter la tempête. Parfois, les réfugiés ne parlent plus de jours et de nuits, mais de dessus et de dessous.

L'air des habitats sent mille odeurs qui terrasseraient les résidents des stations vénusiennes stériles et des dômes climatisés des latitudes supérieures. Char kway teow, fumée de diesel, bak kut teh, excréments humains, raja, laksa de Katong, parfum de mangue, tartine de kaya, ayam penyet, câbles électriques brûlés, mee goreng, roti prata, air marin dessalé, nasi lemak, charsiew – ce mélange capiteux, les réfugiés grandissent en son sein et les touristes n'arrivent jamais à s'y habituer.

Au sein de l'Union des réfugiés, on vit à l'étroit ; le bruit règne, et, parfois, la violence. Régulièrement, des maladies infectieuses balayent la population : l'espérance de vie est peu élevée. Le fait que les réfugiés n'ont pas formé d'État, tant de générations après les guerres qui ont dépouillé leurs ancêtres de leurs nations, paraît empêcher toute solution de venir à l'esprit des Pays Développés – terme ancien dont le sens a évolué au cours des siècles, mais qui n'a jamais été synonyme de droiture. Ce sont les Pays Développés qui ont le plus tôt et le plus pollué le monde, pourtant ce sont eux qui ont attaqué l'Inde et la Chine pour avoir osé suivre leur exemple.

Ce que j'ai vu m'a chagrinée. Un nombre beaucoup trop important de personnes s'accrochaient à la vie sur cette fine interface entre l'eau et l'air. Même dans un endroit pareil, peu approprié à accueillir des gens, ceux-ci se cramponnent telle une palourde à son pilier que découvre la marée basse. Et les réfugiés des déserts d'Asie intérieure enfouis dans leurs terriers comme des taupes ? Et les autres collectifs flottants situés au large des côtes d'Afrique ou d'Amérique centrale ? Ils survivent par pure obstination – un miracle.

L'humanité a rejoint les étoiles, mais détruit sa planète natale. Les Naturalistes le déplorent depuis des lustres.

« Pourquoi voir en nous un problème à résoudre ? » m'a demandé un enfant avec lequel je faisais du troc. (Je lui ai donné une boîte d'antibiotiques ; il m'a servi du poulet au riz.) « Singapour faisait partie des Pays Développés – pas nous. C'est vous qui nous voyez comme des réfugiés – pas nous. On vit ici. C'est notre foyer. »

Je n'ai pas dormi cette nuit-là.

On vit ici. C'est notre foyer.

La crise économique prolongée en Amérique du Nord a entraîné le déclin des réseaux régionaux jadis réputés de transport pneumatique reliant les villes climatisées sous dôme, si bien que le meilleur moyen de rejoindre la mer du Massachusetts, de nos jours, c'est par bateau.

De la douce Islande, je pris un paquebot à destination de la côte de la Fédération des Provinces et États Maritimes – novembre est le moment idéal pour visiter la région, puisque les mois d'été sont bien trop chauds. Une fois à Acton, je louai un voilier pour m'emmener voir Asa sur son habitat flottant.

« Vous êtes déjà allée sur Mars ? me demanda Jimmy, mon guide qui approchait des trente ans, robuste, tanné par le soleil, avec un sourire qui révélait ses dents manquantes.

— Oui.

— Il fait chaud là-bas ?

— Pas assez pour rester hors des dômes bien longtemps. » Je pensais à ma dernière visite de Watney City sur Acidalia Planetia.

« J'aimerais aller y vivre quand ce sera prêt.

— La maison ne vous manquera pas ? »

Il haussa les épaules. « La maison, c'est là où il y a du boulot. »

On sait bien que le pilonnage de la surface de Mars par des comètes extraites du nuage d'Oort et l'augmentation du niveau des radiations par le déploiement de voiles solaires, deux marathons d'ingénierie entamés voici des siècles, ont réussi à accroître la température de la Planète rouge au point d'en sublimer l'essentiel des calottes polaires de glace sèche et d'y relancer le cycle de l'eau. L'introduction de plantes réalisant la photosynthèse change peu à peu l'atmosphère en un milieu que nous pourrions respirer. Même si c'est encore tôt, on peut imaginer qu'une Mars habitable, vieux rêve de l'humanité, existe d'ici deux ou trois générations. Jimmy ne s'y rendra peut-être qu'en touriste, mais ses enfants auront la possibilité de s'y installer.

Tandis que notre skiff approchait de la demi-sphère que ballottaient les vagues, je demandai à Jimmy son opinion sur l'ermite la plus célèbre du monde qui venait de regagner la mer du Massachusetts après son tour du monde.

« Elle ramène les touristes. » Le ton visait au neutre.

Le succès du recueil d'Asa sur ses croisières au-dessus des ruines des villes englouties constitue un phénomène d'édition paradoxal. Refusant d'utiliser la capture XP, voire la bonne vieille vidéo, elle relate ses expériences par le biais d'essais impressionnistes dont le style fleuri paraît à la fois anachronique et inoubliable. Si les uns jugent son livre original, audacieux, les autres le trouvent affecté.

Elle n'a rien fait pour décourager ses critiques. *Selon les maîtres zen d'antan*, écrit-elle, *le meilleur lieu où l'ermite trouverait la tranquillité qu'il recherche, c'était au milieu de la foule.* On entend d'ici ses détracteurs gémir devant un mysticisme aussi tarabiscoté qu'évasif.

Pour beaucoup, elle encourage le « tourisme migratoire » au lieu de chercher de véritables solutions ; pour certains, elle se situe dans la tradition immémoriale des intellectuels privilégiés qui vont voir les défavorisés et prétendent parler pour eux,

« découvrant » la pseudo-sagesse idéalisée qu'ils leur attribuent.

« Asa Baleine se borne à tenter d'apaiser les névroses des Pays Développés à l'aide d'une tasse de bouillon de poulet panglossien pour l'âme, déclara Emma <CJK-UniHan-Glyphe 423271>, critique média de ma publication. On devrait faire quoi ? Stopper les projets de terraformation ? Laisser la Terre dans cet état ? Il nous faut plus d'ingénieurs volontaristes et moins de riches philosophes désœuvrés. »

Quoi qu'il en soit, le pape du tourisme de la Fédération des Provinces et États Maritimes, John <pylône>-<brume>-<morue>, affirmait cette année que le nombre de touristes sur la mer du Massachusetts a quadruplé depuis la parution du livre d'Asa (une hausse de fréquentation encore plus nette à Singapour et La Havane). Nul doute que les sommes d'argent insufflées par les visiteurs sont bien accueillies par les gens du coin, malgré l'ambivalence que leur inspire le portrait qu'elle fait d'eux.

Avant que je puisse lui demander de m'expliquer son air ambigu, Jimmy se détourna résolument pour scruter notre destination qui grossissait de minute en minute.

De forme sphérique, le logis flottant, de quinze mètres de diamètre, comprenait une coque extérieure transparente sur laquelle étaient posées la plupart des surfaces de navigation et une coque intérieure pressurisée plus épaisse en alliage de métal. Comme l'essentiel de la sphère demeurait immergé, le dôme-passerelle évoquait la pupille d'un monstre marin scrutant le ciel.

Au sommet de la pupille se tenait une silhouette esseulée, le dos droit comme l'aiguille d'un cadran solaire.

Jimmy rangea le skiff contre l'habitat, avec un léger choc, et je passai avec précaution d'une embarcation à l'autre. Asa me stabilisa tandis que son logis s'enfonçait un peu sous mon poids ; elle avait la main sèche, froide, et une solide poigne.

Je me fis la réflexion, plutôt idiote, qu'elle avait la même tête que sur son dernier scangram, quand elle avait fait son annonce dans le vaste forum central de la station Valentine : non seulement United Planets terraformerait Mars, mais sa société avait pris une part dans Berceau Bleu, le partenariat public-privé censé rendre à la Terre sa pleine habitabilité.

« Je ne reçois pas beaucoup de monde. » Elle parlait d'un ton posé. « Je vois peu d'intérêt à changer de visage tous les jours. »

J'avais été surpris qu'elle accepte ma requête de séjourner en sa compagnie pendant une semaine par un simple *Oui.* Depuis qu'elle avait entamé sa vie en mer, elle n'avait pas daigné accorder la moindre interview.

Je lui avais demandé : « Pourquoi ?

— Même un ermite peut souffrir de la solitude. » Dans le message envoyé aussitôt à la suite du premier, elle ajoutait : « De temps en temps. »

Jimmy repartit, au moteur. Asa se détourna et me fit signe de descendre par la « pupille » transparente dans la bulle de réfugié la plus influente de tout le Système solaire.

Des cocons métalliques flottant dans l'atmosphère lourde de Vénus, on ne voit pas les étoiles ; on ne leur prête guère attention non plus depuis les dômes martiens pressurisés. Sur Terre, les résidents des villes climatisées dans les zones habitables se préoccupent de leurs écrans scintillants, de leurs implants XP, de la lueur des conversations décousues, de l'éclat des comptes de réputation, de la dissipation des sillages laissés par leurs scores de crédit en baisse. Jamais ils ne lèvent les yeux.

Un soir, l'habitat dérivant dans la moiteur du Pacifique subtropical, je regardais, allongée, les étoiles tournoyer au-dessus de moi dans leur course habituelle – un million de pointes diamantines d'une lumière dure, mathématique – quand je me suis avisée, avec une compréhension stupéfaite qui évoquait la clarté de l'enfance, que la face des cieux était un collage.

Certains des photons frappant ma rétine avaient surgi de la crevasse dans le roc auquel Andromède est enchaînée alors que les guerriers nomades du dernier âge de glace arpentaient le Doggerland qui reliait la Grande-Bretagne au continent européen ; d'autres avaient quitté ce point clignotant au bout de l'aile du Cygne quand Jules César, en sang, s'était effondré au pied de la statue de Pompée ; d'autres encore avaient jailli du pot du Verseau au cours des décennies où les guerres génocidaires avaient balayé l'Asie et où les drones japonais comme australiens avaient mitraillé et coulé les radeaux des réfugiés fuyant leurs pays désertifiés ou inondés ; d'autres toujours étaient nés sous le sabot lointain de Pégase quand les vestiges des glaciers du Groenland et de l'Antarctique avaient disparu et qu'Ottawa et Moscou avaient lancé les premières fusées vers Vénus…

Le niveau des mers s'élève, s'abaisse. La surface de la planète est aussi inconstante que nos visages : des terres émergent des flots, puis s'en retournent aux abîmes ; des homards à la solide armure détalent sur des fonds qui, un clin d'œil géologique auparavant, voyaient s'affronter des armées de mammouths laineux ; le Doggerland d'hier sera peut-être la mer du Massachusetts de demain. Seuls témoins de ce changement constant, les étoiles forment chacune un courant distinct dans l'océan de l'éternité.

Une image de la voûte céleste est un album du temps, aussi complexe et alambiqué que la coquille d'un nautile ou les bras de la Voie Lactée.

L'habitat présentait un mobilier sommaire. Tout – les couchettes moulées, la table en inox fixée au mur, la console de navigation en forme de boîte – était fonctionnel, simple, dépourvu des décorations « griffées » trop élaborées que les nanites personnelles semblaient adorer ces temps-ci. Même si, avec deux occupants, on se trouvait à l'étroit, l'intérieur de la bulle paraissait plus vaste du fait qu'Asa se gardait de le remplir par sa conversation.

On dîna – de poisson pêché par mon hôtesse et rôti sur un foyer ouvert, avec le toit entrebâillé – puis on se retira pour la nuit en silence. Je m'endormis vite, bercé par la mer et baigné par la lueur chaleureuse des étoiles de Nouvelle-Angleterre auxquelles Asa avait consacré tant de pages.

Après le petit déjeuner de café soluble et de biscuits secs, elle me demanda si je voulais voir Boston.

« Bien sûr », répondis-je. C'était l'antique citadelle du savoir, la métropole légendaire où des ingénieurs courageux avaient affronté la mer montante durant deux siècles jusqu'à ce que ses digues massives cèdent, laissant l'océan noyer la ville lors d'une des pires catastrophes de l'histoire des Pays Développés.

Asa alla s'asseoir à l'arrière de l'habitat pour piloter et contrôler l'hydrojet à énergie solaire. Moi, je m'agenouillai au bas de la sphère pour absorber le panorama qui défilait sous le sol transparent.

Le soleil levant révéla peu à peu un fond sableux ponctué de ruines massives. Ces monuments à la gloire des victoires oubliées depuis longtemps de l'Empire américain s'élançaient vers la surface, évocateurs des fusées d'antan ; des tours en pierre et béton vitrifié abritant autrefois des centaines de milliers de personnes se dressaient comme des montagnes sous-marines, leurs innombrables portes et fenêtres réduites à des grottes désertes et muettes d'où des bancs de poissons chamarrés s'élançaient tels des oiseaux tropicaux ; entre les édifices, des forêts d'algues géantes oscillaient dans les vastes défilés qui étaient jadis des avenues et des boulevards grouillant de véhicules fumants, les hépatocytes apportant la vie à cette ville immense.

Le plus stupéfiant, c'était le corail arc-en-ciel tapissant la moindre surface de ce récif urbain : pourpre sombre, orangé, blanc perle, vermillon à l'éclat du néon…

Avant la Seconde Guerre du déluge, les sages d'Europe et d'Amérique croyaient les coraux promis à l'extinction. La hausse de la température et de l'acidité des mers, les algues omniprésentes, les dépôts massifs de mercure, d'arsenic, de plomb et autres métaux lourds, le bétonnage incessant des côtes à mesure que les nations avancées construisaient leurs engins de mort pour repousser les vagues de réfugiés des zones inhabitables – tout condamnait ces fragiles animaux marins et leurs symbiotes réalisant la photosynthèse.

L'océan deviendrait-il incolore, une simple photo en noir et blanc, témoin muet de notre folie ?

Mais les coraux ont survécu ; ils se sont adaptés. Ils ont migré vers les latitudes supérieures au nord comme au sud, acquis une tolérance aux environnements stressés et, contre toute attente, entamé de nouvelles relations symbiotiques avec les algues artificielles productrices de nanoplaques conçues par les humains pour l'exploitation minière des océans. J'affirme que la beauté de la mer du Massachusetts vaut celle des merveilles naturelles disparues, légendaires, qu'étaient jadis la Grande Barrière de Corail et l'archipel des Caraïbes.

« Quelles couleurs ! chuchotai-je.

— Le plus beau massif se trouve au Harvard Yard. »

On s'approcha des ruines de l'université si renommée, à Cambridge, par le sud, au-dessus d'une forêt d'algues, jadis la rivière Charles, mais la masse imposante d'un paquebot nous barra le chemin. Asa immobilisa l'habitat ; je montai regarder par le dôme. Équipés de nageoires GnuSkin et de branchies artificielles, des touristes plongeaient du bateau de croisière comme des selkies rentrant chez elles, leur peau lisse arborant un bronzage temporaire afin de supporter la brûlure du soleil de novembre.

« La Bibliothèque Widener est une attraction des plus courues », me dit-elle à titre d'explication.

Je retournai au fond de l'embarcation, qu'Asa emmena sous le paquebot. Les habitats, en s'immergeant, donnaient aux villes de radeaux côtières la capacité d'affronter les typhons comme les ouragans, et de fuir la chaleur mortelle des tropiques.

Lentement, on descendit vers le récif corallien qui avait poussé autour du mastodonte en ruine, autrefois la plus vaste bibliothèque universitaire du monde. Tout autour de nous, les bancs de poissons multicolores sinuaient entre les rayons de lumière, et les touristes nageaient avec grâce, telles des sirènes, des chapelets de bulles jaillissant de leurs branchies artificielles.

Asa nous fit décrire un cercle au-dessus du kaléidoscope que constituait le fond marin devant le bâtiment englouti, en m'indiquant divers lieux significatifs. Le monticule colonisé par un corail rouge dont les replis évoquaient la jupe d'une danseuse de flamenco était naguère un amphithéâtre portant le nom du mentor de Thoreau, Emerson ; la haute colonne à la surface carrelée de fragments géométriques de coraux carmin, céruléens, émeraude, safran, la flèche de l'Église aux morts de Harvard ; et la petite bosse au flanc d'un long récif, une formation massive en forme de cerveau dont les gyrus et les lobes incarnaient la sagesse des érudits vêtus de robes arpentant autrefois ce temple du savoir, la fameuse « Statue aux trois mensonges », un monument à la mémoire de John Harvard, le mécène fondateur de ladite université, qui représentait en fait un tout autre individu.

À mes côtés, Asa récita tout bas :

L'érable porte un foulard plus joyeux,
Et la prairie une robe écarlate.
Pour ne pas être démodée,
Je mettrai un bijou.

Les vers d'Emily Dickinson, poétesse du début de l'Ère républicaine, évoquant la beauté enfuie des automnes qui enjolivaient jadis ces rivages, bien avant la hausse du niveau des mers et la disparition de la saison hivernale, semblaient étrangement adaptés.

« Les feuillages de l'Ère républicaine étaient-ils plus magnifiques que ce spectacle ? J'ai du mal à l'imaginer.

— Tout le monde l'ignore, répondit Asa. Vous savez d'où les coraux tirent leurs couleurs vives ? »

Je secouai la tête. Je ne savais rien des coraux, sauf qu'ils jouissaient d'une belle popularité comme bijoux sur Vénus.

« Leur pigmentation provient des polluants et des métaux lourds qui auraient pu tuer leurs ancêtres moins robustes, dit mon hôtesse. Elle est soutenue, ici, car la main de l'homme a affecté la zone longtemps. Aussi superbes qu'ils soient, ces coraux sont d'une extrême fragilité. Un refroidissement global de plus d'un degré ou deux les tuerait. Ils ont survécu au changement climatique une fois, par miracle. Sauront-ils rééditer cet exploit ? »

Je portai mon regard vers le gros récif de la Bibliothèque Widener ; les touristes avaient pris pied, par petits groupes, sur ses flancs et sur la plateforme devant l'entrée. De jeunes guides en rouge – la couleur de Harvard, qu'ils arboraient en se pigmentant la peau ou en revêtant la tenue appropriée – menaient chaque groupe dans son activité de la journée.

Asa voulut partir – la présence des touristes l'agaçait –, mais je lui dis souhaiter voir ce qui les amenait. Après une hésitation, elle hocha la tête et rapprocha l'habitat.

Campé en cercle sur l'ancien perron de Widener, un petit groupe reproduisait à la suite de son guide, jeune femme vêtue d'une tenue de plongée rouge, une série de postures de danse. Ces touristes bougeaient lentement, sans que je puisse savoir si la chorégraphie l'exigeait ou si la résistance de l'eau les y contraignait. De temps à autre, ils levaient les yeux vers le soleil éclatant que trente mètres de profondeur brouillaient et floutaient.

« Il me semble qu'ils font du tai-chi, dit Asa.

— J'en doute fort. » Je ne voyais aucun rapport entre ces gestes aussi gauches que langoureux et les mouvements vifs, saccadés, dont j'avais l'habitude lors des sessions dans les gymnases en gravité atténuée.

« Il paraît que le tai-chi était autrefois un art de la mesure et de la lenteur, très différent de sa version moderne, mais comme il subsiste très peu d'enregistrements antérieurs à la Diaspora, les bateaux de croisière inventent ce qu'il leur plaît à l'intention des touristes.

— Pourquoi pratiquer ici ? » Je n'en revenais pas.

« Harvard aurait compté une forte proportion d'élèves chinois avant la guerre. On dit que les enfants d'une grande partie des individus les plus riches et les plus puissants de Chine étudiaient ici. Ça ne les a pas sauvés. »

Asa détourna l'embarcation de Widener, ce qui me permit de voir d'autres touristes arpenter le Yard tapissé de corail ou traînasser, tenant ce qui semblait des livres papier – des accessoires fournis par le croisiériste –, et se scanner les uns les autres. Certains dansaient sans musique, vêtus de costumes qui mêlaient les modes du début et de la fin de la République, avec deux ou trois robes académiques en sus. Devant Emerson, deux guides dirigeaient deux groupes de touristes dans une performance imitant un débat, chaque camp présentant sa position par le biais d'hologrammes spectraux qui planaient au-dessus des têtes telles les bulles de pensées d'une bande dessinée. Certains de ces touristes, bien qu'ils nous voient, ne nous prêtaient aucune attention – ils devaient se dire que l'habitat de réfugiés n'était qu'un accessoire lancé par le paquebot pour épicer l'atmosphère. S'ils avaient pu se douter qu'ils côtoyaient d'aussi près le fameux ermite…

Je postulai que les visiteurs jouaient des scènes imaginées des jours glorieux de l'université, quand celle-ci abritait les grands philosophes prononçant des jérémiades à l'encontre des gouvernements productivistes qui avaient réchauffé sans arrêt la planète, jusqu'à la fonte des calottes glaciaires.

« C'est fou le nombre de défenseurs de l'environnement et de Naturalistes passés par ce Yard », dis-je. Dans l'esprit des gens, cet endroit constitue l'équivalent de l'Acropole ou du Forum. Je tâchai de me représenter le récif multicolore au-dessous de moi sous la forme d'une pelouse couverte de feuilles mortes rouge et jaune par une fraîche journée d'automne de Nouvelle-Angleterre où élèves et professeurs discutaient du destin de la planète.

« Malgré ma réputation de romantique, répliqua Asa, je ne suis pas certaine que le Harvard d'hier vaille mieux que celui d'aujourd'hui. Cette université et d'autres de cet acabit ont aussi éduqué les généraux et les présidents qui finiraient par nier que l'humanité pouvait modifier le climat et par lancer un peuple épris de démagogie à l'assaut des nations plus pauvres d'Asie et d'Afrique. »

Sans bruit, on continua de faire le tour du Yard à regarder les touristes aller et venir par les fenêtres béantes incrustées de bernaches, tels des bernard-l'ermite négociant les orbites vides d'un crâne aux yeux multiples. Les uns, dénudés, ne portaient que des étoffes diaphanes rappelant les robes et les costumes des débuts de la République américaine ; d'autres arboraient les combinaisons de plongée inspirées des styles de l'Empire, tout en fausses plaques d'armure corporelle et en casques imitant des masques à gaz ; d'autres encore se cantonnaient au chic réfugié, leurs kits d'oxygène factices décorés de taches de rouille appliquées dans les règles de l'art.

Que cherchaient-ils ? Le trouvaient-ils ?

La nostalgie est une blessure à laquelle nous refusons de laisser le temps de guérir, écrivait Asa.

Au bout de quelques heures, les touristes, rassasiés par leurs excursions, filèrent vers la surface comme des bancs de poissons fuyant un prédateur invisible ; dans un sens, comparaison valait raison.

Le bulletin météo prévoyait une énorme tempête. La mer du Massachusetts n'était guère réputée pour sa tranquillité.

Alors que les flots alentour se vidaient de leurs visiteurs et que l'énorme île flottante qu'était le paquebot s'éloignait, Asa retrouva visiblement son calme. Elle m'assura que nous ne courions aucun danger et pilota notre submersible vers le bord sous le vent du récif de l'Église aux morts. Là, sous la surface turbulente, on surmonterait la tempête.

Le soleil se coucha ; la mer s'obscurcit ; un million de lumières naquirent autour de nous. La nuit, le récif corallien n'avait rien d'un pays du sommeil. Les créatures nocturnes luminescentes, méduses, crevettes, vers luisants, poissons-lanternes, quittaient leurs cachettes pour profiter tout leur saoul de cette métropole sous-marine qui ne dormait jamais.

Tandis que le vent et les vagues faisaient rage au-dessus de nos têtes, c'est à peine si on ressentait une quelconque agitation tandis que nous flottions dans l'abysse, entourés d'étoiles vivantes innombrables.

Nous ne regardons pas.

Nous ne voyons pas.

Nous parcourons des millions de kilomètres en quête de vues inédites sans même jeter un coup d'œil à l'intérieur de notre crâne, un paysage sans doute aussi étranger, aussi merveilleux que tout ce que l'univers peut offrir. Il y a plus qu'assez pour satisfaire notre curiosité, notre soif de nouveauté, dans les dix mètres carrés qui nous entourent : les motifs longitudinaux uniques des dalles sous nos pieds, la symphonie chimique qui anime chacune des bactéries sur notre épiderme, les mystères qu'offrent les diverses façons de nous observer en train de nous observer.

Les étoiles sont aussi lointaines – et aussi proches – que les vers luisants derrière mes hublots. Il nous suffit de regarder pour discerner la Beauté nichée en chaque atome.

Il n'y a que dans la solitude qu'on peut vivre la splendide indépendance d'une étoile.

Je suis contente d'avoir cela. Cet instant.

Au loin, devant la falaise Widener, un éclair jaillit, nova dans le vide spatial.

Les étoiles alentour s'écartèrent, laissant derrière elles un noir d'encre ; la nova, nuée de lumière indistincte, continua de s'agiter, de se tortiller.

Je réveillai Asa, pointai le doigt. Sans un mot, elle pilota l'habitat dans cette direction. À notre approche, la lueur se mua en silhouette qui se débattait. Une pieuvre ? Non, une personne.

« Un touriste à la traîne, décréta mon hôtesse. S'il rejoint la surface maintenant, il mourra dans la tempête. »

Elle alluma ses puissants phares pour attirer l'attention du naufragé. L'éclat révéla une jeune femme désorientée, en combinaison de plongée parsemée de patchs luminescents, qui s'abritait les yeux de la lumière crue. Ses branchies artificielles pulsaient sans répit, témoignant de sa confusion et de sa terreur.

« Elle ne sait plus où se situe le haut », murmura Asa.

Par le hublot, elle lui indiqua de suivre le petit refuge. Comme il ne disposait d'aucun sas, il nous fallait émerger pour la prendre à bord. La touriste hocha la tête.

En surface, il pleuvait à torrents ; le ressac était si brutal qu'on n'arrivait pas à tenir debout. Asa et moi, à plat ventre, crochetant d'une main l'étroite corniche qui cerclait le dôme d'entrée, on traîna la jeune femme sur l'engin, qui s'enfonça d'autant plus sous le poids supplémentaire. Avec beaucoup d'efforts et de cris, on parvint à la hisser ; puis on scella le dôme et on replongea.

Vingt minutes plus tard, bien séchée, ses branchies ôtées, drapée dans une chaude couverture et nantie d'un grand bol de thé fumant, Saram <pont du Golden Gate>-<Kyoto> nous dévisageait avec gratitude.

« Je me suis perdue là-dedans, dit-elle. Les travées vides s'étendent à perte de vue dans toutes les directions, et il n'y a aucun moyen de les distinguer. Au début, j'ai suivi un poisson sucre d'orge avec l'idée qu'il m'amènerait dehors, mais il devait tourner en rond.

— Vous avez trouvé ce que vous cherchiez ? » demanda Asa.

Saram nous expliqua qu'elle étudiait à Harvard Station, un établissement d'enseignement supérieur suspendu dans la haute atmosphère de Vénus, qui avait acquis de l'université à présent en ruine au-dessous de nous le droit d'utiliser son nom prestigieux. Elle était venue voir de ses yeux la faculté légendaire avec la notion sentimentale de fouiller les travées mortes dans l'espoir d'exhumer un livre oublié.

Asa regarda par le hublot, vers la masse imposante de la bibliothèque vide. « Je doute qu'il y reste quoi que ce soit après toutes ces années.

— Admettons, répliqua Saram, mais l'histoire ne meurt jamais. Les eaux reflueront un jour. Je vivrai peut-être assez vieille pour voir le moment où la Nature reprendra son cours normal. »

Voilà qui semblait un peu enthousiaste. Les nefs ioniques d'United Planets avaient, plus tôt dans l'année, poussé six astéroïdes en orbite terrestre, et la construction des miroirs spatiaux n'avait même pas débuté. Même les projections les plus optimistes des ingénieurs suggéraient qu'il faudrait des décennies, voire des siècles, avant que les miroirs réduisent la lumière solaire atteignant la Terre dans les proportions nécessaires au démarrage du refroidissement climatique qui rendrait la planète à son état initial : un Éden tempéré, avec des calottes polaires et des glaciers de montagne. D'ici là, la terraformation de Mars serait peut-être parachevée.

« Allons, le Doggerland est-il plus naturel que la mer du Massachusetts ? » demanda Asa.

Saram la regarda droit dans les yeux sans faillir. « Un âge de glace n'a rien à voir avec une intervention humaine.

— Qui sommes-nous pour réchauffer une planète en quête d'un rêve et pour la refroidir par nostalgie ?

— Le mysticisme n'atténue pas la souffrance des réfugiés qui subissent les conséquences des erreurs de nos ancêtres.

— J'essaie d'en empêcher d'autres ! s'écria Asa, avant de se calmer au prix d'un effort patent. Si l'eau recule, tout ce qu'il y a ici disparaîtra. » Par le hublot, elle contempla les créatures nocturnes du récif qui reprenaient leurs activités luminescentes. « Tout comme les communautés vivaces de Singapour, de La Havane, de la Mongolie-Intérieure. Nous les qualifions de bidonvilles, d'habitats précaires, mais, pour les réfugiés, ce sont aussi des foyers.

— Je suis justement de Singapour, rétorqua Saram. J'ai passé ma vie à essayer d'en partir et je n'ai réussi qu'en remportant un de ces visas convoités pour Birmingham. Ne présumez pas de parler en notre nom ou de me dire ce que nous devrions vouloir.

— Vous êtes partie, dit Asa. Vous ne vivez plus là-bas. »

Je songeai aux superbes coraux, dehors, colorés par nos poisons. Je songeai aux réfugiés, à la dérive ou enterrés, tout autour du monde – on leur appliquait toujours ce terme en dépit des siècles écoulés. Je songeai à une Terre refroidie, aux Pays Développés qui se précipiteraient sur leurs terres ancestrales, aux guerres et aux carnages qui s'ensuivraient une fois les cartes rebattues, redistribuées. Qui déciderait ? Qui paierait le prix ?

Assis dans l'habitat immergé, trois réfugiés enveloppés par des sillages de lumière tels des météores qui strieraient le firmament, nous ne trouvions rien à ajouter.

Un jour, j'ai exprimé le regret de ne pas connaître mon visage de naissance.

Nous le recréons avec autant d'aisance que nos ancêtres modelaient l'argile ; nous altérons les traits, les contours de notre coquille, ce microcosme de l'âme, pour correspondre aux humeurs et aux modes du macrocosme social. Encore insatisfaits des limites de la chair, nous la complétons de bijoux qui dévient la lumière et projettent l'ombre, lissant notre substance à l'aide d'hologrammes éthérés.

Les Naturalistes, à toujours combattre la modernité, parlent d'hypocrisie et nous intiment d'y renoncer : nos vies manquent d'authenticité. Nous les regardons, fascinés, nous montrer des images granuleuses d'ancêtres dont l'aspect figé et les imperfections sont autant d'accusations muettes. Et nous hochons la tête, et nous jurons de faire mieux, de rejeter l'artifice, jusqu'à ce que nous reprenions le travail, nous nous libérions du sortilège et décidions quel nouveau visage adopter au bénéfice du client suivant.

Mais que veulent-ils que nous fassions, ces Naturalistes ? Notre visage de naissance était déjà une construction – alors que nous n'étions qu'un ovule fertilisé, un million de scalpels cellulaires ont tranché et réassemblé nos gènes afin d'éliminer les maladies, de filtrer les mutations à risque, d'accroître l'intelligence et la longévité ; et auparavant, il y a eu des millions d'années de conquêtes, de migrations, de réchauffements et de refroidissements, de choix de nos ancêtres, motivés par la beauté, la violence, l'avarice. Cela nous a façonnés. Ce visage de naissance était aussi artificiel que les masques des comédiens de l'Athènes de Dionysos ou du Kyoto d'Ashikaga, aussi naturel que les Alpes sculptées par les glaciers ou le Massachusetts inondé par la mer.

Quand bien même nous ignorons qui nous sommes, nous n'oserons jamais cesser de chercher à le découvrir.

Empathie byzantine

Tu files sur un sentier boueux au milieu de la bousculade. L'agitation autour de toi te force à presser le pas pour éviter de te laisser distancer. Comme tes yeux s'accoutument à la pénombre de l'aube naissante, tu vois que tout le monde est chargé de possessions : un bébé emmailloté contre le torse de sa mère ; un drap bourré de vêtements qui ballotte sur le dos d'un homme d'âge mûr ; une bassine pleine de lychees et de fruits à pain au creux des bras d'une fille de huit ans ; un smartphone Xiaomi qui sert de torche électrique à une vieille dame en pantalon de survêtement et chemisier froissé ; une valise Mickey à laquelle manque une roulette, traînée dans la boue par une jeune femme dont le t-shirt arbore l'expression « Happy Girl Lucky » ; une taie d'oreiller remplie de livres ou peut-être de liasses de billets qui pend au bras d'un vieil homme dont la casquette de baseball fait la pub de cigarettes chinoises…

La plupart des gens de la foule te paraissent plus grands, ce qui te permet de deviner que tu es un enfant. Baissant les yeux, tu vois à tes pieds des claquettes en plastique ornées du portrait de la Belle de Disney. À chaque pas, la boue menace de te les arracher ; peut-être qu'elles symbolisent quelque chose – la maison, la sécurité, une vie qui tolère la fantaisie – et que tu as donc refusé de les abandonner.

Dans ta main droite, il y a une poupée de chiffon en robe rouge brodée de lettres incurvées, des caractères que tu ne reconnais pas. Tu serres la poupée : la sensation t'apprend qu'elle contient une garniture légère qui bruisse, peut-être des graines. Ta main gauche est tenue par une femme avec un bébé sur le dos et un ballot de couvertures dans son autre main. Ta sœurette, te dis-tu. Trop petite pour avoir peur, elle te regarde de ses yeux noirs adorables ; tu lui fais un gentil sourire. Tu presses la main de ta mère, qui t'imite – chaud, réconfortant, ce contact.

De part et d'autre du chemin, tu vois des tentes éparses, certaines orange, d'autres bleues, dans les champs jusqu'à la jungle cinq cents mètres plus loin. Tu ne sais plus si l'une de ces tentes te servait de maison ou si tu ne fais que passer par ce camp.

Il n'y a ni musique de fond, ni cris d'oiseaux exotiques d'Asie du Sud-Est. À la place, ce sont des discussions et des plaintes angoissées qui encombrent tes oreilles. La langue ou le topolecte t'échappe, mais la tension des voix t'apprend de quoi il retourne : on presse la famille de garder le rythme, les amis de prendre garde, les parents âgés de regarder où ils mettent les pieds.

Un bruit strident te passe au-dessus et le champ devant toi sur ta gauche entre en éruption ; l'explosion éclipse l'aube. Le sol se convulse et tu t'affales dans la boue gluante.

D'autres sifflements déchirent le ciel, d'autres bombes explosent autour de toi, si près que tes os s'entrechoquent. Tu as les oreilles qui bourdonnent. Ta mère rampe jusqu'à toi et te couvre de son corps. L'obscurité miséricordieuse refoule le chaos. Des hurlements suraigus. Des cris terrifiés. Des gémissements de douleur incohérents.

Tu essaies de te redresser sur ton séant, mais le poids de ta mère immobile te cloue au sol. Tu te débats pour repousser sa masse et tu parviens à te dégager.

L'arrière de sa tête n'est qu'un amas ensanglanté. Près du cadavre, par terre, ta sœur pleure. Autour de toi, on court dans tous les sens ; certains se cramponnent encore à leurs biens, mais ballots et valises gisent sur le sentier et dans les champs, près d'autres corps immobiles. Vers le camp, on entend des bruits de moteurs ; tu vois, à travers la végétation luxuriante, approcher une colonne de soldats en tenue de camouflage, leurs armes brandies.

Une femme les désigne avec un cri d'alarme. Parmi les gens, certains s'arrêtent et lèvent les mains.

Un premier coup de feu retentit, puis un second.

Tel un tas de feuilles balayé par une bourrasque, la foule s'éparpille. De la boue t'éclabousse la figure, projetée par des pieds lancés à pleine vitesse.

Ta petite sœur pleure plus fort. Dans votre langue, tu lui cries : « Arrête ! Arrête ! » Tu tâches de ramper jusqu'à elle, mais quelqu'un trébuche sur toi et te jette au sol. Tu tentes de te protéger la tête de tes bras et de te rouler en boule. Il y a des gens qui t'enjambent, d'autres qui essaient en vain et te tombent dessus ; tu encaisses des coups de pied sans arrêt.

De nouvelles détonations. Tu glisses un regard entre tes doigts. Des silhouettes s'effondrent ici et là. La foule qui détale ne laisse aucune place pour manœuvrer : ceux qui tombent entraînent leurs voisins dans leur chute. Chacun pousse pour placer quelqu'un, n'importe qui, entre les balles et lui.

Un pied chaussé d'une basket boueuse s'abat sur ta petite sœur recroquevillée. Tu entends un craquement affreux ; ses pleurs s'interrompent tout d'un coup. Le propriétaire de la basket hésite, mais la foule l'entraîne et il disparaît.

Tu hurles, puis un énorme coup dans le ventre te coupe le souffle.

Tang Jianwen arracha son casque en haletant. Ses mains tremblaient pendant qu'elle dégrafait sa tenue d'immersion ; elle parvint à s'en débarrasser à moitié avant de perdre toute force dans les doigts. Elle se recroquevilla sur le tapis de course omnidirectionnel ; les meurtrissures sur son corps en sueur luisaient, rouge sombre, à la lueur blanchâtre de son écran d'ordinateur, seul éclairage du studio où elle vivait. Ses haut-le-cœur laissèrent place aux sanglots.

Malgré ses yeux fermés, elle voyait la mine revêche des soldats, la marmelade sanguinolente à l'arrière du crâne de sa mère, le petit corps brisé du bébé piétiné à mort.

Elle avait désactivé les sécurités de la tenue d'immersion et ôté les limiteurs du circuit algique. Il lui semblait injuste de vivre le calvaire des réfugiés du Muertien avec les filtres à douleur en place.

Un poste réav représentait la machine à empathie parfaite. Aurait-elle pu soutenir avoir vécu leur odyssée sans souffrir dans la même mesure qu'eux ?

La nuit, les néons de Shanghai l'industrieuse filtraient par les fentes de ses rideaux, peignant sur le sol de rudes arcs-en-ciel aléatoires. La richesse virtuelle et la cupidité réelle s'amalgamaient ici, formant un monde indifférent aux morts et aux souffrances des jungles d'Asie du Sud-Est.

Elle se félicitait de n'avoir pas pu se payer l'accessoire d'olfaction. La fragrance cuivrée du sang, mêlée au parfum de la poudre à canon, l'aurait déphasée beaucoup plus tôt. Les odeurs sondaient les profondeurs du cerveau, suscitant les émotions les plus crues, tel un soc de charrue brisant les mottes agglutinées de la modernité pour révéler la chair rose grouillante des lombrics blessés.

Enfin, elle se leva, acheva d'ôter sa combi et, flageolant sur ses jambes, passa dans la salle de bains. Elle sursauta en entendant l'eau cogner dans les tuyaux, telle la rumeur des engins en approche dans la jungle. Sous le jet brûlant de la douche, elle frissonna.

« Il faut agir, marmonna-t-elle. On ne peut pas laisser ça continuer. *Je* ne peux pas. »

Mais que pouvait-elle faire ? La guerre entre le pouvoir central du Myanmar et les rebelles de la minorité ethnique près de la frontière avec la Chine n'attirait guère l'attention. Les États-Unis, le gendarme du monde, restaient muets, car ils voulaient un régime local qui défende leurs intérêts face à l'influence chinoise croissante dans la région. De son côté, la Chine souhaitait séduire le gouvernement de Naypyidaw par des investissements et des sociétés mixtes, et faire toute une histoire d'un massacre de civils d'ethnicité chinoise Han par l'armée ne leur était d'aucun secours dans ce Grand Jeu.

Redoutant que la sympathie envers les réfugiés se mue en poussée de nationalisme incontrôlable, la Chine censurait même les informations sur ce qui se passait en Muertien. De part et d'autre de la frontière, on dissimulait les camps de déplacés, tel un secret inavouable. Il avait fallu exfiltrer les témoignages, les vidéos et ce fichier réav par de minuscules trous cryptés dans la Grande Muraille pare-feu. Par contre, en Occident, l'apathie opérait avec plus d'efficacité qu'une quelconque censure officielle.

Elle ne pouvait organiser des manifestations, ni lancer des pétitions ; ni fonder une œuvre de bienfaisance dédiée à ces réfugiés, ni y adhérer (non que les Chinois se fient à leurs associations caritatives, toutes frauduleuses) ; ni demander à quelqu'un de sa connaissance d'appeler ses représentants et de les sommer d'agir en faveur du Muertien. Ayant étudié aux États-Unis, Jianwen n'avait pas la naïveté de croire que ces possibilités ouvertes aux citoyens d'une démocratie aient la moindre efficacité (souvent, elles servaient de gestes symboliques dépourvus du moindre effet sur les esprits et les actes de ceux qui déterminaient la politique étrangère), mais, au moins, ces gestes lui auraient fait *ressentir* qu'elle apportait sa petite pierre à l'édifice.

Et être humain, à la base, c'était *ressentir*, non ?

Craignant la rébellion et l'instabilité, les vieillards de Pékin veillaient à rendre de telles éventualités impossibles. Être citoyen chinois, c'était subir les rappels incessants de la dure réalité de l'impuissance de l'individu au sein d'un État centralisé et technocratique moderne.

Le jet brûlant la picotait. Elle se frotta fort, comme s'il suffisait de se débarrasser de la sueur et des cellules mortes pour se libérer du souvenir des agonisants, d'utiliser un savon parfumé à la pastèque pour déculpabiliser.

Elle quitta la douche recuite, hébétée, mais fonctionnelle. L'air filtré de l'appartement véhiculait une odeur ténue de colle chauffée – trop d'électronique dans un volume réduit. Drapée dans une serviette, elle gagna, pieds nus, sa chambre où elle s'assit devant son écran. Elle tapa sur le clavier pour tâcher de se changer les idées à l'aide des actualisations de ses minages.

L'écran était énorme et sa résolution au top, mais, en lui-même, il s'agissait d'un appareil aussi bête qu'insignifiant, la partie émergée du puissant iceberg informatique qu'elle contrôlait.

La batterie de circuits customisés dans le rack ronronnant contre le mur ne servait qu'à une tâche : percer des énigmes cryptographiques. Comme d'autres mineurs tout autour du monde, elle utilisait un équipement dédié afin de découvrir les pépites de chiffres qui assuraient l'intégrité de plusieurs cryptomonnaies. Même si elle gagnait sa vie en tant que programmatrice de services financiers, c'était cette activité-ci qui la passionnait.

Elle en tirait la sensation de posséder un peu de pouvoir et d'appartenir à une communauté globale en révolte contre l'oppression sous toutes ses formes :

régimes autoritaires, étatisme avec loi de la rue, banques centrales manipulant par fiat l'inflation et la valeur. Jianwen s'approchait ainsi de son rêve d'activisme. Seules les maths comptaient ici, la logique de la théorie des nombres et l'élégance de la programmation formant un indéfectible code de confiance.

Elle ajusta son amas d'exploration, rejoignit un nouveau pool, consulta des discussions où des enthousiastes calés sur la même longueur d'onde évoquaient l'avenir. Lire leurs échanges sans intervenir l'apaisa.

N❤T>: Installé mon Huawei GWX. On peut me conseiller une bonne réav à tester dessus ?

秋叶1001>: Échelle de la pièce ou de l'appart ?

N❤T>: De l'appart. Je veux le meilleur.

秋叶1001>: Ouah ! Tu as dû tomber sur le bon filon dans les mines, cette année. Je te suggère "Titanic".

N❤T>: De chez Tencent?

秋叶1001>: Non ! Le SLG est bien meilleur. Il te faudra inclure ton matos de minage pour gérer la charge graphique si jamais tu as un grand appartement.

Anony🐭>: Heu, preuve d'enjeu ou preuve de travail, c'est quoi le plus important ?

Comme beaucoup, Jianwen avait plongé tête la première dans la folie de la réav commerciale. Les bancs possédaient enfin la résolution voulue pour vaincre le vertige ; même la puissance de traitement d'un smartphone suffisait à piloter un casque de base – dépourvu d'immersion totale.

Elle avait gravi l'Everest, pratiqué le saut extrême du haut de la Burj Khalifa, effectué des « sorties » dans les bars réav avec des amis de partout, chacun planqué chez soi à boire de l'alcool bien réel, *erguotou* ou vodka ; embrassé ses acteurs favoris et couché avec ceux qu'elle appréciait *vraiment* ; vu des films réav (aussi mauvais qu'on l'imaginait) ; participé à un jeu de rôle grandeur nature ; voleté dans la pièce sous la forme d'une petite mouche pendant que douze femmes fictives en colère se querellaient sur le sort d'une jeune femme fictive, et orienté leurs disputes en se posant sur les preuves qu'elle voulait les voir examiner.

Mais tout cela l'avait laissée insatisfaite, de façon plutôt indéfinissable. Ce médium émergent évoquait une argile à modeler : empreint de potentiel, mû par l'espoir et l'avidité, promettant tout et rien, une solution technologique en quête d'un problème – narratologique, ludique, le type de plaisir qui prévaudrait restait à établir.

Cette toute dernière expérience de réav, toutefois, un pan de la vie d'une réfugiée anonyme, lui laissait une impression différente.

Sans un hasard de naissance, cette petite fille, ç'aurait pu être moi. Sa mère avait les mêmes yeux que la mienne.

Pour la première fois depuis des années et le reflux de son idéalisme juvénile broyé par l'indifférence du monde après la fac, elle se sentait poussée à *agir*.

Elle scruta l'écran. Les soldes scintillants de ses comptes de cryptomonnaie se fondaient sur un consensus de chaînes cryptographiques, une certitude basée sur l'incertain. Dans un cadre préservé de la souffrance par la cupidité, cette confiance saurait-elle aussi forer un trou dans la barrière et laisser l'espoir jaillir ? Le monde pouvait-il se voir converti en village virtuel où l'empathie relierait tout un chacun ?

Elle ouvrit sur son écran une nouvelle fenêtre de terminal et entreprit de taper avec fébrilité.

Je déteste Washington, trancha Sophia Ellis qui regardait par la fenêtre.

La circulation se traînait sous la pluie, ponctuée de temps en temps par le coup de klaxon d'un conducteur furieux – jolie métaphore de ce qui passait pour la normalité politique ces jours-ci à la capitale. Au loin sur le Mall, les monuments éthérés dans le crachin semblaient se moquer d'elle par leur permanence et leur transcendance.

Les administrateurs bavardaient en attendant le début du conseil trimestriel. L'esprit ailleurs, elle ne les écoutait qu'à moitié.

… *votre fille… Je la félicite !*

… *les blockchains. Trop de start-up !*

… *passer par Londres en septembre…*

Sophia aurait aimé se retrouver au Département d'État, son milieu, mais le dédain de l'administration actuelle pour la diplomatie traditionnelle confortait son choix de rejoindre le secteur associatif en tant que cadre dirigeant. Après tout, le fait que certaines des plus grosses organisations à but non lucratif américaines servent de relais officieux à la politique étrangère des États-Unis tenait du secret de Polichinelle, et se retrouver directrice de Réfugiés Sans Frontières ferait un marchepied convenable pour revenir au pouvoir avec la prochaine administration. L'important, c'était d'aider les réfugiés, de promouvoir les valeurs américaines et d'offrir au monde un peu de stabilité, quand bien même le régime en place paraissait vouloir à tout prix dilapider l'acquis.

… vu une vidéo filmée au smartphone et m'a demandé si on s'occupait de ça… du Muertien, je crois ?

Elle sortit de sa rêverie. « Mieux vaut éviter de s'impliquer là-dedans. Même type de situation qu'au Yémen. »

L'administrateur hocha la tête, puis changea de sujet.

Sa camarade de chambre en fac, Jianwen, l'avait mailée au sujet du Muertien deux ou trois mois plus tôt. Sophia lui avait répondu, exprimant ses regrets par un message aussi prévenant que réfléchi. *Nous sommes une organisation aux ressources limitées. On ne peut pas traiter toutes les crises humanitaires de façon adéquate. Tu m'en vois navrée.*

Ce qui était la vérité. Plus ou moins.

Par ailleurs, les gens bien informés s'accordaient à penser que se mêler des événements au Muertien ne bénéficierait ni aux intérêts américains, ni à la mission de RSF. Elle devait donc tempérer de réalisme son désir d'améliorer le sort du monde, qui l'avait pourtant amenée à la diplomatie et au monde associatif. En dépit – ou du fait – de ses divergences avec l'administration actuelle, Sophia estimait qu'il valait la peine de préserver la puissance des États-Unis. Attirer l'attention sur la crise au Muertien gênerait un nouvel allié important de l'Amérique dans la région, ce qu'il fallait éviter. Ce monde complexe exigeait de donner la priorité aux intérêts des États-

Unis (et de leurs alliés) aux dépens de certains malheureux, afin d'obtenir la possibilité de protéger davantage de gens sans défense.

Si l'Amérique n'était pas parfaite, elle constituait, une fois toutes les autres options prises en compte, la meilleure autorité morale à disposition.

« … les petites contributions des donneurs de moins de trente ans ont baissé de soixante-quinze pour cent au cours du dernier mois », disait un administrateur. Tandis que Sophia philosophait, la réunion du conseil avait débuté.

La personne qui s'exprimait, le mari d'une importante députée anglaise, intervenait depuis Londres par le biais d'un robot de téléprésence. Sophie le suspectait de préférer le son de sa voix à sa femme. L'écran planté au bout du cou télescopique donnait à sa figure un air sévère, dominateur ; le robot gesticulait pour souligner ses déclarations, imitant sans doute ses postures. « J'ai cru comprendre que vous n'avez aucun plan prévu pour pallier ce déclin ? »

C'est le staff de ton épouse qui t'a concocté cet élément de langage ? songea Sophia. Elle doutait fort qu'il ait prêté assez d'attention aux comptes pour relever un détail pareil.

« Notre financement ne dépend pas des donations directes de… » Elle allait continuer, mais on lui coupa la parole.

« La question n'est pas là. Il s'agit de loyauté future, de notoriété. Faute d'un afflux de petites contributions issues de ce segment démographique précis, Réfugiés Sans Frontières disparaît des échanges sur les réseaux sociaux, ce qui finit par affecter les grosses subventions. »

Ainsi parlait la P-DG d'une société de téléphonie mobile. À plusieurs reprises, Sophia avait dû la dissuader d'exiger que les donations à RSF servent à acheter ses modèles bon marché pour le compte des réfugiés en Europe, ce qui aurait boosté ses parts de marché (et constitué un conflit d'intérêts).

« Il y a depuis peu des altérations inattendues du paysage des donateurs que tout le monde essaie encore de saisir… »

Une fois de plus, on l'interrompit.

« Vous parlez d'Empathium, pas vrai ? demanda le mari de la députée. Alors, vous avez un plan ? »

Un élément de langage du staff de ta femme, sans aucun doute. Les Européens lui avaient toujours paru craindre plus que les Américains les dingues des cryptomonnaies. *Mais, comme pour la diplomatie, il vaut mieux guider les dingues que les affronter.*

« C'est quoi, Empathium ? » demanda un administrateur différent, un juge fédéral à la retraite qui tenait encore le fax pour le summum de l'innovation.

« Je parle en effet d'Empathium. » Sophia s'efforçait de garder la voix la plus apaisante possible. Elle se tourna vers la directrice de la technologie. « Vous prenez le relais ? »

Si elle avait donné l'explication, sa collègue, qui détestait qu'une autre personne se montre mieux informée qu'elle dans son propre domaine, l'aurait interrompue. Mieux valait respecter le protocole.

Un hochement de tête de l'intéressée. « C'est tout simple. Empathium, une application de blockchain désintermédiée, utilise les contrats intelligents, sauf qu'elle désagence les travaux pour lesquels on engage les associations charitables sur le marché de la philanthropie. »

Un cercle de regards vides la considérait. Le juge finit par se tourner vers Sophia. « Et si vous essayiez, vous ? »

Elle venait de prendre le contrôle de la réunion en laissant les autres présumer de leurs forces – un vieux classique de la diplomatie. « Je vous le fais pas à pas en commençant par les contrats intelligents. Imaginez que, vous et moi, on signe un contrat stipulant que, s'il pleut demain, je vous dois cinq dollars, et s'il ne pleut pas, vous m'en devez un.

— Voilà qui évoque une mauvaise police d'assurance, dit le retraité de la magistrature.

— Cette offre ne vous réussirait guère à Londres », ajouta le mari de la députée.

Quelques rires polis à la ronde.

« Avec un contrat normal, continua Sophia avec aisance, même s'il y a une averse le lendemain, il n'est pas garanti que vous receviez votre argent. Je peux me dédire et refuser de payer – ou discuter la définition de "pleuvoir". Il faudra que vous m'assigniez en justice.

— Oh, discuter la définition de "pleuvoir" ne vous réussira guère dans *mon* tribunal.

— Certes, mais, comme le sait Votre Honneur, le ridicule ne tue pas. » Elle avait découvert qu'il valait mieux laisser le juge partir dans ses digressions avant de le ramener sur le droit chemin. « Et les contentieux coûtent cher.

— Nous pourrions confier notre argent à une personne de confiance afin qu'elle décide qui payer le lendemain. Un dépôt en main tierce.

— Tout à fait. Excellente suggestion. Qui impose toutefois de s'accorder sur ce fameux tiers et de le compenser pour le dérangement. Bref, un contrat classique implique des frais de transaction.

— Et dans le cas d'un contrat intelligent ?

— Les fonds vous sont transférés dès qu'il pleut. Je ne peux pas m'y opposer, parce que ce mécanisme est codé au sein du logiciel.

— Donc, si je vous entends bien, un contrat et un contrat intelligent, c'est pareil, sauf que l'un est en jargon juridique impliquant que des gens le lisent et l'interprètent, et l'autre en code informatique ne nécessitant qu'une machine pour l'exécuter. Pas de juge, de jury, de tiers, ni de rétractation. »

Sophia s'avoua impressionnée. Le juge s'y connaissait mal en technologie, mais il avait oublié d'être bête. « Exact. Les machines sont beaucoup plus transparentes et prévisibles que la justice – même une justice qui fonctionne bien.

— Je ne suis pas certain que ça me plaise.

— Mais vous pouvez apprécier l'intérêt, surtout si vous ne faites pas confiance au…

— Le contrat intelligent réduit les coûts de transaction en se dispensant des intermédiaires, lança la directrice de la technologie avec impatience. Vous auriez pu dire ça, au lieu de nous infliger cet exemple aussi long que ridicule.

— J'aurais pu », admit Sophia.

Elle avait aussi découvert que sembler partager l'avis de cette femme réduisait les coûts de transaction.

« Quel rapport avec les associations caritatives ? s'enquit le mari de la députée.

— Certains les voient comme des intermédiaires inutiles qui prélèvent un loyer sur la confiance, répondit la directrice de la technologie. Ce n'était pas évident ? »

De nouveau, elle s'attira des regards vides.

« Certains fans des contrats intelligents peuvent exagérer, admit Sophia. Selon eux, les organisations comme Réfugiés Sans Frontières consacrent l'essentiel de leur argent à louer des bureaux, à payer les employés, à organiser des soirées de collecte de fonds où la haute société vient s'encanailler, et à détourner les donations pour enrichir les initiés…

— Une absurdité à laquelle ne croient que des excités du clavier qui n'ont rien dans le crâne », dit la directrice de la technologie, rouge de colère.

« Ni aucun sens politique », ajouta l'époux de la députée, comme si son mariage lui en conférait. « Nous coordonnons des opérations de secours, possédons une expérience dans le domaine international, sensibilisons l'opinion publique en Occident, calmons les officiels locaux et veillons à ce que l'argent aille aux individus méritants.

— C'est notre image de marque, enchaîna Sophia, mais, pour les gens de la génération Wikileaks, prétendre détenir l'autorité et l'expérience nous disqualifie. Ils voient comme inefficaces les dépenses liées à nos programmes d'action : comment saurions-nous mieux que les nécessiteux la bonne façon de gérer ces fonds ? Comment peut-on interdire aux réfugiés d'acquérir des armes afin de se défendre ? Choisir de collaborer avec des fonctionnaires corrompus qui se remplissent les poches avec les donations en ne laissant que des miettes aux victimes ? Mieux vaut envoyer l'argent aux enfants du coin qui ne peuvent pas se payer la cantine. L'échec très médiatisé des interventions internationales de secours en Haïti et dans l'ancienne Corée du Nord apporte de l'eau à leur moulin.

— Que proposent-ils à la place ? » demanda le juge.

Chacune des notifications que voyait défiler Jianwen annonçait l'achèvement d'un contrat intelligent libellé dans une cryptomonnaie anonyme. Ces temps-ci, on menait ainsi beaucoup d'affaires, surtout dans les pays émergents, du fait du nombre de gouvernements qui tentaient d'accroître leur contrôle en interdisant l'argent liquide. Elle avait lu que plus de vingt pour cent des transactions financières globales se faisaient désormais dans diverses cryptomonnaies.

Toutefois, les transactions qu'elle suivait sur son écran se démarquaient. Les offres consistaient en requêtes d'aide ou promesses de fonds, l'unique considération étant un besoin d'*agir*. Le réseau Empathium appariait et groupait les offres en contrats intelligents multipartites qu'il exécutait une fois les conditions de leurs termes réunies.

On demandait des livres d'enfants ; des légumes frais ; des outils de jardinage ; des contraceptifs ; un médecin pour une longue durée – pas juste un volontaire qui se parachute un petit mois avant de repartir en jet, laissant tout son boulot inachevé et inachevable…

Elle priait pour que les offres trouvent preneur, pour que le système la satisfasse, même si elle ne croyait ni en Dieu, ni en aucune divinité. Bien qu'elle ait créé Empathium, elle n'avait aucun loisir d'affecter son fonctionnement. C'était la beauté de la chose : nul ne pouvait diriger.

Pendant ses études aux États-Unis, Jianwen avait regagné la Chine l'été du gros séisme du Sichuan pour assister les victimes de la catastrophe. Le gouvernement chinois avait consacré d'importantes ressources aux opérations de secours – allant jusqu'à mobiliser l'armée.

Certains soldats de l'APL, de son âge, voire plus jeunes, lui montrèrent leurs affreuses cicatrices aux mains, récoltées alors qu'ils creusaient les décombres boueux des bâtiments effondrés, en quête des survivants et des cadavres.

« J'ai dû m'arrêter tellement j'avais mal, lui dit un de ces garçons, la voix remplie de honte. Ils ont dit que si je continuais, je perdrais mes doigts. »

De rage, la vision de Jianwen se brouillait. *Pourquoi ne leur avait-on pas fourni de pelles ni de véritable équipement de secours ?* Elle revoyait les mains ensanglantées des soldats, la chair des doigts qui se détachait tandis qu'ils s'obstinaient à creuser sans outils dans l'espoir de trouver des survivants. *Il n'y a aucune raison d'avoir honte.*

Quand Sophia, sa compagne de chambre, écouta le récit de ses expériences par la suite, l'attitude du gouvernement chinois lui inspira une même colère, mais la souffrance du jeune soldat la laissa de marbre.

« Ce n'était qu'un instrument pour des autocrates. » Elle semblait incapable de se représenter ces mains sanglantes.

Au lieu de rejoindre la zone sinistrée sous l'égide d'une organisation officielle, Jianwen figurait parmi des milliers de volontaires venus au Sichuan par leurs propres moyens afin de se rendre utiles. Comme tous les autres, elle avait apporté de la nourriture et des vêtements, pensant que c'était ce qu'il fallait. Non, les mères lui réclamaient des livres d'images et des jeux pour réconforter leurs enfants éplorés ; les fermiers lui demandaient dans quel délai le réseau serait rétabli ; les citadins essayaient d'obtenir outils et matériaux en vue d'entamer la reconstruction ; une petite fille qui avait perdu sa famille entière voulait savoir comment elle allait terminer le collège. Jianwen ne détenait ni les informations, ni les fournitures nécessaires ; personne n'en disposait, à ce qu'il semblait. Les responsables des opérations de secours n'aimaient guère les volontaires indépendants, si bien qu'ils ne leur disaient rien.

« Voilà : il faut du savoir-faire, avait dit Sophia plus tard. On ne peut pas se rendre sur une zone sinistrée en tant que simple foule. On doit placer des gens compétents à la tête de ces secours. »

Jianwen n'était pas de cet avis – rien de ce qu'elle avait vu ne prouvait qu'un expert puisse anticiper tous les besoins lors d'une catastrophe.

Dans une autre fenêtre, le texte défilait encore plus vite, présentant des offres de contrat différentes ; on recherchait des professeurs de grec, le financement d'une antenne-relais, des médicaments, des individus capables d'apprendre aux déplacés à gérer les visas et les permis de travail, des armes, des routiers acceptant de transporter des œuvres d'art produites par les réfugiés vers les acquisiteurs…

Certaines de ces requêtes, aucune ONG ni aucun régime ne les accorderait. L'idée qu'une autorité quelconque décide de quoi ceux qui s'efforçaient de survivre avaient besoin la révoltait.

C'étaient les sinistrés qui savaient ce qu'il leur fallait. Il valait mieux leur donner l'argent pour l'acheter : nombre de vendeurs téméraires et d'aventuriers ingénieux prendraient le risque de fournir les biens et les services demandés, tant qu'il y avait un bénéfice à faire. L'argent faisait bel et bien tourner le monde – ça n'avait rien d'immoral.

Rien de ce qu'avait réalisé Empathium n'aurait pu se faire sans cryptomonnaie. Le transfert d'argent à travers les frontières coûtait cher et attirait un contrôle gouvernemental tatillon effectué par des régulateurs soupçonneux. Amener l'argent dans les mains des individus qui en avaient besoin s'avérait presque impossible sans l'aide d'un processeur de paiement centralisé que de multiples autorités n'auraient aucun mal à coopter.

Avec la cryptomonnaie et Empathium, un smartphone suffisait pour faire connaître ses besoins au monde entier et recevoir de l'aide. Vous pouviez payer n'importe qui dans la sécurité et l'anonymat, vous réunir avec d'autres individus partageant vos besoins et soumettre une demande de groupe, agir seul. Personne ne pouvait intervenir afin d'empêcher l'exécution des contrats intelligents.

Voir un projet qu'elle avait bâti commencer à fonctionner comme prévu la comblait.

Pourtant, trop de demandes sur Empathium demeuraient insatisfaites, faute d'argent et de donneurs.

« C'est ça, en résumé, dit Sophia. Les donations à RSF baissent parce que bien des jeunes mécènes nous préfèrent le réseau Empathium.

— Attendez, vous venez de m'expliquer que ce réseau donne de la “cryptomonnaie”, non ? demanda le juge. C'est de… l'argent factice ?

— Rien de tel. Ce ne sont ni des dollars, ni des yens, voilà tout – même si on peut convertir les cryptomonnaies en devises dans les bureaux de change. Il s'agit d'un jeton électronique. Voyez-le comme… » Elle chercha d'abord en vain une référence obsolète qui parlerait au vieil homme, puis l'inspiration frappa. « … un MP3 sur votre iPod. Sauf qu'il peut servir à effectuer des règlements.

— Pourquoi ne puis-je pas envoyer une copie à quelqu'un qui paiera quelque chose avec tout en gardant l'original, comme les gamins faisaient avec les morceaux de musique ?

— Le propriétaire de chaque morceau figure dans un registre électronique.

— Et qui conserve ce registre ? Qu'est-ce qui empêche les pirates de s'y introduire et de le modifier ? Selon vous, il n'y a aucune autorité centrale.

— Le registre, appelé la blockchain, est réparti sur des ordinateurs dans le monde entier, expliqua la directrice de la technologie. Il se base sur des principes cryptographiques qui solutionnent le problème des généraux byzantins. Les blockchains alimentent les cryptomonnaies et Empathium. Leurs utilisateurs font confiance aux maths ; ils n'ont pas à faire confiance aux gens.

— Le problème quoi ? Bisontin ? »

Sophia poussa un soupir intérieur. Pousser aussi loin était inattendu. Il restait à finir d'exposer les bases d'Empathium. Quant à savoir combien de temps mettrait leur discussion à produire un consensus autour de ce que devait faire Réfugiés Sans Frontières sur le sujet…

La cryptomonnaie visait à retirer le contrôle de l'apport d'argent aux directives des gouvernements, et Empathium, le contrôle de la compassion aux expertises des associations caritatives.

Empathium constituait une entreprise idéaliste, mue par des vagues d'émotions plutôt que d'expérience ou de raison, ce qui rendait la planète plus imprévisible pour l'Amérique, et donc plus dangereuse. Sophia avait beau ne plus travailler au sein du département d'État, elle aspirait à un monde ordonné où les décisions seraient guidées par une logique pesant le pour et le contre.

Amener une tablée d'ego à saisir le même problème, c'était dur, sans parler de convenir ensemble de la solution. Elle aurait aimé posséder le charisme de certains leaders pour convaincre les gens de suivre un plan à l'aveuglette.

« Parfois, tu veux juste qu'on soit d'accord avec toi, lui avait dit Jianwen après une dispute drôlement houleuse.

— Et alors ? Ce n'est pas ma faute si je réfléchis davantage aux problèmes qu'eux. Je sais prendre du recul.

— Tu ne veux pas incarner la raison, mais *avoir raison*. Tu veux être un oracle. »

Elle s'était sentie insultée. Jianwen pouvait se montrer si têtue !

Une minute. Elle examina cette idée d'oracle. *C'est peut-être ça, la manière d'utiliser Empathium à notre profit.*

« Les généraux byzantins, c'est une métaphore. » Sophia tâchait de masquer son excitation croissante. Bûcheuse, elle se félicitait de s'être documentée pour creuser le sujet – et, bon, oui, rabattre le caquet de la directrice de la technologie. « Imaginez qu'un groupe de généraux, chacun à la tête de sa propre division de l'armée byzantine, assiège une ville. S'ils parviennent à coordonner leur assaut, elle tombera, et à se retirer ensemble, tout le monde s'en sortira indemne. Mais si certains attaquent pendant que les autres battent en retraite, ce sera le désastre.

— Ils doivent trouver un consensus sur leur plan d'action, résuma le juge.

— Oui. Ils communiquent par le biais de messagers, mais il y a un délai dans l'acheminement et certains généraux peuvent être des traîtres envoyant de faux messages sur le consensus émergent qui se négocie, semant la confusion et corrompant le résultat.

— Ce consensus émergent, c'est votre fameux registre ? Il consigne le vote de chaque général.

— Exactement ! Donc, et je simplifie, la blockchain résout ce problème par la cryptographie – des énigmes difficiles de théorie des nombres – sur la chaîne qui représente le consensus émergent. Par la cryptographie, chaque général peut vérifier sans difficulté que la chaîne qui montre l'état du vote est intacte, mais ajouter un vote requiert du travail. Pour leurrer ses collègues, un traître devra contrefaire et son vote et le résumé cryptographique de tous les précédents dans la chaîne. À mesure qu'elle s'allonge, ça devient de plus en plus compliqué.

— Je ne suis pas sûr de vous suivre, marmonna le juge.

— L'important, c'est que la blockchain utilise la difficulté de l'ajout par cryptographie d'un bloc de transactions – ça s'appelle la preuve de travail – pour établir une garantie : tant que les ordinateurs du réseau ne sont pas en majorité des traîtres, vous avez un registre distribué auquel vous fier davantage qu'à une autorité centrale quelconque.

— Et c'est ça, “faire confiance aux maths” ?

— Oui. Non seulement un registre distribué, incorruptible, permet d'avoir une cryptomonnaie, mais il fournit aussi une structure de vote sécurisée, dépourvue d'administration centrale, et le moyen de garantir que les contrats intelligents ne subissent aucune altération.

— Tout ça, c'est fascinant, mais quel rapport avec RSF ou Empathium ? » demanda, impatient, le mari de la députée.

Jianwen avait consacré de gros efforts à rendre l'interface d'Empathium ergonomique, caractéristique que la communauté des blockchains négligeait souvent. En fait, beaucoup de ces logiciels semblaient sciemment conçus pour être difficiles d'accès, comme si l'exigence d'une compétence technique servait à séparer les individus libérés des simples moutons de Panurge.

Elle détestait l'élitisme sous toutes ses formes – attitude paradoxale pour une technicienne de la finance éduquée au sein des universités de l'Ivy League et possédant une pièce entière de matériel réav haut de gamme. Une élite décidait que la démocratie ne « convenait pas » à son pays, une autre déterminait qui méritait ou non la compassion. Leur point commun ? La méfiance envers les *sentiments*, envers ce qui rendait les gens humains.

L'idée d'Empathium, c'était d'aider ceux qui se fichaient bien de la difficulté du problème des généraux byzantins ou des conséquences de la taille du bloc sur la sécurité de la blockchain. Un enfant devait pouvoir s'en servir. Jianwen se rappelait la frustration et le désespoir des Sichuanais en quête de simples outils. Il fallait qu'Empathium soit le plus facile d'utilisation possible, pour ceux qui donnaient comme pour ceux qui recevaient.

Elle créait l'application pour tous les gens qui en avaient assez qu'on leur dise de quoi se soucier et comment le faire, pas pour les prescripteurs eux-mêmes.

« Qu'est-ce qui te fait croire que tu as réponse à tout ? » avait-elle demandé, du temps où Sophia et elle abordaient n'importe quel sujet et où leurs discussions dépassionnées, menées par pur plaisir intellectuel, n'avaient rien de disputes. « Jamais tu ne penses que tu pourrais te tromper ?

— Si on m'indique un défaut dans mon raisonnement. Je suis toujours ouverte à la persuasion.

— Mais tu n'as jamais *l'impression* de te tromper ?

— Laisser les sentiments dicter sa façon de penser, voilà pourquoi beaucoup trouvent les mauvaises réponses. »

D'un point de vue rationnel, elle effectuait une tâche sans espoir. Elle avait consacré tous ses jours de congé à écrire Empathium, publié un article qui décrivait ses spécificités techniques dans les moindres détails, recruté du monde afin de vérifier son code, mais comment pouvait-elle escompter changer le monde des grosses ONG et des panels d'experts de politique étrangère par l'entreprise d'un obscur réseau de cryptomonnaie dépourvu de la moindre valeur marchande ?

Cette tâche, cependant, lui semblait juste. Ce qui valait davantage que tout argument a contrario qu'elle pouvait concevoir.

« Je ne comprends toujours pas comment ces "conditions d'exécution" sont satisfaites ! s'écria le juge. La façon dont Empathium décide qu'une demande d'aide mérite allocation et attribue la somme m'échappe. Jamais les donateurs ne vont passer en revue des milliers de sollicitations et établir auxquelles répondre favorablement.

— Il y a un aspect des contrats intelligents qu'il me restait à aborder, dit Sophia. Pour qu'ils fonctionnent, il faut un moyen d'importer la réalité dans le logiciel. Une condition d'exécution peut être bien moins simple qu'un jour pluvieux – sujet à interprétation dans certains cas –, et requérir un jugement de valeur humain : l'entrepreneur a-t-il installé la plomberie de manière satisfaisante, la vue promise est-elle un beau panorama, tel individu mérite-t-il de recevoir l'aide demandée ?

— Bref, ça requiert un consensus.

— Voilà. Empathium résout ce problème en distribuant des jetons électroniques, des “Emps”, à certains membres du réseau. Les détenteurs d’Emps ont pour tâche d’évaluer les projets qui recherchent des financements et de voter pour ou contre pendant une fenêtre spécifique. Seuls les projets recevant le nombre exigé de votes positifs – la quantité que vous pouvez attribuer dépend des Emps dont vous disposez – se voient financés par le pool de donateurs, et le seuil de votes positifs nécessaires augmente en fonction du montant demandé. Pour empêcher les votes stratégiques, le score n’est révélé qu’à l’issue de la période d’évaluation.

— Comment les détenteurs d’Emps décident-ils d’orienter leur vote ?

— À chacun de voir. Ils peuvent se contenter d’examiner le matériau fourni : récits, photos, vidéos, documentation, et ainsi de suite. Ils peuvent aller sur place afin d’enquêter sur les candidats. Durant la période d’évaluation, ils ont le loisir d’utiliser tous les moyens à leur disposition.

— Génial ! se gaussa le mari de la députée anglaise. Donc, l’argent destiné à ceux qui en ont besoin est alloué par des zozos qu’on a du mal à persuader de remplir un sondage clientèle entre deux sessions de jeu vidéo.

— C’est là que ça devient futé. Les détenteurs d’Emps sont motivés par la réception d’une petite somme allouée par le réseau en proportion de leurs comptes en Emps. Une fois l’évaluation d’un projet terminée, ceux qui ont voté pour le camp des “perdants” voient une portion de leurs Emps réattribuée à ceux qui ont voté pour le camp des “gagnants”. Le solde en Emps donne un baromètre de réputation ; au fil du temps, les personnes dont le jugement – le compteur d'empathie, d'où le nom du réseau – se retrouve le mieux accordé au consensus obtiennent le plus d'Emps, devenant ainsi les oracles infaillibles autour desquels le système fonctionne.

— Qu'est-ce qui empêche…

— Tout ça n'a rien d'idéal. Même ses concepteurs – dont on ignore l'identité – le reconnaissent. Mais, comme bien des choses sur la toile, ça fonctionne, alors que ça ne devrait pas, en apparence. Personne ne pariait un kopeck sur Wikipedia non plus, à ses débuts. En deux mois d'existence, Empathium s'est révélé drôlement efficace et résistant aux attaques. De plus, oui, il attire beaucoup de jeunes donateurs déçus par les organisations caritatives classiques. »

Le conseil d'administration prit le temps de digérer cette nouvelle.

« On va avoir du mal à résister », résuma le mari de la députée au bout d'un petit moment.

Sophia s'emplit les poumons. *Commençons à élaborer le consensus.* « Quoique populaire, Empathium n'a pas su, et de loin, attirer autant de fonds que les associations ayant pignon sur rue : et bien sûr, les donations qu'il reçoit ne sont *pas* déductibles des impôts. Certains des plus gros projets du réseau, surtout quand ils concernent les réfugiés, ne sont pas couverts. Si notre objectif consiste à refaire parler de RSF au niveau des réseaux sociaux, il faut proposer une offre de financement conséquente.

— Je croyais qu'on ne pourrait pas choisir à quel projet du réseau l'argent irait, dit le mari de la députée. Ce seront les détenteurs d'Emps qui en décideront.

— J'ai un aveu à vous faire : j'utilise Empathium et j'ai quelques Emps. On peut utiliser mon compte pour RSF et commencer à évaluer les projets. La doc permettra d'écarter certaines des demandes frauduleuses, mais, pour vraiment savoir si quelqu'un a besoin d'aide, rien ne vaut la bonne vieille enquête sur place. Avec notre expertise de terrain et notre personnel international, je pense qu'on pourra choisir quels projets financer avec beaucoup plus de précision que n'importe qui d'autre, et on gagnera vite des Emps.

— Mais pourquoi suivre ce plan d'action au lieu de mettre l'argent directement dans les projets que nous souhaitons ? demanda la directrice de la technologie. Pourquoi ajouter Empathium comme intermédiaire ?

— Une question d'influence. Avec assez d'Emps, Réfugiés Sans Frontières deviendra l'oracle infaillible de l'empathie globale et l'arbitre du mérite. » Sophia prit une profonde inspiration avant de porter le coup de grâce. « L'exemple donné par RSF sera suivi par d'autres grosses organisations de bienfaisance. Comme les donateurs de Chine et d'Inde portés à la philanthropie ne disposent guère d'associations locales de confiance mais accepteront sans doute d'utiliser une app de blockchain décentralisée, Empathium deviendra la plus grande plateforme de financement caritatif. Obtenir la majorité d'Emps nous permettra d'orienter l'usage de la plupart des donations charitables sur toute la planète. »

Médusés, les administrateurs demeuraient figés dans leurs fauteuils. Même les mains du robot de téléprésence avaient cessé de bouger.

« Bon sang, vous allez transformer une plateforme dont l'objectif est de nous désintermédier en instrument de notre couronnement, dit enfin la directrice de la technologie avec une admiration patente. *Ça*, c'est du jujitsu ! »

Sophia lui dédia un bref sourire avant de se retourner vers le reste de la tablée. « Alors, j'ai votre accord ? »

La ligne rouge qui indiquait le montant des promesses de dons à Empathium tutoyait la stratosphère.

Jianwen souriait devant l'écran. Son bébé grandissait.

La décision de Réfugiés Sans Frontières de rejoindre le réseau avait suscité l'adhésion en vingt-quatre heures de plusieurs autres grosses associations caritatives. Empathium se retrouvait donc légitimé aux yeux du public, et les riches donateurs qui se souciaient de leurs déductions fiscales pouvaient même désormais faire transiter leurs fonds par les ONG traditionnelles participantes.

Les projets qui recevaient l'attention des utilisateurs d'Empathium attireraient sans doute l'intérêt des médias, sous la forme de journalistes et d'observateurs. Le réseau allait orienter non seulement les donations, mais aussi les regards du monde entier.

Le canal privé #empathium fourmillait de débats.

NoFFIA>: C'est une ruse des grosses assos caritatives. Elles vont jouer à accumuler les Emps et obliger le réseau à financer leurs projets favoris.

N❤T>: Qu'est-ce qui te fait penser qu'elles le puissent ? Le système des oracles ne récompense que les résultats. Si tu ne crois pas que les associations caritatives traditionnelles savent ce qu'elles font, elles n'auront pas de meilleur moyen d'identifier les méritants. Le réseau les forcera à financer les projets que les détenteurs d'Emps dans leur ensemble auront choisis.

Anony☺>: Les associations caritatives traditionnelles ont accès à des canaux publicitaires échappant à d'autres. Les détenteurs individuels d'Emps restent des gens. Ils se laisseront influencer.

N❤T:> Tout le monde n'est pas aussi modelé par les médias classiques que tu le crois, surtout hors de la bulle où vous vivez, vous les États-Uniens. Tout le monde fera jeu égal, à mon avis.

Jianwen observait la discussion sans s'y impliquer. En tant que créatrice d'Empathium, elle savait que la réputation invisible accolée à son nom d'utilisateur signifiait que tout ce qu'elle disait pouvait influencer et détourner le débat de manière disproportionnée. Ainsi fonctionnaient les humains, même quand ils discutaient par le biais d'un texte défilant attribué à des pseudonymes électroniques.

Non, elle s'intéressait plutôt à l'action. Depuis le début, elle attendait et espérait la participation des ONG traditionnelles au réseau. À présent, l'heure de la deuxième étape avait sonné.

Elle appela une fenêtre de terminal et lança une nouvelle soumission à Empathium. Le fichier réav de Muertien était trop gros pour qu'elle l'incorpore à un bloc, donc il faudrait le distribuer en P2P, mais la signature qui l'authentifiait et empêchait qu'on l'altère ferait partie de la blockchain ; il irait à tous les utilisateurs du réseau et à tous les détenteurs d'Emps.

Même Sophia l'intraitable risquait de la recevoir.

Le fait que le soumissionnaire du fichier soit Jianwen (ou, plus précisément, l'ID utilisateur du créateur d'Empathium, dont nul ne savait qu'il s'agissait d'elle dans la vraie vie) lui apporterait un surcroît d'intérêt initial, mais, ensuite, cela ne dépendrait plus d'elle.

Elle ne croyait guère aux complots. Elle tablait sur le bon côté de la nature humaine.

Elle pressa la touche ENTRÉE, se cala dans son fauteuil et attendit.

La Jeep suivait la route de montagne sinueuse et boueuse dans la jungle près de la frontière entre Chine et Myanmar ; Sophia sommeillait.

Comment en est-on arrivé là ?

La folie du monde était aussi imprévisible qu'inévitable.

Comme elle l'avait anticipé, l'expérience du terrain de RSF avait vite fait du compte Empathium de l'association l'un des plus gros détenteurs d'Emps. Les avis qu'elle émettait passaient pour infaillibles : elle indiquait au réseau quels fonds attribuer aux groupes dans le besoin, proposait des projets logiques. Le conseil était très satisfait du travail qu'elle accomplissait.

Mais ensuite, cette fichue réav et d'autres du même acabit avaient débarqué sur le réseau.

Les expériences virtuelles parlaient aux interacteurs d'une manière que les mots, les photos et les vidéos ne pouvaient espérer atteindre. Traverser pieds nus une ville déchirée par la guerre, voir des bébés comme leurs mères démembrés et éparpillés autour de soi, se faire interroger et menacer par des hommes et des enfants-soldats armés de machettes et de fusils : la réalité virtuelle perturbait les interacteurs – certains avaient dû être hospitalisés.

Les médias classiques, limités par leurs idées quelque peu démodées sur la décence et les convenances, ne pouvaient guère montrer de telles images ; ils refusaient de pratiquer ce qu'ils tenaient pour de la manipulation émotionnelle pure et simple.

Où est le contexte ? Qui est la source ? demandaient les commentateurs mal-aimés. *Le vrai journalisme exige de la réflexion, de la cogitation.*

Il n'y avait guère de réflexion de votre part quand vous souteniez une guerre basée sur les images que vous publiiez, répondait l'esprit collectif des détenteurs d'Emps. *Vous ne seriez pas plutôt irrités de ne plus contrôler nos émotions ?*

L'omniprésence du cryptage sur Empathium invalidait la plupart des techniques de censure ; les détenteurs d'Emps se trouvaient exposés à des sujets desquels ils étaient jusque-là protégés. Ils votaient en faveur des projets attachés le cœur battant, la respiration entrecoupée, le regard brouillé par la colère et le chagrin.

Les activistes et les propagandistes s'étaient bientôt rendu compte que le meilleur moyen de faire financer leurs causes était de participer à l'escalade de la réav. Les gouvernements et les rebelles s'affrontaient donc pour créer des expériences percutantes qui, attirant les interacteurs vers leur perspective, les obligeaient à sympathiser avec leur camp.

Des charniers remplis de réfugiés morts de faim au Yémen. Des jeunes femmes manifestant leur soutien à la Russie abattues par des soldats ukrainiens. Des enfants de minorités ethniques courant nus dans les rues tandis que leurs maisons brûlaient dans les incendies allumés par les soldats du Myanmar.

Des groupes que les infos avaient oubliés ou présentés comme indignes de sympathie commençaient à recevoir des fonds. Une minute de leur tourment en réav avait plus de poids que dix mille mots d'éditoriaux dans des quotidiens respectés.

C'est la marchandisation de la souffrance! écrivait dans une tribune sérieuse un blogueur éduqué au sein de l'Ivy League. *Ne s'agirait-il pas d'un moyen supplémentaire pour les privilégiés d'exploiter la douleur des opprimés afin de se donner bonne conscience ?*

On peut recadrer et altérer une photographie afin qu'elle mente ; la réav, c'est pareil, disait un commentateur issu des études culturelles. *La réalité virtuelle est un milieu machiné au point qu'on ne s'accorde pas encore sur ce qu'y signifie l'idée même de « réel ».*

Cela menace notre sécurité, s'inquiétait un des sénateurs réclamant la fermeture d'Empathium. *Des fonds pourraient financer des groupes hostiles à notre intérêt national.*

Ce qui vous terrifie, c'est de vous voir désintermédiés de vos positions d'autorité imméritées, raillait un utilisateur d'Empathium dissimulé, comme ses semblables, derrière un compte crypté anonyme. *Ici, c'est la vraie démocratie de la compassion. Débrouillez-vous avec ça.*

Le consensus sentimental avait remplacé le factuel, et le labeur émotionnel de l'expérience par procuration la tâche physique et mentale de l'investigation : évaluer les coûts et les bénéfices, appliquer un jugement rationnel. Une fois de plus, la preuve de travail servait à garantir l'authenticité ; seul le type de travail différait.

Peut-être que les reporters, les sénateurs, les diplomates et moi, on pourrait créer nos propres expériences réav, se dit Sophia. Un cahot venait de la réveiller à l'arrière de la Jeep. *Dommage que ce soit si dur de rendre passionnant le boulot rébarbatif mais nécessaire qui consiste à déchiffrer une situation compliquée…*

Elle jeta un regard par la vitre. Ils traversaient un camp de déplacés au Muertien. Hommes, femmes et enfants, pour la plupart aux traits chinois, considéraient les passagers de son véhicule avec un air hébété qu'elle connaissait pour avoir vu le même chez la plupart des réfugiés de la planète.

Le financement réussi du projet Muertien avait constitué un revers massif pour RSF et Sophia. Elle avait voté contre, mais les autres détenteurs d'Emps avaient prévalu : du jour au lendemain, elle avait perdu dix pour cent de ses jetons. Divers projets illustrés par réav avaient ensuite obtenu des fonds malgré ses objections, entamant encore sa réserve d'Emps.

Confrontée à un conseil d'administration vexé, elle venait ici chercher le moyen de discréditer le projet Muertien et démontrer qu'elle avait eu raison de s'y opposer.

Entre Rangoon et cette région, elle avait parlé avec le seul employé de RSF en poste à l'ancienne capitale et plusieurs envoyés spéciaux occidentaux dans le pays qui lui avaient tous confirmé l'opinion dominante à Washington : c'étaient les rebelles la cause première du problème des réfugiés. La population du Muertien, d'ethnie Han chinoise, s'entendait mal avec le gouvernement central à majorité Bamar. Face aux rebelles qui avaient attaqué les forces armées, puis tenté de se fondre dans la population, le régime n'avait eu d'autre choix que de recourir à la violence, sous peine de voir cette jeune démocratie subir un revers et l'influence chinoise se propager jusqu'au cœur du Sud-Est asiatique. Des incidents regrettables avaient eu lieu, sans nul doute, mais l'essentiel de la faute incombait au camp rebelle. Le financer ne ferait qu'aggraver le conflit.

Mais cet avis d'experts, ce cours de géopolitique, passait très mal auprès des détenteurs d'Emps. Ils ne voulaient pas de leçons ; ce qui les persuadait, c'était l'immédiateté de la souffrance.

La Jeep s'arrêta. Sophia descendit, accompagnée de son interprète. Elle ajusta son tour de cou – un prototype que la directrice tech lui avait obtenu de Canon Virtual. L'air était chaud et moite, lourd d'odeurs d'ordures et de pourriture. Elle aurait dû s'y attendre, mais, dans son bureau climatisé de

Washington, elle avait oublié d'envisager la puanteur qui l'attendait ici.

Elle allait accoster une jeune femme à l'air méfiant vêtue d'un chemisier à fleurs quand un homme l'apostropha. Elle lui fit face. La pointant du doigt, il s'époumonait. La foule s'immobilisa pour la dévisager. La tension devint palpable.

Dans son autre main, il tenait un pistolet.

Le projet Muertien avait en partie pour objectif de financer des groupes disposés à passer des armes par la frontière chinoise destinées aux réfugiés. Sophia le savait.

Je vais regretter d'être venue sans escorte armée, hein ?

Le grondement des véhicules approchant par la jungle. Une plainte suraiguë dans le ciel, suivie d'une explosion. Des tirs discontinus, si proches qu'ils ne pouvaient venir que de l'intérieur du camp.

Dans la cohue qui se déchaîna alentour – la foule hurlait, détalait en tous sens –, Sophia, projetée au sol, s'efforça de faire un bouclier de ses bras autour des appareils de prise de vues et de sons, mais les fuyards paniqués qui la piétinaient lui coupèrent le souffle ; son étreinte se desserra. Le tour de cou ponctué de caméras cassa et roula dans la boue. Sans se soucier de sa propre sécurité, elle tendit la main afin de le récupérer. Ses doigts allaient l'effleurer quand une botte les lui écrasa dans un craquement écœurant. Elle jura, et le pied d'un individu lancé à pleine vitesse lui percuta la tempe.

Elle s'abîma dans l'inconscience.

Une migraine atroce. Le ciel tout proche est orange, sans un nuage.

Je repose sur une surface dure, sablonneuse.

Je me trouve dans une expérience réav, pas vrai ? Je suis Gulliver qui lève les yeux vers le ciel de Lilliput ?

Ce ciel ne cesse de tournoyer, de se balancer. Bien que je sois allongée, j'ai l'impression de tomber.

J'ai envie de vomir.

« Ferme les yeux jusqu'à ce que le vertige te passe. » Je connais ce timbre et ce rythme de voix, mais qui est-ce ? Ce que je sais, c'est que je ne l'ai pas entendu depuis un bail. Je patiente, le temps que mon tournis s'apaise. Alors seulement je prends conscience de la masse rigide de l'enregistreur de données fixé dans mon dos par de l'adhésif. Le soulagement m'envahit. Même si les caméras ont disparu, l'appareil le plus important a survécu à cette épreuve.

« Tiens, bois », reprend la voix.

J'ouvre les yeux, puis je tâche de me redresser sur mon séant ; une main vient me soutenir entre les omoplates. Une petite main robuste, une main de femme. Une gourde surgit devant ma figure dans la pénombre, un clair-obscur. Je bois à petites gorgées. Je ne me rendais pas compte de la soif qui me tenaillait.

Je considère le visage derrière la gourde : Jianwen.

« Qu'est-ce que tu fais là ? » Tout me paraît encore irréel, même si je commence à saisir que je me trouve à l'intérieur d'une tente, sans doute au camp.

« La même chose que toi. » Malgré tout le temps passé, elle n'a guère changé : l'attitude terre à terre, les cheveux ras, la mâchoire crispée dans un air de défi face à tout et à tout le monde.

Elle paraît simplement plus maigre, plus sèche, comme si les années avaient essoré encore plus de sa gentillesse.

« Empathium. Je l'ai créé, et tu veux le casser. »

J'aurais dû m'en douter. Jianwen a toujours détesté les institutions et souhaité perturber l'ordre établi.

C'est quand même chouette de la revoir.

Pendant notre première année de fac, j'ai écrit un article pour le journal de l'école sur une agression sexuelle lors d'une soirée d'une fraternité. La victime n'était pas étudiante, et on a discrédité son témoignage par la suite. Tout le monde a condamné mon papier ; on a brocardé ma négligence et déclaré que j'avais laissé ma soif de notoriété prendre le pas sur l'étude et l'analyse des faits. Je savais que je disais vrai : la victime s'était rétractée sous la pression, mais je n'avais aucune preuve. Seule Jianwen m'a soutenue sans faillir.

« Pourquoi me croire ? lui avais-je demandé.

— Je ne saurais pas l'expliquer. C'est une *sensation.* J'ai perçu la souffrance dans sa voix. Toi aussi, tu l'as entendue, je le sais. »

C'est comme ça qu'on s'est rapprochées. En cas de souci, je pouvais compter sur elle.

« Qu'est-ce qui s'est passé ici ?

— Ça dépend de l'interlocuteur, répond-elle. En Chine, les infos n'en feront pas du tout état. Aux États-Unis, si jamais on en parle, ce sera pour évoquer une nouvelle escarmouche entre le régime et les rebelles, dont les combattants se sont déguisés en réfugiés, forçant le gouvernement à riposter. »

Jianwen a toujours fonctionné ainsi. Elle voit partout la corruption de la vérité, mais ne vous dira jamais ce qu'elle estime être la vérité. J'imagine qu'elle a pris cette habitude en Amérique, pour éviter les disputes.

« Et que vont penser les utilisateurs d'Empathium ?

— Ils verront de nouveau des enfants déchiquetés par des bombes et des femmes abattues par des soldats alors qu'elles s'enfuyaient.

— Lequel des deux camps a tiré le premier ?

— Quelle importance ? L'Occident optera toujours pour les rebelles – comme si ça déterminait quoi que ce soit. Vous avez déjà décidé de l'histoire à raconter ; tout le reste est accessoire.

— Je vois. Ce que tu essaies de faire, je le comprends bien. Tu estimes qu'on ne fait pas assez attention aux réfugiés en Muertien, donc tu te sers d'Empathium pour donner de la visibilité à leur sort. Tu t'attaches à ces gens parce qu'ils te ressemblent, et…

— Tu crois ça ? Tu crois que j'agis de la sorte parce qu'ils sont de l'ethnie Han ? » Elle me dévisage, déçue.

Qu'elle me regarde comme elle veut, l'intensité de son émotion la trahit. Je la revois, en fac, s'échinant à collecter de l'argent pour le tremblement de terre en Chine, pendant qu'on essayait encore, elle et moi, de valider des UV ; je la revois lors d'une veillée aux chandelles pour les Ouïgours et les Han morts durant les émeutes qui les avaient opposés à Ürümqi, l'été suivant où on était restées sur le campus afin de rédiger le livret d'orientation des étudiants ; je la revois, en classe, refuser de céder face à un Blanc qui, les poings serrés, la dominant de toute sa taille considérable, exigeait qu'elle reconnaisse que la Chine avait eu tort de se mêler de la guerre de Corée.

« Frappez-moi si vous y tenez, avait-elle dit, posée. Je refuse de profaner le souvenir des hommes et femmes morts pour que je puisse naître. MacArthur allait atomiser Pékin. C'est ça, le genre d'empire que vous voulez défendre ? »

Certains de nos camarades de fac la tenaient pour une nationaliste chinoise ; ils se trompaient. Elle déteste tous les empires, parce qu'à ses yeux, ce sont les institutions ultimes qui concentrent des pouvoirs mortels. Elle juge l'Empire américain aussi indigne de soutien que le russe et le chinois. Comme elle disait : « L'Amérique est une démocratie pour ceux qui ont la chance d'être américains. Pour les autres, ce n'est qu'une dictature dotée des bombes les plus grosses et des missiles les plus puissants. »

Elle veut la perfection du chaos désintermédié au lieu de la stabilité imparfaite d'institutions perfectibles.

« Tu laisses ta passion l'emporter sur la logique. » Jamais la persuasion ne fonctionnera, mais je dois essayer. Si je ne me fie plus à la raison, je n'ai rien. « Une Chine puissante dotée d'influence en Myanmar menacera la paix mondiale. La prééminence américaine doit…

— Tu penses qu'il faut procéder à l'épuration ethnique des Muertiens pour garantir la stabilité du régime à Naypyidaw, promouvoir la Pax Americana et cimenter de leur sang les remparts de l'Empire américain. »

Je tressaille. Elle n'est pas du genre à mâcher ses mots.

« Tu exagères. Sans contrôle, ce conflit ethnique suscitera de nouvelles aventures qui accroîtront l'influence chinoise. J'ai discuté avec du monde à Yongan. Ils ne veulent pas de la Chine ici.

— Tu crois qu'ils veulent que les Américains viennent leur dire quoi faire ? » Le mépris enflamme sa voix.

« L'alternative craint, oui. Mais une implication chinoise renforcée ne fera qu'accroître l'angoisse des Américains, ce qui intensifiera encore le conflit géopolitique qui te déplaît tellement.

— La population ici a besoin de l'argent chinois pour les barrages. Sans croissance économique, elle ne pourra pas résoudre ses problèmes.

— Les entrepreneurs en ont besoin, pas les gens ordinaires.

— Qui sont les *gens ordinaires* que tu imagines ? réplique-t-elle. Tous ceux à qui j'ai parlé m'ont dit que les Bamars ne veulent pas qu'on construise de barrages chez eux, mais les verraient bien ici. C'est pour ça que les rebelles se battent : pour préserver leur autonomie et le droit de disposer de leur terre. Tu attaches de la valeur à l'autodétermination ou pas ? En quoi laisser des soldats tuer des enfants mène-t-il à un monde meilleur ? »

On peut continuer longtemps. Elle souffre tellement que la vérité lui échappe.

« La douleur de ces gens t'aveugle, dis-je. Et tu veux que le reste du monde connaisse le même sort.

Empathium t'a permis de contourner les filtres traditionnels des médias et des ONG institutionnels pour atteindre les individus. Mais faire l'expérience de ces massacres de femmes et d'enfants les bouleverse au point de leur interdire d'envisager tous les tenants et les aboutissants des événements qui ont conduit à ces tragédies. La réalité virtuelle, utilisée de la sorte, ce n'est que de la propagande.

— Tu sais aussi bien que moi que celle du Muertien n'a rien d'un faux. »

Je sais qu'elle dit vrai. J'ai vu des gens mourir autour de moi, et même si la réav était altérée ou sortie de son contexte, il en subsistait une part authentique suffisante pour que le reste importe peu. La vérité, c'est la meilleure des propagandes.

Une vérité supérieure lui échappe. Un événement n'est pas toujours un fait décisif; la souffrance ne signifie pas qu'il y a forcément un meilleur choix; des pertes humaines ne nous poussent pas nécessairement à abandonner nos principes. Le monde n'est pas qu'en noir et blanc.

« L'empathie a ses limites, dis-je. Si on oublie de l'assortir de responsabilité, on prône l'instabilité. Dans tout conflit, divers camps peuvent prétendre à la compassion, suscitant l'implication émotionnelle d'individus extérieurs – ce qui élargit le conflit. Pour se dégager de ce bourbier, il faut, par le recours à la raison, trouver la bonne réponse, autrement dit la moins nuisible. Voilà pourquoi certains d'entre nous ont le devoir d'étudier et de percer les complexités du monde, afin de décider, pour tous les autres, comment exercer l'empathie de façon responsable.

— Je ne peux pas m'abstraire. Je ne peux pas me contenter de chasser les morts de mes pensées. Leur souffrance, leur terreur… elles appartiennent à la blockchain de mon vécu, désormais. Ineffaçables. Si se montrer responsable consiste à apprendre comment se couper de la douleur de l'autre, ce n'est plus le genre humain que tu sers, mais le mal. »

Je la regarde. Elle me fait de la peine. C'est terrible de voir son amie souffrir en sachant qu'on ne peut pas l'aider et qu'on va même devoir la faire souffrir davantage. Parfois, la douleur – comme son admission – est bel et bien égoïste.

Je soulève mon chemisier pour lui montrer le capteur réav scotché au creux de mes reins. « Il a tout enregistré jusqu'au moment où la fusillade a éclaté – dans le camp – et où on m'a projetée à terre. »

Elle scrute le petit appareil ; son visage affiche tour à tour la surprise, la compréhension, la colère, le déni, un sourire ironique, puis un masque d'impassibilité.

Une fois la réav basée sur ce que j'ai subi uploadée – il ne faudra guère de montage –, ce sera l'indignation au pays. Une Américaine sans défense, directrice d'une ONG d'aide aux réfugiés, brutalisée par des rebelles Han armés par l'argent d'Empathium – difficile d'imaginer un meilleur moyen de discréditer le projet Muertien. La vérité, c'est la meilleure des propagandes.

« Je suis navrée. » Je dis vrai.

Elle me dévisage, sans que je sache si c'est de la haine ou du désespoir que je lis dans ses yeux.

Je regarde Sophia avec pitié.

« Tu as essayé la réav originale de la fillette ? Celle que j'ai uploadée ? »

Elle secoue la tête. « Impossible. Je ne voulais pas mettre mon objectivité en péril. »

La raison avant tout, comme toujours. Une fois, en fac, je lui ai demandé de regarder la vidéo d'un jeune Russe, à peine sorti de l'enfance, décapité face à la caméra par des combattants tchétchènes. Elle avait refusé.

« Pourquoi refuser de visionner ce que font les gens que tu soutiens ?

— Parce que je n'ai pas vu toutes les brutalités commises par les Russes à l'encontre des Tchétchènes, répondit-elle. Récompenser ceux qui suscitent l'empathie équivaut à punir ceux qu'on empêche de le faire. Regarder cette vidéo n'aurait rien d'objectif. »

Sophia a besoin de contexte, de recul. Mais, au fil des ans, j'ai appris que sa rationalité, comme chez beaucoup, n'est que rationalisme. Elle veut juste assez de recul pour que le cadre de l'image justifie ce que fait son gouvernement. Juste assez de contexte pour pouvoir se dire que ce que veut l'Amérique, c'est ce que voudrait toute personne sensée.

Si je saisis son mode de pensée, sa langue, les miens lui échappent. Ignorance, indifférence : les bases du pouvoir.

À mon arrivée en Amérique, je trouvais que c'était le lieu le plus fabuleux au monde. Il y avait des étudiants passionnés par toutes les causes humanitaires, et je m'efforçais de les soutenir toutes. J'ai collecté des fonds pour les victimes des cyclones au

Bangladesh et des inondations en Inde ; j'ai empaqueté tentes, couvertures et sacs de couchage pour le tremblement de terre au Pérou ; j'ai participé aux veillées du souvenir des victimes du 11 Septembre – je pleurais devant la Memorial Church dans la brise du soir de cette fin d'été, en essayant d'empêcher les bougies de s'éteindre.

Puis ça a été le séisme au Sichuan ; à mesure que le bilan approchait des cent mille morts, un étrange silence gagnait le campus. Des gens que j'avais crus mes amis se détournaient, et seuls des étudiants chinois tenaient la table des dons qu'on avait installée devant le Science Center. On n'a pas réuni le dixième des fonds qu'on avait obtenus pour des catastrophes beaucoup moins coûteuses en vies humaines.

Les rares discussions se focalisaient sur le fait que la soif de croissance des Chinois avait créé des bâtiments peu sûrs – comme si énumérer les défauts de leur gouvernement constituait la réponse adéquate à tous les enfants morts, et que réaffirmer les atouts de la démocratie permettait de justifier un refus d'aide.

Sur les forums anonymes, on postait des blagues sur les Chinois et les chiens. *Les gens n'aiment guère les Chinois*, musait un éditorialiste. « Je préférerais ravoir les éléphants », disait une actrice à la télé.

J'avais envie de hurler : *mais qu'est-ce qui vous prend ?* Il n'y avait pas la moindre compassion dans les yeux de mes camarades de classe qui passaient en détournant la tête devant la table des dons près de laquelle je me tenais.

Sophia a contribué, elle. Plus que tout le monde.

« Pourquoi ? » Je devais poser la question.

« Pourquoi te soucier des victimes alors que personne d'autre ne le fait ?

— Je ne vais pas te laisser rentrer dans ton pays avec l'idée irrationnelle que les Américains détestent les Chinois. Essaie de penser à moi quand tu auras un de tes accès de désespoir. »

C'est là que j'ai su qu'on ne serait jamais aussi proches que je l'avais espéré. Elle avait donné pour me convaincre, et non parce qu'elle éprouvait les mêmes sentiments que moi.

« Tu m'accuses de manipulation », dis-je à Sophia. Sous la tente, il règne une atmosphère oppressante ; j'ai l'impression qu'on m'appuie sur les yeux depuis l'intérieur du crâne. « Ce ne serait pas ce que tu es en train de pratiquer avec cet enregistrement ?

— Il y a une différence. » Elle a toujours réponse à tout. « Ma réav servira à persuader émotionnellement les gens de faire ce qui est rationnellement le bon choix au sein d'un projet mûri. L'émotion, c'est un outil contondant qu'il faut mettre au service de la raison.

— Projet qui consiste à stopper toute aide pour les réfugiés et à regarder le gouvernement du Myanmar les chasser de leurs terres jusqu'en Chine ? Voire pire ?

— Tu as réussi à obtenir de l'argent en surfant sur la colère et la pitié, mais en quoi cela leur bénéficie-t-il ? Leur sort sera toujours décidé par le jeu géopolitique entre la Chine et les États-Unis. Tout le reste, ce n'est que du bruit. On ne peut pas les aider. Les armer, tes réfugiés, ne fera que fournir au gouvernement un nouveau motif de recours à la violence. »

Elle n'a pas tort, pas complètement, mais il existe un grand principe qui lui échappe : la marche du monde n'obéit pas nécessairement aux théories économiques et aux relations internationales. Si on prend chaque décision en accord avec la méthode de Sophia, ce qui prévaut, sans exception, c'est l'ordre, la stabilité, l'empire. Il n'y a jamais de changement, d'indépendance, de justice. Nous sommes, nous devrions être, des créatures du cœur en premier lieu.

« La manipulation ultime, dis-je, c'est de te persuader que tu pourras toujours arriver à la justice par la raison.

— Sans la raison, on n'arrive jamais à la justice.

— L'émotion a toujours été le fondement de la justice, au lieu d'un instrument de persuasion. Est-ce que tu t'opposes à l'esclavage à la suite d'une analyse logique des avantages et des défauts de l'institution ? Non : parce qu'elle te révolte. Parce que tu as de la compassion, de l'empathie envers les victimes. Parce que tu *sens* son caractère injuste au fond de ton cœur.

— Le raisonnement moral, ce n'est pas pareil que…

— Ce n'est souvent qu'une méthode par laquelle tu domptes ton empathie afin de la mettre au service des institutions qui t'ont corrompue. De toute évidence, la manipulation ne t'effraie guère quand elle promeut une cause qui trouve grâce dans ton système.

— Me traiter d'hypocrite ne…

— Mais tu en es bel et bien une. Tu t'es gardée de protester quand une image de bébé a entraîné le lancement de missiles Tomahawk ou que la photo d'un enfant noyé sur une plage a provoqué la révision des politiques d'accueil des réfugiés. Tu as mis en avant un reportage qui invoquait l'empathie pour les oubliés du plus vaste camp du Kenya en racontant aux Occidentaux une histoire sentimentale à la Roméo et Juliette sur de jeunes réfugiés et en soulignant que les Nations Unies les éduquaient dans les idéaux de votre culture.

— C'est différent…

— Bien sûr que c'est différent. L'empathie, pour toi, ça n'est qu'une des armes de ton arsenal, au lieu d'une valeur fondamentale de l'humanité. Tu en récompenses certains en la leur accordant et tu en punis d'autres en la leur refusant. Trouver les motifs adéquats ne posera jamais de problème.

— Et toi, alors ? Pourquoi telle souffrance t'affecte-t-elle davantage ? Pourquoi te soucies-tu du Muertien plus que de n'importe quoi d'autre ? C'est quand même bien parce que ces gens te ressemblent, non ? »

Sophia croit encore qu'elle tient un argument massue. Je la comprends. Comme je la comprends ! C'est réconfortant de savoir qu'on est dans le vrai, qu'on a triomphé de l'émotion par la raison, qu'on œuvre pour un juste empire, qu'on est immunisée à la trahison de l'empathie.

Moi, je ne peux pas vivre ainsi.

J'essaie une dernière fois.

« En retirant le contexte et l'arrière-plan, en exposant les sens à la souffrance dans toute sa crudité, j'espérais que la réalité virtuelle nous empêcherait tous de chasser l'empathie par la raison. Dans la douleur, il n'y a plus de race, plus de religion, aucun des murs qui nous séparent et nous divisent à l'infini. Quand tu es plongée dans le vécu des victimes, tu te retrouves au Muertien, au Yémen, dans le cœur des ténèbres dont se nourrissent les grandes puissances. »

Elle reste sans répondre. Je vois dans ses yeux qu'elle a renoncé à me convaincre. Me voici au-delà de la raison.

Par le biais d'Empathium, j'escomptais créer un consensus d'empathie, un registre incorruptible du cœur libéré de la rationalisation traîtresse.

Peut-être que je suis trop naïve.

Peut-être que je me fie trop à l'empathie.

Anony🐭>: À votre avis, les gens, qu'est-ce qu'il va se passer ?

N❤T>: Pékin va devoir les envahir. Ces réav ne lui laissent aucune latitude. Si la Chine n'envoie pas de troupes protéger les rebelles au Muertien, ce sera l'émeute.

goldfarmer89>: À croire que c'était ce qu'ils voulaient depuis le début.

Anony🐭>: Tu crois que cette première réav était une prod chinoise ?

goldfarmer89:> Financée par l'État, forcément. Vu la qualité.

N❤T>: Je ne sais pas trop. La Maison-Blanche cherche un prétexte pour entrer en guerre avec la Chine afin de détourner l'attention de tous ces scandales.

Anony🐭>: Donc, pour toi, c'était une fausse preuve placée par la CIA ?

N❤T>: Ce ne serait pas la première fois que les États-Unis manipulent les sentiments antiaméricains pour obtenir ce qu'ils veulent. La réav Ellis alimente aussi le soutien de leur peuple à la ligne dure contre la Chine. Moi, je me sens très mal pour les Muertiens. Quel bazar.

little_blocks>: Toujours pas sorti de ces snuff réav sur Empathium ? Il y a trop longtemps que j'ai lâché l'affaire. Épuisant, le truc. Je t'envoie en MP un nouveau jeu qui te plaira.

N❤T>: Un nouveau jeu, c'est toujours ça de pris. ^_^

Dolly, la poupée jolie

Dès qu'elle ouvre la porte de la chambre, je saute de joie sur le lit, comme au trampoline. J'ai passé la journée entière couchée à regarder le carré de soleil traverser lentement la pièce. Mais c'est maintenant que je m'anime.

J'adore Amy. J'aime Amy d'amour. Amy est le sens de ma vie.

Mais en regardant sa figure, je vois que c'est un mauvais jour. J'arrête de sauter. J'essaie de me recroqueviller contre l'oreiller, de me fondre dans le couvre-lit.

Elle laisse tomber son sac à dos, puis ferme la porte. Je frissonne. Elle ne veut pas qu'on entende.

Elle vient se planter devant le lit. Baisse les yeux sur moi.

« Salut, Amy. » J'ouvre les bras pour demander un câlin. Ça marche, parfois.

« Salut, Stella. » D'une voix froide, triste, rageuse.

Je m'appelle Dolly.

Stella, c'est le nom d'une fille de sa classe. Amy m'en a montré une photo. Sur l'image, Stella était très belle. Mais il y avait de l'envie et de la peur dans la façon dont Amy en parlait. J'ai découvert que les personnes qui attirent l'amour de beaucoup de gens détiennent une sorte de pouvoir.

Je suis programmée pour jouer n'importe quel rôle voulu par Amy. Avec passion, avec joie. Plus petite, elle préférait que je joue un bébé, ou bien sa maman. Le plus souvent, je me jouais moi, Dolly. Mais elle a grandi.

Je prends une pose que j'imagine Stella prendre : debout sur la pointe des pieds, comme si je portais des talons hauts, les jambes croisées au niveau des chevilles, les mains sur les hanches.

Mais je mesure trente centimètres ; mon corps est conçu pour les câlins plus que pour le réalisme, avec son squelette en plastique, son rembourrage, sa peau en tissu. Je suis plate et large. J'ai les jambes épaisses, courtes. Mes yeux toujours ouverts sourient. Je n'ai rien d'une Stella.

« Te voilà. » J'essaie d'adopter un ton dédaigneux.

Amy s'approche. Elle se penche pour mettre son visage à la hauteur du mien. Elle a les yeux rouges.

« T'es qu'une garce, Stella », siffle-t-elle.

Tout à coup, je vole. Amy m'attrape par mes cheveux en nylon, me fait tournoyer dans les airs, me lâche. Je percute le mur, rebondis, tombe par terre en tas. Je m'efforce de me relever, dans un gémissement de moteurs et un crissement de rouages.

Elle me rejoint en quelques enjambées. « C'est *toi* qui es moche. C'est *toi* qui es sale. C'est *tes* habits qui ont l'air de venir de l'Armée du salut. C'est avec *toi* que personne ne veut être ami.

— Je suis désolée », piaillé-je. Ses paroles me font mal, même si je sais que ce n'est pas moi qu'elle voit.

« Je suis dééésoléééé », singe-t-elle, avant de m'attraper pour me balancer à l'autre bout de la pièce.

Cette fois, quand je heurte la cloison, quelque chose en moi se casse. J'essaie en vain de me redresser : mes jambes ne m'obéissent plus. Levant la tête, je vois approcher Amy, alors je croise les bras devant ma figure pour me protéger les yeux.

Elle se met à genoux. « Stella, chuchote-t-elle, pourquoi tu es aussi méchante ? On pourrait être tellement amies. »

Elle me prend dans ses bras, me serre contre elle.

Et j'en suis tout heureuse, malgré mes jambes mortes. Je l'enlace par le cou ; jamais plus je ne la lâcherai.

Robbie rigole en m'attachant à la fusée de feu d'artifice. Plantée dans le sable de la plage, elle pointe vers le large.

Il n'a pas pris la peine de m'éteindre. Comme il aime m'entendre le supplier, j'ai arrêté.

« Tu pars sur la Lune, Dolly. Une véritable astronaute. Je parie que ma sœur n'a jamais joué à ce jeu avec toi. »

Je ferme les yeux.

« Tu peux la garder, a dit Amy en me donnant à Robbie. Elle est fichue, elle n'est plus sous garantie, et je suis trop grande, maintenant. »

Je pleurnichais : « Non, non, non ! »

Elle n'a même pas tourné la tête.

Il allume la mèche.

Un vol bref, vertigineux ; l'obscurité froide et humide.

Pendant des mois, je dérive sur l'océan.

Le sel, les vagues, les attentions des poissons comme des mouettes m'ont dépouillée de mes habits, de mes cheveux en nylon, de ma peau de tissu, de mon rembourrage. Me voici réduite à mes pièces de métal et à mon squelette de plastique blanchi par le soleil. Mes rouages et mes moteurs, rouillés, rendent chaque mouvement difficile.

Par miracle, les piles envoient toujours du courant à mes puces électroniques.

Sans cesse, je me repasse les scènes entre Amy et moi. Impuissante, je l'adore, je l'aime d'amour. Elle fait partie de moi, de façon indélébile, depuis qu'elle m'a choisie au magasin et baptisée ; depuis que l'employé a gravé son nom et son image dans mes circuits.

La nuit tombe. Je tends les bras – pour me raccrocher à quelque chose. De la terre ferme. Poussant mes moteurs en surrégime, je parviens à prendre pied sur ce nouveau rivage.

Autour de moi, je vois un amas de bouteilles d'eau et de lait, de bas nylon, de flacons de lessive, de sacs de courses qui évoquent des méduses, de films étirables, de rubans de vinyle. Je suis sur une île flottante de rebuts de plastique – les ordures ménagères qu'on a jetées et que les courants ont amalgamées ici.

D'une voix rauque, je lance : « Amy ! » Son absence me pèse – au point que je sonne comme un enregistrement. « Amy, Amy, Amy. » Je voudrais que mes piles s'épuisent, pour qu'elle ne me manque plus.

J'aperçois des corps brisés réduits à leurs squelettes : une orbite vide, une tête déformée, un moignon au lieu d'un membre intact. Partout sur l'île, les poupées abandonnées se tordent dans les spasmes que leur impriment leurs derniers vestiges d'énergie.

Le soleil plonge derrière l'horizon ; les étoiles scintillent dans le ciel. Je n'entends que la plainte du vent et les voix ténues des poupées. « Talia… » « Jenny… » « Maddy… »

Amy, ô mon Amy.

Animaux exotiques

Je parcours la section adultes des petites annonces locales jusqu'à tomber sur la phrase code « exotique et sauvage ». L'adresse se situe dans un quartier où les gens qui ont un boulot, un foyer et des vêtements propres ne vont jamais.

Sans bruit, je m'enfonce dans la nuit noire ; je passe sous les réverbères brisés, je traverse les parkings déserts jonchés d'ordures, je longe les bâtiments éventrés occupés par les squatters et j'atteins une maison décrépite que se partagent deux familles. Il n'y a qu'une ampoule d'allumée, à l'étage.

Je m'accroupis, pour bondir de toute la puissance de mes jambes musclées. En quelques arcs silencieux, je franchis la ruelle entre la maison et l'entrepôt voisin, jusqu'à atteindre la cour intérieure. Personne ne m'a remarqué. Comme j'ai la peau moite une fois de plus, je bois une grande gorgée d'eau afin de m'hydrater.

Je ramasse une pierre, puis je gravis l'escalier de derrière, à pas de loup, jusqu'au palier du premier. Devant moi, une porte vitrée. Je m'accroupis, avant de lever lentement la tête jusqu'à pouvoir regarder dans la cuisine. Un type joue sur son téléphone ; une télé radote en fond. Il y a une caisse sur la table, remplie de billets et de pièces.

Je me faufile de l'autre côté du palier ; là, je jette un œil par la fenêtre de la chambre.

Un homme chevauche une fille ponette. Elle a des jambes robustes et de longs cheveux noirs lisses. Il manie une canne qui claque contre la peau féminine en faisant plus de bruit que le poste dans la pièce voisine. Elle pousse un cri étouffé par le mors qu'elle porte, mais elle affiche un air résigné. Je regagne, toujours accroupi, l'autre côté du palier.

Un, je brise la vitre avec la pierre. Deux, je passe le bras et je déverrouille la porte. Trois, d'un bond, j'entre.

Le type lève les yeux de l'écran de son téléphone. Avant qu'il ait le temps de parler, je l'attrape par les cheveux et je lui claque la tête sur la table. Il s'affale par terre. Je prends l'argent de la caisse, puis je scrute les étagères de la cuisine. J'y trouve un flacon de pilules vertes que j'empoche.

Passé dans le couloir, j'ouvre la porte de la chambre. J'ai fait si vite que le micheton est encore sur la fille ponette, mine figée entre plaisir et terreur. Le chauffage d'appoint ferraille. L'air stagnant empeste la sueur, le sexe, le tabac froid.

« Tire-toi », lui dis-je. Tout nu, il me contourne à la hâte et disparaît par le couloir.

Je tends le flacon de pilules vertes à la fille ponette. « Va-t'en d'ici et planque-toi. »

Je m'attends à la voir se tapir dans un coin et se cacher la figure. C'est ce que font les werks, en général, après que j'ai mis leurs proprios hors d'état de nuire. La plupart sont trop limités pour saisir la situation, et même les avancés, tels des oiseaux maintenus en cage trop longtemps, ne parviennent plus à agir. Même si le risque de découverte croît à chaque minute où je m'attarde sur le lieu du crime, j'éprouve le besoin – comme si je suivais un scénario – de rester là, de leur prodiguer des caresses, de les supplier de se lever, de sortir, d'apprendre à vivre dans le grand monde. Souvent, ils refusent de partir malgré mes encouragements et je dois les abandonner, en sachant qu'ils vont se faire reprendre.

Mais la fille ponette, loin de se tapir dans un coin, ôte sa bride, crache son mors et laisse choir le fouillis de cuir et de métal. Peu à peu, elle se lève devant moi, nue, haletante, les narines dilatées. Dans la pénombre de la pièce, je discerne les bandes et les volutes noires gravées sur sa peau pâle : les lignes de Blaschko. Des cicatrices de fouet s'entrecroisent sur ses seins.

« Merci. » Elle parle bas, d'une voix rauque, mais avec clarté. Très avancée, on la destinait de toute évidence aux fins connaisseurs. La découvrir dans un bordel de troisième zone m'étonne quelque peu. Sa mâchoire puissante domine sa longue figure – des traits plus frappants que beaux. Elle me fixe de ses iris noirs qui lui mangent le blanc des yeux. « Moi, c'est Ella.

— Et moi, Étoile. » Ce nom, c'était une manière de blague pour Hazel, mon ancienne proprio, qui aimait me regarder faire des sauts en étoile pendant des heures. « On t'a basée sur un cheval ? » J'ai remarqué ses ongles épais, robustes, et ses doigts boudinés.

« Un zèbre. » Elle sourit. J'aperçois ses dents plates, bien trop grosses. « Et toi ?

— Une grenouille. » Je lève la main, ôte mes gants et lui montre mes cicatrices là où j'ai découpé les palmures entre mes doigts.

Elle hoche la tête. « Je peux rester avec toi ? Je n'ai nulle part où aller. »

Je ne garde aucun souvenir de la Thaïlande, ni du labo souterrain secret où on a dû me fabriquer.

Un werk est une œuvre d'art, une chimère composée du matériau génétique de deux zygotes, le mélange des tissus de deux espèces, une créature née de l'esprit, de la curiosité de l'homme. Les werks sont des animaux de compagnie très courus ; certaines variétés, conçues à destination des fermes industrielles, font d'excellentes sources de protéines.

Un werk issu d'un zygote humain et de celui d'un animal différent tombe sous le coup de la loi, bien sûr, mais rendre une activité illégale n'a jamais garanti sa disparition. Dans les grands marchés de chair de Bagbok, chaque désir peut trouver satisfaction. Quand on a goûté à tous les plaisirs, l'esprit, comme le corps, se languit du véritable exotisme.

J'imagine ma propre création. On place dans une boîte de Petri un zygote de grenouille et un zygote humain volé à un centre de procréation médicalement assistée. Ils fusionnent. Puis ce sont les produits pharmaceutiques et quelques mois d'hypercroissance. Je suis une tumeur géante mutante dont l'essence biologique est un rêve impossible en conflit.

*

Je file à Ella, pour dormir, le lit de mon petit studio et un vieux peignoir. Un drap étalé par terre me suffit. Son odeur, chaude, moite, *vivante*, m'apaise. Constater que j'apprécie de côtoyer un autre corps me stupéfie. Je vis seul depuis si longtemps que je ne me rendais même plus compte que ça me manquait.

Ce n'est que pour quelques nuits. Le temps qu'elle puisse se retourner, s'habituer.

On prend nos pilules, puis je bois mes quatre litres d'eau. Comme c'est l'été, je laisse la fenêtre ouverte ; une agréable brise me rafraîchit tandis que des perles de sueur se forment sur ma peau.

Cette fenêtre ouverte nous permettrait aussi d'entendre des sirènes en approche, de lourdes bottes sur le trottoir, ou le calme étrange qui survient quand on bloque le quartier. Pour survivre en tant que werk sauvage, il faut une vigilance de tous les instants.

Le son de la télé trop fort de mon voisin perce la cloison et remplit mon minuscule logis plongé dans l'obscurité.

« Signalez la présence de werks illégaux faits de matériau génétique humain. D'avance, votre pays et vos concitoyens vous en remercient. »

C'est la voix du sénateur Leo Sterse, qui réclame qu'on alloue davantage de ressources à la capture des werks hors la loi. Il paraît qu'il vise la présidence, et il s'agit là d'une cause propice à s'attirer des voix.

J'ai vu et entendu cette annonce si souvent que je peux me repasser les images en pensée : les ruelles obscures et les sombres laboratoires de villes d'Asie se succèdent à l'écran, accompagnés d'une musique menaçante et de l'inscription « Le Danger À Nos Portes ». On montre ensuite des fuyards capturés, l'air hagard, la peau ravagée par les MST. L'un d'eux feule, dévoilant des dents pointues.

« Tu veux que je cogne à sa porte pour lui dire de baisser le volume ?

— Non, répond Ella. Inutile d'attirer l'attention sur nous. »

La voix de stentor du sénateur Sterse poursuit sa harangue chez le voisin. « Ne les gratifiez pas d'une compassion mal placée. » Cette voix profonde devrait inspirer la confiance, mais elle me crispe les mâchoires et me hérisse les poils sur la nuque.

Je vois d'ici les dix secondes suivantes : des werks dans le caniveau, sous un pont, leur corps affreusement déformé suintant le sang, leurs membres tressaillant faute d'avoir pu obtenir de leurs proprios les pilules vertes qui suppriment la guerre que se livrent leurs gènes. Coup double magistral de l'annonce : d'abord vous effrayer, puis vous assurer que les werks vous seront reconnaissants de les avoir dénoncés. Elle se garde bien d'expliquer ce qui attend ceux qu'on capture.

Le sénateur Sterse déclare alors que, même si les werks semblent se comporter en humains – s'exprimer de façon rudimentaire, par exemple –, il ne s'agit que d'imitation. Des chiens et des poissons rouges dans une peau d'homme, voilà tout. « Ne vous laissez pas avoir. Signalez sans exception les werks illégaux. »

On passe toujours le sexe sous silence.

Je garde l'image du sénateur en tête, même si, désormais, je me détourne chaque fois que son visage apparaît à l'écran – non que je le trouve laid, loin de là ; c'est un bel homme, élégant, séducteur, dont le regard m'enjôle malgré le dégoût que m'inspire l'individu, comme si je lui étais lié. J'avais la même attitude envers Hazel, mon ancienne propriétaire.

Je me lève et je passe dans la salle de bains où je déchire des bouts de papier-toilette ; je les roule en boules que je m'enfonce dans les oreilles. Revenu à l'obscurité de la pièce principale, je distingue le visage d'Ella au clair de lune. Ses longues oreilles en coupe tressaillent. Je lui tends d'autres feuilles de papier-toilette afin qu'elle se fabrique ses propres bouchons. Sans bruit, elle articule : *Merci.*

La confiance désemparée de son expression m'interloque, car elle ne me paraît que trop familière. Je devais ressembler à ça, autrefois.

La plupart des werks sexuels sont débiles. Leur cerveau hybride, cette table rase, n'aura pas le temps de mûrir, de devenir intéressant ; ce ne sont que des jouets destinés au tout-venant de la clientèle.

Afin de distraire les proprios plus exigeants, on a conçu des techniques qui permettent d'implanter une mémoire et un caractère. On plaque en palimpseste sur les réflexes et les instincts animaux des souvenirs collectés auprès de divers donneurs. Ces combinaisons épicent le jeu.

Qui sont ces donneurs dont des miettes d'esprit habitent les jouets sexuels ? Des travailleurs du sexe, des esclaves à peine plus libres que nous ? Des techniciens employés par les labos ? Des touristes qui considèrent ce don comme une bonne blague de vacances ?

Si mes zygotes d'humain et de grenouille m'ont donné mes cellules et mes instincts, ils ne forment que le substrat biologique où les pensées de mon donneur de mémoire ont pris racine et grandi. Le trouver est devenu mon obsession, presque aussi importante que le gîte, le couvert, les pilules et la liberté.

Mes souvenirs implantés ont été apurés de tous les détails personnels permettant une identification. Mon donneur était le pochoir ; moi, l'imprimé imparfait. L'objectif, après tout, c'était de me conférer des talents – langue, technique sexuelle, compréhension émotionnelle –, pas de me donner une véritable existence. Pourtant je vois dans mes rêves des fragments, obscurs, incohérents, de visages et d'événements de sa vie disposés cruellement hors de portée, comme une photomosaïque dont je serais trop proche pour lui trouver un sens.

Mon esprit est un amas d'éclats d'un passé que je n'ai jamais connu, filtrés par l'interprétation des qualia d'une conscience non humaine : le désir de s'enfouir dans la boue mélangé au désir de s'enfouir sous d'épaisses couvertures lors d'un hiver nordique, le goût des moustiques, des baisers dans le noir, un crépuscule émeraude sous l'eau, des bouts de poèmes d'amour appris par cœur pour impressionner des petites amies, des bulles coagulant dans une eau huileuse, des doigts qui paraissent savoir d'eux-mêmes comment caresser aussi bien les touches d'un piano que les seins d'une femme. Je suis une grenouille qui se rappelle avoir fréquenté la fac, ou un homme qui s'imagine avoir eu des branchies.

Ma vie n'aura de sens que le jour où je connaîtrai celui dont l'esprit habite ma tête.

Le lendemain matin, j'apprends à Ella comment se fondre dans la masse. Elle ne peut pas rester longtemps avec moi. Les voisins auraient des soupçons et me dénonceraient au logeur pour violation de l'article du contrat de bail imposant un unique locataire.

En premier lieu, je vole quelques vêtements pour elle à la laverie automatique du coin de la rue. Les traits les plus susceptibles de la trahir ? Ses yeux, ses oreilles et ses doigts. Il lui faut des lunettes de soleil et un chapeau bien enfoncé. Je lui donne aussi une de mes paires de mitaines – bizarre de porter ça en été, mais pas moyen de faire autrement.

Je l'emmène faire les courses afin qu'elle s'habitue à se trouver en public. Vu sa capacité mentale élevée, j'imagine qu'on l'a faite pour servir de jouet à quelqu'un de très riche qui l'a gardée cachée presque toute sa vie – avant de s'en lasser et de la revendre.

D'abord, elle se cramponne à mon bras, terrifiée, pendant qu'on déambule sur les trottoirs qui grouillent de passants, puis qu'on prend le métro. Mais au bout d'un moment elle se détend, se rendant compte qu'on ne lui prête aucune attention. Il s'avère qu'elle sait lire, comme moi, et qu'elle possède une bonne culture générale, héritée de son donneur.

On achète des petits pois, des carottes, tous les légumes qui fascinent Ella. Chaque fois que je vois un homme dont le regard semble s'attarder, nous évaluer, je donne un coup de coude discret à ma compagne et on passe dans la travée suivante. S'il nous suit, on quitte aussitôt le magasin.

On n'achète aucune chimère. On évite surtout le rayon rôtisserie, empreint de l'odeur du porcbœuf rôti.

Ensuite, on va au jardin public où je déterre des vers et où j'attrape des libellules près de l'étang. J'adore l'odeur de la pièce d'eau, mélange de végétation en décomposition et de boue cuite par le soleil. On reste là un bout de temps. Quand il nous semble que personne ne nous observe, Ella cueille de l'herbe pour la mâcher. Elle glousse, parce que les brins lui chatouillent les narines, bruit adorable qui me fait pouffer par contagion. Pour l'épater, je fais saillir mes yeux, comme s'ils allaient tomber, et elle hurle de rire avant de se couvrir la bouche de la main.

Je ne me rappelle pas si j'ai jamais ri de la sorte.

Au retour, on s'arrête devant une animalerie. *Nous avons de merveilleux werks ! Ils sont amicaux, curieux, affectueux, exotiques ! Il n'y en a pas deux de pareils !* Par la vitrine, on voit des enfants câliner les occupants des cages : un chat aux oreilles de lapin, un renard à queue de paon, un hamster aux cornes de bouc miniatures.

Le chapeau d'Ella, un peu remonté, découvre ses oreilles. Je vois celles-ci tressaillir, et ses narines se dilater tandis qu'elle observe les animaux domestiques et les enfants.

« Il va falloir que tu maîtrises ces tics », lui dis-je.

Elle hoche la tête et renfonce son chapeau.

« Tu as déjà pensé à en prendre un ? demande-t-elle.

— Non.

— J'aimerais bien un jour. Si je possède mon propre werk, je me sentirai plus… authentique. Moins de leur sorte. Je le traiterais bien. Je serais vraiment gentille avec lui. »

Un employé nous fait signe d'entrer. Je secoue la tête et on s'éloigne.

Rentré à la maison, je mets tout sur des assiettes qu'on partage. Elle a de l'appétit : elle goûte à tout, même aux vers de terre que j'ai surtout pris pour moi. Tous les deux, on se passe de couverts. Ella mange dans l'assiette, comme si elle broutait ou presque.

Après dîner, on débarrasse la table ensemble, puis je fais la vaisselle, qu'elle essuie. Elle observe les cicatrices entre mes doigts.

« Ça t'a fait mal quand tu t'es… découpé la main ? »

Oh, oui. J'ai taillé dans les palmures avec un couteau de cuisine émoussé pris à ma première victime – le proprio d'un werk trop stupide pour savoir parler – et saigné des mains pendant des semaines. « Non, pas trop. En tout cas, je ne m'en souviens pas.

— Depuis combien de temps tu passes pour humain ? »

J'y réfléchis. « Deux ans… et quelques. » La date exacte de mon évasion m'échappe. Mes souvenirs, les vrais, me paraissent moins substantiels que les fantômes implantés.

« Tu… » Elle hésite, cherche ses mots. « … gagnes tout ton argent en faisant comme hier ?

— Pas *tout.* Parfois, je mendie dans la rue. »

Dans quelques jours, quand elle aura davantage confiance en elle, je l'emmènerai chercher un appartement. Elle va sans doute devoir trouver son propre moyen de gagner sa vie et de se procurer les pilules. Elle pourra peut-être obtenir un emploi de femme d'entretien, ou, si elle accepte le risque, se promouvoir en ligne comme prostituée.

Cette dernière idée m'embête. Je devrais me ficher de ce qu'elle fait, or j'éprouve une certaine responsabilité envers elle. Elle m'émeut. C'est une sensation nouvelle : il s'agit moins de la posséder que de vouloir la côtoyer, l'entendre rire, le plus souvent possible.

« Tu as sauvé beaucoup de werks ? » Une pause. « Et merci, au fait. Je ne te l'avais pas dit. »

Tout en pesant ma réponse, je plonge mes mains dans l'eau chaude savonneuse au parfum citronné. Je m'attaque aux proprios des werks sexuels – les macs tel celui d'Ella, cibles les plus faciles, mais aussi des gens comme ma Hazel – pour obtenir les pilules et l'argent ; j'ignore combien de ces werks voient en moi un *sauveur.* Qui sait si beaucoup d'entre eux veulent être secourus ? (Aucun, si ça se trouve.) Peut-être qu'ils éprouvent de l'affection et de la dévotion à l'égard de leur propriétaire. Moi, je surgis de nulle part et je les jette dans un monde où ils doivent se frayer un chemin tout seuls, comme je le fais. Combien vont y parvenir ? (Aucun, si ça se trouve.) Jamais l'un d'eux ne m'a remercié ainsi qu'Ella vient de le faire.

J'admets que la propagande du sénateur Sterse comporte une part de vérité.

Pourtant, j'éprouve le besoin de les libérer. Ça me donne des frissons. J'ai l'impression d'être un héros – peut-être un fantasme que je tiens de mon donneur.

« Je regrette que tu ne veuilles pas répondre, dit Ella. Ne vois aucun sous-entendu dans la question. Je me demandais juste si tu as l'habitude d'héberger les werks que tu sauves.

— C'est une première. »

Après la vaisselle, on regarde la télé. Au bout d'un petit moment, Ella s'appuie contre moi ; elle presse la courbe de ses seins contre mon flanc et je l'enlace d'un bras, prenant l'un d'eux dans ma main en coupe, avec la conscience aiguë de mes cicatrices.

Je baisse les yeux : elle me regarde avec un mélange d'espoir et d'angoisse, comme si le sexe était la seule façon dont elle savait toucher et être touchée.

Je lui murmure : « Tu es libre. »

Ensuite, je dégage mon bras afin de lui ménager un cercle de vide, d'espace.

Elle prend une profonde inspiration, puis lève la tête dans l'attente d'un baiser. Après une hésitation, je l'embrasse.

L'odeur de ses cheveux m'emplit les poumons. Je devrais être plus heureux que je ne l'ai été depuis bien longtemps, je le sais, mais il y a quelque chose en elle qui me semble à la fois familier et dangereux, comme un cauchemar dont je ne garderais qu'un vague souvenir.

Il me faut reconnaître qu'Hazel était une bonne proprio, dans l'ensemble, et je sais qu'elle m'aimait.

Mon premier véritable souvenir, c'est le moment où elle est venue me chercher dans la chambre où je me redressais sur le lit, enroulé dans un drap. À son entrée, je tremblais de froid. J'avais la peau atrocement sèche.

« Oh ! génial. » Elle a regardé le technicien présent. « Il peut… parler ?

— Il est encore groggy après la livraison en avion. D'ores et déjà, il devrait pouvoir comprendre des ordres simples. À mesure qu'il se liera avec vous, il deviendra plus affectueux. D'autres souvenirs lui reviendront au fil du temps. Il saura se débrouiller… » Un petit rire lascif. « Surtout avec sa grosse langue. »

Hazel m'a emmené chez elle, nourri à la cuiller, habillé comme une poupée. J'étais son jouet, un joyau, la grenouille qu'elle avait changée en prince charmant. Elle ne pouvait se retenir de me toucher, tout le temps. Elle m'a fait visiter sa maison, en m'abreuvant de paroles, et montré les toilettes, la piscine, la terrasse.

Les souvenirs implantés en moi émergeaient peu à peu. Voilà comment on s'habillait, comment on se déshabillait ; comment on dansait, comment on massait, comment on baisait.

Hazel adorait me voir faire des « trucs de grenouille » et constater ma distance de saut, le degré d'humidité de ma peau, le nombre de mouches que je capturais d'un coup de langue, ma vitesse de nage. Plus je lui montrais ma nature animale, plus elle était ravie.

Parfois, la nuit, elle me gardait dans son lit. D'autres fois, quand elle recevait, elle me conduisait à la cave où il y avait une chaîne avec un collier de fer et une piscine d'enfant en plastique à moitié remplie d'eau.

Elle posait un doigt sur ses lèvres – « Chut ! » – avant de fermer la porte et de remonter.

Parfois elle m'embrassait. Parfois – rarement – elle me fouettait. Elle trouvait du plaisir aux deux.

Mon corps participe de la grenouille et de l'homme. Mon esprit grouille d'ombres prises à un inconnu, invoquées par une femme qui voulait posséder une créature à mi-chemin entre l'humain et l'animal.

La question se pose donc : sous cet enchevêtrement, où se situe le vrai moi ?

*

Je me réveille, loin d'être alerte, mais conscient. Aussitôt, je saisis le carnet à dessin tout proche et, sous la pâle lueur de l'aube, je m'efforce de représenter les gens de mes rêves avant qu'ils ne s'effacent.

J'ai rempli une pile de blocs-notes de portraits issus des souvenirs de mon donneur : ses amis d'enfance, ses amours de lycée, des stars du porno qui l'excitaient, des parents, des grands-parents, des hommes qu'il admirait. Peut-être l'un des visages oniriques que j'ai entrevus était-il le sien propre, contemplé dans un miroir et retouché par son ego.

Ella se réveille à son tour. Je l'ignore pour continuer mon esquisse. Elle se lève du lit et vient s'accroupir auprès de moi. « Je ne vois pas de visages. Je me rappelle des tas de trucs : apprendre à faire du vélo, lire des romans, danser. Aucun visage. Aucun lieu. »

Ça ne m'étonne pas. Ella est un modèle plus récent. Les techniques d'anonymisation des souvenirs des donneurs se sont améliorées au fil du temps.

« Tu veux vraiment le retrouver, hein ? Mais pourquoi ? »

Ça doit ressembler un petit peu au désir qu'a tout enfant de comprendre d'où il vient, de qui il est l'image. Je crois que trouver mon donneur conférera un sens à ma vie et me montrera qui je suis. Certains pensent que les personnes, les familles, les nations et les races sont captives de l'histoire, que les existences et les actions des individus sont dictées par des motifs obscurs et des souvenirs enfouis auxquels ils ne sauraient échapper. Pour les humains, il s'agit peut-être d'une simple métaphore ; pour moi, c'est la réalité.

« Je veux savoir pourquoi je fais ce que je fais », dis-je.

Ella feuillette mes dessins. « Tu as déjà identifié l'un de ces gens-là ? »

Je secoue la tête. Je suis mauvais dessinateur – de même que mon donneur, sans doute – et les visages de mes rêves, flous, brouillés, disparaissent trop vite au réveil, telle l'eau dans un tamis. Je sais bien qu'il y a des célébrités parmi ces individus, mais, en dépit de tous mes efforts, je n'ai jamais pu leur associer une figure vue à la télé ou sur le web.

Inutile de poursuivre. Je suis réveillé depuis trop longtemps. Je pose mon crayon.

« Tu me donnerais un de tes carnets ? demande Ella, hésitante.

— Pourquoi ?

— Je veux un souvenir de toi. On ne restera pas

toujours ensemble. Je te l'ai dit : je ne rêve jamais de visages. »

J'ai l'impression de me priver d'un de mes organes. Mais, en lui tendant le carnet à dessin, j'éprouve une bouffée de bonheur. Ces visages me hantent, et il me faut m'en séparer pour faire cet étrange constat : ils m'appartiennent, plus que je ne leur appartiens.

Au beau milieu de la nuit, je me tenais à califourchon sur l'appui de la fenêtre, prêt à sauter.

« Viens là », a dit Hazel.

Elle s'asseyait dans le lit, adossée aux oreillers, ses doigts noueux croisés sur son giron. « Tu m'aimes. » Son ton de voix indiquait la satisfaction.

Alors, j'ai vu qu'elle avait les yeux fermés.

Hazel m'avait parlé de sa solitude, des déceptions que lui avaient values les divers hommes qu'elle avait fréquentés. Elle avait de l'argent, du pouvoir, une grande demeure où cacher des choses, pourtant sa vie tournait au cliché : elle manquait d'affection.

Qu'est-ce qui avait fini par la décider à vouloir un werk ? Le danger, le frisson du désir, la peur de l'interdit ? C'était une personne réelle – et les personnes réelles connaissaient leurs motivations.

À la différence d'un jouet comme moi. Je ne savais même pas pourquoi je souhaitais fuir. Il me semblait simplement que je le devais.

J'ai sauté, mais j'avais surévalué la force de mes jambes qui étaient moins robustes que mon instinct de grenouille ne l'estimait. Quelques secondes plus tard, une vive douleur les envahissait, comme si elles étaient en feu. J'ai eu beaucoup de chance de ne rien me casser. Boitant bas, j'ai filé dans l'obscurité.

Aujourd'hui, Hazel m'inspire du chagrin. Je l'imagine toute seule dans sa maison. Je l'imagine tout retourner pour me retrouver, puis attendre avec angoisse, redoutant le jour où on me retrouverait, ce qui paraissait inévitable, et où on ferait le rapport avec elle.

Il se peut qu'elle n'ait même pas su pourquoi elle voulait un werk, mais se soit sentie forcée de posséder une créature chaude et vivante, pour prouver son ascendant sur elle et se sentir humaine face à quelque chose qui ne l'était pas.

Elle aurait dû choisir un werkchien. Ils sont beaucoup plus loyaux.

Pensifs, des hommes et des femmes débattent des werks dans mon genre. Quel est notre statut légal ? Sommes-nous des individus ou des biens ? Devrait-on nous renvoyer vers les jungles urbaines d'Asie – là où les touristes pourront continuer à goûter nos services –, nous confisquer, voire nous détruire en tant que produits de contrebande ? Avons-nous plus de proximité avec des machines ou des animaux ?

Une évidence se dégage : les gens refusent qu'on leur rappelle notre existence, la décadence de leurs concitoyens dotés des appétits et des fonds pour nous concevoir, remplir des formulaires de commande et effectuer des virements à l'étranger. Ils refusent d'envisager quelles compensations motiveraient des hommes à transporter des abominations pareilles jusqu'ici en risquant la prison. Une honte de cette nature, c'est insupportable ; elle paralyserait notre pays. On doit absolument nous trouver, nous rassembler, et nous faire disparaître.

Ainsi donc, le sénateur Sterse donne ses grands discours, grâce auxquels nous devenons des cauchemars qui effraient les gentils petits garçons et les gentilles petites filles.

Personne ne sait pourquoi les werks deviennent sauvages. Beaucoup, comme moi, prennent la fuite. D'autres subissent un abandon après que leurs proprios se sont lassés d'eux. La plupart, effrayés, esseulés, se cachent dans les bas quartiers, mais ils paraissent toujours désirer une compagnie humaine, et leur confiance pathologique facilite leur capture.

Il en va de même avec moi. Parfois, dans mes rêves, je vois Hazel qui s'approche, tenant ma laisse. « Ah ! te voilà, dit-elle. Je t'ai cherché partout. » Et, dans mes rêves, jamais je ne m'enfuis.

C'est le défaut de notre nature. Il nous manque un esprit propre.

Je me réveille.

Une seconde plus tard, Ella est par terre à mes côtés. Elle m'appuie sur les épaules jusqu'à ce que je me rallonge.

« Laisse-moi t'aider à te rappeler. » Le tenant devant mes yeux, elle feuillette le carnet de croquis que je lui ai donné. « Dis-moi quand il y a un visage que tu viens de voir dans ton rêve. »

Je l'arrête sur le dessin d'une femme, les cheveux longs de couleur claire, le visage émacié, le nez un peu tordu. Il y a beaucoup de portraits de cette personne dans mes carnets. Elle l'examine.

« Ferme les yeux et essaie d'évoquer ce visage. »

J'obéis. Je sens Ella me caresser la figure,

m'effleurer les paupières, presser doucement de ses phalanges mon front et mes sourcils.

« Mais au lieu de te focaliser sur les traits, porte plutôt ton attention sur le pourtour, sur le cadre. »

Je n'ai jamais essayé ça. D'habitude, je scrute tellement le visage que je ne prête aucune attention au reste.

« Elle se tient devant une maison. Dans l'allée. »

Ella me masse les mâchoires pour les détendre. « Ne fais pas trop d'efforts. Les détails surgiront d'eux-mêmes. »

Je laisse mon point de vue dévier. « Il y a une boîte aux lettres près de l'allée. »

Elle continue de me caresser le visage de ses doigts forts et courts, ses ongles épais creusant mes joues. Je la sens elle aussi surexcitée.

« Je vois un nombre sur la boîte. 72. Et un nom. »

Les lettres de l'inscription restent hors d'atteinte, malgré tous mes efforts.

« Tâche de voir si le premier caractère est un A, un B, un C… Suis l'alphabet. Mais ne force pas. Fais attention sans faire attention, comme si tu essayais de discerner une étoile à peine visible du coin de l'œil. »

Comment Ella connaît-elle ces trucs ? Un vague malaise s'empare de moi, mais je ne peux me permettre de pousser la réflexion plus loin : le souvenir s'efface déjà. Je passe en revue l'alphabet à toute allure, afin d'apparier une lettre, n'importe laquelle, aux caractères vacillants sur la boîte.

Alors que le rêve disparaît – et que je m'éveille – pour de bon, j'y parviens. « L. Ça commence par un L. »

Ce qu'Ella m'a permis de me rappeler n'est peut-être pas grand-chose, mais c'est davantage que je n'ai jamais eu.

Je passe la journée à surfer en quête d'une photo ou d'un nom de femme en rapport avec le nombre 72 – une tâche absurde qui équivaut à chercher un poisson dans l'océan en se basant sur le motif de ses écailles. Pourtant je clique avec espoir. Je me sens si près du but qu'il me semble le sentir.

La pièce s'obscurcit. Je me rends compte que je meurs de faim, puis qu'Ella n'est toujours pas rentrée.

Ce matin, elle m'a dit qu'elle voulait se promener seule. C'était il y a des heures.

Je vois d'ici le vent lui arracher son chapeau, un enfant hurler en la pointant du doigt, des policiers l'encercler alors qu'elle arbore une mine terrifiée. Je m'habille et je sors.

Où est-ce qu'elle peut être ?

Je me rappelle la manière dont ses oreilles tressaillaient pendant qu'elle contemplait les werks domestiques par la vitrine de l'animalerie. Je prends cette direction au pas, puis au trot. Je pourrais aller beaucoup plus vite si je sautais, mais je me force à ralentir, à mettre un pied devant l'autre.

Il fait nuit ; les réverbères sont allumés. La boutique est bondée, mais aucune trace d'Ella. Regardant alentour, j'avise un café de l'autre côté de la rue. Je m'approche pour jeter un coup d'œil à l'intérieur.

Elle occupe une table au fond de la salle. Le soulagement m'envahit. Je vois alors qu'un homme lui tient compagnie. Sans certitude, j'ai l'impression de reconnaître l'un de ceux qui nous ont regardés avec insistance à l'épicerie l'autre jour.

Il feuillette un carnet, celui que j'ai donné à Ella, et pose une question. Elle secoue la tête, résignée, absente, comme face à une rude épreuve. Elle avait la même expression dans la chambre fétide, mal éclairée, où je l'ai découverte.

Je m'esquive avant que l'un ou l'autre relève la tête et me voie. Mon cœur bat à tout rompre.

Elle s'est fait choper. Ce type doit être un flic en civil. Il l'interroge, et elle essaie de ne rien dire, pour me sauver.

Si j'avais la moindre jugeote, je tournerais les talons et je partirais ; je quitterais mon studio, je fuirais le plus loin possible, je recommencerais ailleurs. Je reste cloué sur place près du café. Je ne peux pas abandonner Ella à son sort.

Puisque je l'ai secourue, j'en suis responsable. Cette idée s'impose à moi comme une boule dans ma poitrine.

Enfin, une heure plus tard, je les vois quitter le café pour remonter la rue. Un demi-pas derrière elle, il la tient par le coude pour éviter qu'elle s'échappe. Il y a peu de passants, à ce moment de la soirée. *Parfait.*

Je m'extirpe de la benne à ordures où je me cachais et je traverse la rue derrière eux. Je plonge dans la ruelle jouxtant le café, puis je bondis pour attraper le barreau inférieur de l'escalier d'incendie. Dans un fracas métallique, je grimpe jusqu'au toit.

Je cours moins vite que je ne saute. Ici, au-dessus

des rues, dissimulé aux passants, je peux donner toute ma puissance. Je prends un risque : un des occupants des immeubles hauts quelques rues plus loin pourrait apercevoir ma silhouette bondissante. Je n'y peux rien.

Je voltige de toit en toit, volant presque, jusqu'à devancer de peu Ella et l'auteur de son arrestation. Je descends par un autre escalier d'incendie pour aboutir dans une ruelle étroite devant laquelle ils doivent passer.

Accroupi dans le noir, je tends l'oreille. C'est ma dernière chance, et un pari risqué. Passé cette ruelle, ils déboucheront sur une artère fréquentée pleine de voitures. Je n'aurai plus le loisir de rien tenter. Mais si on me voit agresser ce type, on alertera la police ; les années d'efforts consacrées à me planquer n'auront servi à rien.

Je n'ai aucun motif rationnel d'agir ainsi, mais je ne peux pas m'en empêcher. Je refuse de garder en dernier souvenir d'Ella cette expression d'impuissance qu'elle avait assise à la table du café – comme si elle n'avait plus le choix.

Dès que je la vois, je pousse sur mes jambes pour bondir et retomber devant l'homme que je percute de plein fouet ; je roule au sol, je me relève et je le traîne dans la ruelle où je lui cogne la tête par terre. Il devient tout mou et cesse de se débattre.

Haletant, je lève la tête pour voir Ella qui me dévisage, choquée.

« Je refuse que tu te laisses capturer. » Je m'efforce de reprendre mon souffle. « Tu n'as pas à être seule. Reste avec moi aussi longtemps que tu voudras. »

Elle trébuche, s'affale contre le mur.

Fouillant la veste du type, je prends son portefeuille – l'argent n'a pas d'odeur –, puis je vais la réconforter. Elle enfouit sa tête au creux de mon épaule, sans réussir à arrêter de pleurer.

« On bouge, avant qu'on se fasse repérer. »

Je crois comprendre pourquoi les gens veulent des werks. Le désir de côtoyer une créature étrangère, sentir la chaleur d'une vie différente, la posséder, exiger son affection selon vos propres termes – un désir familier. N'est-ce pas celui d'Ella qui veut *son* propre animal domestique ? N'est-ce pas le mien qui m'incite à en « libérer » et à leur imaginer des avenirs qui ne verront jamais le jour ?

Ici, maintenant, dans ma pièce grise à la moquette tachée d'humidité et au mobilier récupéré dans la rue, tandis que, soulagé, je savoure d'avoir récupéré Ella, j'estime pouvoir enfin pardonner à Hazel. Au fond, elle et moi n'étions pas si différents : tous deux, nous voulions nous sentir humains.

Non, pas tout à fait. Je veux Ella, sa présence, son odeur, le contact de ses mains robustes sur ma figure. Je veux aller à l'étang avec elle, l'entendre rire, la regarder brouter. Il y a un futur que j'envisage en son éternelle compagnie. Mais je ne veux pas la posséder, la plier à ma volonté, l'obliger à me supplier de lui donner ses pilules jour après jour. Je veux la voir libre, la croire réelle.

Pendant qu'Ella prend sa douche, je fais l'inventaire du portefeuille qui contient des cartes de crédit dont je n'ai pas l'utilité, plus quelques espèces. Et un chèque à son nom.

C'est une sorte de chasseur de primes, de toute évidence. Ce qui m'étonne, c'est l'émetteur du chèque : la Fondation Margaret Langdon-Sterse.

Pourquoi une fondation privée, une association caritative, je suppose, paierait-elle des chasseurs de primes à traquer des werks ?

Je tape « Fondation Margaret Langdon-Sterse » dans un moteur de recherche.

Margaret Langdon s'avère être feu l'épouse du sénateur Sterse. Il a créé cette structure afin de poursuivre son œuvre caritative auprès des orphelins d'Asie. Je clique sur le site de l'institution jusqu'à trouver une photo de Margaret, et je me fige.

Sur l'image, elle a de longs cheveux couleur caramel, les traits émaciés, des rides, un sourire forcé et le nez un peu de travers.

Il s'agit de la femme dans mes rêves. Je scrute ce visage, en tâchant de comprendre.

La page présente une vidéo en boucle d'une interview.

« Comment avez-vous rencontré le sénateur Sterse ?

— Oh, Leo et moi, on sortait ensemble au lycée. Il se disait toujours fâché avec les nombres, à part mon adresse, au 72 Madison Drive, et ma date d'anniversaire… »

Les rêves affluent ; soudain les fragments se recomposent en motif reconnaissable. J'ai attendu des après-midi entiers dans la voiture au bord du trottoir, impatient de voir ce beau visage. « Leo. » Elle descend l'allée vêtue d'une jolie robe – le souvenir évoque une perle scintillante enfin extraite de la vase du fond de l'étang qui forme mon cerveau. « Allons-y. Ne nous mettons pas en retard. »

Ella se tient devant moi, drapée dans une serviette. Son regard passe de l'écran à ma figure, de ma figure à l'écran.

« J'ai les souvenirs de Leo Sterse, dis-je. Je suis l'enfant mental du sénateur. »

L'individu qui jure d'éradiquer les werks sexuels existe aussi dans leurs esprits. Le procureur est autant le micheton que le prostitué.

Leo Sterse avait dû goûter à leurs plaisirs secrets. Et un jour, son esprit avait servi à en produire davantage. Peut-être qu'on lui avait offert un rabais en échange. Ou peut-être qu'il appréciait l'idée de coucher par procuration avec autant d'hommes et de femmes.

Mon besoin de « sauver » les werks s'explique-t-il par un fantasme du sénateur ? S'agit-il du reflet inversé de sa croisade pour nous capturer tous ? Mon cerveau n'est-il que le sous-sol de son esprit où il a relégué ses appétits sauvages et ses lubies sentimentales ?

Découvrir l'identité de ce donneur n'est pas la révélation que j'escomptais. La confirmation que mes désirs et motifs viennent d'un tel homme n'explique rien. Je me sens vide : une coquille creuse dont l'homoncule aux manettes apparaît désormais comme un mensonge.

« Moi aussi, je suis la création de Leo Sterse », dit Ella.

Je la dévisage sans comprendre.

À mesure que la carrière politique de Sterse

progressait, m'explique-t-elle, il a compris que les werks comme moi, nantis de ses souvenirs, étaient des bombes à retardement. La fondation au nom de sa défunte épouse, c'est le paravent derrière lequel il poursuit son projet secret : se débarrasser de nous tous avant qu'un scandale n'éclate.

« D'abord, il a racheté les werks dans mon genre à leurs acquéreurs initiaux grâce aux archives des labos clandestins. Les rapports de police lui ont soufflé que tu étais l'assaillant des proprios. Il m'a alors demandé d'être ton appât. Il m'a tout dit, et confié qu'il pouvait se fier à moi parce que lui et moi ne faisons qu'un : j'étais une copie imparfaite de lui, une ombre au but décidé par l'original, un but consistant à être un jouet conçu pour en capturer d'autres. »

Bien sûr. Beaucoup de mystères s'éclaircissent : la façon dont elle me paraissait familière et dangereuse, quasiment reconnaissable ; le fait qu'elle semblait en savoir tant et si peu à la fois.

« Je devais m'assurer que tu étais le bon, confirmer que tu possédais les souvenirs adéquats. »

Elle parle d'un ton las, désespéré.

« Ils vont venir te chercher. Très bientôt. Tu ne pourras pas leur échapper. J'ai mis un traceur dans la pilule que tu as prise aujourd'hui. »

Je la toise ; j'imagine voir le visage de Leo Sterse derrière ces yeux sans vie.

« Je suis désolée. » Elle pleure. « On ne se ressemble pas. Tu as bien plus l'air d'une personne authentique. Je croirais presque en ton libre arbitre. Mais je sais qu'il s'agit d'une illusion. Mieux vaut affronter la vérité que se mentir. » Elle lève les yeux ;

sa voix devient suppliante. « On n'est que les agrégats des souvenirs et des désirs de Leo Sterse. *Ses* rêves. Il veut nous réunir tous, et nous faire disparaître. Les rêves finissent toujours ; c'est notre heure. Tu comprends, hein ? »

J'ignore qui Ella s'efforce de convaincre : elle ou moi.

Ce petit discours se tient. Nous ne sommes pas réels – des jouets, voilà tout. Ce que souhaite Leo Sterse, on devrait le souhaiter de même, au fond de nous.

Pourtant, je suis déçu.

J'ai envie de renoncer, comme les werks qui refusent de fuir bien que je les en supplie, et je n'y parviens pas. L'idée qu'Ella doive mourir – Ella qui hurlait de rire quand je faisais saillir mes yeux, qui regardait par la vitrine de l'animalerie avec un tel désir, qui a été la première à me dire que je *sauvais* les werks – me rend fou de rage.

Ce qui me met en colère, ce n'est pas qu'elle m'ait trahi, mais qu'elle n'arrive pas à croire qu'elle existe. Qu'elle est une personne authentique.

Pour la première fois, je *sais* ce que je pense.

« Écoute, admettons que je ne puisse pas m'échapper. Tu as encore une chance. Tu peux fuir, te cacher. Je n'ai pas le temps de t'enseigner tout ce qu'il y a à savoir pour se fondre dans la masse, mais tu en connais l'essentiel. Le reste, tu le découvriras par toi-même. »

Ses yeux sont des mares obscures et profondes où je vois mon reflet : un homme-grenouille minuscule qui gesticule comme s'il nageait vers la berge.

« Peu importe de qui sont les souvenirs dont on nous a faits. Je veux te *sauver.* Je le veux, *moi.* Jamais je ne me suis soucié de quelqu'un ainsi. Se soucier de son prochain, voilà ce qui nous rend authentiques. Nous ne sommes pas que les fantasmes et les désirs de quelqu'un d'autre.

» Si tu n'es pas convaincue, que tu préfères renoncer, tant pis. Mais c'est à *toi* de choisir, »

Je la regarde droit dans les yeux. J'attends une lueur de compréhension.

*

Dans la pénombre de l'aube, je fuis mes chasseurs. Je n'ai pas dormi. Je ne veux pas voir les rêves. Ce ne sont pas *mes* rêves.

J'avale le trottoir, enjambant les voitures et les passages piétons d'un bond. Les voitures pilent dans un crissement de freins, les passants s'esquivent en hurlant. Je trouve enivrant d'être libre, de me déplacer comme je l'entends.

Ils finiront par me capturer, mais chaque minute de liberté pour moi est une minute de répit pour Ella dans sa fuite.

Une fois en sécurité, elle tâchera d'alerter la presse. Il sera difficile de réunir les preuves, mais mes carnets et le chèque seront un début. Avec de la chance, Leo Sterse tombera de son piédestal.

Un jour, peut-être, le monde nous accordera davantage de considération qu'à des jouets. Un jour, peut-être, il acceptera de nous regarder en face.

Pour l'heure, il me suffit de savoir Ella hors de danger grâce à *moi*. De savoir que je suis *moi*.

« Croa ! Croa ! » Je ris en voyant les gens s'écarter d'un air terrifié. Puis je saute, le plus haut possible.

Vrais visages

Alice scruta l'élève de seconde année de droit dans son ambiguïté raciale et sexuelle : le costume noir, la cravate rouge, la haute taille sans excès, le teint olivâtre, le cheveu châtain court, le visage hésitant entre beau et joli, les traits qui se brouillaient et se voilaient dès que la tête pivotait. L'IdentiMask fonctionnait comme promis.

« Merci de votre intérêt pour Barch Sibbald Willsey & Seymore, entonna-t-elle. Je suis Alice Sheely, une associée de septième année au département Contentieux. »

2A hocha la tête. « Le contentieux m'intéresse. » Le filtre du masque qui lui donnait une voix androgyne, quelque peu robotique, gardait en partie le ton et les modulations, mais le dépouillait de toute trace d'accent.

Alice se souvenait du mémo distribué à tous les chargés d'entretien sur le campus par le bureau d'orientation de la fac de droit.

Nous vous rappelons de vous abstenir de tenter d'obtenir de l'élève la moindre information sur sa race, son origine nationale, son genre, son orientation sexuelle, son statut marital, son âge, son degré de handicap, sa religion ou toute autre information protégée par la législation du travail.

Afin que de telles informations ne jouent aucun rôle par accident dans le processus de recrutement, nous, comme les autres écoles de droit, expérimentons cette année l'usage de l'IdentiMask.

À présent que la personne assise devant elle se retrouvait privée des indicateurs de race et de genre, Alice remarquait, du fait de leur absence, les diverses manières dont elle avait toujours calibré son ton de voix, ses références, ses blagues et son langage corporel en se basant sur l'identité de groupe de ses interlocuteurs.

Elle se sentait aussi déstabilisée qu'euphorique. *Quelle idée merveilleuse, de vivre sans le fardeau de l'a priori !* songea-t-elle. *Le masque qui libère…*

Parcourant le CV du candidat, elle chercha une accroche intéressante afin d'entamer la discussion.

Récompenses de ces entretiens, les stages estivaux étaient aussi importants pour les étudiants que pour les cabinets, car ils débouchaient souvent sur des offres d'emploi après la faculté à la fin de l'été. Toutefois, comme les 2A n'avaient véritablement effectué qu'une année de droit, les interviews ne pouvaient guère aborder les sujets importants. À la place, on échangeait à bâtons rompus, de façon qu'Alice puisse évaluer la personnalité, l'affabilité, la capacité de mener une conversation intéressante et… d'autres considérations.

Or, le CV qu'elle tenait était si censuré qu'il évoquait un document communiqué à contrecœur par la partie adverse. *Secrétaire de l'Association des étudiants XXXXXXXX, auteur de « Ni XXXX ni XXXX, les institutions quasi légales de XXXXXXXX ». Langues : anglais, maîtrise de la langue maternelle XXXXXXXX. Bénévole auprès de XXXXXXXX (depuis le lycée de XXXX). Intérêts/ passe-temps : XXXX, XXXX, XXXX.* Même le nom était barré afin d'empêcher qu'on devine le genre ou l'origine ethnique. L'individu face à Alice n'était qu'un numéro : 667321.

Soit les algorithmes d'IdentiMask étaient trop agressifs, soit les intérêts et les activités d'un individu entretenaient un rapport beaucoup plus étroit avec son identité que la plupart des gens voulaient bien l'admettre.

Ça complique le papotage, se dit-elle avant de sourire. Il n'y avait plus du tout moyen de pratiquer la discrimination. Bien.

Elle décida de commencer par une question facile. « Et si vous me racontiez pourquoi vous avez choisi le droit ?

— Au début, j'ai... » Pause, trois secondes de réflexion, nouveau départ. « Quand j'étais enfant, j'ai vu, heu, divers trucs qui... que... » 667321 fronça les sourcils, puis adressa un sourire d'impuissance à son interlocutrice. L'IdentiMask gommait les marqueurs physiques de la race, mais laissait filtrer les mimiques, qu'il exagérait toutefois un peu, comme dans un dessin animé. « Je regrette. Je ne vois aucune façon de le raconter sans enfreindre les règles. »

L'esprit d'Alice entra en ébullition. L'individu face à elle avait-il assisté à un acte relevant d'un préjudice ? Vécu une expérience infantile de discrimination légale ? Aussitôt, elle renonça à pousser sa réflexion.

« Vous comprenez que me dire ne pas pouvoir en parler revient à m'en dire *déjà* trop ?

— C'est vous qui avez posé la question ! »

667321 paraissait si bouleversé par ce cercle vicieux que la jeune femme se reprocha d'avoir envisagé un petit jeu de sa part. La logique lui donnait raison : la question ne pouvait que susciter des réminiscences personnelles. Plus la réponse serait intime, plus elle risquait de révéler des faits interdits.

« Navrée. C'est ma faute. Et si vous évoquiez le cours de droit que vous préférez ? Limitez-vous à des généralités, je vous prie. »

Son vis-à-vis obtempéra, enchaînant les platitudes. Alice s'efforça de rester éveillée au fil de sa litanie. Au moins, les réponses ne posaient aucun problème.

Elle se souvenait de l'actualité de l'automne précédent. Des « guérilleros activistes » autoproclamés avaient infiltré le recrutement sur les campus de plusieurs grandes facultés de droit. Ils avaient soumis les CV et les relevés de notes de candidats fictifs aux résultats identiques mais aux origines différentes, puis filmé les entretiens passés par leurs acteurs.

Les vidéos – montées, réunies, uploadées sur le web – prétendaient démontrer (même si les avis divergeaient sur ce plan) que les mêmes interviewers témoignaient beaucoup plus d'enthousiasme aux candidats de la diversité qu'aux mâles blancs et proposaient plus souvent de les recontacter.

On lança des accusations de « discrimination inversée » et de « quotas raciaux », on écrivit des éditoriaux, on se lamenta, et des débats sans fin suivirent pour déterminer au juste quelles catégories composaient « la diversité ».

Se dépêchant de réagir au scandale, les écoles de droit et les cabinets d'avocats échafaudèrent une nouvelle politique du motus et bouche cousue. De surcroît, on filmerait chaque entretien pour s'assurer du respect des règles.

Tout au long de cette tempête dans un verre d'eau, Alice ne se rappelait avoir entendu aucune considération sérieuse de ce que signifiait « la diversité » et du motif pour lequel les cabinets d'avocats étaient censés s'y intéresser.

Au silence gêné qui régnait, Alice comprit qu'elle s'était enfermée dans sa bulle. Elle enchaîna en toute hâte sur une nouvelle question. « En quoi vos atouts conviendraient-ils au milieu juridique ?

— J'ai toujours estimé posséder des capacités analytiques d'une grande… »

Si elle peinait à garder les yeux ouverts, ça devait tenir à sa fatigue : elle n'avait dormi qu'une heure durant la nuit dans l'avion. Pourtant, elle se savait parfaite – les cheveux crépus bien tenus, la peau chocolat radieuse, les pommettes hautes, les grands yeux et les lèvres fermes concourant au sourire chaleureux qui ne laissait rien deviner de l'ennui qu'elle éprouvait. Ce n'était pas la première fois que son secret lui venait en aide quand elle avait du mal à apparaître sous son meilleur jour.

Même si un sort de nature technologique dissimulait ses postulants, Alice elle-même servait de publicité ambulante à l'engagement de Barch Sibbald pour la diversité, malgré le nouveau code de silence. Elle sentait les regards de tous les candidats qui découvraient sa couleur de peau, sa féminité revendiquée, et imaginait les pensées qui les traversaient. Elle trouvait si lourd le fardeau de leur ignorance dans ces moments-là qu'elle avait envie de hurler.

« Le contentieux me permettrait d'utiliser à plein mes… »

Une cigarette lui aurait fait du bien. Elle avait commencé des années plus tôt, peu après son entrée au cabinet. Ce qui l'avait accrochée, c'était moins la nicotine que les diverses expéditions chaque jour : descendre par l'ascenseur, sortir sur le trottoir du parking et côtoyer les secrétaires et commis qui tiraient sur leur clope en cancanant. Tous affichaient un teint beaucoup plus proche du sien que les autres avocats.

Fumant près d'eux, Alice s'autorisait à croire effectuer un acte de solidarité et absorber un peu d'authenticité. Tout au long de ces pauses, cependant, elle redoutait d'être percée à jour, puisqu'elle jouait un rôle dont elle ignorait le scénario véritable. Ensuite, après avoir fini sa cigarette sans adresser la parole à quiconque, elle reprenait l'ascenseur et retrouvait son bureau. Toute seule.

Alice acquiesça à l'adresse de 667321 – qui déblatérait toujours avec enthousiasme – avant d'imaginer tout Barch Sibbald portant l'IdentiMask. Les agents d'entretien et les commis à la salle du courrier auraient la même couleur de peau que les partenaires du dernier étage ; les secrétaires des box ouverts perdraient leur genre comme les jeunes avocats aux bureaux nantis de fenêtres. Elle ne serait plus, pour sa part, « la représentante de la diversité », tel le raisin sec dans un gâteau de riz. On la jugerait en tant qu'Alice Sheely, au lieu de « l'associée noire ». Elle se passerait désormais de décrypter chaque commentaire pour évaluer s'il visait d'une façon ou d'une autre « sa communauté », et de lutter contre l'étouffement causé par la nécessité de prouver qu'elle avait sa place.

Les masques résoudraient bien des problèmes.

« Il m'est arrivé de tourner pour la télévision, déclara 667321.

— Pardon ? » Arrachée à sa rêverie, Alice s'efforça de reprendre contenance.

L'autre fit mine de ne rien remarquer. « Surtout en Corée et en Chine. Les gens capables de jouer un personnage non asiatique sont très demandés. »

Elle ouvrait la bouche pour parler quand il leva la main. « Ne vous en faites pas. Je n'ai enfreint aucune règle. Je me garde de sous-entendre que je ne suis *pas* asiatique. *Même si* j'étais d'origine asio-américaine, je passerais toujours pour une personne étrangère là-bas. Je ne vous dis donc rien sur ma race. »

Alice soupira de soulagement. La pression pour renforcer la pluralité parmi leurs associés et l'usage de l'IdentiMask plaçaient les cabinets d'avocats devant un dilemme kafkaïen – trouver des candidats issus de la diversité sans pouvoir les chercher.

Bon, personne ne l'avait *déclaré*. Le comité d'embauche s'exprimait en code. Ses membres avaient souligné qu'en cette ère favorisant « une interconnexion accrue » et « une globalisation du business », Barch Sibbald devait posséder un groupe d'associés de première année « qui incarnerait les engagements et les valeurs de longue date du cabinet ». Ils voulaient qu'elle trouve le moyen de contourner les interdits des entretiens, mais qu'était-elle censée faire ?

Elle avait entendu dire que certains candidats, redoutant que le nouveau format ne les prive d'un atout, employaient diverses mesures pour mettre en avant leurs qualifications à « la diversité ». Parmi les 2A, certaines femmes mettaient un parfum capiteux – certains hommes les imitant, dans un travestissement olfactif censé annuler les avantages offerts à leurs collègues du sexe opposé. D'autres 2A indiquaient se « sentir bien » dans tel ou tel quartier, ou « éprouver un lien » avec l'individu qui faisait passer les entretiens (et se trouvait être noir, ou hispanique, ou de sexe féminin, etc.).

« Est-il exact qu'en Asie… » Alice hésita. Faire cette demande la gênait, vu les circonstances, mais les comptes-rendus dont elle disposait l'intriguaient, et le ton dégagé de 667321 lui donnait à penser qu'elle pouvait s'y risquer. « … on peut se servir en toute légalité d'une technologie qui altère l'apparence de manière à simuler une autre race ? »

Un hochement de tête en réponse.

Aussitôt, le sang lui chauffa les joues ; par bonheur, la personne assise en face d'elle ne pouvait pas le deviner. Poser la question, c'était courir un risque, violer un tabou, frôler l'aveu inavouable. « Alors, pourquoi ne pas recourir… vous savez… à des acteurs asiatiques… transformés ?

— La technologie évoque beaucoup celle de l'IdentiMask, dit 667321. En revanche, ils peuvent la pousser plus loin et la raffiner sans les restrictions légales qu'on a ici. Les effets d'optique qui dissimulent votre race et votre sexe peuvent vous faire paraître d'une autre race et d'un autre sexe. Ils ont perfectionné cette technologie au point qu'il n'y a même plus de moiré. Beaucoup de gosses adorent se faire passer pour non asiatiques, ce qui irrite les parents. Un phénomène culturel fascinant. Mais on préfère quand même employer des acteurs étrangers pour jouer des étrangers.

— Vous avez… vous avez déjà joué des personnages d'une race différente de la vôtre ? »

Un nouvel haussement d'épaules. « Bien sûr. Comme les Américains ont en général plus l'habitude de côtoyer des gens d'autres races, ils estimaient que je pouvais jouer des personnages d'autres races. Que j'étais plus authentique que quelqu'un du cru.

— Ce n'est pas le mot que j'aurais utilisé. » *Ils n'y voient pas une version high-tech du* blackface *à proscrire*, s'étonna Alice qui imaginait un monde où chacun pourrait choisir sa race et son sexe en toute liberté. L'idée semblait tout aussi redoutable que séduisante.

« Les romanciers créent bien des personnages d'une autre race que la leur. De toute manière, là-bas, on suit des règles différentes. »

Elle tâcha de se représenter l'aspect réel de son vis-à-vis. Sa jeunesse ne l'empêchait pas de soutenir une conversation intéressante sans révéler la moindre information proscrite, ce qui lui plaisait. Elle aurait volontiers offert de le rappeler, mais aurait aimé savoir avec certitude si la doctrine tacite du recours à

« la diversité » se trouverait respectée, en vertu du souhait des associés.

Soudain, 667321 appliqua sa paume sur son oreille. « Il était temps. » Ensuite sa main alla effleurer sa nuque.

L'air miroita autour de sa figure. Quand l'effet cessa, le visage s'altéra, dans les petits détails comme dans les grands traits : les yeux plus étroits, le nez plus épaté, les pommettes mieux définies, la mâchoire plus accusée ; les cheveux lui tombaient, bouclés, noir de jais, jusqu'aux épaules ; enfin, la peau affichait une belle couleur caramel.

Alice, sans voix, contemplait un grand jeune homme qui mêlait les sangs africain et asiatique. Il se leva, lui sourit et lui tendit la main.

« Navré du délai. Mes amis ont eu du mal à déjouer la sécurité du flux vidéo de votre caméra. Je m'appelle Will Mimiko. On peut parler sans être observé. Parler *vrai.* »

Elle plongea vers son téléphone posé sur la table basse, mais Will, qui avait prévu son geste, s'en empara.

« Alice, je ne vous veux aucun mal. Juste parler. »

Elle le fusilla du regard. « Très bien, parlez.

— Considérez-nous comme la contre-guérilla du groupe qui a réussi son petit coup l'an dernier. Nous détestons ces masques blanchissants.

— Ils sont censés protéger aussi bien les postulants que les employeurs. Croyez-moi, vous n'aimeriez pas croire qu'on vous a embauché sur la seule foi de votre race. Ils éliminent toutes les discriminations qui…

— Mais bien sûr. Année après année, vous tâchez

de faire ressembler votre troupe de collaborateurs de première année à un saladier de Smarties, mais les partenaires du cabinet demeurent aussi mâles et aussi blancs. La discrimination ne s'arrête jamais à l'entrée. Vous envisagez d'amener tous les membres du cabinet à toujours porter ces masques sans plus laisser la race jouer son rôle dans l'équation ? Vous croyez que vos clients de premier ordre ne voudront pas "se sentir à l'aise" avec les individus qui les défendent ? »

Alice ferma les yeux, s'efforçant de paraître impassible, et se garda de reconnaître qu'elle avait bel et bien espéré un lieu de travail javellisé.

Malgré ses efforts pour se départir de son impression, elle se sentait coincée sur une voie de garage chez Barch Sibbald – sans qu'elle puisse le prouver, il lui semblait qu'on ne lui présentait pas certains clients, qu'on négligeait de l'inclure dans tel comité, que certains partenaires ne demandaient jamais à travailler avec elle. *La couleur t'a peut-être obtenu l'admission, mais elle t'a aussi piégée.*

« Ces masques n'ont *rien* d'équitable, reprit-il. Comment pouvez-vous évaluer ma personnalité et mes talents si vous ignorez que je suis secrétaire de l'Association des étudiants noirs, qu'on passe sous silence mon essai de première année sur le développement légal des communautés nigérianes en Chine, que vous ne pouviez me poser aucune question sur les épisodes de ma vie qui ont fait de moi ce que je *suis* ?

— Tout ce que l'ordinateur a censuré a de fortes chances d'entretenir un lien étroit avec l'identité de groupe qui…

— Vous trouvez normal qu'un algorithme détecte

autant de motifs corrélés avec la race dans les intérêts et activités d'un individu ? Pourquoi y a-t-il un nombre disproportionné d'élèves noirs étudiant l'histoire de l'esclavage ? Comment se fait-il qu'on arrive à deviner si souvent juste la race d'une personne au regard de son CV non expurgé ? »

Alice s'efforça de garder un ton posé. « Le monde est ce qu'il est. Nous voulons juste un processus d'embauche plus juste – pas parfait, *plus* juste. »

Will soutint son regard. « Les masques font plus de mal que de bien. S'il vous plaît, retrouvez-moi en fin de journée dans le hall de l'hôtel, et promettez de m'écouter. »

Elle l'observa, en tâchant de passer outre son effronterie juvénile. C'était le premier postulant de la journée qui avait montré un peu de vivacité. Que n'aurait-elle pas donné, une fois encore, pour une cigarette !

« D'accord. »

Un an plus tôt, quand on avait prié son ami Jim de quitter Barch Sibbald, Alice avait été la seule à lui payer un verre.

« Et voilà, dit-il en lui portant un toast, tu es le dernier raisin sec. »

Un rire amer, nerveux, ironique. Quand on les avait faits associés de première année, la moitié de leur classe d'âge incarnait « la diversité ». Il ne restait plus qu'elle.

« Je suis navrée que ça t'arrive à toi.

— Je n'étais pas au niveau. Ils savaient dès le départ que je ne durerais pas. Ils n'auraient même pas dû m'engager.

— Ne dis pas ça. Ça revient à les laisser gagner.

— Tu sais pourquoi les partenaires embauchent des gens comme nous, en vérité ? Pourquoi ils veulent promouvoir la *diversité* ?

— Tu as trop bu. » Alice refusait d'entendre ce qu'il avait à dire ; elle redoutait de l'entendre.

« Parce qu'ils veulent éviter la compétition. Futé, non ? Ils se donnent bonne figure en nous engageant, mais savent bien qu'on prend la place de versions plus jeunes d'eux-mêmes, des gens qui pourraient devenir partenaires à leurs côtés, puis les pousser vers la retraite anticipée. »

« Merci », dit Will en la rejoignant plus tard dans le hall.

Elle croisa les bras. « Vous avez un quart d'heure.

— Alors, on va au foyer étudiant. Il faut voir la fête. »

Alice fronça les sourcils, prête à décliner sa proposition, mais il s'éloignait déjà. Au bout de quelques secondes, elle décida de lui emboîter le pas. Will lui semblait soupe au lait, coléreux, amer, égaré, mais il voulait sans doute bien faire. Elle était résolue à l'aider avant qu'il ne détruise sa carrière dans le droit sans même l'avoir entamée.

Ils traversèrent la rue devant l'hôtel, puis le campus. Elle s'aperçut que tous les étudiants continuaient de porter l'IdentiMask, bien que les entretiens aient pris fin pour la journée. Devant tous ces visages dissimulés autour d'elle, il lui vint le sentiment absurde de n'être pas assez habillée. Elle avait envie de leur ressembler, de passer inaperçue, afin qu'on la prenne pour argent comptant, sans a priori.

Les autres étudiants évitaient de regarder Will qui, allant démasqué, leur décochait des sourires empreints de dérision.

« Tout le monde s'habille comme ça ? » demanda Alice.

Il hocha la tête. « Ça a débuté à la rentrée, quand l'école a décrété les masques obligatoires au cours des entretiens sur campus cet automne. Certains étudiants les portent à l'école depuis ce jour-là.

— Vous ne les avez donc jamais vus… au naturel ?

— Non. Ils sont venus masqués toujours plus nombreux, tant la pression sociale l'exigeait. Si vous teniez à rester le visage nu, il semblait que vous proclamiez un attachement malsain à votre identité de race et de genre. Que vous étiez, en quelque sorte, raciste et sexiste. Que vous étiez fier de votre race.

— Et vous ne l'êtes pas ? Être fier de sa race… ce n'est qu'un hasard de naissance. *Pour mettre un terme à la discrimination fondée sur la race, il faut arrêter de faire de la discrimination sur le fondement de la race.* »

Will étouffa un rire. « Vous savez très bien que le monde est plus complexe que votre citation du juge Roberts. » Une pause contemplative. « Ces masques… On croirait l'opposé de ce que j'ai vu en Asie. Là-bas, tous les gens de moins de trente ans aiment à essayer de nouvelles identités : passer pour un Allemand un jour, un Kényan le lendemain. Bien sûr, ils se bornent à incarner leur conception de ce qu'est un Allemand ou un Kényan, mais je n'y vois aucun racisme. C'est un jeu, comme les prénoms anglais que tout le monde adopte. Comme s'ils voulaient, parce qu'issus d'une société homogène sur le plan racial, s'adonner au fantasme de la différence.

» Ici, chacun veut imposer aux autres de faire semblant de ne pas voir la race, de ne pas avoir de race. On redoute à tel point la politique d'identité qu'on s'adonne au fantasme de l'absence de préjugé racial. Il faut se délaver, cacher sa race, mais seuls ceux qui la comprennent ont ce luxe.

— Ça doit pourtant être libérateur, aussi, de parvenir à voir tout le monde sans l'obstacle de l'identité de groupe ?

— Tout le temps que j'ai passé sous le masque, vous avez essayé de deviner mon sexe et ma race, non ? »

Elle chercha ses mots, sans trouver de réponse adéquate. Une fois de plus, elle se félicita que Will ne voie pas qu'elle était rouge de confusion.

« Parfois, faire comme si ça n'existait pas n'aboutit qu'à y penser davantage », ajouta-t-il bientôt.

Elle le dévisagea avec insistance.

« Je sais ce que vous voulez demander, dit-il. Autant vous éclairer. Mon père était du Nigeria. Comme beaucoup de ses compatriotes, il a rejoint une Chine en plein boom afin de gagner de l'argent. À Guangdong, il a rencontré ma mère. Ils sont tombés amoureux et je suis né.

— Il paraît que les Chinois sont très racistes envers les Africains. » Avec sympathie, elle imaginait la dureté de la vie qu'avaient dû mener le jeune Will et ses parents au sein de la société autoritaire, collectiviste et xénophobe qu'elle imaginait. Elle croyait comprendre les motifs de sa colère.

« Je trouve intéressant que vous puissiez émettre

un avis aussi général et tranché sur un autre peuple. » Un sourire sardonique. « Ne disait-on pas que c'était mal ? Selon vous, je ne me considère pas comme chinois ?

— Je… je voulais juste… »

D'un geste, il la réduisit au silence. « Bref, peu après ma naissance, mon père est parti sans laisser d'adresse. Pour mes quatre ans, ma mère a immigré clandestinement aux États-Unis, puis a demandé l'asile politique – au titre de la politique de l'enfant unique, vous voyez le topo ? Bien que j'aie eu une mère chinoise, un père nigérian et une enfance américaine, je n'ai jamais su quelle case cocher sur les formulaires.

— C'est sordide, cette histoire de nous diviser par races, murmura-t-elle.

— Au début, l'IdentiMask semblait améliorer les échanges en classe : on était plus poli, plus réfléchi, plus prévenant. Personne ne songeait que vous teniez tel ou tel propos du seul fait de votre couleur de peau ou de votre sexe. Mais, à la fin, le revers de la médaille a surgi.

— Comment ça ?

— Une discussion en cours portait sur la question de savoir si on pouvait, par le biais du Premier amendement, remettre en cause les lois fédérales et d'État prohibant l'usage de la technologie qui permettait de passer pour un individu d'une autre race. Selon l'un des étudiants, le gouvernement avait intérêt à interdire de mentir sur l'identité raciale, parce que l'appartenance au groupe fournit des informations utiles. Le professeur a réclamé des exemples ; l'autre a répondu qu'on ne pouvait honnêtement “exclure la possibilité que, par le fait de l’évolution, les descendants d’Africains soient moins intelligents et plus enclins à la violence”. »

Le cœur d’Alice battait la chamade ; ses joues cuisaient. Tout d’un coup, elle se sentait déplacée au possible et elle ignorait comment réagir.

« Le silence s’est fait dans la salle, reprit Will. C’était un moment étrange, puisqu’on savait tous qu’il n’aurait jamais dit ça tout haut s’il avait vu les visages des étudiants noirs qui le regardaient. D’une façon ou d’une autre, le gommage de notre race l’avait libéré du tabou, autorisé à dire ce qu’il n’aurait jamais, autrement, osé dire. De même, ce gommage nous rendait, nous, les élèves noirs, muets. Il nous paraissait impossible de contester ses propos.

» Par la suite, il y a eu des mails au doyen, toutes sortes de déclarations solennelles sur la formation psychosociale, les codes d’expression et divers trucs de cet acabit, mais le mal était fait. On savait tous que certains de nos camarades croyaient qu’on ne méritait pas d’être là ; l’air était vicié. Par la faute des masques.

— Certains individus *sont* racistes. Les masques n’y jouent aucun rôle.

— S’enhardir à exprimer ses mauvaises pensées constitue un énorme changement dans la dynamique du pouvoir. Nos vrais visages, en rappelant que *nous* sommes là, que *nous* arpentons ce campus avec eux, pondéraient ces gens-là. On n’aurait jamais dû porter de masques. »

Alice avait l’esprit en émoi. Elle aurait voulu pouvoir dire la vérité à Will, à tout le monde. *Mais les mensonges, tout comme les masques, sont des bâillons.*

Ils arrivaient au foyer étudiant. Sponsorisé par de gros cabinets, l'*after* n'était qu'alcool, musique forte et buffets de traiteur, mais la piste demeurait peu fréquentée – difficile d'inviter à danser quelqu'un dont on ignorait le sexe.

Son compagnon la conduisit vers un palier à l'étage, d'où ils surplombaient la foule. Elle avisa des postulants d'autres cabinets escortés par des étudiants à visage découvert que leurs condisciples masqués prenaient soin d'éviter.

Sa nervosité s'accrut. « Ce sont vos complices ? » Elle s'immobilisa. « Pourquoi m'amener ici ?

— On veut vous aider à percer le voile. »

Alice tressaillit et, presque sans s'en rendre compte, porta la main à son visage. Mais Will la prit gentiment par le bras pour la guider et lui désigna les candidats qu'elle avait reçus plus tôt dans la journée, appariant les noms aux nombres et aux visages masqués, complétant les CV expurgés.

« Voilà Christina Hernandez, 667113. Avant d'entrer à la fac de droit, elle a fondé un refuge pour les femmes battues hispaniques. Lui, c'est Stanton Bancroft, 668120. Un marin de haute volée. L'an passé, il a fait partie de l'équipage vainqueur de la Coupe de l'America. »

Elle l'écoutait sans savoir quoi faire de ces informations. Retrouvant leurs couleurs, acquérant de la profondeur, les étudiants gagnaient en réalité. Il lui fallait admettre qu'elle en appréciait certains davantage, d'autres moins. Cependant, était-ce équitable de les juger ainsi ? Et pouvait-elle jurer qu'elle n'était pas de nouveau en train de les réduire à des stéréotypes, de laisser leur race et leur sexe prendre une importance démesurée ?

« Toute ma vie, on me l'a seriné. Pas assez noir, trop noir, pas assez chinois, trop chinois. Ma race, quelle qu'elle soit, ne me définit pas, mais elle a joué un rôle énorme et on ne saurait me comprendre sans connaître cette part de moi. »

Will contempla la mer de visages masqués. « Comme je suis difficile à classifier et que j'ai habité plusieurs pays, je vois dans quelle mesure les attitudes raciales sont liées à l'histoire et aux conditions locales. » Il marqua une pause, cherchant les mots justes pour exprimer son sentiment.

Puis il secoua la tête et soupira. « C'est compliqué, mais faire comme si le problème n'existait pas l'exclut du débat. Au mieux, on poursuit tant bien que mal : on observe le vrai visage de chaque personne et on tâche de la comprendre – même si on sait qu'on n'y arrivera jamais. »

Alice l'écoutait sans un mot, songeant à sa propre vie. Elle désirait tantôt opiner, tantôt lui reprocher de pontifier – il ne savait *pas* tout.

Sursautant, elle s'aperçut qu'il l'avait conduite jusqu'au groupe qui réunissait ses complices et leurs interviewers des cabinets. Les étudiants échangèrent des regards, puis ils hochèrent la tête.

« Et maintenant, dit-il, l'étape cruciale. »

Il sortit de sa poche un boîtier noir de la taille d'un jeu de cartes.

Du point de vue d'Alice, le temps parut ralentir, le monde se ramener à la main de Will. Elle sentit son cœur manquer un battement et comprit qu'elle devait essayer d'arrêter son compagnon, forcément.

Les masques étaient importants, ils avaient du bon, elle le croyait toujours ; on finirait bien par résoudre les problèmes qu'ils posaient, si on s'en donnait la peine.

Toutefois elle voulait aussi être libre, renoncer au silence, le laisser finir son geste.

Elle regarda Will presser un petit bouton blanc sur le boîtier.

Les lumières s'éteignirent, plongeant le foyer dans l'obscurité pendant une seconde. Alors que tout le monde paniquait et se mettait à hurler, elles se rallumèrent.

Un murmure de confusion s'éleva, qui prit de l'ampleur tandis que chacun regardait alentour, atterré. Sur les visages des hommes et des femmes, noirs, bruns, roses, bronzés, se dessinaient des expressions incrédules ; certaines personnes les cachèrent dans leurs mains.

« Toutes les puces gommeuses d'identité présentent la même vulnérabilité matérielle, expliqua Will. Une pulsation dotée de la bonne séquence de bits provoque un débordement de mémoire-tampon. Maintenant, nous voilà tous à nu, au naturel. Ni vous ni les autres représentants des cabinets n'aviez réclamé ces informations, mais on vous les offre. À vous de décider si vous opérez des discriminations et de quelle manière. »

En voyant Alice, il se tut.

Avec un effort, elle ôta les mains de sa figure et lui rendit son regard.

Elle avait les cheveux blonds et la peau laiteuse.

Alice Sheely avait toujours été bonne élève. Grandissant à Twin Rapids (221 hab.), elle avait foi en Dieu et son pays. Elle croyait que travailler dur vous menait où vous vouliez.

Partie pour une fac new-yorkaise où elle croisa l'humanité dans la pleine variété de ses nuances, de ses couleurs, de ses formes et de ses tailles, elle effectua du bénévolat dans des refuges, des écoles défavorisées, autant d'endroits où rares étaient les visages blancs. Elle crut recevoir une précieuse leçon, sur la compassion, l'empathie, le service aux autres.

Puis elle entra en fac de droit, étudiant avec diligence et application, obtenant de bonnes notes, mais sans décrocher l'accès aux écoles qu'elle visait – les meilleures, les seules, selon elle, à justifier leurs frais de scolarité.

« C'est parce que tu es blanche », lui dit son petit ami.

Alice ne voulut pas le croire. Elle refusait d'être l'une de ces personnes qu'elle détestait : les mauvais perdants. Mais le doute lui rongea le cœur. Elle réessaya l'année suivante, sans plus de résultat.

Une fois acceptée l'hypothèse de son copain, un petit pas en soi, elle en effectua d'autres qui, cumulés, modifièrent le cours de son existence. Au service d'assistance juridique où elle faisait du bénévolat, un des hommes parla des masques illégaux importés d'Asie leur donnant l'aspect de Blancs et leur permettant de conduire sans subir de harcèlement.

Elle demanda timidement à en acheter un, et on la mena dans des ruelles sombres et des sous-sols dérobés où des gens, de toute évidence amusés, l'écoutèrent bredouiller ses justifications.

Tremblante, elle songea qu'elle était bonne élève, bonne imitatrice, qu'elle *comprenait.* Elle avait lu Nella Larsen et Jean Rhys. Son rôle, elle le jouerait avec authenticité. La fin – bien faire – justifierait les moyens.

L'année suivante, Alice Sheely postula aux mêmes écoles de droit, cochant cette fois sur les formulaires d'admission la case « Afro-américain(e) ». Elle fut reçue.

Will se borna à la dévisager, son regard mêlant la pitié, la perplexité et le dégoût.

Elle envisagea de lui exposer son dévouement aux litiges des droits civils *pro bono*, son mentorat des jeunes associés de couleur, ses efforts pour comprendre les opprimés, son empathie pour l'identité qu'elle avait adoptée.

Elle aurait aimé lui confier que c'était son masque qui lui avait ouvert les portes de Barch Sibbald et qui l'empêcherait aussi de progresser davantage. Que l'expérience l'éclairait, vraiment. Qu'ils étaient dans le même camp.

Ça revient à jouer un rôle, voulait-elle dire. Ou à écrire sur un personnage d'une autre race.

Mais Alice sentait que cela passerait mal.

Moments privilégiés

« Bienvenue chez weRobot, dit avec joie la déléguée des RH. Jake, Ron et nous tous dans l'équipe attendons avec impatience vos contributions !

— Tu es un vrai croyant ? » demanda ma voisine tout bas, d'un ton de conspirateur. Je la dévisageai, perplexe. Son badge indiquait AMY.

Elle but un peu de café, fronça les sourcils, puis toqua sur la table de la salle de conférence. La cafetière en son centre, cylindre noir aplati aux formes rétro et au couvercle chromé en dôme, pivota jusqu'à ce que son objectif se fixe sur Amy qui sourit avant de lui faire signe d'approcher.

« Un vrai croyant en quoi ? »

Je chuchotais. Sans pouvoir m'en empêcher. Oui, j'aurais dû suivre la présentation des avantages – la veille au soir durant notre coup de fil, ma mère avait souligné cinq fois la nécessité de l'épargne retraite dès le premier emploi après la fac. Mais j'angoissais (la diapo à l'écran disait carrément *Notre mission impossible*) et Amy – quarante ans, la coupe en brosse, un tatouage de deux fées jouant à la Nintendo sur le bras gauche – semblait disposer de sagesse à impartir.

« Au mythe de la Silicon Valley », répondit-elle.

Moteur bourdonnant en sourdine, la cafetière roula vers Amy, s'arrêta à trente centimètres et fit un appel de l'anneau lumineux qui entourait son objectif. Ma voisine se pencha pour déverser le contenu de son mug dans le collecteur de déchets sur le flanc du robot.

Puis, au lieu de passer commande en toute discrétion sur l'écran tactile, elle s'adossa dans son fauteuil et lança : « Thé. Earl Grey. Chaud. »

Certains des nouveaux employés, presque tous de mon âge, lui reprochèrent d'un regard l'interruption ; d'autres rigolaient. « J'ai toujours voulu faire ça », dit-elle avec un sourire satisfait, tandis que la cafetière lui servait la boisson demandée dans son mug.

Loin de s'agacer, la déléguée des RH sourit, indulgente. « Moi aussi, j'étais fan. Et c'est la transition idéale pour la vue suivante. » Elle pressa le bouton de sa télécommande.

À l'écran s'afficha une vieille photo des deux fondateurs de weRobot, des geeks dans leur chambre universitaire, au milieu d'un bazar de pièces mécaniques et électroniques, et de piles de carnets à spirale. « Nous croyons qu'il n'est pas de mission plus importante que d'améliorer la vie humaine grâce aux progrès de la robotique. Nous voulons que chaque personne dans cette pièce estime pouvoir faire bouger les lignes, réaliser ce qui paraît impossible, agir comme Jake et Ron lorsqu'ils ont lancé cette société avec un carnet rempli de diagrammes et un capital de quatre-vingt-cinq dollars à eux deux… »

Amy se pencha vers moi. « Soit la mise en scène de la photo est atroce, soit l'un des deux ne vaut pas tripette en codage.

— Ah bon ?

— Regarde ce bout de Perl sur leur ordinateur. Lire toutes les lignes dans un tableau ? Pas de chomp ? »

Je scrutai le paragraphe incriminé, avant de me retourner vers elle, le regard vide.

« On n'est pas programmeur, alors ? »

Je secouai la tête. « Études de folklore et mythologie. »

Elle me considéra, intéressée. « Ça me plaît, ça. Il faudra qu'on en reparle. »

Top. Même les blagues d'ingénieur me passent au-dessus de la tête. Je réprimai un accès de panique et trouvai refuge dans une soupe de poulet maison pour le réconfort de l'âme.

Jamais une des firmes les plus en vue de la Silicon Valley n'aurait embauché un diplômé en lettres et sciences sociales et humaines sans une bonne raison, pas vrai ?

La déléguée des RH produisit une pile de carnets qu'elle distribua. « Votre avantage initial, et le plus important ! »

Les carnets se révélèrent des blocs de papier millimétré. Je feuilletai le mien. En lieu et place de la grille habituelle, les feuilles présentaient des motifs peu orthodoxes : spirales, nids-d'abeilles, mosaïques de formes animales, jonchées de points aléatoires.

« Oubliez le conventionnel. Un problème irrésolu ? À vous de le faire ! Envisagez l'impossible, puis réalisez-le !

— Comme slogan d'entreprise, celui-ci n'est pas trop mal, me glissa Amy. Moins facile à parodier que le "On range les données du monde pour ennoblir l'humain" de Centillion, et meilleur que l'idée saugrenue de Bazaar de faire bâtir aux nouveaux employés leurs plans de travail avec des planches en psalmodiant "Tout ce qui s'achète est chez nous !". Mais vise-moi un peu ces bûcheurs ! »

Je jetai un regard à la ronde. Certains de mes collègues contemplaient leur bloc-notes, d'autres y dessinaient, l'air concentré, comme s'ils concevaient déjà le prochain succès de weRobot.

Amy but une gorgée de thé. « Les jeunes, c'est marrant à observer. Ils adorent être inspirés.

— Tu crois qu'on nous joue un script ? » Le ton narquois de ma voisine de table me faisait craindre d'avoir commis une erreur. « Glassdoor a de bonnes critiques sur la culture d'entreprise ici. »

Elle gloussa. « Comme tous ses concurrents de la Valley, weRobot a ses navettes, ses corbeilles offertes de fruits frais et à coque, ses crédits sur ToDoGenie, et ils te refileront toute la responsabilité possible en plus des stock-options qui te fidéliseront. Mais ici, pour réussir, il importe de croire au Mythe Unique.

— Gagner plus de fric ? » J'étais un peu déçu, à vrai dire. Amy évoquait une cynique blasée qui croyait que toutes les corporations incarnaient le mal. Même moi, je savais que la situation était plus complexe.

« Le fric, ce n'est pas ce qui motive les gens comme Jake et Ron. Le credo de la Valley, c'est que tous les problèmes du monde peuvent être résolus par un geek avec un clavier et un fer à souder. »

Je la considérai d'un œil plus critique : sac à dos ShareAll daté de la décennie précédente, t-shirt Centillion célébrant le lancement de la version 1.5, étui de portable Abricot orné du vieux logo. Au départ, j'avais pris ces accessoires pour des distinctions, des récompenses pour ses périodes de service dans les tranchées des grosses boîtes de la Valley, mais ils pouvaient indiquer une attitude moins admirable, une sorte d'insolence corruptrice qui l'empêchait de trouver sa place où que ce soit.

« Qu'est-ce qu'il y a de mal à vouloir changer le monde ? demandai-je.

— Rien, à part un manque d'humilité.

— Ma foi, je trouve sympa de contribuer au futur au lieu de se contenter d'en rêver. »

Je m'écartai délibérément. Pour ma première journée de travail, je me dispenserais volontiers de sa négativité. Et la déléguée des RH abordait enfin l'épargne retraite.

Automates domestiques avancés, l'équipe à laquelle on m'assigna avait comme vague mandat de créer des produits révolutionnaires distincts des gagne-pain de weRobot : aspirateurs, plie-linge, appareils de sécurité. La plupart des ingés venaient d'autres équipes où ils avaient gagné leurs galons ; de toute évidence, ils étaient là parce qu'ils souhaitaient consacrer plus de temps à leurs familles et refusaient de lutter contre les jeunes loups.

À mon grand désarroi, Amy aboutit dans la même équipe.

« Je n'avais jamais travaillé avec un chef de projet ès folklores, dit-elle.

— Élaborer, ce n'est pas simplement coder. Le boulot d'un CP, c'est de raconter *l'histoire* du produit. » Je remerciais le VP du Marketing produit d'avoir utilisé cette phrase devant les nouveaux CP.

« Inutile de te mettre sur la défensive. Il faut à la Valley moins de techno-utopistes et plus de perspective historique. Ce sera marrant de bosser ensemble. Comme tu as étudié les mythes, je me suis dit que tes deadlines seront raisonnables. Darmok et Jalad sur l'océan, tu vois le genre. La référence te parle ? »

Je réprimai un soupir. *Génial, elle croit que je ne connais rien à rien et qu'elle va pouvoir se tourner les pouces.* Cette mission augurait mal de mes perspectives de carrière.

J'ouvris le carnet de papier millimétré et j'écrivis en haut de la page *Automates domestiques avancés.* Je soulignai ce titre trois fois, pour bien insister, puis je décidai de gommer le *s* final que je réécrivis doté d'une longue queue de serpent qui sinuait jusqu'au bord de la page. Ça me paraissait plus hardi que la lettre banale d'origine – un symbole montrant que je tâchais de sortir des sentiers battus.

Mais le reste de la page, vierge hormis le motif en spirale, évoquait un labyrinthe qui prenait soin de m'égarer.

« Tu t'es inscrit au séminaire de la Recherche ? »

Je me tournai pour découvrir Amy appuyée à ma cloison, un mug de thé fumant à la main.

Je tâchai de paraître occupé. « Non.

— Un conseil : inutile de rester dans ton box pour mériter ton salaire. Ils se fichent de ton temps de présence. Tires-en parti. »

J'en avais assez. « Il y en a qui aiment faire le boulot. »

Elle soupira. « WeRobot emploie certains des chercheurs les plus pointus de la planète – cognition, computation, anthropologie, linguistique, nanomatériaux, on a l'embarras du choix. Les séminaires ouverts, c'est le top des avantages proposés. » Veillant à rester coi, j'entrepris d'écrire une phrase dans le carnet.

Les problèmes irrésolus de l'automation domestique ?

« Kiteo, ses yeux fermés. » Sur ce, elle s'éloigna. « De toute façon, les présentations seront sans doute trop ardues pour un diplômé en sciences sociales. »

Il me fallut voir son sourire narquois quand je m'assis à l'entrée de la salle du séminaire pour capter que je m'étais *peut-être* fait manipuler.

*

Assis tout seul dans ma chambre, je contemplais les notes que j'avais prises au séminaire et la pile de manuels d'IA que j'avais achetés sur Bazaar – je préférais encore lire un livre qu'un écran. *Réseaux neuraux, entrées en cascade, algorithmes génétiques…* Comment allais-je y comprendre quoi que ce soit ?

Les diagrammes que j'avais recopiés des diapositives du Pr Vignor me rendaient mon regard tandis que je tâchais de me rappeler pourquoi je les avais trouvés enthousiasmants. Pour l'heure, ils me paraissaient aussi passionnants que des problèmes d'échecs.

… par tradition, la robotique comportementale tire son inspiration de l'étude des insectes.

Mais pourquoi se contenter de l'inspiration quand on peut puiser directement à la source ? Au lieu de programmer nos robots à l'aide d'algorithmes simples qui imitent le comportement de la fourmi cueilleuse, pourquoi ne pas leur implanter les motifs neuraux de cette fourmi ? Le nouveau prototype d'aspirateur couvre une pièce entière en trois fois moins de temps que le modèle précédent, et son efficacité augmente sans cesse, puisque la machine, qui apprend les zones susceptibles de voir la poussière s'accumuler, leur donne priorité…

« *Beurk !* » Le cri provenait de la salle de bains. S'ensuivit le bruit sourd du couvercle des WC. « *Viensvitevitevite !* »

M'emparant de l'arme la plus proche – un gros manuel –, je me ruai dans la salle de bains, prêt à affronter ce qui menaçait ma coloc, Sophie.

Je la découvris tapie dans la baignoire à scruter les WC, les yeux écarquillés de terreur.

« Qu'est-ce qu'il y a ?

— Un *rat* ! Un rat dans la cuvette ! »

Je posai le bouquin, pris le balai de toilette, m'agenouillai devant les WC et levai le couvercle de quelques centimètres pour pouvoir jeter un œil. Ouais, il y avait bien un rat, et de la taille de mon avant-bras. Sous mes yeux, il s'ébroua dans la cuvette, ses yeux en bouton de bottine me toisant comme s'il me reprochait d'interrompre sa séance de jacuzzi.

« Comment il est arrivé là ? » Sophie criait presque.

« J'ai étudié les légendes urbaines sur les rats dans

les toilettes, dis-je, et elles comportent une part de vérité.

— Visiblement !

— Ce sont de bons nageurs. On vit au rez-de-chaussée ; le siphon contient trop peu d'eau pour l'empêcher de passer.

— Comment tu peux être aussi calme ? Qu'est-ce qu'on va faire ?

— Ce n'est qu'un animal qui cherche à manger. Rapporte-moi le liquide vaisselle. On va renvoyer ce petit gars là d'où il vient. »

Dos au mur, Sophie sortit avec prudence de la baignoire, puis de la salle de bains, avant de courir à la cuisine. Quand elle rapporta le liquide vaisselle, je soulevai le couvercle et fis gicler presque tout le contenu du flacon dans la cuvette.

« Ça rend tout glissant, ça dissout la graisse sur son poil, donc il aura plus de mal à nager. » J'entendis le rat barboter et griffer l'émail en guise de protestation.

Je tirai la chasse – une première fois, puis, bien que plus aucun bruit ne s'élevât une fois l'eau évacuée, une deuxième et une troisième. Lorsque je relevai le couvercle, la cuvette était vide, immaculée.

« J'appelle le proprio. » Sophie finissait par retrouver son calme.

Je lui fis signe de se taire. J'entrevoyais une idée, et je ne voulais pas qu'elle s'esquive.

Ça, les ingénieurs se sont fichus de moi. Ils m'ont envoyé des mails remplis de blagues et de dessins humoristiques sur les rats ; un jour, après la pause repas, j'ai même trouvé un animal empaillé dans mon box.

« Voilà pourquoi il faut éviter les CP non techniciens », entendis-je l'un d'eux murmurer à une collègue.

À vrai dire, je n'étais pas sûr qu'ils aient tort.

Amy me rendit visite.

« Oublie les blagues sur les rats, je ne suis pas d'humeur, lui dis-je.

— Moi non plus. Je t'apporte du thé. »

De fait, mieux valait que j'en boive à la place du café, vu l'état de mes nerfs. On s'installa pour causer de sa nouvelle maison. Elle se plaignait de devoir dégager ses gouttières à mesure que l'automne progressait, payer le nettoiement des conduits de CVC et vérifier que les tuyaux d'égout restaient préservés des racines. « Il y a des tonnes de coins et recoins dans une vieille baraque. De vrais nids à bestioles.

— Il n'y a que toi qui es sympa avec moi. » J'éprouvais une certaine culpabilité au souvenir de la distance que je lui témoignais au début.

Elle haussa les épaules. « Les ingénieurs ont leur façon de voir le monde. On jurerait des souris des villes qui croient qu'il suffit de savoir voler du fromage sur la table.

— Moi, je suis la souris des champs qui ne fait même pas la différence entre la table et la chaise.

— Il se trouve que j'apprécie les perspectives inédites. Moi non plus, je n'ai pas commencé dans le code.

— Ah bon ?

— Je bossais chez Bazaar comme emballeuse. J'avais des idées sur la façon d'améliorer l'aménagement des entrepôts pour optimiser les expéditions. Ils les ont trouvées bonnes et m'ont chargée de régler d'autres soucis : l'encombrement des câbles dans les salles des serveurs, le contrôle des accès aux zones interdites des bureaux, des trucs dans ce genre-là. Il s'avère que j'ai la bosse des problèmes techniques. J'ai fini par apprendre la programmation sans avoir mis les pieds en fac. Ça se passait avant qu'on exige des diplômes partout. »

Une autre pièce rapportée, donc. « Je me demande si je vais pouvoir m'intégrer.

— N'y pense pas en ces termes. Il s'agit davantage de… maîtriser une culture, d'apprendre à raconter ton histoire en utilisant leur vocabulaire. Les ingénieurs changeront d'avis quand tu sauras peindre une vision qu'ils comprennent. Un plan du parcours d'obstacles vers le nouveau fromage placé dehors, si tu veux, petite souris des champs. »

J'éclatai de rire. « J'essaie, mais c'est dur. J'ai beaucoup de progrès à faire.

— Pourquoi tu as voulu bosser dans la robotique ? J'avais l'impression que, vous autres, dans les lettres et les sciences sociales et humaines, vous préfériez enseigner pour pouvoir passer toute votre vie à l'école. »

J'y réfléchis. « Difficile à formaliser. Je suis fasciné par les histoires, racontées aux autres, racontées sur nous. Dans notre monde, celles qui priment, ce sont les histoires sur la technologie. Les rêves qui fascinent les gens, de nos jours, sont rivetés, soudés, mus par des programmes, ou ce ne sont que des sorts qui fonctionnent dans l'éther. Je voulais jouer mon rôle dans ces histoires. Navré, ça ne rime à rien.

— Au contraire. Voilà bien le truc le plus sensé que je t'aie entendu dire. La technologie est notre poème, notre ballade, notre épopée. Si tu n'es peut-être pas programmeur, tu en as l'âme. »

J'appréciai le compliment, sans doute le plus bizarre que j'aie reçu de ma vie. C'était chouette d'avoir une amie.

« Selon toi, mon idée a une chance ? demandai-je au bout d'un moment.

— Je l'ignore. Ce que je sais, c'est que si on a peur d'avoir l'air bête, on n'aura jamais l'air d'un génie non plus.

— Je croyais que tu détestais les grandes phrases.

— Que je tourne en dérision les mythes de nos seigneurs et maîtres capitalistes ne signifie en rien que je méprise un joli happy end. Après toutes ces années, je bosse toujours dans la Valley, la plus grosse usine à rêves de toute la planète, non ? »

Envisagez l'impossible !

Je choisis d'aller droit à la source. Le Pr Vignor écouta ma présentation sans prononcer un mot, avant de rester assis les yeux fermés pendant dix minutes, comme s'il dormait.

Donc, j'étais barbant à ce point ? Ma fierté en prenait un coup. J'avais bossé dur sur mes diapos, en citant chiffres et articles – auxquels, certes, je n'avais pas tout compris. Et je trouvais l'utilisation de ce clipart animé d'un rat très, très inspirée.

« Ça vaut la peine d'essayer, dit-il enfin sans ouvrir les yeux. On n'a jamais travaillé avec un animal aussi évolué, mais pourquoi pas ? Tout est impossible, jusqu'à ce qu'on tente l'expérience. »

Les mois suivants fusionnèrent. Pousser un produit chez weRobot s'avéra éducatif. Les spécifications conceptuelles devinrent des démonstrations de faisabilité qui devinrent des tirages d'imprimantes 3D qui devinrent des prototypes faits à la main et branchés sur des postes de travail exécutant des routines de débug. Il fallut réunir les ingénieurs, trouver les testeurs, établir les plannings, allouer les ressources – puis entrèrent en scène la force de vente, les études de marché, le service juridique et la chaîne logistique.

Je travaillais seize heures par jour en semaine – à peine huit le week-end, vu qu'Amy avait trafiqué mon ordinateur pour m'éjecter si j'exagérais le samedi (« Il te faut du repos pour rafraîchir ton âme, gamin. Le fleuve Temarc, en hiver. La référence t'échappe ? Tiens, mate-moi ces DVD de *Star Trek* »). J'abondai en excuses auprès de ma sœur et de ma mère dont je loupais les anniversaires, et j'ignorai les textos et les invitations de mes amis extérieurs au boulot. Je devais montrer l'exemple à mon équipe. Sinon, comment aurais-je pu leur réclamer une totale implication ?

À part l'homme, aucun mammifère n'a mieux réussi que Rattus norvegicus. *Depuis le Moyen Âge, l'espèce a appris à nous côtoyer ; elle vit dans nos égouts, nos caves, nos greniers ; elle profite de notre chauffage, de notre nourriture. Selon certains experts, il y a sur cette planète autant de rats que d'êtres humains.*

« Il n'y a rien à sauver, là, me dit le gars du marketing. On veut convaincre les gens d'acheter un appareil au lieu d'appeler un dératiseur. Tu as quoi d'autre ? »

L'idée, c'est de raconter une bonne histoire. Je fis défiler d'autres diapos.

Un rat adulte est si souple qu'il se faufile par un trou de la taille d'une pièce de vingt-cinq cents. Il peut nager sur des kilomètres, voire rester à flot durant des jours dans les pires circonstances, escalader des colonnes lisses, grimper dans des tuyaux verticaux, et il négocie sans mal le dédale de conduits d'un foyer humain, son habitat naturel.

J'admirais la ténacité et la ressource des rats. Si c'étaient des employés de société, ils domineraient la compétition.

« Laisse-moi remâcher ce truc – haha – et reprendre contact », dis-je au gars du marketing.

Quand on bossait à réaliser un rêve, le travail n'avait plus du tout l'air d'en être.

En fin de compte, la documentation commerciale déclara que le Vegnor rendait hommage au Pr Vignor, le plus grand spécialiste au monde en robotique non comportementale ; il fallait un bon mythe des origines à un super-héros.

Et on vendait le Vegnor comme un super-héros destiné au propriétaire trop occupé.

Empreint des schémas neuraux de *R. norvegicus*, le robot lisse et brillant, à la forme oblongue segmentée de vingt-cinq centimètres nantie de capteurs élaborés et d'un panel d'accessoires dignes d'un couteau suisse, était l'incarnation moderne de l'esprit du foyer. Il pouvait remonter des tuyaux d'évacuation d'eau de pluie pour aller nettoyer les gouttières engorgées de feuilles mortes, épargnant aux occupants de la maison une tâche salissante et le danger de tomber d'une échelle. Il nageait dans les conduites et les débouchait avec ses dents de scie rotatives. Son corps flexible lui permettant de négocier des virages serrés pouvait s'élargir pour trouver prise dans les tubes, y compris verticaux, où il nettoyait les dépôts divers. Arpentant les tuyaux d'égout, il coupait les racines infiltrées et délogeait les amas de papier-toilette. Il cassait les blocs de glace en hiver, ramonait les cheminées en été, économisant ainsi des milliers de dollars annuels de maintenance professionnelle. Il se nettoyait et se rechargeait par ses propres moyens. Son meilleur atout ? Protéger une maison des nuisibles comme les rats bruns en émettant une plainte ultrasonique agaçante qui les chassait – et ceux que ce signal d'alerte laissait indifférents, il pouvait les affronter de ses crocs et de ses griffes en acier inoxydable.

On en vendit par camions entiers. Les critiques élogieuses garnissaient la toile et les utilisateurs d'OurScreen postaient les vidéos des exploits de leurs « Vegnies » chéris – qui chassaient les serpents en Floride, broyaient les scorpions en Arizona, qui fonçaient d'un cabinet de toilette à l'autre (au grand plaisir des enfants et à la vive perplexité des parents, comportement qu'il fallut réprimer par le biais d'une mise à jour logicielle automatique).

Jake et Ron m'invitèrent à participer à leur Pique-nique d'automne annuel chez eux. Au sein de la boîte, on savait que les élus se limitaient aux quatre-vingt-dix-neuf meilleurs employés à incarner la « touche weRobot ».

J'avais trouvé mon créneau.

« Tu as vu le résumé que je t'ai envoyé ? demanda Amy.

— Non. Oui. Non. » J'avais l'esprit ailleurs. Il y avait tant à faire quand on rencontrait le succès. « De quoi tu parles ?

— J'ai étudié les tendances locales générées par Centillion. Il semble y avoir une hausse des recherches de dératiseurs dans tout le pays.

— J'en ai fini avec les rats. » J'avais trente onglets ouverts dans mon navigateur, chacun chargeant une page des ventes d'une région différente, et je les passais en revue à coups de clics impatients.

« Regarde la liste des codes postaux où ces recherches augmentent le plus. Tu vois à quel point ils correspondent aux ventes de Vegnor ? »

Je lâchai un grognement qui ne m'engageait à rien.

« Tu m'écoutes, au moins ? On jurerait un de ces rats accros à presser son bouton pour obtenir une croquette. »

Vexé, je la dévisageai. « Le Vegnor se vend bien. Je dois terminer cet examen a posteriori. »

Elle leva les yeux au ciel. « Des conneries corporatistes. Changer le monde ne se limite pas à réaliser une vente. Il y a là un mystère. Une histoire.

— Les clients nous font plein de retours en ligne. Tous positifs ou presque.

— Tu ne peux pas compter sur les clients pour te dire ce qu'ils veulent avant qu'ils voient le produit.

De même, tu ne peux pas compter sur eux pour te dire ce qui cloche avant qu'ils le comprennent. »

Je balayai ce koan d'un revers de main. Il y avait toujours davantage de mystères que d'heures dans la journée – et je ne souffrais pas de la maladie chronique du technicien qui consistait à se jeter dans le moindre terrier de lapin inutile que creusaient les problèmes hors sujet. Je devais condenser mon expérience du Vegnor en un processus à réitérer, pour mettre au point le produit qui le dépasserait. Dans une boîte comme weRobot, ta valeur ne tenait qu'à ton projet suivant. Les CP se reposant sur leurs lauriers pouvaient s'asseoir sur le prochain Pique-nique d'automne.

Amy allait répondre quand un signal sonore m'avertit de l'arrivée d'un mail.

« Navré, faut que je voie ça. » D'autorité, je cliquai sur l'onglet. Je me sentais irritable ces temps-ci : j'espérais que chaque mail venait d'une huile de la société qui m'invitait dans une équipe prestigieuse, plus proche de Jake et Ron.

Une minute, me morigénai-je. *Je veux dire une équipe qui a un bel impact sur la vie des gens, hein ? Qu'est-ce qui me fascine le plus : gagner du galon, ou changer le monde ? Il y a une différence ?*

Le mail était de ma sœur Emily. Tous, ces derniers temps, contenaient des images de son bébé. Bon, oui, j'adorais mon neveu, mais il ne parlait même pas et j'en avais soupé de le voir en vidéo se rouler par terre pour le « jeu sur le ventre ». Les parents étaient les êtres les plus chiants au monde.

Danny ne dort pas… Je deviens folle… Je n'arrive plus à réfléchir… Je paierais une somme folle…

« … vas enquêter sur ces corrélations ? Ça ne t'intrigue pas un minimum ? »

Je levai les yeux. Amy était toujours là, à bavasser.

« Tu n'as pas un séminaire de prévu ? » lançai-je avec insistance.

Elle secoua la tête, puis leva les bras au ciel. « Chenza au tribunal, la cour du silence », murmura-t-elle en s'éloignant.

Qu'elle se sente rejetée me peina, mais je n'étais pas un ingénieur cynique, trop blasé pour le frisson de changer le monde. J'avais participé au Pique-nique d'automne, bordel. J'avais un but.

Les États-Unis comptaient près de quarante-cinq millions d'enfants âgés de moins de douze ans. La démographie, les migrations, les lois d'immigration, la pression réglementaire composaient une situation où les parents se voyaient privés d'une garde abordable, de qualité et *de confiance.* Les gens travaillaient davantage d'heures, plus dur, ce qui leur laissait moins de temps et d'énergie à consacrer à leurs gosses.

Les analyses de données confirmaient mon intuition. Les forums d'éducation familiale, les réseaux sociaux, les applis de témoignages permirent aux systèmes experts de la société de distiller les humeurs et les émotions des parents de jeunes enfants qui rejetaient les crèches tout comme les services à domicile. Les parents se méfiaient des inconnus, pourtant ils ne pouvaient pas tout faire.

L'occasion en or pour un appareil permettant de réduire la charge de travail. Et si la corvée d'élever les enfants – les repas nocturnes, les couches, le cycle du ménage, de la lessive, du rangement, les pleurs, les maux, la surveillance assignée par les pédiatres, l'administration des punitions – pouvait se déléguer à une nounou parfaite, ne laissant aux parents que le bonheur de vrais moments privilégiés avec leur progéniture ?

« Tu lis ce mail depuis dix minutes, dit Amy. Ce n'est pas bon signe. »

Je l'avais lu si souvent que les phrases ne signifiaient plus rien. En réalité, le verbiage à l'écran se résumait à un mot.

« Ils ont dit non. »

Dans un silence tout à son honneur, elle s'éclipsa, revenant cinq minutes plus tard avec un mug de thé qu'elle posa sur mon bureau. Je l'empoignai ; sa chaleur me réconforta.

« Je t'ai aussi apporté un cadeau, dit-elle. Je comptais te le donner pour le lancement de Vegnor, mais il a fallu plus de temps pour le préparer que prévu. Typique en ingénierie. J'ai pensé qu'un peu de poil à gratter te ferait du bien. »

Elle siffla : un Vegnor peint en noir s'avança de derrière la cloison du box.

« Il n'a rien d'un Vegnie ordinaire. Je l'ai reprogrammé pour qu'il soit le loustic du bureau. Il pourra assaisonner de piment le café du Marketing ou balancer des blagues sur les avocats derrière la grille d'aération du service juridique. Tu peux même l'envoyer voler le déjeuner du VP qui vient de te dire non. Mais tu dois apprendre à parler sa langue. »

Elle se pencha sur le rat mécanique. « Manitou, debout sur la garenne les oreilles bouchées. » En une imitation plus que passable du VP au Marketing de produit, elle fronça les sourcils. Ensuite, elle se tourna vers moi. « Tu veux tester ? »

Je le toisai, désignai Amy, puis ma personne. « Darmok et Jalad à Tanagra… » Elle sourit. « … Vegnie, le fromage de Manitou dans le Labyrinthe de Cnossos. »

Le petit rat piailla avant de détaler.

J'applaudis. « Tu as été inspirée sur ce coup.

— J'aurais dû me douter qu'apprendre à parler tamarien ne poserait aucun problème à un étudiant en folklore. »

Quand on arrêta de rigoler, j'avouai ne pas voir pourquoi on rejetait mon projet. « Vu mes résultats sur le Vegnor, ils auraient dû me faire un peu plus confiance.

— Ce n'est pas la question. Tu veux résoudre un souci trop complexe. Les gens n'arrivent même pas à s'accorder sur la manière d'entraîner un bébé à dormir. Comment comptes-tu fabriquer l'ersatz idéal de parent ?

— C'est trop réfléchir, ça. Les gens ne savent pas ce qu'ils veulent, jusqu'à ce qu'on le leur montre.

— Tu es trop jeune pour comprendre qu'on ne doit jamais donner des conseils d'éducation.

— Et toi, trop cynique. Même faute d'une réponse unique à tout, on sait concevoir une configuration accessible. »

Amy secoua la tête. « Rien à voir avec le robot nettoyeur. Il s'agit d'élever les enfants d'autres personnes. Rien que les responsabilités légales donneraient des vapeurs au service juridique entier.

— On ne peut pas laisser les avocats diriger une

société. WeRobot n'est-elle pas censée envisager l'impossible ? Il y a toujours une solution.

— Tu devrais créer une île sans lois où tu pourrais expérimenter tout ton saoul pour résoudre les problèmes de l'existence.

— C'est une idée, marmonnai-je.

— Tu me fous la trouille, gamin. »

Je ne répondis pas.

Jake et Ron s'enorgueillissaient d'entretenir la flamme entrepreneuriale à weRobot, même si l'entreprise comptait désormais des milliers d'employés. Les invités au Pique-nique d'automne étaient censés faire avancer les choses sans attendre les ordres.

Par conséquent, j'ai raconté à mon équipe que ma proposition était acceptée.

L'étape suivante consista à recruter le Pr Vignor.

« C'est un défi presque impossible, dit-il.

— Vous avez raison. Sans doute beaucoup trop difficile. Je mets le projet de côté jusqu'à ce qu'on dispose de la matière grise nécessaire. »

Il revint me voir l'après-midi même pour me supplier de l'intégrer dans l'équipe. Vous voyez : ce qui compte, c'est de raconter la bonne histoire.

On commença par rassembler les manuels sur la garde d'enfants et par les soumettre à l'abstracteur sémantique, en quête des règles fondamentales d'une bonne éducation.

Ce qui se révéla… merdique. Ces manuels étaient aussi fiables que les conseils en matière de mode : pour chaque livre qui prônait une approche, deux autres soutenaient qu'il s'agissait de la pire possible. Les bébés devaient-ils être emmaillotés ? Combien de fois par jour fallait-il les prendre dans ses bras ? Valait-il mieux les laisser pleurer quelques minutes pour leur apprendre à s'apaiser tout seuls, ou les réconforter dès qu'ils commençaient à s'agiter ? Il n'existait aucun consensus.

La littérature savante ne nous éclaira pas davantage. Les psychologues infantiles menaient des recherches prouvant tout et n'importe quoi, et les métaétudes montraient qu'on ne pouvait même pas reproduire la plupart des résultats.

La science de l'enfant en restait au Moyen Âge.

Mais, un soir tard, en zappant sur ma télé, je tombai sur une émission animalière : *Les meilleures mères du monde.*

Et voilà ! Je me serais giflé. L'éducation familiale, c'était un problème que la nature avait résolu. Une fois de plus, la névrose moderne du trop réfléchir avait engendré l'illusion de l'impossible. Des milliards d'années d'évolution nous donnaient les règles à suivre. Il suffisait d'imiter la nature.

Comme les universitaires semblaient, en gros, inutiles sur le sujet, pour trouver mon modèle, je m'orientai vers le puits de sagesse absolue : le web. Pour la Fête des mères et la Fête des pères, tous les sites en quête de vues publiaient des listes censées décrire les animaux passant pour les meilleurs pères et les meilleures mères du monde.

Il y avait l'orang-outan, dont le bébé ne lâche pas sa mère de toutes ses premières années.

Il y avait la pieuvre abyssale, *Graneledone boreopacifica*, qui ne faisait que couver ses œufs – sans même manger – pendant quatre ans et demi, jusqu'à leur éclosion.

Il y avait l'éléphant, qui, en plus d'une longue période de gestation, pratiquait volontiers l'alloparentalité, puisque les membres du troupeau participaient tous à l'éducation de la progéniture.

Et ainsi de suite…

… jusqu'à ce que je tienne mon histoire : le parangon de la parentalité, l'essence d'amour en flacon.

J'allais reproduire les groupes pratiquant dans la nature le sacrifice de soi et l'alloparentalité à l'aide de robots. Si les parents urbains modernes, trop occupés, ne connaissaient plus leurs voisins et vivaient loin de leur famille élargie, un réseau de nos accessoires ferait presque autant l'affaire. Les aspirateurs, les plie-linge, les Vegnor pourraient tous surveiller les enfants et servir de compagnons de jeu – par ailleurs, ça encouragerait nos clients à acquérir davantage d'appareils de notre marque, ce qui était toujours une bonne chose. Les modèles des résidences voisines contribueraient à cette garde même si les parents respectifs n'entretenaient aucune relation d'amitié – une garantie apportée par les algorithmes standardisés de weRobot. Ainsi donc, le réseau local sans fil se substituerait aux liens sociaux effilochés ou inexistants.

« Mary Poppins, son parapluie ouvert ! » jurai-je.

Le Pr Vignor modélisa les schémas neuraux stimulant le comportement de dizaines d'animaux tenus par la sagesse du net pour de bons parents ; après une émulation logicielle poussée, l'heure vint de tester les premiers prototypes.

Je postai l'appel aux volontaires sur le réseau

interne de weRobot ; surpris et perplexe, j'obtins beaucoup moins de réponses positives que je ne l'espérais.

« Il n'y a guère de parents qui bossent ici, dit Amy quand je m'en plaignis auprès d'elle. Ça n'a rien d'un secret. Vise-moi ton emploi du temps. Il n'est pas vraiment compatible avec le fait de fonder une famille, hein ?

— Ça prouve d'autant mieux qu'il existe un marché pour ce produit ! » La clé de la réalisation de l'impossible, c'était de voir des opportunités là où les autres ne voyaient que des problèmes. « Songe à toute la productivité perdue par les parents empêchés de consacrer autant de temps et d'énergie à leurs carrières parce qu'ils doivent filer s'occuper de leurs mioches. » De joie, je me frottais les mains. « Dans les pubs télé, le Marketing devrait pouvoir le sous-entendre. Les couples de cadres passant moins de temps à élever leurs enfants qu'en salle de sport devraient constituer une vraie valeur ajoutée.

— Tu emploies l'expression “productivité perdue” sans ironie ? Tout comme “vraie valeur ajoutée” ? »

Faute de volontaires internes en nombre suffisant, je dus étendre le bêta-test en demandant à mon équipe de recruter chez les amis et les parents.

Je dénichai un accord de confidentialité super effrayant à propos d'un autre projet weRobot sur notre intranet – pour une fois, les avocats servaient à un truc – et après quelques macros rechercher-remplacer, j'avais le moyen de m'assurer que personne ne divulguerait la moindre information à nos concurrents ni à la presse technophobe avide d'infos sur les produits tech à sortir dont ils pourraient exagérer l'impact en visions dystopiques qui vendraient de la copie.

Emily s'enthousiasma sur le nouvel ajout à sa famille.

« Dingue ! s'épancha-t-elle au téléphone. Je n'ai jamais vu Danny se tenir aussi bien. Para le change, le nourrit, le berce, et il adore ça ! Eric et moi, on dort enfin toute la nuit. Au boulot, on me supplie de donner le numéro de l'agence de garde que j'utilise. »

Je rayonnais de fierté. Para était un miracle d'ingénierie. Sa température corporelle, sa peau synthétique de qualité médicale et l'oscillateur qui battait au rythme d'un cœur étaient conçus pour calmer les nouveau-nés. Les huit bras du robot, faits d'actuateurs élastiques en série par mesure de sécurité, et ses manipulateurs de précision permettaient à la machine d'effectuer les tâches les plus délicates de la garde d'enfants avec aplomb : changer la couche, nourrir, talquer, masser, chatouiller et baigner avec des gestes calculés pour que le bébé éprouve le confort le plus total, tout en fredonnant un air agréable, en pliant le linge et en ramassant les jouets tombés à terre.

La plus belle réussite de Para, c'était sa programmation neurale, bien sûr. Il faisait le parent de substitution idéal. Il ne se fatiguait ni ne se lassait jamais ; il ne cessait jamais de consacrer son attention pleine et entière au nourrisson ; il disposait de l'équivalent de millions d'années d'évolution en matière d'instinct animal pour juger des besoins d'un être humain : il protégerait l'enfant à sa charge à tout prix, et il savait réagir à toutes les situations d'urgence pour le sauver.

« J'apprécie tellement plus les moments que je passe avec Danny, désormais. Je me sens plus calme, plus patiente, et je me consacre aux aspects les plus sympas de la maternité. C'est incroyable.

— Tu m'en vois ravi. » J'étais une loque. J'avais poussé mon équipe à bout, mais le bonheur de ma sœur compensait notre dur labeur.

Lundi matin, mon téléphone vibra pendant mon trajet à bord de la navette du boulot. Mon cœur loupa un battement, avant de s'emballer pendant que je lisais le texto.

Pourquoi Jake et Ron me convoquent-ils ? La réponse allait de soi : on avait découvert mon projet secret.

Les tests de Para étaient loin d'être terminés. Il me fallait encore du temps pour produire les données convaincantes qui me garantiraient le pardon.

Pris d'une vive anxiété, je gagnai le bureau des présidents au premier étage du bâtiment central, où les secrétaires de direction m'introduisirent sans délai dans une petite salle de conférence où Ron et Jake siégeaient à la table, le visage de marbre.

« Je peux tout expliquer. Les résultats préliminaires sont très encourageants, et...

— On n'en est plus à la phase préliminaire, il me semble », coupa Jake. Il fit glisser une tablette sur la table. « Vous avez lu ceci ? »

Le *New York Times.* « Des robots ménagers responsables des infestations. »

Je parcourus l'article, le cœur serré. J'aurais dû

faire plus attention aux comptes-rendus qu'Amy m'envoyait.

Le Vegnor excellait, au point de déplacer les rats. Certes, il était programmé pour les combattre et les chasser – on le décrivait comme l'un des atouts de cet appareil.

Ceci fait, il reproduisait certains de leurs comportements bénéfiques, balayant et collectant nourriture et détritus dans les tuyaux et conduits. Cette touche d'imitation faisait toute ma fierté. Je me trouvais complet, sur le coup.

Mais il se contentait d'éloigner les détritus des maisons, au lieu de les consommer, ce qui générait sur le pourtour des propriétés de tas d'ordures offrant des zones de reproduction aux autres nuisibles – cafards, vers, mouches. Les cafards allaient ensuite infester les maisons dépourvues des rats qui, auparavant, les chassaient. Pire, les cadavres des rats tués par les Vegnies attiraient les coyotes, principaux prédateurs de maintes villes américaines.

Si tous les rats mouraient du jour au lendemain, personne ne les regretterait, avait-on cru comme un seul homme. Il s'avérait qu'ils jouaient un rôle crucial dans l'écologie urbaine – un rôle que le Vegnor ne pouvait copier.

« Nos voisins sont venus se plaindre ce matin, dit Jake. Ils ont des chats dehors. »

Imaginant le corps sans vie d'un minou massacré par un coyote, je tressaillis.

« Ils nous ont traînés jusqu'au mur entre nos propriétés pour nous montrer le tas d'ordures laissé par nos Vegnor, ajouta Ron. La puanteur m'a fait rendre mon petit déjeuner.

— Il va y avoir un recours collectif, dit Jake en se massant les tempes.

— Et la joie des plombiers et des dératiseurs cités dans cet article ? » Ron tambourinait sur la table. « Le Vegnor était censé les rendre obsolètes, mais nos rats robots suscitent des infestations partout. »

Je tâchais de calmer ma respiration. *Ils ne savent rien du projet secret !* Mon regard passait de Ron à Jake et vice versa.

« On pourrait patcher le programme, bredouillai-je. Pour que les Vegnies collectent les ordures et s'en débarrassent… Ou concevoir un autre robot nettoyeur qu'on vendrait aux administrations municipales… Ou reprogrammer le Vegnor de manière qu'il traque les cafards et leurs œufs… ? »

Si la technologie créait un problème, la meilleure solution ne pouvait résider que dans un surcroît de technologie.

Ils se contentèrent de me fusiller du regard.

Le revers sur le Vegnor signifiait une chose : il me fallait vraiment cartonner avec Para. Ce serait la seule façon de me racheter.

Tout en faisant mon possible pour gérer les retombées du rat robot, je poussai encore mon équipe afin d'obtenir que le prototype de Para fasse davantage pour les parents. Il s'agissait de prévoir leurs besoins et les satisfaire : le régler de sorte qu'il suive un horaire des repas ou, autre possibilité, qu'il obéisse aux besoins de l'enfant comme s'il l'allaitait ; le configurer afin qu'il l'entraîne à dormir dès l'âge décidé par les parents ou, au contraire, encourage la pratique « ancestrale » du sommeil polyphasique ; on pouvait le programmer à jouer et à apporter du réconfort de différentes manières pour stimuler le développement intellectuel, voire lui faire préparer les repas et effectuer des tâches ménagères simples qui donneraient aux parents épuisés plus de temps pour dormir et terminer leur travail jusqu'à ce qu'ils soient prêts à se consacrer à leur progéniture.

Les résultats préliminaires semblaient prometteurs. Les retours des jeunes parents étaient presque tous positifs.

Ce robot aussi dévoué que la pieuvre, aussi coopératif que l'éléphant, aussi responsable que l'orang-outan, était bien la meilleure nounou que les parents puissent espérer. Il libérait les mamans comme les papas des aspects déplaisants de la parentalité et ne leur laissait que les bons moments.

« Pourquoi tu n'en veux plus ? demandai-je à ma sœur. Qu'est-ce qu'il a mal fait ?

— Rien ! dit Emily. Mais quelque chose nous dérange.

— Je peux venir ce soir en avion pour vérifier ce qui…

— Je vois. Tu n'as pas le temps pour mon anniversaire, mais si ton robot déconne, tu sautes dans le premier avion. »

Je pris une profonde inspiration. « Tu es injuste.

— Ah bon ? Et depuis quand tu es devenu ce bourreau de travail ?

— Ne me fais pas ça, Em. On parle de ma carrière, là ! Si je ne peux pas te faire confiance pour me donner un retour honnête, je vois mal vers qui me tourner. »

J'entendis un soupir à l'autre bout du fil. « Je te dis

la stricte vérité. Il n'y a rien qui cloche dans ce que fait Para, mais Eric et moi, on déteste ce qu'il nous fait, à *nous.*

— Comment ça ? »

Ça *n'aurait pas dû* arriver. Dès le début du projet, j'avais pris grand soin d'éviter un des gros écueils avec les nounous humaines : elles s'attiraient souvent la jalousie des parents, qui redoutaient que leurs enfants ne s'attachent davantage à la remplaçante qu'aux titulaires. C'était l'un des motifs pour lesquels on avait évité de donner à Para l'aspect humanoïde. Personne ne se sentait menacé par les talents ménagers d'un engin automatisé ; de même, aucun parent n'avait à craindre que sa progéniture se lie d'affection avec un appareil qui ne différait guère d'un berceau automatique.

« J'ai du mal à l'expliquer. » Emily donnait l'impression de chercher ses mots. « Eric dit regretter tous ces moments qu'on passait avec Danny, et j'ai le même sentiment.

— C'était du temps gaspillé, pour l'essentiel ! Para permet de passer des moments *privilégiés*, d'être efficace. » Les mails empreints de frustration que ma sœur m'envoyait me revenaient à l'esprit, tout comme les propos de quantité de mères et de pères qui, consultés, se plaignaient du manque de sommeil, d'un cerveau en purée. Les enfants exigeaient trop d'attention – c'était ça, le problème à résoudre.

« Justement, je ne suis pas sûr que ça existe, les moments "privilégiés". Eric et moi, on passait des heures à nourrir le bébé, à nous inquiéter de son caca, à tâcher de l'endormir, on se sentait crevés, novices, idiots… mais, à chaque fois qu'on croisait son regard, on éprouvait une bouffée de joie. Désormais, une demi-heure par jour à lui faire la lecture et à jouer avec lui, ça nous paraît déjà trop ! On perd patience. Moins on passe de temps avec Danny, moins on a *envie* d'en passer. Ça ne va pas. »

Dédale, regardant fondre les ailes de son fils.

… l'amygdale, l'hypothalamus, le cortex préfrontal et le bulbe olfactif sont tous activés par des signaux comportementaux du nourrisson, lesquels suscitent des ajustements du niveau d'hormones comme l'ocytocine, les glucocorticoïdes, l'estrogène, la testostérone et la prolactine, afin d'entretenir les schémas parentaux…

Je fermai le manuel avant de me masser les tempes.

La privation de sommeil, l'anxiété due aux cris du bébé, l'inquiétude incessante face à la dépendance d'un petit être aussi fragile et accaparant : devenir parent vous changeait, altérait votre chimie sanguine, recâblait votre cerveau.

Faute de raccourcis, les moments privilégiés n'existaient pas. L'expérience même qui créait les liens des nouveaux parents avec leurs enfants exigeait du temps et de l'énergie pour opérer les changements, tout comme un bébé exigeait du temps et de l'énergie pour grandir.

Pour obtenir les compensations, il fallait connaître l'ennui et l'anxiété.

On ne pouvait pas réduire la parentalité aux « moments privilégiés » en déléguant les passages difficiles aux robots – pour certains, voire la plupart, des parents, les altérations physiques et neurologiques que leur apportait cette nouvelle expérience étaient désirables.

J'aurais dû m'en douter. Renoncerais-je aux nuits blanches et aux jours fastidieux à essayer des centaines de solutions pour tâcher d'obtenir un produit réussi ? C'était ce processus pénible qui faisait la douceur de la victoire, qui me changeait en tant qu'individu, qui permettait de réaliser les rêves impossibles.

« Tu pars ou on te vire ? demanda Amy en me tendant un mug de thé. Tiens, je t'ai préparé ça avec amour. Les robots gâchent le thé ici, avec leur eau tiède. »

Mon projet secret avait été annulé. Une fois constaté que Para n'avait aucun avenir, il ne me restait qu'à tout avouer. J'avais coûté à la société un paquet de fric et pris des risques inacceptables. En toute logique, on aurait dû me flanquer à la porte.

« Ni l'un ni l'autre. » J'acceptai la boisson avec gratitude. « On me transfère dans une nouvelle division. »

Amy haussa un sourcil.

« Qui n'a pas encore de nom, ajoutai-je.

— Et tu vas y faire… quoi ?

— Shaka, quand les murs sont tombés. »

Au bout d'un moment, elle sourit. « Ah ! je vois. Les Inconnus inconnus.

— Un nom possible parmi d'autres. Comme le Département des souris des champs. »

On éclata de rire.

Ron et Jake jugeaient qu'il nous fallait un groupe

focalisé sur les perspectives inédites : artistes, écologistes, éthiciens, anthropologues, critiques culturels, environnementalistes et autres non-roboticiens, on aurait pour tâche de repérer les points aveugles des solutions techniques. On critiquerait les produits pour leurs conséquences imprévues, on collecterait des données afin de détecter les preuves d'échec indirectes (comme ces recherches de dératiseurs), bref, on servirait de source corporatiste de pessimisme afin de contrebalancer la nette exubérance de nos ingénieurs. Devenu l'incarnation du plantage chez weRobot, je m'estimais plus que qualifié à ce nouveau poste.

« Merci de prendre en main les projets de réhabilitation. »

Elle balaya ma déclaration d'un revers de main. « Je m'y entends toujours à nettoyer derrière les autres ingénieurs – je ne crois jamais qu'un truc va fonctionner, à la base. Cela dit, réparer les dégâts de tes rats robots, ça me plaît. Ils sont trop mignons.

— J'ai vraiment tout foiré, non ?

— Pas complètement. » Avec la bénédiction de Ron et Jake, elle allait reprendre le matériel et les logiciels de Para pour concevoir une version beaucoup moins ambitieuse qui essaierait d'aider les mères et les pères débordés plutôt que de les remplacer. Au lieu de céder au mythe des moments privilégiés, nos robots seraient coopératifs : toujours prêts à battre en retraite, ils ne feraient que ce que les parents leur demanderaient. Certains groupes de soutien aux mères qui souffraient de dépression post-partum avaient exprimé leur intérêt pour ce type de projet qui semblait pouvoir s'intégrer dans un programme thérapeutique.

« Tu avais la bonne idée, gamin. Parfois, il faut avancer d'un pas de trop et tomber du sommet de la falaise. Sinon, comment connaître la limite ?

— On croirait presque le Mythe Unique.

— Je suis une croyante sceptique. La technologie est belle, mais sa nature même fait qu'elle crée d'autres problèmes à résoudre. Les machines, comme les rats, font partie de la nature et nos vies sont entrelacées. Héphaïstos, son marteau brandi.

— Ça me rappelle que je vais te demander de passer à mon bureau la semaine prochaine.

— Pour quoi faire ?

— Un transfert cérébral.

— C'est impossible…

— Tu l'as pris au pied de la lettre ? Et puis, comment on saurait que c'est impossible si on n'essaie pas ? »

Je n'ai pas pu garder mon sérieux assez longtemps pour la mener davantage en bateau, mais je voyais bien qu'elle avait failli se laisser avoir d'un *rien.*

« Je *refuse* qu'on me scanne dans un robot.

— Je veux que tu viennes nous raconter des histoires, afin d'infecter tout le monde d'un peu de ton cynisme patenté. Ça devrait vraiment servir. »

Amy hocha la tête. « Gimli, sa hache prête. »

Rapport d'effet à cause

.tnaén el ,etiusne tE

Aveuglant blanc éclair un.

« Prépare-toi à l'impact », dit l'ordinateur.

L'air super chaud se rafraîchit. De la lumière blanche, le décor émerge : les tableaux de commandes ; moi-même, dans le fauteuil, tenant les poignées ; les bords déchiquetés de la cloison du cockpit qui se réassemblent, indemnes.

« T moins un. Brèche des boucliers. »

Par le hublot, je vois s'éloigner une forme évoquant un poisson argenté. Elle se trouve déjà à des kilomètres.

« T moins dix. »

La lueur argentée s'éteint à la limite de la visibilité, telle une étoile mourante.

Je zigzague dans le cockpit, enfonçant les boutons allumés pour les éteindre. L'angoisse reflue.

Je ressors à reculons et aboutis dans la cambuse.

L'alarme s'interrompt.

« En approche : thêta six-un, phi un-quatre-huit, distance six-cinq-cinq, vélocité un-zéro-sept. »

Ignorant l'annonce, je m'assois à la table où je prends une tasse ; j'y crache du café brûlant. Ensuite, j'entreprends de régurgiter dans l'assiette le contenu de mon estomac pour sculpter ma nourriture avec mon couteau et ma fourchette en omelette accompagnée de petits pois et de carottes.

Un frisson, et mes pensées repartent de l'avant.

« Qu'est-ce… qu'il s'est passé ?

— Inconnu. » L'ordinateur marque une pause. « L'horloge du système est désynchronisée avec l'observation sidérale.

— On croirait que quelqu'un vient de retirer son doigt de la touche REMBOBINER. » Je pose la tasse remplie du café que je viens de vomir, nauséeux. « On était morts.

— Exact. » L'ordinateur hésite. « Et impossible.

— Un vaisseau azazin », dis-je.

On ne sait rien des Azazins, sinon qu'ils effectuent des incursions répétées dans cette zone de l'espace de l'Union. Mon navire sentinelle à un seul occupant constitue notre première ligne de défense.

« Ils semblent croire aux attaques préventives, dis-je.

— Hypothèse : nous avons croisé une anomalie temporelle qui a brièvement inversé le cours du temps.

— Je vais riposter aux tirs.

— Si le temps s'est inversé, notre attaque sera injustifiée. »

Je hausse les épaules. « Les avocats militaires pourront régler la causalité plus tard. »

La trajectoire du missile qui m'a frappé permet sans mal de calculer la position du vaisseau furtif azazin.

« Torpille subphotonique prête. »

Le *clic* du gros bouton rouge m'emplit de satisfaction.

Je presse ma figure contre le hublot. Regarder les chiffres défiler à l'écran ne vaut pas l'explosion véritable.

« T moins dix. »

Les secondes qui défilent semblent ralentir.

« T moins zéro. »

Mais ni éclat aveuglant, ni nouvelle étoile au firmament.

« .oréz sniom T »

La flèche du temps.

… La torpille inverse sa course, vole à reculons, retourne vers son tube de lancement…

… Je zigzague dans le cockpit, enfonçant les boutons…

*

La cambuse. Je crache du café. Quelqu'un ôte son doigt de la touche REMBOBINER.

Ça fait des dizaines de fois. Parfois je leur tire dessus ; parfois ils me tirent dessus ; toujours on revient au départ, un quart d'heure plus tôt.

« Ils peuvent inverser le cours local du temps dans une bulle de quinze minutes maximum, déclare l'ordinateur. Il se peut que cette action soit déclenchée automatiquement par la destruction de leur vaisseau. »

Je comprends enfin. « Je crois que l'inverseur temporel est conçu pour laisser les consciences incluses au sein de son champ, y compris les Azazins, conserver leurs pensées, leur vécu. Ils répètent l'expérience pour obtenir des données sur nos réponses tactiques – comme s'ils faisaient passer à répétition des rats dans un labyrinthe. »

Ignorant les vives objections de l'ordinateur, j'enclenche le forçage manuel du système d'acquisition de la cible.

J'enfonce le gros bouton rouge au *clic* satisfaisant.

Le sillage ténu de la torpille file vers le point où je sais que se dissimule le vaisseau azazin.

« T moins dix. »

En approche…

J'ai la gorge serrée.

… rien.

« Cible manquée. Écart minimal : cinquante mètres. » Je discerne vaguement un *Je-te-l'avais-bien-dit* dans la voix de l'ordinateur.

Le temps continue de s'écouler vers l'avant. Les Azazins ont pu déterminer que j'allais les louper ; ils n'ont pas pris la peine d'inverser son cours pour mon attaque inutile.

Plus le choix. « Calcule une trajectoire de collision. Pleins gaz.

— Ils se contenteront de…

— EXÉCUTION ! »

On plonge vers la cible invisible – la tactique

désespérée la plus ancienne connue de l'homme. Mais peut-être qu'ils ne croiront pas que j'irai jusqu'au bout.

.tnaén el ,etiusne tE

Aveuglant blanc éclair un.

Le vaisseau file à reculons devant moi, masse sombre qui se fond bientôt dans les étoiles.

Puis le doigt quitte la touche REMBOBINER. On est un quart d'heure plus tôt.

« Cible man... »

Avant que l'ordinateur puisse terminer, je presse un petit bouton noir : mon secret, un montage improvisé. Le signal éteint le champ de confinement de l'antimatière dans la tête de la torpille subphotonique.

Un éclair, avant la plus belle vision de l'univers entier : le vortex tournoyant et scintillant d'une explosion causée par l'annihilation de la matière au contact de l'antimatière.

« Bien joué », dit l'ordinateur.

J'ai parié que l'inverseur de temps azazin ne pouvait pas être redéclenché tout de suite. La torpille devait s'approcher au plus près, mais louper la cible. Ma trajectoire de collision était calculée pour durer exactement quinze minutes. Quand les Azazins ont inversé la flèche du temps, ils ont ramené le missile dans leur proximité immédiate. L'effet est devenu la cause.

« Penser à rebours, ça donne mal au crâne », dis-je, tandis qu'on continue d'observer le tourbillon.

Imagier de cognition comparative pour lecteur avancé

Mon amour, mon enfant, toi qui t'y connais bien en mots polysyllabiques, idées complexes, phrases tarabiscotées, images baroques, tandis que le soleil dort et que la lune joue les somnambules, que les étoiles se baignent dans leur lueur venue d'aussi loin que le temps et la lumière, que tu te blottis dans tes couvertures et que je me pelotonne dans mon fauteuil près de ton lit, qu'on est au chaud, à l'abri, au calme dans ce moment illuminé par la perle que tient la sirène de ta lampe de chevet, toi et moi, sur cette planète qui volte et carambole dans la noirceur glacée de l'espace à des dizaines de kilomètres par seconde, lisons un peu.

Le cerveau des Télosiens enregistre tous leurs stimuli sensoriels : chaque picotement le long de leur échine velue, chaque son frappant leur corps membraneux, chaque image du champ lumineux perçu par leurs yeux à lentille réfractive composite, chaque percept gustatif et olfactif capté avec les molécules dans lesquelles baignent leurs pieds-tiges, chaque flux et reflux du champ magnétique de leur planète en forme de pomme de terre.

Quand ils le souhaitent, ils se remémorent pleinement une expérience vécue. Ils peuvent figer une scène et zoomer afin de focaliser sur un détail précis ; analyser et décrypter une conversation pour en extraire les moindres nuances. Un souvenir joyeux se revit à foison, chaque retour introduisant de nouvelles découvertes ; un souvenir douloureux, à foison aussi, pour un regain d'outrage. La réminiscence eidétique est un fait de l'existence.

La pression de l'infini sur le fini est forcément intenable.

L'organe de cognition télosien s'abrite au sein d'un corps segmenté qui bourgeonne et grandit à un bout, se dessèche et tombe à l'autre. Chaque année, un segment neuf s'ajoute à la tête pour enregistrer l'avenir ; chaque année, un vieux se détache de la queue, reléguant le passé dans l'oubli.

Si les Télosiens n'oublient pas, ils ne se souviennent pas non plus. On affirme qu'ils ne meurent jamais, mais on peut soutenir qu'ils n'ont jamais vécu.

De temps à autre, on argue que la réflexion est une forme de compression.

Tu te rappelles la première fois où tu as goûté du chocolat ? C'était un après-midi d'été ; ta mère rentrait des commissions. Elle a cassé le bout d'une barre et te l'a mis dans la bouche alors que tu attendais dans ta chaise haute.

À mesure que le stéarate dans le beurre de cacao absorbait la chaleur de ta bouche et fondait sur ta langue, les alcaloïdes complexes libérés s'infiltraient dans tes papilles : agitation de la caféine, tournis de la phényléthylamine, sérotonine de la théobromine.

« "Théobromine" signifie "la nourriture des dieux" », a dit ta mère.

On a ri de voir tes yeux s'écarquiller devant la texture de la friandise, ton visage se froisser face à l'amertume sous-jacente, et enfin ton corps entier se détendre tandis que la douceur sucrée envahissait tes papilles, aidée par la danse de mille composés organiques différents.

Puis elle a coupé en deux le reste de la barre chocolatée, afin de m'en donner une moitié et de manger l'autre. « On a des enfants parce qu'on a oublié notre première expérience de l'ambroisie. »

Je ne sais plus quelle robe elle portait, quelles courses elle avait faites, ce qui nous a occupés le reste de l'après-midi ; je n'arrive pas à évoquer le timbre exact de sa voix, la forme précise de ses traits, les rides aux commissures de ses lèvres, ni la marque de son parfum. Je me souviens du reflet que le soleil entré par la fenêtre de la cuisine posait sur son avant-bras, courbe aussi adorable que son sourire.

Un avant-bras illuminé, des rires, la nourriture des dieux. Nos souvenirs comprimés, intégrés en bijoux chatoyants à enchâsser dans l'espace limité de notre esprit. Une scène devient un mémento, une conversation se limite à une seule phrase, un jour se réduit à un accès de joie fugace.

La flèche du temps, c'est la perte de fidélité à l'occasion de la compression. Une esquisse, au lieu d'une photo. Tout souvenir est une recréation, précieux parce qu'il vaut à la fois plus et moins que l'original.

Dans leur océan chaud infini où abondent la lumière et les amas de molécules organiques, les Esoptrons évoquent des cellules vues au microscope ; certains atteignent la taille de nos baleines. Dérivant avec des ondulations de leur corps translucide, ils montent et descendent, roulent et se tordent, telles des méduses phosphorescentes portées par le courant.

Leurs pensées encodées sous forme de chaînes de protéines complexes qui s'enroulent comme les reptiles dans le panier du charmeur, ils cherchent le plus petit niveau d'énergie afin de tenir dans le plus petit volume. La plupart du temps, ils restent en sommeil.

Quand deux Esoptrons se rencontrent, il leur arrive de fusionner temporairement, un tunnel se formant entre leurs membranes. Cette embrassade peut durer des heures, des jours, voire des années, leurs souvenirs se voyant réveillés et échangés par leurs apports énergétiques respectifs – les agréables dupliqués de manière sélective par un processus voisin de l'expression des protéines (hypnotiques, les chaînes serpentiformes se déploient et dansent à la musique électrique des séquences de codage lues puis réexprimées) tandis que les désagréables sont dilués par leur répartition au sein des deux organismes. Pour les Esoptrons, une joie partagée est vraiment doublée, une peine partagée réduite de moitié.

Quand ils se désunissent, chacun a absorbé le vécu de son compagnon – la forme d'empathie la plus authentique, les qualia des expériences étant partagés et exprimés sans aucun changement. Il n'y a ni traduction, ni milieu d'échange. De toutes les créatures de l'univers, ils se connaissent ainsi de la façon la plus intime.

Mais être chacun le miroir de l'âme de l'autre a un prix : lors de leur séparation, les deux individus qui formaient une union sont devenus indiscernables. Avant la fusion, chacun désirait l'autre ; la séparation se fait avec le soi. La qualité même qui les attirait connaît une destruction inévitable.

Bénédiction ? Malédiction ? Le débat reste entier.

Ta mère n'a jamais dissimulé son envie de partir.

On s'est connus un soir d'été, sur un terrain de camping des Rocheuses, deux particules aléatoires venues de côtes opposées et lancées sur des trajectoires distinctes. J'allais à l'autre bout du pays pour mon nouveau boulot ; je campais par souci d'économie. Elle revenait de Boston après avoir déménagé une amie et son plein camion d'affaires à San Francisco ; elle campait pour admirer les étoiles.

On a bu de la piquette, grillé des saucisses sans marque, puis on s'est baladés sous le dôme de velours sombre clouté d'étoiles cristallines, les plus brillantes que j'ai jamais vues. On aurait cru l'intérieur d'une géode. Elle m'a expliqué leur beauté : chacune était aussi unique qu'un diamant, avec sa lueur d'une teinte spécifique. Je n'avais plus contemplé les astres depuis bien longtemps.

Elle m'a dit : « Je vais aller là-haut.

— Quoi, sur Mars ? » C'était la grosse info : l'annonce de la mission vers la Planète rouge. Tout le monde savait qu'il s'agissait d'un outil de propagande pour paraître rendre sa grandeur à l'Amérique, une course à l'espace s'ajoutant à la course à l'armement, au stockage des terres rares et aux vulnérabilités *zero-day*. L'autre camp s'était déjà engagé sur sa propre base martienne et il fallait lui rendre la pareille au sein du Grand Jeu.

Elle a secoué la tête. « Quel intérêt de sauter sur un récif à quelques pas du rivage ? Je parle du grand large. »

Ce n'était pas le genre de déclaration à contester. Au lieu d'ergoter, je lui ai demandé ce qu'elle comptait trouver dans les étoiles.

Peut-être découvriras-tu d'autres soleils accompagnés de leurs lunes, communiquant la lumière mâle et femelle ; ces deux grands sexes animent le monde, peut-être rempli dans chacun de ses orbes par quelque créature qui vit. Car qu'une aussi vaste étendue de la nature soit privée d'âmes vivantes ; qu'elle soit déserte, désolée, faite seulement pour briller, pour payer à peine à chaque orbe une faible étincelle de lumière envoyée si loin, en bas à cet orbe habitable qui lui renvoie cette lumière, c'est ce qui sera une éternelle matière de dispute[1].

« À quoi pensent-ils ? Comment font-ils l'expérience du monde ? J'imagine de telles histoires depuis toujours, mais la vérité sera plus étrange et plus merveilleuse qu'un conte de fées. »

Elle m'a parlé de lentilles gravitationnelles, de

1. John Milton, *Le Paradis perdu*, livre VIII. Traduction de Chateaubriand.

propulsion nucléaire pulsée, du paradoxe de Fermi, de l'équation de Drake, d'Arecibo et Yevpatoria, de Blue Origin et SpaceX.

Je lui ai demandé : « Tu n'as pas peur ?

— J'ai bien failli mourir avant de pouvoir commencer à me souvenir. »

Elle m'a raconté son enfance. Ses parents, fous de voile, avaient eu la chance de prendre jeunes leur retraite. Ils ont acheté un bateau qui est devenu leur domicile. Pour ses trois ans, ils ont décidé de traverser le Pacifique. À mi-parcours, près des îles Marshall, une voie d'eau s'est déclarée. La famille a tout essayé pour sauver le voilier, mais, en fin de compte, il a fallu activer la balise de détresse.

« Voilà mon tout premier souvenir. Je chancelais sur cet immense pont, entre la mer et le ciel, et lorsqu'il a coulé et qu'on a dû sauter à l'eau, Maman m'a fait lui dire adieu. »

Quand un avion des gardes-côtes les a secourus, ils avaient dérivé presque toute une journée et une nuit dans leur gilet de sauvetage. Couverte de coups de soleil, malade d'avoir avalé de l'eau salée, elle a passé un mois à l'hôpital.

« Beaucoup de gens en voulaient à mes parents ; ils leur reprochaient d'avoir mis une fillette en danger de manière irresponsable. Moi, je leur en serai toujours reconnaissante. Ils m'ont fait le plus beau cadeau que des parents puissent faire à leur enfant : le courage. Ils ont repris le travail, économisé, acheté un nouveau bateau, et on est repartis en mer. »

Ce mode de pensée m'était si étranger que je suis resté coi. Elle a dû déceler ma gêne : elle s'est tournée vers moi pour me sourire.

« J'aime les voir perpétuant la tradition des Polynésiens qui ont traversé le Pacifique sur leurs canoës, ou des Vikings qui ont fait voile vers l'Amérique. On a toujours vécu sur un bateau, tu sais. C'est ce qu'est la Terre : un navire spatial. »

Un instant, à l'écouter, j'ai cru pouvoir enjamber la distance qui nous séparait – entendre un écho du monde par ses oreilles, voir les étoiles par ses yeux : une franchise austère qui m'a serré le cœur.

De la piquette, des saucisses grillées, d'autres soleils peut-être, les diamants du ciel vus depuis un voilier à la dérive, la clarté de la flamme amoureuse qui s'allume.

De tout l'univers, les Tic-tacs sont l'unique forme de vie basée sur l'uranium qu'on connaisse.

La surface de leur planète est un infini de roche nue. Aux yeux des humains, elle passe pour un désert, mais, gravés à sa surface, il y a des motifs élaborés, colorés, sur une vaste échelle, certains de la taille d'un stade ou d'un aéroport : des enjolivures comme des traits de calligraphie ; des spirales comme des crosses de fougère ; des hyperboles comme les ombres projetées par des torches électriques sur les parois d'une caverne ; des amas de points irradiants comme les lumières de villes vues de l'espace. De temps en temps, un panache de vapeur surchauffée jaillit, tels le souffle d'une baleine ou l'explosion d'un volcan de glace sur Encelade.

Où sont les auteurs de ces bas-reliefs monumentaux ? Ces hommages à des vies vécues puis perdues, ces mémentos de joies et de peines connues puis oubliées ?

Quand on creuse, qu'on s'enfonce dans les dépôts

de grès accumulé sur le soubassement granitique, on découvre des poches d'uranium baigné d'eau.

Dans l'obscurité, le noyau d'un atome d'uranium se brise spontanément, libérant quelques neutrons qui traversent le vide de l'espace internucléaire tels des vaisseaux spatiaux en route vers d'étranges étoiles (l'image n'est guère exacte, mais elle est romantique et facile à illustrer). Les molécules d'eau, dans leur nébuleuse, ralentissent les neutrons jusqu'à ce qu'ils abordent un autre noyau d'uranium, leur nouvelle planète.

Mais cet ajout déstabilise le noyau. Il oscille tel un réveil en train de sonner, se divise en deux noyaux élémentaires et deux ou trois neutrons, d'autres vaisseaux en partance pour des mondes lointains, et le cycle reprend.

Pour obtenir une réaction en chaîne autoalimentée, il faut la bonne concentration du bon isotope, l'uranium 235 qui se disloque quand il absorbe les neutrons libres, et un milieu ralentissant les neutrons en accélération afin qu'ils puissent être absorbés – l'eau fait l'affaire. La création a pourvu le monde des Tic-tacs du nécessaire.

Les produits dérivés de la fission, les fragments arrachés à l'atome d'uranium, suivent une distribution bimodale. Césium, iode, xénon, zirconium, molybdène, technétium… tout comme des étoiles jeunes formées des décombres d'une supernova, certains durent quelques heures, et d'autres, des millions d'années.

Les pensées et les souvenirs des Tic-tacs sont issus de ces joyaux luisants dans la mer obscure. Les atomes remplacent les neurones ; les neutrons jouent les neurotransmetteurs. Le médium modérateur et les poisons neutroniques servent d'inhibiteurs qui dévient le vol des neutrons, formant des voies neuronales à travers le vide. Le processus de calcul émerge au niveau subatomique et se manifeste par les plans de vol des neutrons messagers ; par la topologie, la composition et la disposition des atomes ; et par les éclairs aveuglants de l'explosion et de la dégradation des isotopes fissiles.

Tandis que les pensées des Tic-tacs s'animent, s'excitent, l'eau des poches d'uranium chauffe. Quand la pression est suffisante, un flot surchauffé s'élève par une crevasse dans le couvercle de grès et jaillit en panache de vapeur. Les vastes motifs complexes, fractals, créés à la surface par les dépôts de sels bigarrés évoquent les traînées d'ionisation des particules subatomiques dans une chambre à bulles.

Enfin, une quantité d'eau suffisante s'évapore pour que les atomes d'uranium ne puissent plus capturer les neutrons rapides et alimenter la réaction. L'univers s'abîme dans la quiétude et les pensées disparaissent de la galaxie atomique. Voilà comment les Tic-tacs meurent : dans la chaleur de leur propre vitalité.

Peu à peu, l'eau retourne s'infiltrer dans les mines, gouttant par les veines du grès et les crevasses du granit. Quand la coquille vide du passé en contient assez, un atome aléatoire qui se désintègre libère le neutron qui relance la réaction en chaîne, causant la floraison de nouvelles idées, de nouvelles croyances, une nouvelle génération allumée aux braises de l'ancienne.

Certains mettent en doute la notion que les Tic-tacs soient capables de réflexion. Comment peut-on prétendre qu'ils pensent, demandent-ils, si le vol des neutrons est déterminé par les lois de la physique assaisonnées d'un soupçon de hasard quantique ? Où se situe leur libre arbitre ? Leur autodétermination ? En même temps, les piles du réacteur électrochimique des cerveaux des sceptiques bourdonnent posément, se conformant avec la plus extrême rigueur aux lois de la physique.

Telles les marées, les réactions nucléaires des Tic-tacs suivent des pulsations. Cycle après cycle, chaque génération redécouvre le monde. Les anciens ne laissent derrière eux aucune sagesse pour le futur, et les jeunes ne regardent pas vers le passé. Ils vivent une saison, une seule.

Pourtant, à la surface de la planète, dans ces fantastiques gravures rupestres, il y a le palimpseste de leur ascension et de leur chute, les soupirs d'empires. Les chroniques des Tic-tacs sont à la disposition d'autres intelligences cosmiques.

À mesure que les Tic-tacs s'épanouissent, ils épuisent les concentrations d'uranium 235. Chacune de leurs générations consomme une partie des ressources non renouvelables de leur univers, privant de réserves les générations futures et rapprochant le jour où il ne sera plus possible d'obtenir une réaction en chaîne prolongée. Tel un réveil au ressort qui se détend inexorablement, leur monde plongera alors dans un silence aussi glacial qu'éternel.

L'excitation de ta mère était palpable.

« Tu peux appeler un agent immobilier ? Je commence à liquider nos actions. On n'a plus besoin d'économiser. Maman va faire la croisière dont elle a toujours rêvé. »

J'ai demandé : « On a gagné à la loterie ? »

Elle m'a tendu une grosse liasse de papiers. *Programme d'orientation LENS.*

Je l'ai feuilletée. *Votre dissertation de candidature figure parmi les plus extraordinaires reçues... sous réserve de la réussite de votre examen physique et de votre évaluation psychologique... limité à la famille proche...*

« Qu'est-ce que c'est que ça ? »

Se rendant compte que je ne saisissais vraiment pas, elle s'est assombrie.

Les ondes radio s'atténuaient vite dans l'immensité, m'a-t-elle expliqué. Si quelqu'un criait dans le vide sur l'un des orbes autour de ces astres lointains, seuls leurs voisins les plus proches entendraient. Une civilisation devrait maîtriser l'énergie d'une étoile pour émettre un message capable de franchir des distances interstellaires – et tous les combien est-ce que ça arriverait ? Ainsi, la Terre : on avait tout juste survécu à une Guerre froide avant le début de la suivante. D'ici qu'on sache exploiter l'énergie du Soleil, nos enfants pataugeraient dans le paysage noyé d'après l'apocalypse ou frissonneraient sous l'effet de l'hiver nucléaire d'un nouvel Âge de pierre.

« Mais il y a moyen de tricher : même une civilisation primitive comme la nôtre peut capter des murmures venus de l'autre bout de la galaxie, voire y répondre. »

La gravité du Soleil courbe dans ses environs les ondes lumineuses et radio des étoiles lointaines – un des résultats les plus importants de la relativité générale.

À supposer qu'un autre monde de la galaxie, d'un niveau comparable au nôtre, envoie un message par l'émetteur le plus puissant à sa disposition, le temps qu'il nous atteigne, ses ondes électromagnétiques seraient trop ténues – indétectables. Il faudrait transformer le Système solaire tout entier en antenne parabolique pour le capter.

Toutefois, quand ces ondes radio effleuraient la surface du Soleil, sa gravité les courbait légèrement, comme une lentille courbe les rayons lumineux. Ces rayons infléchis de la couronne solaire convergeaient à quelque distance.

« Comme des rayons de soleil focalisés par une loupe sur un brin d'herbe. »

Le gain d'une antenne placée au point focal de la lentille gravitationnelle de notre étoile serait énorme, proche des dix milliards de fois sur certaines gammes de fréquences, et supérieur de plusieurs ordres de magnitude sur d'autres. Même une parabole gonflable de douze mètres de diamètre pourrait détecter des transmissions venues du fin fond de la galaxie. Et si d'autres habitants de cette même galaxie trouvaient le moyen de maîtriser la lentille gravitationnelle de leur propre soleil, on se retrouverait en mesure de dialoguer – même si l'échange évoquait un monologue sur toute la durée de vie d'une étoile plutôt qu'une conversation : des messages dans des bouteilles voguant vers le lointain, qu'une génération morte depuis la nuit des temps adresserait à d'autres encore à naître.

Ce point se situe à 550 UA du Soleil – quatorze

fois la distance de Pluton. La lumière de l'astre l'atteint en trois jours à peine ; un vaisseau spatial, dans l'état actuel de notre technologie, mettrait plus d'un siècle.

Pourquoi envoyer des gens ? Pourquoi maintenant ?

« Le temps qu'une sonde atteigne le point focal, va savoir s'il restera des habitants ici. Tu vois notre espèce survivre un siècle de plus ? Non, il faut envoyer des gens pour qu'ils puissent écouter de là-bas, et peut-être répondre.

» Moi, j'y vais. Je voudrais que vous veniez avec moi. »

Les Théréaux vivent dans les coques de grands vaisseaux spatiaux.

Leur espèce, sentant venir le désastre qui anéantirait leur monde, entreprit la construction d'arches pour une portion réduite de leur population. Presque tous les réfugiés étaient des enfants, les Théréaux aimant leur progéniture à l'instar des autres races.

Des années avant que leur étoile devienne une supernova, ils lancèrent les arches dans plusieurs directions, vers de nouvelles planètes éventuelles. Les vaisseaux accélérèrent et les enfants entamèrent leur éducation auprès de leurs tuteurs mécaniques et des quelques adultes embarqués, tâchant de perpétuer les traditions d'un monde mourant.

Les derniers adultes à bord des vaisseaux attendirent de se trouver à l'article de la mort pour révéler la vérité vraie aux enfants : les arches ne comportaient aucun dispositif de décélération. Elles continueraient d'accélérer, approchant la vitesse de la lumière de façon asymptotique, jusqu'à épuiser leurs réserves de carburant – après quoi elles courraient sur leur erre vers l'extrémité de l'univers.

Du point de vue des enfants, le temps suivrait son cours normal, mais, hors des vaisseaux, le reste de l'univers, face à la vague de l'entropie, filerait vers son annihilation. Pour un observateur extérieur, dans les arches, le temps cesserait de s'écouler.

Extraits de son cours, les enfants vieilliraient de quelques années, guère plus. Ils ne mourraient qu'au moment de la fin de l'univers. Il s'agissait, expliquèrent les adultes, du seul moyen de garantir leur sécurité : l'approche asymptotique du triomphe sur la mort. Ils n'auraient jamais d'enfants ; ils n'auraient jamais à prendre le deuil ; ils n'auraient jamais à connaître la peur, à dresser des plans, à effectuer des choix impossibles. Ils seraient les derniers survivants des Théréaux, peut-être même les derniers êtres intelligents de l'univers.

Tous les parents prennent des décisions pour le compte de leurs enfants. Presque invariablement, ils s'imaginent agir au mieux.

Tout du long, j'ai cru pouvoir la faire changer d'avis. J'ai cru qu'elle voudrait rester à cause de moi, à cause de notre enfant. J'étais tombé amoureux d'elle pour sa différence ; je croyais aussi qu'elle se transformerait par amour.

« L'amour a bien des formes, disait-elle. Celle-ci, c'est la mienne. »

On aime se raconter beaucoup d'histoires sur l'inévitable séparation des amants venus d'univers différents – selkies, *gu huo niao, Hagoromo*, femmes-cygnes… Elles ont toutes en commun qu'une moitié du couple croit que l'autre pourra être changée, alors que c'est la différence, la résistance au changement, qui a formé la base de leur amour. Viendra le jour où on retrouvera la peau de phoque, la cape de plumes, et où il faudra regagner la mer, le ciel, l'éther qui était le vrai foyer de l'être aimé.

Les occupants du *Point focal* passeraient une partie du voyage en hibernation, mais, une fois atteinte la destination à 550 UA du Soleil, loin du centre galactique, il leur faudrait rester éveillés et écouter aussi longtemps que possible. Ils guideraient le vaisseau le long d'une trajectoire hélicoïdale s'écartant de notre étoile, pour balayer une large tranche de la galaxie où ils pourraient détecter des signaux. Plus ils s'éloigneraient, plus l'effet de magnification de la lentille gravitationnelle s'améliorerait, grâce à la réduction des interférences issues de la couronne solaire sur les ondes radio défléchies. On escomptait que l'équipage perdurerait plusieurs siècles, ses membres mûrissant, vieillissant, ayant des enfants qui poursuivraient leur tâche, mourant dans le vide – l'avant-poste d'un espoir austère.

« Tu ne peux pas faire un choix pareil pour notre fille.

— C'est toi qui le fais à sa place. Comment peux-tu savoir si elle sera plus en sécurité ou plus heureuse ici ? Ce que je suggère, c'est une occasion de transcendance, le meilleur cadeau qu'on puisse lui offrir. »

Il y a eu ensuite le défilé des avocats, des reporters, des commentateurs orientés, armés de petites phrases.

Puis, la nuit dont tu me dis que tu te la rappelles encore. C'était ton anniversaire. On était de nouveau réunis, tous les trois, pour toi, parce que tu l'avais souhaité.

On a mangé du gâteau au chocolat (tu avais demandé un « thé au bromi »). Après le dessert, on est passés sur le balcon pour contempler les étoiles. Ta mère et moi, on a pris soin d'éviter la moindre allusion au procès en cours, ainsi qu'à son départ dont la date approchait.

Tu as demandé : « Maman, c'est vrai que t'as grandi sur un bateau ?

— Oui, c'est vrai.

— Ça faisait peur ?

— Pas du tout. On vit tous sur un bateau, ma douce. La Terre n'est qu'un grand radeau sur l'océan des étoiles.

— Ça t'a plu ?

— J'adorais notre voilier… en fait, je ne m'en souviens pas très bien. On ne se souvient jamais très bien de ce qui nous est arrivé quand on était petit ; c'est ça, d'être humain. Mais je me rappelle avoir éprouvé beaucoup de chagrin quand j'ai dû lui dire au revoir. Je n'en avais aucune envie. Ce bateau, c'était chez moi.

— Je veux pas que tu dises au revoir à *mon* bateau. »

Ta maman a pleuré. Moi aussi. Et toi aussi.

Elle t'a embrassée avant de partir. « Il y a bien des façons de dire je t'aime. »

L'univers regorge d'échos, d'ombres, images résiduelles et dernières paroles de civilisations mortes qui ont perdu le combat contre l'entropie. Vaguelettes se dissolvant dans la radiation du fond cosmique, ces messages seront-ils un jour déchiffrés ? Rien ne permet de l'affirmer.

Nos pensées, nos souvenirs sont pour la plupart voués à l'oubli, consumés par l'acte même de vivre et de choisir.

Il ne faut pas le regretter, ma douce. C'est le sort de toute espèce que de disparaître dans le vide qui est la mort thermique de l'univers. Bien avant, les pensées de n'importe quelle espèce intelligente digne de ce nom seront devenues aussi formidables que l'univers.

À bord du *Point focal*, ta mère dort. Le jour où elle sortira du sommeil, tu seras très vieille, ou tu auras disparu.

Après son réveil, ses coéquipiers et elle commenceront à écouter ; ils émettront aussi, avec l'espoir qu'ailleurs dans l'univers une autre espèce maîtrise l'énergie de son étoile pour focaliser ses rayons ténus par-delà l'abîme insondable de l'espace et du temps. Ils passeront un message destiné à nous présenter aux inconnus, écrit dans un langage basé sur les mathématiques et la logique. J'ai toujours trouvé curieux de penser que le meilleur moyen de communiquer avec des extraterrestres, c'est de leur parler d'une manière qu'on ne pratique jamais au quotidien.

Mais au bout de ce message, en conclusion, il y aura un enregistrement de souvenirs compressés qui n'aura rien de très logique : l'arc gracieux des baleines qui émergent pour respirer, un feu de camp, une danse échevelée, les formules des produits chimiques qui composent le parfum de mille mets, y compris la piquette et la saucisse grillée, le rire d'une enfant qui goûte à l'ambroisie pour la première fois. Des joyaux scintillants dont le sens n'a rien de transparent, ce qui leur donne toute leur vitalité.

Ainsi donc nous lisons ceci, ma douce, ce livre qu'elle a écrit pour toi avant de partir, dont les mots complexes et les illustrations élaborées échafaudent des contes de fées qui grandiront avec toi, un apologue, une brassée de courriers, et une carte des eaux inexplorées de nos âmes.

Il y a bien des façons de dire je t'aime dans cet univers froid, et sombre, et muet. Autant de façons que d'étoiles au firmament.

La Dernière semence

Quand Linda était à la maternelle, les télescopes et les sondes produisaient les premières images floues de planètes tournant autour d'étoiles lointaines.

Elle les dessinait à traits épais, en couleurs vives. Elle se dessinait marchant sous trois soleils dans une combinaison spatiale toute rose. Elle dessinait des villes sous dômes que contemplaient des lunes pourvues d'anneaux. Elle dessinait des jungles violettes dont les feuilles possédaient cinq côtés et les oiseaux quatre ailes.

Elle dessina un vaisseau spatial où elle regardait dehors par la fenêtre. Derrière l'engin, une flamme rouge.

« Pas comme ça ! » Son père, qui avait travaillé sur la navette spatiale, rigolait. « Tu n'iras jamais dans les étoiles avec des moteurs-fusées. On ne dispose pas encore de la technologie pour t'amener là-bas, mais peut-être que toi, tu l'inventeras. » Elle se dessina flottant parmi les étoiles, et baptisant les mondes.

« Bonheur, Boule de neige, Grosse bulle…

— Tu comptes nous planter là pour aller vivre sur l'une de ces planètes ? la taquina son père.

— Vous pourrez venir me voir », répondit-elle avec le plus grand sérieux.

Pour les dix ans de Linda, son père lui offrit un télescope. Ils l'installèrent dans le jardin de derrière et, ensemble, ils cherchèrent les étoiles dotées de planètes : Gliese 581, 55 Cancri, Upsilon Andromedæ…

« Et si je me perds dans l'espace ? demanda Linda. Je fais comment, moi, pour retrouver mon chemin jusqu'aux autres mondes ? »

Son père réfléchit ; au lieu d'expliquer que le problème, c'était plutôt que personne ne paraissait vouloir financer les recherches qui permettraient de quitter ce caillou, il désigna la constellation de la Vierge, une promesse immaculée.

« Tu vois cette étoile éclatante ? C'est Spica, l'une des plus brillantes qu'on peut voir. De là, va un petit peu au sud-ouest. Ça, c'est 61 Virginis, à vingt-sept virgule huit années-lumière, qui possède l'une des toutes premières planètes extrasolaires jamais découvertes. Guide-toi sur Spica, et tu ne risques pas de te perdre. »

En fac, Linda fut la seule de sa classe à choisir comme matières principales l'aéronautique et l'astronautique. Les gens examinaient les soucis du monde : nourrir les pauvres, gagner de l'argent, rouler autant sans payer davantage.

Les gouvernements et les corporations s'accordaient à déclarer que l'espace n'avait aucun avenir.

On ne gardait en état de marche qu'une station spatiale sur orbite basse, plus par inertie que par espoir.

Un pâle reflet de son rêve, mais elle voulait aller là-haut.

Dans la station spatiale, elle dérivait à quelques centaines de kilomètres au-dessus de l'obscurité sur la côte est.

« Il y a quelqu'un ? demanda-t-elle au micro. S'il vous plaît, je vous en prie, si vous m'entendez, répondez. »

Des parasites, plus bruyants que les pires éruptions solaires.

Il faisait nuit. Elle scruta les terres sans y voir de lumière. Missiles et bombes avaient accompli de l'excellent travail. Les ingénieurs leur avaient consacré beaucoup plus de soins qu'à la vieille station.

Incrédule, elle avait regardé les premiers missiles tomber et la côte, de Boston à Miami, disparaître dans une série de *pouf* silencieux, d'aspect innocent : des soufflés en train de monter. Partout sur Terre, la scène se répétait. Des milliards de vies réduites en cendres, millionnaires, malades mentaux, migrants, mères. *Pouf.*

Elle ne pouvait s'empêcher d'imaginer, encore et encore, les derniers instants de ses parents, ses amis, ses amants.

Linda disposait d'assez de nourriture et d'air pour un an. Si elle se rationnait, elle pouvait pousser jusqu'à deux. Mais il n'y aurait plus de livraison. La station serait son tombeau.

« S'il vous plaît, quelqu'un m'entend ? S'il vous

plaît ? » La voix terne, monocorde. À force de répétitions, les mots sonnaient d'étrange façon. Parfois, ils ne lui semblaient guère différer des parasites.

Linda avait du mal à distinguer la minuscule station de la planète bleue en rotation. « Adieu », souffla-t-elle.

Elle manipula les propulseurs de sa combinaison jusqu'à faire face à la Vierge. Elle visa l'éclat brillant de Spica, puis elle pivota avec soin de quelques degrés vers le sud-ouest. *Là.* 61 Virginis.

Certains scientifiques pensaient que la vie sur ce monde avait commencé ailleurs. Selon eux, des spores, des miettes organiques étaient arrivées sur des météores, des astéroïdes ou autres cailloux spatiaux dans la lointaine préhistoire, ensemençant la soupe primordiale de la Terre. L'arbre de la vie avait fleuri et évolué depuis ces humbles débuts. On appelait cette théorie la *panspermie*.

Pourquoi la vie terrestre ne pourrait-elle pas ensemencer d'autres mondes ?

Les propulseurs tomberaient à court de propergol en une vingtaine de minutes. Linda atteindrait-elle seulement la vitesse de libération ? Sur son seul élan, il lui faudrait des milliers, des millions d'années pour atteindre 61 Virginis, à condition qu'elle l'atteigne.

Elle balaya ses doutes. Oui, ses chances d'aller jusque là-bas étaient infimes, mais, après tout, celles que la vie soit apparue dans l'univers l'étaient aussi.

Sa combinaison ne contenait que dix heures d'air. Au lieu de songer au moment où elle aspirerait son dernier souffle, elle préféra envisager celui de son arrivée.

La pesanteur de la nouvelle planète l'attirerait vers sa surface. Il y aurait une mer chaude, des nuages, des brumes, la pluie. Sa combinaison se déchirerait, révélant son trésor : protéines complexes, fragments de composés organiques desséchés, les vestiges de son corps et de tous les microbes qu'elle transportait.

Les molécules, désormais ensemencées, commenceraient à s'organiser, à se répliquer, donnant des formes toujours plus complexes. Au bout de cent autres millions d'années, ne pourrait-il exister des jungles où les feuilles auraient cinq côtés et les oiseaux quatre ailes ? Des villes sous dômes bâties par des créatures se considérant comme des gens ?

Elle ne serait pas perdue.

« Papa, je pars enfin », dit-elle.

Poussant les propulseurs au maximum, elle se rua vers les étoiles.

Sept anniversaires

7 :

Sans la frontière du ruban marron de la plage, la large pelouse devant moi s'étendrait jusqu'aux vagues dorées de l'océan. Le soleil couchant est chaud, brillant ; la brise, une douce caresse sur mes bras et ma figure.

« Je veux attendre encore un peu.

— Il va bientôt faire sombre », répond Papa.

Je me mordille la lèvre. « Renvoie-lui un texto. »

Il secoue la tête. « On lui a laissé assez de messages. »

Je jette un regard alentour. La plupart des visiteurs ont quitté le jardin public. La fraîcheur du soir à venir s'insinue dans l'air.

« D'accord. » J'essaie de masquer ma déception. On ne devrait pas être déçu quand un truc se répète sans cesse, si ? « On le fait voler. »

Papa brandit le cerf-volant, un losange peint d'une fée et doté de deux longues queues. Je l'ai choisi ce matin dans la boutique à l'entrée du jardin public parce que le visage de la fée me rappelait Maman.

« Prêt ? » demande-t-il.

Je hoche la tête.

« Vas-y ! »

Je cours vers la mer, vers le ciel brûlant et le soleil orange qui fond. Papa lâche le cerf-volant dont je sens le *pfffoumm* alors qu'il prend son essor, tendant la ficelle que je tiens.

« Ne regarde pas en arrière ! Continue de courir et laisse filer petit à petit, comme je t'ai appris. »

Je cours. Comme Blanche-Neige dans la forêt. Comme Cendrillon quand minuit sonne. Comme le Roi des Singes qui essaie d'échapper à Bouddha. Comme Énée poursuivi par la colère orageuse de Junon. Je dévide la ficelle tandis qu'une rafale soudaine me fait cligner des yeux, mon cœur battant au rythme de mes jambes.

« Il vole ! »

Je ralentis, m'arrête et me retourne. La fée sautille dans le ciel en tirant sur ma main pour que je lâche. Je tiens bien les poignées du dévidoir ; je m'imagine que la fée m'enlève et qu'on survole le Pacifique ensemble, comme du temps où Maman et Papa me balançaient par les bras entre eux deux.

« Mia ! »

Je baisse les yeux pour la voir fouler la pelouse à grands pas, ses longs cheveux noirs flottant dans son sillage, telles les queues du cerf-volant. Elle s'arrête juste devant moi, s'agenouille dans l'herbe, me serre dans ses bras et presse sa joue contre la mienne. Son odeur m'évoque son shampoing habituel, pluie d'été et fleurs sauvages.

Je ne le sens que toutes les quelques semaines.

« Désolée d'être en retard, me dit-elle d'une voix étouffée dans mon cou. Joyeux anniversaire ! »

Je veux lui donner un baiser et je ne veux pas. La ficelle se relâche ; je tire d'un coup sec comme Papa m'a appris. Que le cerf-volant reste en l'air me paraît très important, j'ignore pourquoi. Il y a peut-être un rapport avec le besoin d'embrasser et de ne pas embrasser Maman.

Papa arrive au petit trot. Il ne dit rien sur l'heure, ni sur le fait qu'on a perdu notre réservation pour dîner.

Maman m'embrasse et écarte la tête, mais garde ses bras autour de moi. « Un imprévu, dit-elle d'une voix égale. Le vol de l'ambassadeur Chao-Walker était retardé et elle a pu m'accorder trois heures à l'aéroport. J'ai dû la briefer sur les détails du plan de gestion solaire en prévision du forum de Shanghai la semaine prochaine. C'était important.

— Comme d'habitude », dit Papa.

Les bras de Maman se crispent contre moi. Du temps où ils vivaient sous le même toit, c'était déjà leur schéma. Des explications non sollicitées, des accusations qui n'en ont pas le ton.

Doucement, je me dégage de son étreinte. « Regardez. »

Ça fait aussi partie du schéma : que je m'efforce de casser leur schéma. Je ne peux m'empêcher de croire qu'il y a une solution simple, une attitude de ma part qui aplanira tout.

Je désigne le cerf-volant, dans l'espoir qu'elle voie que j'ai choisi une fée dont le visage ressemble au sien – mais mon jouet a pris trop d'altitude pour qu'elle remarque la ressemblance. J'ai dévidé toute la ficelle, qui ploie telle une échelle reliant la Terre au paradis ; son segment le plus haut brille d'une lueur dorée dans les derniers rayons du soleil.

« Il est joli, déclare-t-elle. Un jour, quand je serai moins bousculée, je t'emmènerai au festival de cerfs-volants là où j'ai grandi, de l'autre côté du Pacifique. Tu vas adorer.

— Il faudra qu'on prenne l'avion, alors.

— Oui. N'aie pas peur de voler. Je prends l'avion tout le temps. »

Je n'ai pas peur, et je hoche la tête pour montrer mon aplomb, sans lui demander quand viendra « un jour ».

« J'aimerais qu'il monte encore », dis-je dans l'espoir que les phrases s'enchaînent, que la conversation ainsi dévidée stabilise quelque chose de précieux. « Si je coupe la ficelle, est-ce qu'il volera jusque de l'autre côté du Pacifique ? »

Maman marque une pause. « Pas vraiment, dit-elle enfin. Il ne reste en vol qu'à cause de cette ficelle. Un cerf-volant, c'est comme un avion. La traction du fil joue le rôle de la poussée. Tu savais que les premiers avions construits par les frères Wright étaient des cerfs-volants ? C'est ainsi qu'ils ont appris à leur fabriquer des ailes. Un jour, je te montrerai comment le cerf-volant génère sa force ascen… »

Papa lui coupe la parole. « Mais bien sûr qu'il traversera le Pacifique. C'est ton anniversaire. Tout peut arriver. »

Après quoi tous deux restent silencieux.

Papa, j'aime l'écouter, elle, parler machines, ingénierie, histoire et autres sujets que je comprends mal. Maman, je sais déjà que le cerf-volant ne traverserait pas l'océan – je voulais juste que tu me parles au lieu de te défendre. Papa, je suis trop vieille pour croire que tout peut arriver le jour de mon anniversaire : je souhaitais que vous ne vous disputiez pas, et il n'y a qu'à voir. Maman, je sais bien que tu enfreins tes promesses envers moi sans le vouloir, mais ça fait quand même mal. Papa et Maman, j'aimerais pouvoir couper la ficelle qui me relie à vos ailes – la traction que vos vents contraires exercent sur mon cœur me déchire.

Voilà ce que je ne leur dis pas. Ils m'aiment, je le sais, bien qu'ils ne s'aiment plus, mais savoir cela ne me facilite guère les choses.

Peu à peu, le soleil s'engloutit dans l'océan ; peu à peu, les étoiles s'allument dans le ciel. Le cerf-volant a disparu parmi elles. J'imagine la fée leur rendant visite tour à tour pour leur donner un baiser taquin.

Maman sort son téléphone pour taper vite un message.

« Je suppose que tu n'as pas dîné, dit Papa.

— Non, ni déjeuné. J'ai couru toute la journée, répond-elle sans quitter du regard l'écran.

— Je viens de découvrir un bon végétarien à quelques rues du parking. On pourrait choisir un gâteau à la pâtisserie et leur demander de le servir en dessert.

— Hm-hmm.

— Tu veux bien laisser ça ? S'il te plaît ? »

Elle prend une profonde inspiration et range le téléphone. « J'essaie de repousser mon vol pour pouvoir passer plus de temps avec Mia.

— Tu ne restes même pas cette nuit ?

— Je dois être à Washington demain matin pour voir le professeur Chakrabarti et le sénateur Frug. »

Le visage de Papa se durcit. « Pour quelqu'un censé se soucier autant de l'état de notre planète, tu prends beaucoup l'avion. Si tes clients et toi ne teniez pas toujours à aller plus vite et à expédier davantage de fret…

— Tu sais très bien que je ne fais pas du tout ça pour mes clients…

— Je sais que c'est facile de se bercer d'illusions, mais tu travailles pour les corporations les plus gigantesques et les gouvernements les plus autocrates…

— Je vise une solution technique au lieu de me contenter de promesses sans lendemain ! Nous avons un devoir moral envers l'humanité. Je me bats pour les quatre-vingts pour cent de la population mondiale qui vivent avec moins de dix dollars par… »

Inaperçue des deux colosses dans ma vie, je laisse le cerf-volant m'entraîner. Leur dispute s'évanouit dans le vent. Pas à pas, je me rapproche des vagues. La ficelle me tire vers les étoiles.

49 :

Le fauteuil roulant a du mal à bien installer Maman.

D'abord, il surélève le siège afin de lui mettre la tête au niveau de l'écran du vieil ordinateur que je lui ai déniché, mais même avec son dos courbé et ses épaules voûtées, elle éprouve des difficultés à atteindre le clavier posé sur le plan de travail. Tandis qu'elle tend ses doigts tremblants vers les touches, le siège redescend. Elle tape quelques caractères, quelques chiffres, tâche de relever la tête vers l'écran qui la surplombe désormais. Le fauteuil la soulève à nouveau dans un ronronnement de moteurs. Et ainsi de suite.

Plus de trois mille robots œuvrent sous la surveillance de trois infirmières pour veiller aux besoins des quelque trois cents résidents de Sunset Homes. C'est ainsi qu'on meurt de nos jours. À l'écart. Dépendants de la sagesse des machines. L'apogée de la civilisation occidentale.

Je m'approche et, d'une pile de vieux livres reliés pris dans sa maison avant de vendre, je rehausse le clavier. Une solution simple à un problème complexe. Elle aurait aimé.

Elle me regarde de ses yeux laiteux, sans me reconnaître.

« Maman, c'est moi. » Au bout d'une seconde, j'ajoute : « Ta fille, Mia. »

Les mots de l'infirmière en chef me reviennent. *Elle a ses bons jours. Faire des maths paraît la calmer. Merci de nous l'avoir suggéré.*

Elle étudie mon visage. « Non. » Elle hésite. « Mia a sept ans. »

Reportant son attention sur l'ordinateur, elle se remet à taper des nombres en marmonnant : « Il faut que je calcule les courbes de démographie et de conflit. Que je leur montre qu'il n'y a pas d'autre moyen… »

Je m'assois sur le petit lit. Qu'elle se souvienne mieux de ses calculs désuets que de moi devrait me vexer. Mais elle est déjà si loin, cerf-volant à peine rattaché au monde par la mince ficelle de son obsession à réduire l'éclat aveuglant du ciel de la Terre, que je n'arrive plus à trouver les ressources pour la détester ou la plaindre.

J'ai l'habitude des schémas de pensée captifs du gruyère de ce cerveau. Elle ne se rappelle pas ce qu'il s'est passé hier, ni la semaine précédente, ni les dernières décennies. Elle ne se rappelle pas mon visage, ni les noms de mes deux époux. Elle ne se rappelle pas l'enterrement de Papa. Je ne prends plus la peine de lui montrer les photos de la remise de diplôme d'Abby ni la vidéo du mariage de Peter.

Le seul sujet de conversation possible reste mon travail. Je ne m'attends pas à ce qu'elle reconnaisse les noms que je cite ni à ce qu'elle comprenne les problèmes que je tâche de résoudre. J'évoque les difficultés à scanner l'esprit humain, les obstacles à recréer au sein du silicium les calculs opérés par des êtres vivants basés sur le carbone, la promesse d'une amélioration matérielle du cerveau humain fragile qui paraît si proche et pourtant si éloignée. Il s'agit d'un monologue, surtout. La logorrhée du jargon technique la met à l'aise. Au moins, elle écoute, sans essayer de filer prendre un avion.

Elle cesse ses opérations. « Quel jour est-on ?

— C'est mon… c'est l'anniversaire de Mia.

— Je devrais aller la voir. Il faut juste que je finisse ce…

— Et si on sortait se promener ? dis-je. Mia aime bien le soleil.

— Le soleil… il est trop brillant, marmonne-t-elle avant d'ôter ses mains du clavier. Bon, d'accord. »

Le fauteuil fait preuve d'habileté pour m'escorter dans les couloirs. Dehors, des gamins hurlants courent partout sur la vaste pelouse, tels des électrons énergisés, tandis que, calés dans leurs sièges, des résidents de la maison de retraite, tout en rides profondes et cheveux blancs, forment des groupes distincts tels des noyaux atomiques éparpillés dans le vide. Passer du temps avec de jeunes enfants est censé améliorer l'humeur des personnes âgées, si bien que Sunset Homes fait venir des bus entiers d'élèves de maternelle pour tenter d'émuler le grand feu de la tribu et la place du village.

Elle plisse les yeux sous l'éclat du soleil. « Mia est ici ?

— Tâchons de la trouver. »

Ensemble, nous traversons la cohue, en quête du fantôme de sa mémoire. Peu à peu, elle s'ouvre au point de me parler de son existence.

« Le réchauffement climatique anthropique est bien une réalité, mais le consensus habituel beaucoup trop optimiste et la réalité bien pire. Dans l'intérêt de nos enfants, il va falloir résoudre le problème de notre vivant. »

Il y a longtemps que Thomas et Abby ont renoncé à m'accompagner voir une grand-mère qui ne les reconnaît plus. Je les comprends. L'ignorance se révèle mutuelle. Ils ne l'ont jamais vue leur faire cuire des cookies un bel après-midi d'été ni leur permettre de se coucher tard pour regarder des dessins animés sur leurs tablettes. Au mieux, elle n'a jamais représenté qu'une présence lointaine qui s'est surtout signalée le jour où, d'un gros chèque, elle a réglé tous leurs frais de scolarité universitaires : une bonne fée aussi irréelle que, naguère, les prophéties d'apocalypse qui concernaient notre Terre.

Elle se soucie davantage de l'idée des générations futures que de ses véritables enfants et petits-enfants. Je me montre injuste, je le sais, mais la vérité l'est souvent.

« Si on n'agit pas, la plus grande partie de l'Asie de l'Est deviendra inhabitable d'ici un siècle. Quand on établit une liste des mini-âges glaciaires et des mini-périodes chaudes de notre histoire, elle correspond à une liste de migrations de masse, de génocides, de guerres. Vous comprenez ? »

Une petite gamine qui court en riant nous fait une queue de poisson ; le fauteuil roulant s'immobilise. Une meute de garçons et de filles nous dépasse, lancée à sa poursuite.

« Les pays riches, les plus gros pollueurs, voudraient que les pays pauvres arrêtent de se développer, de consommer autant d'énergie. Ils jugent équitable de dire aux pauvres de payer pour les riches, d'obliger les gens à la peau sombre à cesser d'essayer de rattraper les gens à la peau claire. »

Nous atteignons l'autre bout de la pelouse. Aucun signe de la petite Mia dont Maman se souvient. Un demi-tour, et nous voilà reparties à travers la foule d'enfants qui rient, qui dansent, qui courent, qui cabriolent.

« C'est idiot de croire que les diplomates vont régler ça. Les oppositions sont inconciliables et le résultat final n'aura rien d'équitable. Les pays pauvres ne peuvent ni ne doivent interrompre leur développement, les pays riches refusent de payer. Mais il y a une issue technique. Il faut des hommes et femmes sans peur, capables de l'impensable. »

La lueur dans ses yeux indique qu'il s'agit de sa marotte : elle présente sa solution de savant fou.

« Nous devons acheter et modifier une flotte d'avions de ligne à réaction avec laquelle larguer, dans l'espace aérien international, hors de la juridiction de tout État, de l'acide sulfurique. Mélangé à la vapeur d'eau, il formera des nuées de particules de sulfate qui bloqueront la lumière du soleil. » Elle essaie de claquer des doigts, mais ses mains tremblent trop. « Ce sera comme les hivers volcaniques des années 1880 après l'éruption du Krakatoa. On a réchauffé la Terre ; on peut la refroidir. »

À grands gestes des bras, elle invoque une vision du plus formidable projet d'ingénierie de l'histoire de l'humanité : l'édification d'un mur entourant le globe tout entier afin de diminuer l'éclat du ciel. Elle a oublié son succès : voilà des décennies, elle a convaincu assez de gens aussi fous qu'elle de suivre son plan. Elle a oublié les manifestations hostiles, les condamnations des groupes écologistes, les manœuvres d'intimidation des forces aériennes, les dénonciations des gouvernements, la peine de prison et, enfin, l'acceptation graduelle.

« … les pauvres méritent de consommer tout autant de ressources terrestres que les riches… »

J'essaie d'imaginer ce qui lui paraît être sa vie : une bataille toujours recommencée qu'elle a déjà remportée.

Sa solution de fortune nous a permis de gagner du temps, sans toutefois résoudre le problème fondamental. Le monde demeure aux prises avec des problèmes anciens comme nouveaux : la décoloration des coraux par les pluies acides, les disputes sur la nécessité de refroidir la Terre davantage, les reproches, les récriminations. Elle ignore qu'on a fermé les frontières tandis que les pays aisés remplacent les jeunes travailleurs qui arrivent toujours moins nombreux par des machines, que l'écart entre riches et pauvres s'est accru de plus belle, qu'une minuscule portion de la population mondiale engloutit toujours la vaste majorité des ressources, qu'on a relancé le colonialisme au nom du progrès.

Au milieu de son discours d'exposition, elle s'interrompt.

« Où est Mia ? » demande-t-elle d'une voix qui a perdu sa note de défi. Craignant que l'on se manque le jour de mon anniversaire, elle me cherche du regard dans la foule.

Je lui propose de refaire un passage.

« Il faut qu'on la trouve », insiste-t-elle.

Sur un coup de tête, j'arrête le fauteuil roulant et je tombe à genoux devant elle.

« Je travaille sur une solution technique. Il y a un moyen de s'extirper des sables mouvants, de donner une existence convenable à tous. »

Après tout, je suis la fille de ma mère.

Elle me dévisage sans comprendre.

« Je ne sais pas si je pourrai la perfectionner à temps pour te sauver », lui dis-je tout à trac. *À moins que je ne supporte pas l'idée de devoir rapiécer ton esprit.* Voilà ce que je suis venue lui annoncer.

Suis-je en train de réclamer son pardon ? L'ai-je d'ores et déjà pardonnée pour ma part ? Le pardon est-il ce que nous voulons ou ce dont nous avons besoin ?

Des enfants déboulent en soufflant des bulles de savon. Dans la clarté du jour, elles s'envolent et dérivent, parées d'une moire arc-en-ciel. Quelques-unes se posent sur les cheveux argentés de ma mère, sans éclater. On croirait une reine ornée d'un diadème de joyaux, un tribun non élu qui prétend parler pour les impuissants, une mère dont l'amour est difficile à saisir, plus difficile encore à ne pas saisir.

« S'il vous plaît. » Elle lève la main pour effleurer mon visage de ses doigts tremblants, aussi secs que le sable d'un sablier. « Je suis en retard. C'est son anniversaire. »

Nous repartons donc dans la foule de l'après-midi sous un soleil plus tamisé que durant mon enfance.

343 :

Abby surgit dans mon processus.

« Joyeux anniversaire, Maman », dit-elle.

À mon profit, elle a adopté l'apparence qu'elle présentait avant son upload : une jeune femme de quarante ans. Elle considère mon espace encombré et fronce les sourcils : des simulations de livres, des meubles, des murs tachetés, des plafonds mouchetés, une baie donnant sur le composite numérique du San Francisco du XXIe siècle, ma ville natale, et de toutes celles que je voulais visiter quand je disposais encore d'un corps physique mais où je n'ai jamais eu le temps d'aller.

« Je ne laisse pas toujours ce truc en marche », dis-je.

L'esthétique à la mode ces temps-ci pour les processus d'intérieur est dépouillée, minimaliste, abstraite : polyèdres platoniques, solides de révolution classiques basés sur des coniques, corps finis, groupes de symétrie. On préfère se servir de quatre dimensions au plus, certains prônant même de se limiter à deux. Faire de mon processus d'intérieur une approximation aussi réaliste du monde analogique avec une pareille résolution passe pour un gaspillage de ressources informatiques – de la complaisance.

Je n'y peux rien. Même si ma durée de vie numérique excède de loin l'organique, je préfère le monde simulé des atomes à la réalité informatique.

Pour amadouer ma fille, je bascule la baie sur une vue en temps réel filmée par un nomade aérien : une jungle près de l'embouchure d'un fleuve, sans doute sur l'ancien site de Shanghai. Une végétation luxuriante drape les squelettes des gratte-ciel ; des troupeaux d'échassiers grouillent sur le rivage ; de temps en temps, des tortues jaillissent de l'eau, projetant de gracieux arcs translucides qui retombent dans des gerbes d'éclaboussures.

Plus de trois cents milliards d'esprits humains habitent la planète, hébergés par des milliers de centres de données qui, dans l'ensemble, occupent moins de place que le Manhattan de jadis. La Terre est retournée à l'état sauvage, exception faite des rares réfractaires qui s'entêtent à vivre incarnés, retirés sur des domaines isolés.

« Cela fait mauvais effet d'utiliser à toi seule autant de ressources de calcul, dit-elle. Ma demande de permis a été rejetée. »

Elle parle d'un permis de naissance.

« Je crois que deux mille six cent vingt-cinq

enfants, c'est bien assez. J'ai l'impression de n'en connaître aucun. » Je n'arrive même pas à prononcer les noms mathématiques que les natifs numériques aiment porter.

« Un nouveau vote approche, dit-elle. Il nous faut toute l'aide possible.

— Tes enfants actuels ne votent même pas tous dans ton sens.

— Cela vaut le coup d'essayer. Cette planète appartient à toutes les créatures qui y vivent, pas seulement nous. »

Ma fille et beaucoup d'autres estiment que la plus grande réussite du genre humain – la restitution de la Terre à la nature – est menacée. D'autres esprits, surtout uploadés de pays où on a obtenu l'universalité de l'immortalité bien plus tard, trouvent injuste que ceux qui ont colonisé le royaume numérique en premier exercent davantage d'influence. Ils veulent accroître l'empreinte humaine et bâtir plus de centres de données.

« Si vous aimez tant la nature, pourquoi ne pas y vivre ?

— Notre devoir moral est de jouer les gardiens de la Terre. Elle commence juste à guérir de toutes les horreurs que nous lui avons infligées. Il nous incombe de la préserver. »

J'évite de souligner qu'on croirait une fausse dichotomie : les Humains contre la Nature. Je m'abstiens de parler des continents engloutis, des volcans en éruption, des hauts et des bas du climat, des calottes glaciaires en expansion et en récession, des innombrables espèces apparues et disparues tout au long des milliards d'années. Pourquoi considérer le présent comme naturel ? Pourquoi le placer au-dessus des autres moments ?

Certaines différences éthiques restent irréconciliables.

Par ailleurs, tout le monde croit que la solution consiste à avoir plus d'enfants, afin de submerger le camp adverse par un nombre de votes supérieur. D'où les luttes brutales sur les adjudications de permis de naissance et de ressources de calcul entre les factions antagonistes.

Que penseront les enfants de nos conflits ? Se soucieront-ils des mêmes injustices que nous ? Nés *in silico*, se détourneront-ils du monde physique, de la chair, ou y adhéreront-ils davantage ? Chaque génération a ses propres points aveugles, ses propres obsessions.

Je croyais, autrefois, que la Singularité résoudrait tous nos maux. Elle s'avère n'être qu'une solution simple à un problème complexe. Nous ne partageons pas tous la même histoire ; nous ne souhaitons pas tous la même chose.

Au fond, je ressemble beaucoup à ma mère.

2401 :

Au-dessous de moi s'étend une planète rocheuse, désolée, sans vie. Me voilà soulagée. C'était une condition imposée avant mon départ.

On ne peut pas s'entendre sur une vision unique du futur de l'humanité. Par bonheur, nous n'avons plus à partager la même planète.

De minuscules sondes partent du *Matriochka* et plongent vers la planète qui tourne en contrebas. Lors de leur entrée dans l'atmosphère, elles brillent telles des lucioles dans le crépuscule. L'atmosphère dense piège la chaleur avec une telle efficacité que le gaz, à la surface, se comporte plutôt comme un liquide.

J'imagine les robots autoassembleurs qui se posent. Je les imagine qui se répliquent et se multiplient à l'aide des matériaux extraits de la croûte. Je les imagine qui creusent la roche pour placer les charges de mini-annihilation.

Une fenêtre surgit près de moi : un message d'Abby, à des années-lumière et des siècles en arrière.

Joyeux anniversaire, Maman. On a réussi.

Suivent des prises de vues aériennes de planètes étranges et familières à la fois : la Terre tempérée, au climat régulé pour reproduire l'Holocène tardif ; Vénus, son orbite ajustée par l'usage intensif d'astéroïdes en appui gravitationnel, terraformée pour susciter la réplique fertile et tropicale de notre planète au Jurassique ; et Mars, bombardée d'objets spatiaux redirigés depuis le nuage de Oort et réchauffée par des réflecteurs solaires satellisés jusqu'à ce que son climat passe pour un équivalent acceptable des conditions froides et sèches de la dernière glaciation sur Terre.

Désormais, des dinosaures parcourent les jungles de Terra d'Aphrodite et des mammouths broutent la toundra de Vastitas Borealis. On a tiré le maximum des formidables centres de données terriens pour obtenir ces reconstitutions génétiques.

Ils ont recréé ce qui aurait pu exister. Ils ont ramené à la vie les victimes d'extinction.

Maman, tu avais raison sur un point : nous allons bel et bien *renvoyer des vaisseaux d'exploration.*

Nous coloniserons le reste de la galaxie. Nous trouverons des mondes stériles et nous les doterons de toutes les formes de vie possibles, issues du passé lointain de la Terre et des futurs qui auraient pu être sur Europa. Nous parcourrons tous les chemins de l'évolution. Nous conduirons tous les troupeaux, cultiverons tous les jardins. Nous donnerons une seconde chance aux créatures qui n'ont pas pu embarquer sur l'Arche de Noé, et nous développerons le potentiel des innombrables étoiles mentionnées par Raphaël à Adam dans Le Paradis perdu.

Et quand nous découvrirons la vie extraterrestre, nous ferons preuve envers elle de la même prudence qu'envers la vie sur Terre.

Il est injuste qu'une espèce issue de la plus récente étape de la longue histoire d'une planète monopolise toutes ses ressources, injuste que l'humanité se proclame l'apogée de l'évolution. Chaque espèce intelligente n'a-t-elle pas pour devoir de sauver toute vie, même du tréfonds de l'abîme du temps ? Il y a toujours une solution technique.

Je souris. Je ne me demande pas si le message d'Abby est une célébration ou un reproche muet. Après tout, c'est ma fille.

J'ai mon problème à résoudre. Je me tourne de nouveau vers les robots et notre tâche : disloquer la planète que mon vaisseau survole.

16807 :

Il m'a fallu longtemps pour fracturer les planètes qui gravitent autour de cette étoile, plus longtemps encore pour façonner leurs fragments en accord avec ma vision.

De minces plaques circulaires de cent kilomètres de diamètre forment un treillage d'anneaux longitudinaux jusqu'à entourer l'astre. Au lieu de tourner autour, elles se comportent comme des statites – des satellites statiques –, positionnés de sorte que la pression des radiations à haute énergie du soleil contrebalance son attraction.

À la surface interne de cet essaim de Dyson, des billions de robots ont gravé canaux et portails dans le substrat afin de créer les circuits les plus massifs de l'histoire du genre humain.

L'énergie solaire absorbée par les plaques se transforme en pulsations électriques qui émergent des cellules, suivent les canaux, s'unissent en ruisseaux jusqu'à donner des lacs et des océans ondulant en trillions de variations qui suscitent la forme de la pensée.

L'arrière des plaques luit d'un sombre éclat, comme des braises après la flamme. Les photons à basse énergie fusent, drainés après avoir alimenté une civilisation. Mais avant de se perdre dans l'abîme infini de l'espace, ils frappent un autre ensemble de plaques conçu pour absorber l'énergie des radiations à cette fréquence amenuisée. Le processus de création de la pensée se répète ainsi.

Les sept coquilles successives composent un monde à la topographie dense. Il y a des zones lisses de quelques centimètres carrés, conçues pour se dilater et se contracter afin de préserver l'intégrité des plaques selon la quantité de chaleur que les calculs génèrent – je les qualifie de mers et de plaines. Il y a des zones rugueuses dont les sommets et les cratères se mesurent en microns, destinées à faciliter la danse rapide des qubits et des bits – je les qualifie de forêts et de récifs coralliens. Il y a de petites structures cloutées, garnies de circuits serrés, prévues pour envoyer et recevoir les faisceaux de communications qui relient les plaques – je les qualifie de villes et de villages. Ce sont peut-être des noms fantaisistes, comme la mer de la Tranquillité et Mare Erythraeum, mais la conscience qu'elles nourrissent est bien réelle.

Que vais-je faire d'un ordinateur fonctionnant à l'énergie solaire ? Quelle magie vais-je invoquer avec ce cerveau en oignon ?

J'ai ensemencé les plaines, les mers, les forêts, les récifs coralliens, les villes et les villages d'un million de milliards d'esprits, certains modelés sur le mien, la plupart des autres extraits des banques de données du *Matriochka.* Ils se sont multipliés, dupliqués ; ils ont évolué dans un monde plus vaste qu'un centre de données confiné à une seule planète pourrait l'être.

Aux yeux d'un observateur extérieur, l'éclat de l'étoile a diminué à chaque coquille érigée. J'ai réussi à assombrir un soleil, tout comme ma mère, quoique sur une beaucoup plus grande échelle.

Il y a toujours une solution technique.

117 649 :

L'histoire s'écoule telle une crue subite dans le désert : l'eau qui ruisselle sur la terre craquelée cherche un chenal en sculptant le paysage ; chaque événement fortuit façonne le suivant.

Il y a bien plus de façons de sauver des vies et de racheter ce qui aurait pu être qu'Abby et les autres le croient.

Dans la vaste matrice du cerveau en oignon se rejouent des versions de notre histoire. Au lieu d'un monde unique, il en existe des milliards dans cette immense computation – chacun peuplé de consciences humaines, mais quelque peu orienté vers le meilleur.

La plupart des itinéraires mènent à une diminution des massacres. Ici, ni Rome ni Constantinople n'est mise à sac ; là, ni Cuzco ni Vinh Long ne tombe. Lors d'une de ces chronologies, ni les Mongols ni les Manchous ne balayent l'Asie de l'Est ; lors d'une autre, le système westphalien ne devient pas le modèle exclusif des régulations entre États. Un groupe d'assassins échoue à dominer l'Europe ; un autre d'adorateurs de la mort, à s'emparer des rênes du pouvoir au Japon. Au lieu de subir le joug colonial, les peuples d'Asie, d'Afrique, des Amériques et d'Australie décident de leur propre destin. La découverte et l'exploration s'abstiennent d'engendrer l'esclavage et le génocide. On évite les erreurs de notre histoire.

Des populations réduites n'en viennent pas à consommer une quantité disproportionnée des ressources de la planète ou à monopoliser le chemin de son avenir. Voilà l'histoire rachetée.

Mais les chemins ne sont pas tous meilleurs. Il y a dans la nature humaine une obscurité qui rend certains conflits inévitables. Même si je pleure les vies perdues, je ne saurais intervenir. Il ne s'agit pas de simulations. Elles ne peuvent l'être si je respecte le caractère sacré de la vie humaine.

Les milliards de consciences qui vivent dans ces mondes sont aussi réelles que moi. Elles méritent la même mesure de libre arbitre que tous les individus d'autrefois ; on doit leur permettre d'effectuer leurs propres choix. Même si nous soupçonnons depuis toujours que nous habitons au sein d'une gigantesque simulation, nous préférons une vérité différente.

Voyez ces expériences comme des univers parallèles, si vous voulez ; tenez-les pour l'attitude sentimentale d'une femme qui étudie le passé ; rejetez-les comme une sorte de pénitence symbolique.

Mais n'est-ce pas le rêve de chaque espèce que d'obtenir l'occasion de tout recommencer ? De découvrir un moyen de prévenir la disgrâce qui obscurcit notre regard sur les étoiles ?

823 543 :

Un message arrive.

Quelqu'un a pincé les cordes qui cousent le tissu spatial, propageant une série de pulsations sur chaque fil de la toile d'araignée d'Indra, reliant la nova la plus éloignée au quark le plus proche.

La galaxie vibre de cette transmission dans des langues connues, oubliées et encore à inventer. Je décrypte une seule phrase.

Venez au centre de la galaxie pour la réunion.

Avec grand soin, je donne l'ordre aux intelligences qui guident les plaques composant l'essaim de Dyson de pivoter tels les ailerons des avions d'antan. Elles se désolidarisent, comme si les coquilles du cerveau en oignon se brisaient et donnaient naissance à une nouvelle forme de vie.

Peu à peu, les statites s'écartent d'un côté du soleil et adoptent la configuration d'un propulseur de Shkadov. Un œil unique s'ouvre dans l'univers pour émettre un rayon brillant.

Le déséquilibre de la radiation solaire se met à mouvoir l'étoile, entraînant les coquilles-miroirs. Nous voici en route pour le centre de la galaxie, propulsés par une colonne de lumière aveuglante.

Des mondes humains ignoreront l'appel. Il y a beaucoup de planètes dont les habitants ont choisi d'explorer à jamais les virtualités mathématiques d'une manière toujours plus approfondie, de mener une existence vouée à consommer un minimum d'énergie au sein d'univers dissimulés dans des coquilles de noix.

Certaines personnes – ma fille Abby, par exemple – préféreront laisser leurs planètes luxuriantes, grouillantes de vie, en place, telles des oasis dans l'infini désert de l'espace. D'autres rejoindront le refuge des confins de la galaxie, où les climats plus froids permettent des calculs plus efficaces. D'autres encore, ayant renoué avec les plaisirs antiques de la chair, s'attarderont, pour jouer à la guerre des étoiles.

Mais il en viendra un nombre suffisant.

J'imagine des milliers, des centaines de milliers de soleils se dirigeant vers le centre de la galaxie. Certains s'entourent d'habitats spatiaux remplis de gens qui ressemblent encore à des gens ou voient graviter autour d'eux des machines ne conservant qu'un vague souvenir de leur forme ancestrale. Certains entraînent des planètes peuplées d'espèces issues de notre lointain passé, voire de créatures que je n'ai jamais vues, ou amènent des invités, des aliens dénués du moindre lien avec notre histoire mais intrigués par ce phénomène de basse entropie autoreproducteur qui se fait appeler le genre humain.

J'imagine des générations d'enfants sur d'innombrables mondes guettant le ciel nocturne alors que les constellations se déplacent, se transforment, et que les astres se décalent, traçant de lents sillages sur l'empyrée.

Je ferme les yeux. Le voyage demandera un temps fou. Autant en profiter pour se reposer un peu.

Très, très longtemps plus tard :

Sans la frontière du ruban marron de la plage, la large pelouse devant moi s'étendrait jusqu'aux vagues dorées de l'océan. Le soleil est chaud, brillant ; je sens presque la brise, une douce caresse sur mes bras et ma figure.

« Mia ! »

Je baisse les yeux pour voir Maman fouler la pelouse à grands pas, ses longs cheveux noirs flottant dans son sillage, telles les queues d'un cerf-volant. Elle me serre dans ses bras et presse sa joue contre la mienne. Son odeur m'évoque la lueur des étoiles nées dans les braises d'une supernova, les comètes qui émergent de la nébuleuse primitive.

« Désolée d'être en retard, me dit-elle d'une voix étouffée dans mon cou.

— Pas grave. » Je suis sincère. Je l'embrasse.

« Belle journée pour faire du cerf-volant », déclare-t-elle.

Nous levons les yeux vers le soleil.

La perspective s'inverse, vertigineuse. Nous voici la tête en bas, sur une plaine aux gravures complexes, le soleil loin en dessous de nous. La pesanteur, plus solide qu'une ficelle, ancre la surface au-dessus de nos plantes des pieds à l'orbe enflammé. Les photons qui nous baignent heurtent le sol et le poussent vers le haut. Nous sommes debout sur la face inférieure d'un cerf-volant qui prend son essor afin de nous entraîner vers les étoiles.

Maman, je comprends ton envie de grandir ton existence, ton besoin de tamiser le soleil par ton amour, ta propension à résoudre des problèmes impossibles, ta confiance en une solution technique que tu sais perfectible. Je sais que nous sommes faillibles ; cela ne signifie pas que nous ne sommes pas merveilleux.

Voilà ce que je veux lui dire. Je me contente de refermer ma main sur la sienne. Elle me rend ma pression des doigts.

« Joyeux anniversaire, dit-elle. N'aie pas peur de voler. »

Je relâche ma prise, puis je lui souris. « Je n'ai pas peur de voler. On va bientôt arriver. »

Un million de milliards de soleils illuminent le monde.

Printemps cosmique

Ici, nous présentons un modèle cosmologique doté d'une séquence infinie de cycles d'expansion et de contraction. Par définition, le temps n'a ni début ni fin ; il n'est pas non plus nécessaire de définir des conditions initiales.

— STEINHART, PAUL J.
AND NEIL TUROK
« *A cyclic model of the universe* »
Science 296.5572 (2002) : 1436-1439
(Disponible à bit.ly/2E49x2H)

Les qubits se résolvent et se surimposent ; l'information s'intrique et se découple ; la conscience resurgit.

J'ignore depuis combien de temps je dormais. Il reste une si petite quantité d'énergie dans le réservoir de l'île-nef que je l'économise au mieux.

Une lueur ténue dans l'abysse, peut-être quelques milliers de kelvins. Voilà pourquoi j'ai été réveillé.

Je modifie ma trajectoire pour mettre le cap sur ce qui est peut-être la dernière étoile de l'univers.

L'univers, plongé dans l'hiver. Voici ma conclusion après avoir étudié le sujet pendant 6,7 milliards d'années.

Je suis né en automne. Je le sais, car j'ai appris par le biais des bases de données de l'île-nef – beaucoup plus nombreuses à fonctionner dans ma jeunesse – que cette saison était une époque d'écarlate et de pourpre, de rubis et de grenat, de vermillon et de carmin. L'univers était éclairé par des étoiles de toutes ces nuances de rouge, qui formaient sur le ciel de velours noir des motifs que j'ai baptisés afin de me distraire : le Losange des portails logiques, le Tesseract de qubits, la Preuve par triangle rectangle et double équerre.

J'ai piloté l'île-nef en prenant pour guides ces repères célestes, sautant d'un astre à l'autre pour récolter les feux mourants. Souvent, ces étoiles rouges étaient si petites, si affaiblies, que siphonner leur énergie dans les réservoirs de l'île-nef m'obligeait à les effleurer ; néanmoins, leur chaleur me soulageait du vide glacé étreignant le reste de l'univers.

Parfois, en dépassant les étoiles, je croisais des créatures étranges et merveilleuses. Certaines étaient des vagabonds comme moi, qui pilotaient leur propre île-nef.

« *D'où viens-tu ?*

— *Je ne m'en souviens plus.*

— *Où vas-tu ?*

— *Je l'ignore.*

— *En tout cas, bonne chance !* »

Nous avons échangé des saluts et appris nos langues respectives, afin de pouvoir échanger des histoires autour du foyer-étoile avant de nous séparer à contrecœur au bout de quelques milliards d'années, chacun suivant sa route.

D'autres étaient des indigènes aux îles-nefs dépourvues d'intelligence et fixés sur une orbite interminable. Souvent, ils se recroquevillaient à l'approche de mon vaisseau et me considéraient comme une divinité à adorer ou un démon à maudire. J'essayais de ne jamais m'attarder, me contentant de recueillir le carburant voulu pour gagner l'astre suivant. J'avais de la peine pour eux – condamnés à des îles-nefs incapables de voguer.

D'autres encore, des pirates, essayaient de m'aborder et de me voler mon carburant. À plusieurs reprises, nous en sommes venus aux échanges de coups et certains souvenirs se sont trouvés détruits. Par chance, au bout du compte, j'ai toujours pu m'échapper en dardant mon torrent photonique sur la voile de leur statite ; ils n'avaient plus qu'à crapahuter dans la poussière interstellaire.

La lueur droit devant refroidit. J'espère arriver avant que l'étoile ne devienne une naine noire et se perde à jamais dans l'abysse. La volonté de continuer participe de la vie – que celle-ci résulte d'une évolution ou d'un processus différent.

Mon foyer me manque. Bien qu'il n'existe plus.

Mais tout autour de moi, il n'y a plus d'autres étoiles. Je n'ai guère le choix.

Les étoiles rouges s'effondrèrent sur elles-mêmes, pour se mettre à luire comme de minuscules boules de neige. Avec le temps, elles se grisèrent, pâlirent, s'éteignirent.

L'automne avait laissé place à l'hiver.

Je croisais moins d'îles-nefs. Le trajet entre les étoiles en voie d'extinction rallongeait et je ne parvenais plus à tout entretenir aussi bien que dans ma jeunesse. Une par une, les banques de données lâchaient ; j'avais beau m'astreindre à copier, transcrire, intriquer, vérifier, je devais sans cesse me résoudre à laisser des bouts de moi mourir.

Qui suis-je ?

Pourquoi suis-je ici ?

Qu'est-ce que l'île-nef ?

À partir de mes rares souvenirs intacts, je tente d'élaborer une réponse :

Il y a bien longtemps, pendant le plein été de l'univers, des étoiles de toutes les couleurs et nuances brillaient si fort qu'elles formaient des fleuves et des océans de lumière. Autour de ces astres, il y avait beaucoup d'îles-nefs, sur lesquelles la vie a commencé.

L'une des étoiles s'appelait le Soleil ; l'une des îles-nefs, la Terre ; et sa population, l'humanité.

Bien après leur départ de la Terre, les humains n'avaient pas oublié l'île natale qu'ils conservaient tel un sanctuaire. De temps à autre, ils retournaient la visiter et y effectuer des travaux de maintenance : consolider des édifices plastifiés qui s'effritaient, refaire l'intrication de banques de données quantiques qui couraient le risque de se disloquer, éloigner l'île-nef du Soleil qui grossissait et rougissait, l'équiper d'une voile solaire et d'un moteur photonique – une étoile miniature – qui permettrait à la Terre de se déplacer quand son astre mourrait.

Ils revenaient aussi écouter les vieilles histoires

dans les banques de données, et en raconter des nouvelles.

À mesure que le Soleil refroidissait, le nombre de visites diminuait. Il finit par se réduire à néant.

Je suis né dans ces banques. Les humains m'ont-ils créé pour servir de gardien à l'île-nef, ou ai-je évolué à partir de schémas d'informations qui tournaient, tourbillonnaient, cascadaient, jaillissaient, vivaient et mouraient parmi les qubits et les probabilités ?

Je l'ignore.

Quelle importance ?

Comme les humains ne rentraient plus chez eux, j'ai fait voile.

J'atteins l'étoile – où je découvre qu'il ne s'agit pas d'une étoile.

Enfin, elle a pu l'être, dans la séquence principale ; elle a pu fleurir et se faner, comme toutes les autres. Mais ce n'est plus le cas.

Des gens – les êtres nés sur les îles-nefs alentour ? – refusaient que leur foyer disparaisse une fois son carburant épuisé. Plutôt que de s'éloigner dans l'inconnu, comme les humains, ils avaient parcouru l'abysse à seule fin de cueillir d'autres étoiles, puis de les ramener ; ils avaient déversé l'hydrogène et l'hélium des soleils capturés dans le fourneau ancestral, de sorte que leur foyer reste habitable un peu plus longtemps. Ils s'étaient aventurés toujours plus loin jusqu'à ce que leur astre devienne l'unique fanal d'une mer d'obscurité qui s'étalait.

Avec l'hiver cosmique, ils durent effectuer de plus longs trajets pour capturer et ramener des étoiles encore vivantes. Ils filaient en tous sens pour rapporter une poignée de neige à incorporer dans la boule qui fondait. Peut-être, incapables de trouver des étoiles à tracter jusque chez eux sans qu'elles s'éteignent en route, ont-ils fini par abandonner leur combat désespéré.

Ils sont morts.

Mais d'autres sont arrivés sur des îles-nefs, attirés par le seul phare dans les ténèbres. Ils ont compris trop tard que l'espace environnant avait été débarrassé des autres étoiles et qu'il ne leur restait donc nulle part où aller.

La balise était devenue un piège.

Comme pour les centaines d'autres îles-nefs tournant déjà autour de l'astre, chaque nouveau venu disposait d'une unique option : ajouter aux braises ses dernières réserves de carburant, des boules d'atomes en fusion. Ranimer l'étoile à l'agonie pendant quelques millions d'années leur permettait d'espérer attirer d'autres vagabonds qui redémarreraient le cycle.

Des vagabonds dans mon genre.

« Bienvenue à la fin de l'univers. »

Blottis dans la chiche lueur de l'étoile ravivée par le fond de mes réserves, nous partageons nos derniers lambeaux de souvenirs. Aucun de nous n'est en forme. Nos îles-nefs sont vieilles, froides, le cœur gelé depuis longtemps. Tout ce qui devait se briser l'a été. Les souvenirs restants sont disjoints, fragmentaires, décontextualisés.

Mais le besoin de transmettre un fragment de soi fait partie de la vie, évoluée ou non.

Certains chantent des chansons sur des nageoires géantes qui fendaient les mers de méthane, faites de merveilleux joyaux, tétraèdres parfaits au parfum impossible. Certains évoquent des espèces en silicium, êtres sages, fiables, qui mettaient un million d'années à former une idée. Certains rejouent les existences coquettes et frivoles de créatures d'information pure qui vivaient l'existence de milliers de générations en l'espace d'une seconde. Certains récitent des poèmes écrits par des ailes sensibles qui frôlaient la surface de leur étoile et plongeaient dans la zone de convection pour capturer des vers photoniques.

C'est ce que les humains, il me semble, appelleraient un spectacle de variétés : un gala pour passer le temps par une sombre nuit d'hiver. Même si nous sommes tous en train de mourir, il y a du plaisir, il y a une célébration. On n'est pas chez nous, mais, au moins, on n'est pas seuls.

« *C'est ton tour.* »

Voici l'un des fragments de souvenir les plus complets que je possède encore, une pépite dans ma dernière banque de données un tant soit peu fonctionnelle.

Un milliard de milliards d'étoiles jonchent l'empyrée noir d'encre.

À l'horizon, il y a de brillantes constellations, quoique les lueurs qui les composent soient si nombreuses qu'elles se fondent en lignes, en courbes, en plans : une paire d'ailes symétriques avec un bec rond au milieu, comme le symbole mathématique d'un oiseau en vol ; un pont rectangulaire couronné d'une tour à plusieurs étages que surplombent des toits empilés, telle une araignée trapue portant un grand chapeau ; une fine colonne qui troue le ciel, une enfilade d'ovales courant sur toute sa longueur telles les perles d'un chapelet.

Le TWA Flight Center

La gare de Pékin-Ouest

L'ascenseur spatial de Pulau Ujong

Chacun des points lumineux qui filent vers ces structures est une conscience humaine, une téléprésence transmise le long du réseau supraluminique qui reliait et unissait toutes les îles-nefs humaines éparpillées dans l'univers.

Enfants de l'été cosmique, les humains adoraient partir au loin, vivre où leurs parents n'avaient jamais mis les pieds, où leurs enfants ne grandiraient que pour décamper à leur tour.

Oui, il y a des fois – quand ils s'apprêtent à entamer une nouvelle entreprise, qu'ils sentent le poids des ans, que des dates arbitraires sur leurs calendriers antiques reviennent – où ils souhaitent regagner leur lieu d'origine, les îles-nefs ancestrales qu'ils ne connaissent que par de vagues souvenirs, où leurs parents les attendent pour exprimer des réminiscences douces-amères. Ils souhaitent le regagner afin de donner des remerciements, de partager un repas avec leur famille, de rajeunir en contemplant le passé.

En cet instant, la plupart des étoiles filantes viennent de la gare de Pékin-Ouest ou s'y rendent. Elle brille aussi fort que le début de l'univers.

« Tu rentres chez toi ?

— Bien deviné.

— Tu viens d'où ?

— *De l'épaule d'Orion.*
— *Bon voyage, et joyeuse Fête du printemps!* »

L'aspect des centres de téléprésence dans ce souvenir s'inspirait de modèles réels sur Terre, autant d'édifices depuis longtemps réduits en poussière. Il s'agissait d'icônes dont les formes racontaient des histoires sur leurs origines.

Mais ça va plus loin. L'araignée au grand chapeau a été construite en un temps où les humains voyageaient dans des boîtes qui lévitaient sur des barres parallèles, telle une preuve de théorème de géométrie rendue tangible. Des millions de personnes passaient par cette gare pour rentrer chez eux à l'occasion de la Fête du printemps.

Le chapeau? Il n'avait aucune utilité, sinon de rappeler aux humains des temps plus reculés où la ville ne disposait pas de boîtes remplies de gens sur des barres parallèles. Il s'agissait d'une icône enchâssée dans une icône.

Le toit antique menait à une gare de chemin de fer qui menait à l'imitation virtuelle d'un réseau galactique recréé dans les banques de données quantiques d'une île-nef commémorative qui était ou n'était pas le site où la gare se dressait jadis.

Je parle d'années, de trains, d'araignées, de chapeaux et d'îles, toutes choses que je n'ai jamais vues ni connues; je construis une gare de Pékin-Ouest imaginaire à l'aide de bruits et de symboles invoquant autant de définitions désuètes qui rappellent des souvenirs semi-fiables drapés autour de vérités mythiques.

Suivre la piste des icônes jusqu'au bout vous permettra de trouver d'où vous venez.

De rentrer chez vous, même quand l'endroit n'existe plus.

*

Personne ne parle depuis un moment. L'étoile n'a qu'une température de quelques kelvins désormais : une naine noire à peine visible. Bientôt, nous tous, sur les îles-nefs, nous serons morts.

Les mythes antiques décrivent l'univers comme accroché à l'une des deux branes parallèles séparées par de l'énergie noire, telles ces voies sur lesquelles roulaient autrefois les boîtes remplies d'humains. Toutes deux entrent de temps à autre en collision pour broyer et recréer l'univers, rajeuni en un cycle infini.

Si l'hiver a déjà tout englouti, le printemps peut-il être loin ? Je crois sentir l'approche de l'autre brane – comme, je suppose, on entendrait arriver un train.

Je consacre mes dernières réserves d'énergie à préserver l'intégrité des centres. S'il faut en croire les mythes, les formes des structures qui pousseront durant le prochain printemps cosmique seront déterminées par les graines des fluctuations quantiques plantées cet hiver.

Je suis voué à ne pas voir la nouvelle année cosmique. Aucun de nous ne la verra. Il y aura un éclair aveuglant, un milliard de milliards de bébés étoiles, de nouvelles îles-nefs et d'inimaginables créatures qui y naîtront pour remplir ce cosmos de merveille, de lumière, de beauté.

Si je fais de mon mieux, peut-être qu'un jour, sur l'une de ces îles-nefs, une personne se redressera sur son séant pour voir dans le ciel un motif d'étoiles qui dessinera un pont rectangulaire couronné d'une tour à plusieurs étages aux toits empilés, et elle l'appellera l'Araignée trapue au grand chapeau.

Parce qu'elle méritera de connaître un détail de ceux qui l'ont précédée, de l'endroit d'où elle vient.

Meilleurs vœux, l'univers.

DU MÊME AUTEUR

Aux Éditions du Bélial'

LA MÉNAGERIE DE PAPIER (Folio Science-Fiction n° 586)

L'HOMME QUI MIT FIN À L'HISTOIRE

LE REGARD

JARDINS DE POUSSIÈRE (Folio Science-Fiction n° 712)

TOUTES LES SAVEURS

Aux Éditions Fleuve

LA GRÂCE DES ROIS

LE GOÛT DE LA VICTOIRE

LE MUR DES TEMPÊTES

Aux Éditions Pocket

LUKE SKYWALKER : LÉGENDES

Dans la même collection

579.	Jean-Pierre Boudine	*Le paradoxe de Fermi*
580.	Fabrice Colin	*Big Fan*
581.	Fabien Cerutti	*Le fou prend le roi* (Le Bâtard de Kosigan, II)
582.	Jo Walton	*Hamlet au paradis*
583.	Robert Charles Wilson	*Les Perséides*
584.	Charles Yu	*Guide de survie pour le voyageur du temps amateur*
585.	Estelle Faye	*Un éclat de givre*
586.	Ken Liu	*La ménagerie de papier*
587.	Chuck Palahniuk et Cameron Stewart	*Fight Club 2*
588.	Laurence Suhner	*Vestiges* (QuanTika, I)
589.	Jack Finney	*Le voyage de Simon Morley*
590.	Christopher Priest	*L'adjacent*
591.	Franck Ferric	*Trois oboles pour Charon*
592.	Jean-Philippe Jaworski	*Chasse royale – De meute à mort* (Rois du monde, II-1)
593.	Romain Delplancq	*L'appel des illustres* (Le sang des princes, I)
594.	Laurence Suhner	*L'ouvreur des chemins* (QuanTika, II)
595.	Estelle Faye	*Aylus* (La voie des Oracles, III)
596.	Jo Walton	*Une demi-couronne*
597.	Robert Charles Wilson	*Les affinités*
598.	Laurent Kloetzer	*Vostok*
599.	Erik L'Homme	*Phænomen*
600.	Laurence Suhner	*Origines* (QuanTika, III)
601.	Len Deighton	*SS-GB*
602.	Karoline Georges	*Sous-béton*

603. Martin Millar — *La déesse des marguerites et des boutons d'or*
604. Marta Randall — *L'épée de l'hiver*
605. Jacques Abeille — *Les jardins statuaires*
606. Jacques Abeille — *Le veilleur du jour*
607. Philip K. Dick — *SIVA*
608. Jacques Barbéri — *Mondocane*
609. Romain d'Huissier — *Les Quatre-vingt-un Frères* (Chroniques de l'Étrange, I)
610. David Walton — *Superposition*
611. Christopher Priest — *L'inclinaison*
612. Jacques Abeille — *Un homme plein de misère*
613. Romain Lucazeau — *Latium I*
614. Romain Lucazeau — *Latium II*
615. Laurent Genefort — *Étoiles sans issue*
616. Laurent Genefort — *Les peaux-épaisses*
617. Loïc Henry — *Les océans stellaires*
618. Romain d'Huissier — *La résurrection du dragon* (Chroniques de l'Étrange, II)
619. Romain Delplancq — *L'Éveil des Réprouvés* (Le sang des princes, II)
620. Jean-Philippe Jaworski — *Chasse royale – Les grands arrières* (Rois du monde, II-2)
621. Robert Charles Wilson — *La cité du futur*
622. Jacques Abeille — *Les voyages du fils*
623. Iain M. Banks — *Effroyabl Angel*
624. Louisa Hall — *Rêves de Machines*
625. Jean-Pierre Ohl — *Redrum*
626. Fabien Cerutti — *Le Marteau des Sorcières* (Le Bâtard de Kosigan, III)
627. Elan Mastai — *Tous nos contretemps*
628. Michael Roch — *Moi, Peter Pan*
629. Laurent Genefort — *Ce qui relie* (Spire, I)
630. Rafael Pinedo — *Plop*

631. Jo Walton — *Mes vrais enfants*
632. Raphaël Eymery — *Pornarina*
633. Scott Hawkins — *La Bibliothèque de Mount Char*
634. Grégory Da Rosa — *Sénéchal*
635. Jonathan Carroll — *Os de Lune*
636. Laurent Genefort — *Le sang des immortels*
637. Estelle Faye — *Les Seigneurs de Bohen*
638. Laurent Genefort — *Ce qui divise* (Spire, II)
639. Ian McDonald — *Luna – Nouvelle Lune* (Luna, I)
640. Lucie Pierrat-Pajot — *Les mystères de Larispem, I* (Le sang jamais n'oublie)
641. Adrian Tchaikovsky — *Dans la toile du temps*
642. Karin Tidbeck — *Amatka*
643. Jo Walton — *Les griffes et les crocs*
644. Grégory Da Rosa — *Sénéchal II*
645. Saad Z. Hossain — *Bagdad, la grande évasion !*
646. Al Robertson — *Station : La chute*
647. Peter Cawdron — *Rétrograde*
648. Fabien Cerutti — *Le Testament d'involution* (Le Bâtard de Kosigan, IV)
649. Yoon Ha Lee — *Le gambit du Renard*
650. Sabrina Calvo — *Toxoplasma*
651. Karoline Georges — *De synthèse*
652. George R. R. Martin / Lisa Tuttle — *Elle qui chevauche les tempêtes*
653. Katherine Arden — *L'Ours et le Rossignol*
654. Laurent Genefort — *Ce qui révèle* (Spire, III)
655. Léo Henry — *Thecel* (INÉDIT)
656. Grégory Da Rosa — *Sénéchal III*
657. Romain d'Huissier — *Les Gardiens célestes* (Chroniques de l'Étrange, III)
658. Thomas Spok — *Uter Pandragon*
659. Estelle Faye — *Les nuages de Magellan*
660. Chris Vuklisevic — *Derniers jours d'un monde oublié* (INÉDIT)

661. Annalee Newitz — *Autonome*
662. Nicolas Texier — *Opération Sabines* (Monts et merveilles, I)
663. Ray Bradbury — *Le Pays d'octobre*
664. Patrick K. Dewdney — *L'enfant de poussière* (Le cycle de Syffe, I)
665. Mary Robinette Kowal — *Lady astronaute* (INÉDIT)
666. Lucie Pierrat-Pajot — *Les mystères de Larispem, II* (Les jeux du siècle)
667. Lionel Davoust — *La Messagère du Ciel* (Les dieux sauvages, I)
668. Thibaud Latil-Nicolas — *Chevauche-Brumes*
669. Nicolas Texier — *Opération Jabberwock* (Monts et merveilles, II)
670. Ernest Callenbach — *Écotopia*
671. Adam Roberts — *Jack Glass, l'histoire d'un meurtrier*
672. Élisabeth Vonarburg — *Chroniques du Pays des Mères*
673. Pierre Alferi — *Hors sol*
674. Alain Damasio — *Les Furtifs*
675. Michael Roch — *Le livre jaune*
676. Yoon Ha Lee — *Le stratagème du corbeau*
677. Ian McDonald — *Luna – Lune du loup* (Luna, II)
678. Gareth L. Powell — *Braises de guerre*
679. Christopher Priest — *Conséquences d'une disparition*
680. Lionel Davoust — *Le Verrou du Fleuve* (Les dieux sauvages, II)
681. Manon Fargetton — *Dix jours avant la fin du monde*
682. Katherine Arden — *La fille dans la tour*
683. Philippe Auribeau — *L'héritage de Richelieu*

684. Jean-Philippe Jaworski — *Chasse royale – Curée chaude* (Rois du monde, II-3)
685. George Orwell — *1984*
686. Adrian Tchaikovsky — *Chiens de guerre*
687. John Varley — *Blues pour Irontown*
688. Patrick K. Dewdney — *La peste et la vigne* (Le cycle de Syffe, II)
689. Ian McDonald — *Luna – Lune montante* (Luna III)
690. Lucie Pierrat-Pajot — *Les mystères de Larispem, III* (L'élixir ultime)
691. Katherine Arden — *L'hiver de la sorcière*
692. Jo Walton — *Pierre-de-vie*
693. Lionel Davoust — *La Fureur de la Terre* (Les dieux sauvages, III)
694. Philip K. Dick — *Radio libre Albemuth* (Prélude à la trilogie divine)
695. Estelle Faye — *Les révoltés de Bohen* (Le cycle de Bohen, II)
696. Fabien Cerutti — *Les secrets du premier coffre*
697. Philippe Testa — *L'obscur*
698. Jean-Philippe Jaworski — *Le sentiment du fer*
699. Thibaud Latil-Nicolas — *Les flots sombres* (Chevauche-brumes, II)
700. Aurélien Manya — *Trois cœurs battant la nuit*
701. Rozenn Illiano — *Le phare au corbeau*
702. Ted Chiang — *Expiration*
703. Laurent Genefort — *Colonies*
704. Adam Roberts — *La chose en soi*
705. Gareth L. Powell — *L'armada de Marbre* (Braises de guerre, II)
706. Sébastien Coville — *L'Empire s'effondre*
707. Lionel Davoust — *L'Héritage de l'Empire*, 1 (Les dieux sauvages, IV)
708. Lionel Davoust — *L'Héritage de l'Empire*, 2 (Les dieux sauvages, IV)

Tous les papiers utilisés pour les ouvrages
des collections Folio sont certifiés
et proviennent de forêts gérées durablement.

Composition IGS-CP à L'Isle-d'Espagnac (16)
Impression Novoprint
à Barcelone, le 11 août 2022
Dépôt légal : août 2022

ISBN 978-2-07-293215-1 / Imprimé en Espagne

376993